# 아르센 뤼팽 전집 10

## 서른 개의 관

*Arsène Lupin*

# 아르센 뤼팽 전집 **10**

서른 개의 관 ┊ 모리스 르블랑

L'Île aux Trente Cercueils

양진성 옮김

황금가지

# 차례

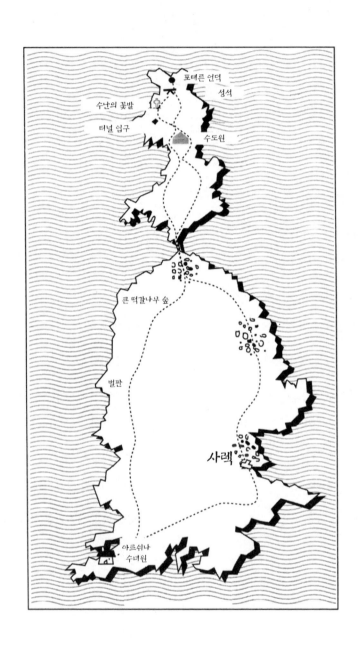

# 서문

    1917년. 극중 이 괴상한 이야기의 모태가 된 토마스의 예언 시에서는 이때를 〈14, 그리고 3년〉이라고 표현한다. 사람들은 당시 프랑스에서 잇달아 일어난 끔찍한 사건들을 보며, 과연 이 재앙이 예견된 것인지에 대해 의문을 가지기 시작했다. 그래서 모리스 또한 이 소설을 집필하며 당시 유행하던 노스트라무스의 표현 방법을 많이 빌려 왔다.

    1918년 초에 모리스는 이 책을 집필하기 위한 작업에 착수하여 드루이드 교를 비롯한 켈트 족의 문명, 카미유 줄리앙과 퓌스텔 드 쿨랑주의 저서에 관해 연구했다. 그해 5월이 되자 소설에 진전이 보이기 시작했다. 150쪽쯤 완성했을 때, 모리스는 잠시 탕카르빌에 가서 쉬고자 원고지를 챙겨 길을 떠났다. 그 여행 중에는 약간 기이한 사건이 일어났다. 흰 예언에서 말한 대로, 그는 5월 7일에 르아브르에서 길을 잃고 만 것이다.

이 소설은 1919년 6월 6일부터 《르 주르날》에 연재되었고, 그 다음해 10월 11일 단행본으로 출간되었다. 1922년 4월에는 〈모험과 활극 소설〉 시리즈에 편입되어, 『베로니크』와 『기적의 돌』이라는 두 권의 책으로 출간되었다.

장 바티스트 바로니앙은 『불어권 환상주의 문학 개관』이란 제목의 저서에서, 〈이 소설은 불어로 씌어진 가장 아름다운 환상주의 추리소설 중 하나이다〉라고 극찬했다. 이 책을 읽고 난 후 독자들 또한 그의 견해에 찬성하게 될 것이라 믿는다.

J. D

1부

# 프롤로그

제1차 세계 대전은 세상을 온통 들쑤셔 놓았고, 전쟁을 겪는 동안 사람들은 많은 것을 잃고 잊었다. 그래서 수년 전에 일어났던 데르주몽 사건을 기억하는 사람들은 이제 손에 꼽을 정도밖에 남지 않았다.

간단하게 이 사건을 회상해 보자.

1902년 6월의 어느 날이었다. 브르타뉴 지방의 거석 기념물 연구가로 유명한 앙투안 데르주몽은 딸 베로니크와 함께 숲 속을 거닐고 있었다. 이때 갑자기 남자 네 명이 나타나더니 지팡이로 앙투안느의 얼굴을 내리쳤다. 앙투안느는 있는 힘을 다해 저항했지만 곧 쓰러졌고, 친구들 사이에서 미인으로 불리는 딸 베로니크는 이들에게 붙잡혀 자동차로 끌려 갔다. 차는 생끌루를 향해 출발하더니 순식간에 앙부안느의 시야에서 멀어졌다.

그 다음날, 납치극의 전모가 밝혀졌다. 납치를 지시한 사람은, 훤칠한 키에 자칭 귀족의 피를 이어받았다고 주장하지만 평판이 나쁜 폴란드 출신의 젊은 백작 알렉시스 볼스키였다. 볼스키는 앙투안느의 딸 베로니크 데르주몽을 사랑했고, 베로니크 역시 그를 사랑했다. 그러나 베로니크의 아버지가 결혼을 반대하며 수차례 볼스키에게 모욕을 주자, 그는 베로니크조차 눈치 채지 못할 만큼 은밀하게 범행을 계획했던 것이다.

공개된 편지 몇 통에서 드러난 대로 앙투안느 데르주몽은 난폭하고 과묵한 사람이었으며 항상 환상 속에 빠져 있었다. 그는 사교적이지 못했고 이기적인 데다가 비열한 구두쇠이기까지 했다. 그래서 그의 딸 베로니크는 불행한 어린 시절을 보냈다.

앙투안느 데르주몽은 이 납치 사건을 저지른 인간에게 아주 잔인한 방법으로 복수하겠다고 가슴 깊이 맹세했다. 하지만 어찌된 일인지 그는 볼스키와 베로니크의 결혼을 허락했고 두 달 후 니스에서 성대한 결혼식을 치르도록 했다. 그러나 결국 그 다음해에 깜짝 놀랄 만한 사건이 연거푸 일어났다. 이번에는 사위에게 원한을 품은 앙투안느 데르주몽이 자신의 딸과 볼스키 사이에서 태어난, 자신의 외손자를 납치한 것이다. 그는 외손자를 데리고 새로 산 작은 레저 용 요트를 타고 빌프랑슈로 도망쳤다.

그날은 파도가 매우 거셌다. 요트는 거친 풍랑을 따라 이탈리아 연안을 향해 흘러갔다. 마지막으로 그들의 모습을 본 선원 네 명이 증언한 바에 따르면, 두 사람이 타고 있던 요트가 위험해 보여 선원들이 다른 보트로 옮겨 태웠으나 이후에 큰 파도를 만나 바다에 빠진 것 같다고 했다. 이들이 죽었다는 소식을 들은 베로니크는 충격을 이기지 못하고 결국 수녀원에 들어갔다.

'여기까지가 데르주몽 사건의 전부다.

12

그러나 이보다 더 끔찍하고 특이한 사건이 14년 후에 다시 찾아온다. 언뜻 보아 전설에나 있을 법한 기묘한 일들이 실제로 일어나는 것이다. 앞으로 나올 이야기에서도 알 수 있듯이 전쟁과 상관없이 일어난, 비정상적이고 비논리적이며 때로는 기적 같은 이 일에도 전쟁의 끔찍하고 잔인한 요소들이 더해져 사건은 더욱 복잡해진다.

  이 사건을 제대로 이해하기 위해서는 진실의 빛이 밝혀져야 한다. 결국엔 아주 간단한 진실이…….

# 버려진 오두막집

5월의 어느 날 아침, 브르타뉴 중심에 위치한 그림 같은 파우에 마을에 한 여자가 찾아왔다. 통이 넓은 회색 옷을 입고 두꺼운 베일로 얼굴을 감추었으나, 베일 뒤에 있는 빛나는 아름다움과 우아함이 그대로 드러나는 여자였다.

여자는 여관에서 급하게 점심을 먹었다. 정오 무렵에는 여관 주인에게 짐을 맡아 달라고 부탁한 후 밖으로 나왔는데, 나오는 길에 여관 주인에게 마을에 대해 몇 가지 질문하는 것도 잊지 않았다.

여관 주인이 일러 준 대로 마을을 가로질러 가자, 곧 두 갈래 길이 나타났다. 한쪽은 캥페를레, 다른 한쪽은 캥페르로 통하는 길이었다. 그녀는 캥페르 쪽을 택해 계곡을 내려갔다. 그녀가 한참 걸었을 때 다시 오르막길이 나타났고, 오르막의 정상에는 오른쪽으로 지방 도로 입구와 함께 〈로크리프, 전방 3킬로미터〉라는 표지판이 서 있었다.

「여기구나」

그녀가 말했다. 하지만 주위를 아무리 둘러보아도 자신이 찾던 것이 없자 그녀는 당황했다.

주변에서는 인기척이 느껴지지 않았다. 브르타뉴 평야가 있는 방향으로, 볼 수 있는 한 최대한 멀리까지 둘러보아도 초원과 야트막한 언덕 외에는 아무것도 찾을 수 없었다. 그러다가 그녀는 마을에서 그리 멀지 않은 곳에 있는 작은 성 하나를 발견했다. 건물 외벽은 봄에 새로 돋아난 풀로 덮여 있었지만, 전면은 온통 잿빛이었고 창문은 모두 닫혀 있었다. 그때, 삼종 기도 시간임을 알리는 정오의 종소리가 울려 퍼졌다. 그러고는 다시 쓸쓸하고 고요한 공기가 마을을 주변을 감쌌다. 그 여자는 비탈길에 있는 잘 깎인 잔디 위에 앉아 주머니에서 편지 하나를 꺼냈다. 여러 번 접힌 편지는 꽤 두툼했고, 첫 번째 장 상단에는 다음과 같은 상호가 적혀 있었다.

뒤트레이 탐정사무소
자문 업무
비밀 정보 취급
비밀 보장

그리고 그 아래에는 수신자명이 적혀 있었다.

베로니크 부인, 무인용 모사 세조입 종시, 브장숑

그녀는 편지를 읽기 시작했다.

베로니크 부인 안녕하셨습니까? 1917년 5월, 부인께서 제게 두 가지 사건을 의뢰하셨지요. 그동안 제가 얼마나 즐거운 마음으로 임무를 수행했는지 모르실 겁니다. 14년 전, 부인께서 생존을 위협당할 만큼 힘겨운 시간을 겪으실 때도 저는 제가 할 수 있는 작은 도움을 드렸습니다. 그런데 부인께서는 너무 큰 사례를 주셨지요. 저는 그 일을 아직 잊지 못한답니다. 그 당시 부인의 아버님인 앙투안느 데르주몽 씨와 사랑하는 아들 프랑수아의 죽음에 관해 확실한 증거를 확보하는 데 저의 공이 컸던 것은 사실입니다. 이 사건으로 첫 성과를 거둔 후 저의 경력은 날로 화려해져 갔지요.

그리고 이 이야기도 해야 할 것 같군요. 그 사건 때문에 부인께서는 세상에 대한 증오를 품으셨고, 남편의 사랑으로부터 벗어나기 위해 수녀원에 들어가겠다는 결심을 하셨지요. 그때 부인께서 수도원에 들어가는 데 필요한 절차를 이행한 것도 바로 저였습니다. 또한 저는, 수도원 생활은 부인의 성격과는 맞지 않는다고 설득하여 부인을 수도원에서 나오시게 했지요. 그리고 부인께서 어린 시절을 보냈던 곳이자 결혼 후 몇 주 동안 생활했던 마을과는 멀리 떨어진, 브장송에 작은 부지를 얻어 모자 제조 회사를 설립할 수 있도록 도와드린 사람도 바로 저였습니다. 부인께서는 살기 위해, 또 그 사건을 잊기 위해서 일을 하실 필요가 있었지요. 부인께서는 성공하셔야만 했고, 물론 성공하셨습니다.

이제 부인께서 의뢰하신 두 가지 일로 돌아가 보겠습니다.

우선 첫째, 부인의 남편이신 알렉시스 볼스키 씨에 대해 조사한 결과는 다음과 같습니다. 기록에 의하면 그는 폴란드 출생입니다.

자칭 〈왕의 아들〉이라고 했으나 그것은 정말 〈자칭〉일 뿐이지요. 볼스키는 전쟁 초기에 카르펜트라 근처에 있는 수용소에 수감되었습니다. 그러나 곧 탈출하여 스위스로 갔고 비밀리에 프랑스로 돌아왔지요. 그러다가 독일 측의 스파이로 활동했다는 죄목으로 또 체포되었고, 사형 언도를 받기 직전에 다시 도주했습니다. 이후 그는 퐁텐블로 숲에서 시체로 발견됐는데, 그를 살해한 범인에 대해서는 아직 밝혀진 바가 없습니다.

저는 부인께서 이 사람을 얼마나 경멸하고 계시는지 잘 알고 있습니다. 또 부인께서도 신문을 통해 이 사건을 대강 알고 계실 테니, 조금도 숨기지 않고 말씀드리겠습니다.

볼스키의 죽음에 관해서는 증거 자료가 남아 있습니다. 저도 그 자료를 직접 보았습니다. 알렉시스 볼스키가 퐁텐블로에 매장되었다는 것은 의심의 여지가 없습니다. 그러나 부인, 그의 죽음에는 뭔가 석연치 않은 점이 있습니다. 부인께서 예전에 볼스키에 대해 제게 몇 가지 말씀을 해 주셨지요. 볼스키는 사실 남달리 똑똑하고 활력이 넘쳤지만, 예언에 지나치게 집착하는 사람이라고요. 그는 자신을 대상으로 예언된 말들 때문에 공포심에 사로잡혀 미신을 믿고 정신까지 이상해졌다고 하셨습니다. 자신의 삶을 짓누르던 이 예언에 그는 깊이 빠져 있었으니까요.

「볼스키, 왕의 아들, 너는 친구의 손에 죽을 것이며, 네 아내는 십자가에 못 박혀 죽을 것이다」

부인, 저는 이 마지막 말을 듣고 절로 웃음이 터져 나왔습니다. 십자가! 십자가에 못 박혀 죽다니……. 십자가 형벌이 사라진 게 대체 언제 적 일인지도 모르겠네요. 그런데 지금 이 시대에 십자가에 못 박혀 죽다니……. 부인을 언급하는 부분에 대해서는 입을 다물겠습니다. 하지만 부인께서는 볼스키에게 내려진 기이한 예언대로, 실제로 그가 친구의 칼에 찔려 죽었다고 생각하십니까? 그 문제는 좀 더 충분히 생각해 보아야 할 것 같습니다. 이제…….

베로니크는 편지를 무릎에 내려놓았다. 뒤트레이의 거들먹거리는 말투와 아무렇지 않은 듯이 내뱉는 농담들이 그녀의 예민한 마음에는 상처로 다가왔다. 그리고 남편 알렉시스 볼스키에 대한 불쾌한 기억과 끔찍했던 장면들이 떠올라 등줄기가 오싹해졌다. 베로니크는 마음을 가라앉히고 다시 편지를 집어 들었다.

저의 두 번째 임무이며, 부인께는 훨씬 더 중요한 문제에 대해 말씀드리겠습니다. 지금까지 말씀드린 것은 전부 과거에 일어났던 일이며, 이미 끝난 이야기일 뿐이니까요.

3주 전 목요일, 부인께서는 단조로운 생활에서 벗어나기 위해 직원들을 데리고 극장에 갔다가 말로는 다 설명할 수 없는 이상한 일을 겪으셨다고 하셨습니다. 그때 부인과 직원들이 함께 본 영화의 제목은 『브르타뉴의 전설』이었지요. 주인공들이 순례를 떠나는 장면에서 부인은 이상한 점을 발견했다고 하셨습니다. 그러나 그 장면은 영화에서는 그다지 중요한 장면이 아니었지요. 어쨌거나 주인공들이 순례를 떠나 한 오두막집을 지나고 있었습니다. 그런데 부인께서는 그 장면에서 정말 기이한 무언가에 시선을 빼앗기셨습니다.

오두막집의 낡은 문짝에는 판자가 하나 걸려 있었습니다. 그리고 그 위에 누군가 손으로 새긴 듯한 글자 세 개가 적혀 있었지요. 〈V. d'H.〉 이 세 글자는 분명히 부인께서 어린 시절에 사용했던 서명이었습니다. 그리고 지난 14년 동안은 단 한번도 이 서명을 사용한 적이 없으셨지요. 베로니크 데르주몽(Vronique d'Hergemont)! 확실히 부인의 서명이었습니다. 대문자 두 개와 그 사이에 따옴표로 연결된 소문자 d. 게다가 어렸을 적에 부인은 H의 가로획을 세 글자 밑으로 이어 그음으로써 약자 서명임을 표시했는데, 그 모양까지 똑같았습니다.

부인께서는 너무 놀라 그 일이 무엇을 의미하는 것인지 궁금해하셨습니다. 그래서 제게 도움을 요청하셨고요. 물론 부인께서는 지난 일들을 통해 제가 부인께 큰 도움이 된다는 사실을 이미 알고 계셨지요.

부인의 생각대로 저는 사건을 밝혀 냈습니다. 그리고 다시 한번, 제 방식대로 간략하게 말씀드리도록 하죠.

부인, 파리에서 저녁에 급행열차를 타면 다음날 아침쯤 캥페르에 도착할 겁니다. 거기서 파우에까지는 자동차를 이용하십시오. 시간이 있으시다면 점심 전이나 점심 후에, 성바르브 성당을 방문하시는 것도 좋지요. 이 성당은 정말 괴상한 장소에 지어졌는데, 영화 『브르타뉴의 전설』을 만드는 데 영감을 준 장소라고 합니다. 그리고 나서 캥페르로 가는 길을 따라 걷다 보면, 첫 오르막길 끝에 로크리프로 가는 지방 도로가 나옵니다. 그리고 지방 도로로 접어들기 전에 잘 살펴보시면, 부인의 서명이 적혀 있는 그 버려진 오두막집이 나무에 둘러싸여 절반가량 보일 겁니다. 그 서명 외에 오두막집에는 별다른 특징은 없습니다. 안은 비어 있는데, 마루바닥도 없고 썩은 널빤지로 만든 긴 의자만 달랑 하나 있을 뿐입니다. 벌레 먹은 지붕의 틈새로는 비가 샐 정도이지요. 거듭 말하지만, 이 오두막집이 영화에 찍힌 것은 단지 우연일 뿐입니다. 그리고 마지막으로 덧붙이자면, 〈브르타뉴의 전설〉은 지난 9월에 촬영한 것이므로 이 서명은 적어도 8개월 전에 새겨졌다는 말이 됩니다.

자, 부인께서 제게 맡기신 두 가지 임무는 이걸로 끝입니다. 제가 부인께 조사 결과를 말씀드리기까지는 신중을 기했다는 점을 알아주시기 바랍니다. 그리고 이렇게 짧은 시간 안에 일을 수행하기 위해 저는 온갖 기발한 방법을 동원해야 했습니다. 그 노력에 비하면, 제가 청구한 금액 500프랑은 정말 우스울 만큼 적은 돈이라는 것을 알아 두셔야 하고…….

여기까지 읽고 베로니크는 편지를 다시 접어 넣었다. 편지를 읽는 내내 그녀는 끔찍했던 결혼 생활에 대한 기억이 머릿속을 떠나지 않아 고통스러웠다. 특히 한 가지 일이 집요하게 그녀를 괴롭혔는데, 수녀원의 어둠 속에서도 잊지 못했던 그 기억이었다.

그녀가 겪은 모든 불행 중에서도 가장 또렷하게 남아 그녀를 괴롭히는 기억은 볼스키를 사랑하게 된 후 벌어진 모든 일과 아버지와 아들의 죽음이었다. 물론 베로니크가 처음부터 볼스키를 사랑한 것은 아니었다. 그녀는 그의 미친듯한 사랑에 저항하고 그를 멀리하려 노력했다. 하지만 절반은 강요에 의해, 또 절반은 볼스키가 다시는 아버지를 괴롭히게 하지 않기 위해 결혼을 결심한 것이었다.

그러나 결혼 후에는 그녀도 점차 볼스키를 사랑하게 되었다. 그래서 그의 날카로운 시선 하나에 얼굴이 파리해지기까지 했다. 베로니크는 그를 사랑했던 자신이 너무 원망스러웠다. 시간이 지나도 고통스러운 기억은 희미해지지 않고 더욱 또렷이 떠올랐다.

「자, 이제 그만 생각하자. 울기 위해 이곳에 온 게 아니잖아」
그녀는 중얼거렸다.

브장송을 출발해 이곳까지 온 목적을 되새기며, 그녀는 행동을 개시하기 위해 자리에서 일어났다.

「로크리프로 가는 지방 도로가 나오기 전에…… 나무로 반쯤 둘러싸인……」

베로니크는 뒤트레이의 편지를 읽으며 걸었다. 그러니까 그녀는 길을 지나친 것이었다. 조심스럽게 오던 길을 되돌아가니, 곧 오른쪽에 나무로 둘러싸여 반쯤 가려진 오두막집이 보였다. 그녀는 두근거리는 마음을 가라앉히며 오두막집을 향해 천천히 걸어 갔다.

오두막집은 비바람에 부서지고 썩어 있어서 목동이나 도로 보수를 하는 인부들도 그곳에 머물기를 꺼려 할 만큼 상태가 나빴다. 베로니크는 오두막집의 문을 자세히 보았다. 서명은 영화에서 봤던 것보다 훨씬 더 희미해져 있었다. 하지만 세 글자만은 또렷이 보였다. 그리고 뒤트레이는 전혀 언급하지 않았지만 서명 아래에는 뭔가 다른 것이 있었다. 희미하게 화살표가 하나 그려져 있고, 그 옆에는 9라고 씌어 있었다.

그녀는 더욱 혼란스러워졌다. 누군가 베끼려는 마음만 있다면 그녀의 서명을 따라 하는 것이 어려운 일은 아니다. 하지만 이것은 그녀가 어렸을 적에 사용했던, 그녀 자신도 지금은 사용하지 않는 서명이다. 한번도 와 본 적이 없는 브르타뉴에, 그것도 버려진 한 오두막집 문짝에 도대체 누가 그녀의 서명을 새겨 놓은 것일까?

베로니크는 주변에 가까운 친척조차 없었다. 일련의 사건들 때문에 그녀의 과거는 그녀가 사랑했던 사람들의 죽음과 함께 묻혔다. 그녀 생각에 자신의 서명을 기억할 만한 사람은 아무도 없었다. 그런데 누가 이곳, 바로 이 오두막집 문에 그녀의 서명을 새겼을까? 이것은 무엇을 의미할까?

베로니크는 오두막집 주변을 한바퀴 돌아보았다. 주위를 둘러싸고 있는 나무에도 특별한 점은 없었다. 뒤트레이의 편지에서, 문을 열어 보았으나 내부에는 아무것도 없었다고 한 말이 떠올랐다. 그녀는 뒤트레이가 쓴 대로 그가 편지에 빠뜨린 점이 없기를 바랐다.

문에는 그저 고리 하나가 걸려 있었다. 고리를 젖히고 문을 여는 일은 간단했다. 이유를 설명할 순 없지만, 문을 앞으로 당기기 위해서는 육체적인 힘이 아니라 정신적인 힘, 즉 문을 열려는 의지가 몹시 필요했다. 이 작은 행동 하나 때문에 예전처럼 어떤 끔찍한 사건 속으로 다시 빨려 들어가게 될지도 모른다는 생각으로 그녀는 두려웠다.

「뭐야, 왜 그래? 도대체 왜 가만히 서 있는 거야?」

혼잣말을 하고 나서 베로니크는 결심한 듯이 드디어 손잡이를 잡아당겼다. 동시에 그녀의 입에서는 끔찍한 비명소리가 터져 나왔다. 오두막집 안에는 시체 한 구가 앉아 있었다.

그녀는 이미 시체가 된 남자에게서 뭔가 이상한 점을 발견했다. 남자는 한쪽 손목이 떨어져 나가고 없었다. 그는 희끗희끗한 수염을 부채 모양으로 길렀고, 흰 머리카락이 목덜미까지 내려온 노인이었다. 입술은 거무스름했고 부어오른 피부는 군데군데 색이 변한 것으로 보아 독살당한 것 같았다. 손목 바로 위가 잘린 것 외에는 어떠한 상처도 없었다. 그리고 손은 죽기 전에 이미 잘려 있던 것 같았다. 노인이 입고 있는 옷은 브르타뉴 지방 농부들이 입는 고유 의상이었으며 매우 낡았다. 시체는 머리를 의자에 기댄 채 다리를 오므리고 땅바닥에 앉아 있었다.

베로니크는 그 자리에 얼어붙은 채로 이러한 모습을 하나하나 확인했다. 그녀는 자신이 지금 뚫어지게 보고 있는 것이 시체라는 사실을 잠시 잊은 듯했다. 그녀는 곧 몸을 벌벌 떨다가 주저앉으며 중얼거렸다.

「시…… 시체…… 시체……」

그러다가 그녀는 자기가 뭔가를 잘못 본 것이며, 이 남자는 아직 죽지 않았을지도 모른다는 생각을 했다. 그래서 그녀는 남자에게 다가가서 그의 이마에 손을 댔다. 순간 그녀의 손끝에 얼음장같이 차가운 느낌이 와 닿았고, 온몸에 소름이 돋았다.

하지만 이런 행동 덕분에 그녀는 오히려 정신이 맑아졌다. 오두막집 주위에는 아무도 없었다. 그녀는 당장 파우에로 돌아가서 당국에 신고해야겠다는 생각을 했다. 혹시 죽은 사람의 신분을 확인할 만한 단서가 있을까 싶어 그녀는 시체 주변을 살펴보았다.

주머니는 비어 있었다. 옷과 속옷에는 아무런 표시도 없었다. 그녀가 단서를 찾기 위해 여기저기 뒤적거리자, 남자의 머리가 앞으로 쏠리면서 상체가 구부러졌다. 시체가 쓰러진 후 그가 기대고 있던 의자 밑에서 뭔가가 드러났다.

그것은 색이 바란 두루마리였다. 두루마리의 원통은 조각나고 부서져 거의 찌그러진 상태였고, 표면에는 희미한 그림이 그려져 있었다. 그녀는 두루마리를 집었다. 하지만 손이 떨려 차마 펼쳐 볼 수가 없었다. 그녀는 더듬거리며 말했다.

「오! 하나님! 이런…… 세상에……」

그녀는 간신히 두루마리를 펼쳤다. 그 안에는 그림과 글씨가 빽빽하게 채워져 있었다. 베로니크는 눈으로는 그림을 보고 있으나, 머리로는 아무것도 이해할 수 없었다. 그저 잠시 동안 그대로 서 있는 것만 가능할 뿐이었다. 그리고 잠시 후에 그녀 앞에 드리워졌던 안개가 걷히고 두루마리에 있는 빨간 그림이 눈에 들어왔다.

그림에선 나무 기둥 네 개에 여자 네 명이 십자가에 못 박힌 것처럼 매달려 있었다. 그림 맨 앞, 중앙에 매달린 여자가 그림의 주인공인 듯했다. 그 여자는 몸은 뻣뻣했고 얼굴은 베일로 가려졌으며 가장 끔찍하게 일그러진 얼굴을 가지고 있었다. 그런데 여자의 얼굴이 낯익었다. 십자 형태로 나무에 매달린 이 여자는 다름 아닌 그녀였다! 의심의 여지가 없는 바로 그녀 자신, 베로

24

니크 데르주몽이었다!

고대의 관습에 따라 처형용 나무 끝에는 매달린 사람의 서명을 새긴 가죽 판이 붙어 있었다. 그리고 그것은 바로 그녀의 서명, 베로니크가 어릴 적에 사용하던 세 글자, 〈V. d'H.〉였다. 베로니크 데르주몽!

머리에서 발끝까지 경련이 일었다. 베로니크는 정신없이 오두막집을 빠져나왔다. 오두막집 밖의 상쾌한 공기를 마시며 그녀는 정신을 잃었고, 풀밭에 쓰러졌다.

베로니크는 건강하고 원기 왕성한 사람이었다. 그녀는 키가 컸고 놀라울 만큼 균형 잡힌 몸매를 가졌으며, 끔찍한 결혼 생활을 겪으면서도 건강한 아름다움을 잃지 않았다. 그녀의 몸과 마음이 이처럼 혼란을 겪고 쓰러진 것은 매우 이례적인 일이었다. 예상치 못했던 상황들이 계속해서 일어난 데다 기차 여행의 피로가 겹친 탓이었다.

2, 3분쯤 기절해 있다가 그녀는 곧 깨어났다. 잠시 정신을 잃었다가 깨어나자 오히려 머리가 맑아졌고, 용기도 생겼다. 그녀는 일어나서 두루마리 종이를 손에 꼭 쥔 채 오두막집을 바라보았다. 말로는 설명할 수 없는 이상한 기분이 들었지만, 이번에는 눈을 똑바로 뜨고 상황을 파악하려 애썼다. 그녀는 두루마리를 펴고 다시 찬찬히 살펴보았다.

두루마리에는 별 뜻도 없어 보이고 의미를 파악하기도 힘든 글이 빼곡히 적혀 있었다. 왼쪽에는 여백을 채우기 위해 쓴 듯한 문장이 세로로 열다섯 줄이나 되었다.

그녀가 읽을 수 있는 단어가 몇 개 보였다. 베로니크는, 〈십자가에 매달린 네 명의 여자〉, 〈서른 개의 관……〉, 그리고 가장 마지막 줄에서 〈삶과 죽음을 관장하는 성석〉이라는 글귀를 읽었다.

테두리와 중앙에는 세로로 줄을 두 개 그어 오른쪽과 왼쪽을 나누고 있었다. 한 줄은 검은 잉크로, 또 한 줄은 빨간 잉크로 그은 것이었다. 그리고 그 위에는 역시 빨간색 잉크로, 낫 두 개를 서로 마주보게 그려 놓았으며, 아래에는 관 그림이 있었다.

오른쪽 부분은 그림으로 채워져 있었다. 붉은색으로 그려진 이 그림은, 왼쪽의 글씨 부분과 두루마리 겉면의 그림을 보충해서 어떤 설명을 하고 있는 것 같기도 했다. 또는, 그저 옛날 책의 한 쪽을 베껴 놓은 것 같기도 했다. 원시적인 방법으로 기술한 커다랗고 두꺼운 책, 옛날 마법사들의 책에 나오는 그런 그림이었다.

그녀는 다시 십자가 네 개에 매달린 여자 네 명을 보았다. 세 여자는 지평선 근처에 작게 그려져 있는데, 브르타뉴 전통 의상을 입고 브르타뉴 전통의 헤어스타일대로 머리를 묶어 올린 모습이었다. 특이한 점은 그녀들의 머리를 묶을 때 쓴 검은 리본의 양 날개가 마치 알자스 지방의 전통 매듭처럼 넓게 펼쳐 있는 것이었다.

베로니크는 공포에 질린 눈으로 중심부에 있는 가장 끔찍한 그림을 바라보았다. 중심에는 가장 큰 십자가와 나무 기둥에 한 여자가 매달려 있고, 잘려진 나뭇가지처럼 여자의 두 팔은 땅바닥으로 처져 있었다. 여자의 손과 발은 못을 박지 않고 끈으로 묶어 십자가에 고정시켰는데, 이 끈은 그녀의 어깨와 두 다리까지 감싸고 있었다. 이 여자는 브르타뉴 전통 의상 대신 거의 바닥까지 내려오는 수의를 입고 있었고, 모진 고문으로 앙상하게 마른 모습이었다.

이 여자는 이제 고통에 지쳐 모든 것을 체념한 듯하면서도 한

편으론 풀려나길 기대하는 듯한 비통한 표정을 하고 있었다. 스무 살 남짓의 베로니크가 칠흑 같은 어둠을 헤매던 시기에 거울 너머로 물끄러미 바라본 얼굴, 희망이라고는 눈곱만큼도 찾을 수 없어 눈물로 범벅이 되어 있던 얼굴, 바로 베로니크 자신의 얼굴이 분명했다.

베로니크를 닮은 그 여자의 풍성한 머리카락은 물결을 이루며 허리까지 내려왔다. 그리고 그 머리 위에는 서명이 새겨진 가죽 띠가 박혀 있었다. 〈V. d'H.〉

베로니크는 젊은 시절의 기억과 현재의 사건을 연관 지어 보려고 애쓰면서 한참 동안 생각에 잠겨 있었다. 하지만 그녀의 머릿속에는 단 하나의 단서도 떠오르지 않았다. 그녀가 읽고 있는 단어, 그녀가 보고 있는 그림 모두 그녀에게는 아무런 의미도 없었다.

그녀는 두루마리를 여러 번 검토한 후 천천히 찢어 바람에 날려 버렸다. 마지막 한 조각까지 다 날려 보낸 뒤, 그녀는 오두막집 안으로 들어가서 시체를 원래대로 앉혀 놓았다. 오두막집에서 나와 문고리를 다시 걸어 놓으며, 그녀는 이 사건을 법으로 처리하는 것이 가장 적합하다는 결론을 내렸다. 그녀는 서둘러 마을로 돌아갔다.

하지만 한 시간 뒤에 그녀가 파우에 마을 이장과 치안 담당자, 그리고 호기심에 그들을 따라온 한 무리의 사람들과 함께 돌아왔을 때, 오두막집은 텅 비어 있었다. 시체가 사라진 것이다.

모든 게 너무나 이상했다. 베로니크는 자신도 몹시 혼란스러웠기 때문에, 마을 사람들의 질문에 대답하고 사람들이 갖고 있는 의구심을 풀어 주는 일이 너무 벅찼다. 결국 그녀는 여관 주인에게 이곳에서 가장 가까운 마을은 어디며, 파리 행 기차를 탈 수 있는 가장 가까운 기차역은 어디 있는지 물어보았다.

그녀는 스카에르와 로스포르덴으로 향하는 자동차 두 대를 예약하고 길을 나섰다. 차를 기다리는 시간도 참을 수 없어서 베로니크는 우선 걸어가다가 도중에 기사를 만나기로 했다. 베로니크는 양 손에 짐을 들고 길을 나섰다. 그녀의 우아한 자태와 미모 때문에 음흉한 시선이 끊이지 않았다.

길은 끝없이 길기만 했다. 하지만 이 이해할 수 없는 사건에서 빠져나와 모든 것을 잊고 안정을 되찾기 위해, 심지어는 이 밀려오는 피로감조차 잊기 위해 더욱 보폭을 크게 하며 서둘러 걸었다. 예약한 자동차가 곧 뒤에서 나타났다.

자동차는 언덕을 올라갔다가 다시 계곡 아래로 내려갔다. 그녀는 끊임없이 떠오르는 물음에 대한 해답을 찾지 않기 위해 아무 생각도 하지 않았다. 그러나 머릿속은 이미 볼스키의 납치에서부터 아버지와 아이의 죽음에 이르기까지 끔찍한 과거로 채워졌고, 그녀는 두려움에 휩싸였다.

베로니크는 자신이 브장송에서 경영하는 여성용 모자 제조 회사에 대해서만 생각하려고 애썼다. 거기에는 슬픔도, 꿈도, 과거의 기억도 없었다. 그녀가 살고 있는 허름한 집에서 일상적으로 일어나는 일들에 대해 생각하다 보니 버려진 오두막집과 손이 잘린 남자의 시신, 자신의 서명이 씌어 있던 끔찍한 그림에 대해서도 거의 잊어가는 듯했다.

그녀가 탄 차가 스카에르 마을로 가는 길과 로스포르덴으로 가는 길이 나눠지는 지점에 이르렀을 때, 갑자기 말 울음소리가 들렸다. 그녀가 소리가 난 쪽으로 고개를 돌리자 반쯤 허물어진 집 한 채가 보였다. 그리고 그 집의 담벼락에는 흰색 분필로 그려진 화살표와 그 위에 숫자 10, 그리고 그 운명의 서명이 적혀 있었다. 〈V. d'H.〉

# 바닷가에서

베로니크는 정신이 번쩍 들었다. 조금 전까지 그녀는 끔찍한 과거를 떠올리게 만든 이 새로운 위협으로부터 도망치기로 했다. 그러나 새로운 서명과 10이라는 숫자를 발견한 지금, 그녀는 마음을 바꾸어 의심스러운 이 길을 끝까지 따라가 보리라 결심했다.

어둠 속에서 흔들리는 희미한 작은 불빛을 보던 베로니크는 문득 이 그림의 의미를 깨달았다. 그 의미는 아주 간단했다. 화살표는 방향을 나타내는 것이었고, 숫자 10은 정해진 한 곳에서 다른 곳으로 계속 이어지는 열 번째 번호였던 것이다.

이 표시는 누군가가 다른 사람의 발길을 인도하기 위해 일부러 남겨 놓은 것이 아니었을까? 아무래도 상관없었다. 중요한 것은 이 연속되는 숫자를 따라가면 베로니크가 궁금해하는 문제의 해답을 찾을 수 있다는 예감이 들었다는 것이었다. 앞으로 그녀의 서명은 도대체 몇 번이나 더 나올까?

파우에서 예약한 두 번째 차가 그녀를 태우러 왔다. 그녀는 차에 올라탄 뒤 기사에게 로스포르덴 쪽으로 천천히 가 달라고 말했다.

베로니크는 로스포르덴에 도착해 저녁 식사를 했다. 역시 그녀의 예감은 틀리지 않았다. 그녀는 갈림길까지 오기 전, 자신의 서명을 두 번이나 더 발견했다. 물론 그 서명 밑에는 숫자 11과 12가 새겨져 있었다. 베로니크는 우선 로스포르덴에서 하룻밤 묵고, 날이 밝으면 다시 조사하기로 결정했다.

그녀가 로스포르덴으로 오는 길에 묘지 담장에서 찾아냈던 숫자 12는 콩카르노 방향을 가리키고 있었다. 다음날 날이 새자, 베로니크는 콩가르노를 향해 떠났다. 그러나 콩카르노에 다다를 때까지 그녀는 아무런 표시도 발견하지 못했다. 그녀는 길을 잘못 찾은 것은 아닌가 싶어 발길을 돌렸다. 그리고 거의 한나절이나 더 걸었지만 결국 아무것도 찾지 못했다.

13을 발견한 것은 그 다음날이었다. 그것은 거의 다 지워져 간신히 알아볼 수 있었으며, 푸에스낭 방향을 가리키고 있었다. 그리고 다시 14를 찾아 헤매다가 그녀는 길을 잃고 말았다.

결국 파우에를 떠난 지 나흘 만에 그녀는 바닷가에 이르렀다. 그곳은 벡메일 해변이었다. 그녀는 이곳에서 또 이틀을 허비했다.

마을에 머문 지 사흘째 되는 날 아침, 베로니크는 해변 여기저기에 박혀 있는 바위 사이를 걸으며 새로운 단서를 찾아다녔다. 그러다가 그녀는 절벽 가까운 곳까지 올라갔다. 나무와 잡목으로 뒤덮인 낮은 절벽 위에는 잎이 거의 다 떨어진 떡갈나무 두 그루와 흙과 나무로 만든 오두막집이 하나 있었다. 세관원들이나 가끔 어쩔 수 없이 사용할 정도로 상태가 형편없는 오두막집이었다. 오두막집 입구에는 선돌 하나가 있었고, 돌 위에는 숫자 17과 함께 그녀의 서명이 적혀 있었다. 하지만 화살표는 어디에도 없었다. 단지 숫자 아래 마침표가 하나 있을 뿐이었다. 이게 전부였다.

오두막집 안에는 깨진 병 세 개와 빈 통조림 깡통 여러 개가 너저분하게 놓여 있었다.

〈이 오두막집은 음식 먹을 때만 사용하는 모양이지? 누가 여기 와서 음식을 먹고 가는 걸까?〉

그 순간 보트 엔진 소리가 들렸다. 밖을 내다보니 근처에 있는 작은 만 옆에 소라고동처럼 생긴 보트가 한 대 정박해 있는 것이 보였다. 보트 옆에서는 두 남녀가 대화를 나누고 있었다.

그녀가 서 있는 곳에서는 남자의 모습만 보였다. 남자는 나이가 꽤 들어 보였다. 그는 손에 들고 있던 장바구니 대여섯 개와 밀가루 반죽, 야채 등을 땅에 내려놓으며 말했다.

「오노린느 부인, 여행은 즐거우셨습니까?」

「예, 즐거운 여행이었어요」

「어디에서 머무르셨습니까?」

「파리요. 여행을 하느라 일주일 동안이나 집을 비웠답니다. 그래서 집에 돌아가는 길에 장을 좀 봐 왔죠」

「돌아와서 좋으십니까?」

「물론이죠」

「오노린느 부인, 보시면 알겠지만 부인의 배는 여느 때와 같은 자리에 있습죠. 제가 하루도 안 거르고 살펴보러 나왔습니다. 오늘 아침에 돛을 거뒀어요. 상태도 여전하지 않습니까?」

「아주 좋군요」

「부인께서는 배를 모는 일을 자랑스러워하시는 것 같군요. 오노린느 부인, 어떻게 해서 배를 몰게 되셨나요?」

「전쟁 때문이죠. 젊은이들은 모두 섬을 떠났고 남은 사람들도 모두 낚시를 하러 다녔지요. 배를 몰 사람이 너무 부족했답니다. 그래서 제가 이 일을 하게 된 거죠」

「휘발유는 충분한가요?」

「비축해 둔 게 있어요. 그 점에 대해서는 염려하지 않으셔도 돼요」

「자, 그럼 이제 저는 갑니다. 오노린느 부인, 짐 싣는 것을 도와드릴까요?」

「아뇨, 괜찮아요. 당신도 바쁘신데요, 뭘」

「그럼 저는 갑니다」

남자는 다시 한번 말했다.

「오노린느 부인, 다음번에는 짐을 미리 챙겨 두겠습니다」

그는 인사를 하고 걸어갔다. 그리고 어느 정도 가더니 다시 뒤를 돌아보고 목청껏 소리를 질렀다.

「아무튼 섬 근처에 있는 암초에 걸리지 않도록 주의하십시오. 이 섬은 주위에 암초가 많기로 유명하니까요. 괜히 이 섬을 서른 개의 관이 놓인 섬이라고 부르는 게 아니지 않습니까. 그럼 행운을 빕니다, 오노린느 부인」

그는 바위를 돌아 사라졌다.

베로니크는 소름이 끼쳤다.

〈서른 개의 관이라니……. 그 끔찍한 그림 곁에 씌어 있던 말이 아닌가!〉

그녀는 몸을 숙였다. 여자가 보트를 향해 몇 발짝 앞으로 걸어

나왔기 때문이다. 여자는 가져온 짐을 내려 놓고, 똑바로 섰다.

베로니크는 여자를 자세히 관찰할 수 있었다. 여자는 브르타뉴 전통 의상을 입고 검은 벨벳 천으로 묶어 머리를 올렸으며, 그 위에 리본을 두 개 만들었다.

〈아! …… 그림에 있던 그 머리……. 십자가에 매달린 세 여자의 머리와 똑같아…….〉

브르타뉴 여자는 마흔 살쯤 되어 보였다. 표정에는 생기가 있었으나 피부는 햇볕에 그을리고 추위 때문에 약간 거칠어진 듯했다. 몸은 매우 말라 뼈가 불거져 나올 정도였으나 꽤 건강해 보였다. 그리고 검고 큰 두 눈은 온화하면서도 지적인 분위기를 물씬 풍겼다. 벨벳 블라우스의 가슴 부위를 단단히 여미고 있었고 그 위로 약간 무거워 보이는 금 목걸이가 가슴까지 내려와 있었다. 전체적으로 여자는 활력이 넘쳐 보였다.

여자는 짐을 보트에 실으면서 나지막하게 노래를 불렀다. 배는 커다란 바위에 밧줄로 매여 있었다. 짐을 다 싣자 여자가 무릎을 펴고 일어나 먹구름이 가득한 수평선을 바라보았다. 하지만 그다지 걱정하는 기색은 아니었다. 그녀는 닻줄을 풀면서 노래를 계속했는데, 이번에는 더욱 큰 소리로 불러 베로니크도 가사를 들을 수 있었다. 그 노래는 느린 음률의 자장가였다. 여자는 미소를 띤 채, 새하얗고 아름다운 치아를 드러내며 노래를 불렀다.

　　자장가를 부르면서
　　엄마가 말했다네!

　　울지 마라. 우리가 울면

성모 마리아도 운단다.

아기가 노래하고 웃어야
성모 마리아도 웃는단다.

손을 모으고 기도하렴.
성모 마리아님이여…….

노래를 듣던 베로니크의 얼굴에 핏기가 사라졌다.
〈이게 도대체 무슨 일이지?〉
베로니크는 일어나서 천천히 그녀에게 다가갔다.
「그 노래, 누가 가르쳐 준 거죠? 그 노래…… 어디서 배웠어
요? 그건…… 우리 엄마가 나한테 들려주던 노랜데……. 엄마의
고향, 사부아 노래예요. 그리고 그 이후로…… 엄마가 돌아가신
이후로는 전혀 들어 보지 못했는데……. 그러니까 전…… 제가
알고 싶은 건……」
브르타뉴 여자는 약간 놀란 기색으로 물끄러미 베로니크를 바
라보았다.
베로니크는 다시 물었다.
「누가 그 노랠 가르쳐 줬나요?」
「저쪽에 사는 어떤 사람이요」
오노린느 부인이라 불리던 여자가 마침내 대답했다.
「저쪽이라뇨?」
「네, 제가 살고 있는 저 섬에 사는 사람이요」
베로니크는 알겠다는 듯 말했다.

「서른 개의 관이라고 불리는 그 섬 말인가요?」

「그건 그냥 사람들이 부르는 이름이고, 진짜 이름은 사렉 섬이랍니다」

두 여자는 서로를 경계하는 눈빛으로 바라보았다. 하지만 상대를 의심하는 눈빛이라기보다는 무언가 궁금한 것이 있어서 서로 알아내고 싶어하는 듯한 눈빛이었다. 잠시 서로를 관찰하다가 두 여자는 다시 부드러운 눈빛으로 돌아갔다.

「죄송해요, 하지만 생각해 보세요, 정말 황당한 일이라서……」

브르타뉴 여자는 동의한다는 표정으로 고개를 끄덕였다. 다시 베로니크가 말했다.

「정말 황당하고, 혼란스러운……. 제가 이 해변에 어떻게 오게 되었는지 아세요? 이 이야기를…… 해야 할 것 같군요. 아마도 당신만이 제게 무언가를 설명해 줄 수 있을 것 같아요. 그러니까…… 제가 브장송에서 생전 처음 이 지방으로 오게 된 건, 정말이지 우연이었어요. 버려진 낡은 오두막집 문 앞에 갔던 것도 그렇고요. 그곳에는 어릴 때 제가 사용하던 서명이 적혀 있었어요. 그 서명은 14년, 거의 15년 동안 사용하지 않은 서명인데 말이에요. 그리고 이곳까지 오는 길에 여러 번, 그것도 각각 다른 숫자와 함께 적힌 제 서명을 발견했답니다. 이렇게 해서 이곳, 백메일 해변까지 오게 된 거예요. 이 해변도 누군가가 예견하고 정해 놓은 저의 여정 속에 포함되어 있었던 거죠. 그런데 그게 도대체 누굴까요? 정말 이상한 일투성이에요」

「당신 서명이 여기 있다고요? 어디에요?」

오노린느가 큰 소리로 말했다.

「저 돌 위에요. 우리 위에 있는 저 오두막집 입구에요」

「여기선 안 보이는군요. 어떤 글자였죠?」

「V. d'H.」

브르타뉴 여자는 너무 놀라 움찔했다. 깡마른 그녀의 얼굴에는 여러 가지 감정이 뒤섞여 나타났다.

「베로니크…… 베로니크 데르주몽」

「어머! 제 이름을 아세요? 제 이름을……」

오노린느는 베로니크의 두 손을 꼭 잡아 쥐었다. 여자의 거친 얼굴에는 미소가 떠오르고, 눈에는 눈물이 맺혔다.

「베로니크 양…… 베로니크 부인, 그러니까 당신이 베로니크란 말이죠? 세상에 이런 일이……. 성모 마리아님, 감사합니다」

베로니크는 혼란스러웠다.

「제 이름을 아시는군요. 제가 누군지도 아시는 것 같고……. 그럼 이 수수께끼 같은 일에 대해 설명을 좀 해 주시겠어요?」

긴 침묵이 흐른 뒤에야 오도린느가 입을 열었다.

「전 아무것도 설명할 수가 없어요. 저 역시도 이해할 수가 없는걸요. 하지만 우리 함께 해답을 찾아보도록 하죠. 자 우선, 브르타뉴의 어느 마을이었죠?」

「파우에요」

「파우에…… 저도 알아요. 그리고 그 버려진 오두막집은 어디에 있었죠?」

「거기에서 2킬로미터 정도 떨어진 곳이요」

「안으로 들어가 봤어요?」

「네. 정말 끔찍했어요 오두막집 안에는……」

「말해 봐요. 뭐…… 뭐가 있었죠?」

「우선 한 남자, 노인의 시체가 있었어요. 이 지방 전통 의상을 입고, 긴 백발에, 흰 수염……. 아, 그 시체, 정말 잊을 수가 없어요. 그 노인은 살해당한 게 틀림없어요. 독살……. 잘 모르겠어요」

오노린느는 베로니크의 말을 열심히 들었지만 이 살인 사건이 갖는 의미를 단박에 알아챌 수는 없었다.

「그 남자는 누구였죠? 조사는 했나요?」

「파우에 사람들과 함께 그 오두막집으로 돌아갔을 때, 시체는 이미 사라진 뒤였어요」

「모를 일이군……. 당신도 아무것도 모르겠어요?」

「전혀요. 하지만 처음 오두막집 안으로 들어갔을 때, 그림 한 장을 찾았어요. 그 그림은 제가 찢어 버렸지만 아직 생생하게 기억해요. 너무나 끔찍한 그림이라서…… 악몽처럼 끊임없이 되살아나요. 그 그림을 없앨 수밖에 없었던 건……. 들어 보세요, 그 그림은 두루마리 종이 위에 그려진 것이었는데 분명 오래된 그림을 베낀 것이었어요. 그런데 정말이지……. 끔찍한…… 끔찍한 그림이었어요. 십자가에 매달린 여자 네 명! 그리고 그중 한 명은 바로 저였어요. 제 이름과 함께……. 그리고 다른 여자들은 당신과 똑같은 헤어스타일이었어요」

오노린느는 믿어지지 않는다는 듯이 베로니크의 손을 더 세게 잡았다.

「뭐라고요? 뭐라고 했죠? 여자 네 명이 십자에 매달려 있었다고요?」

「네, 그리고…… 당신이 산다는 그 섬, 서른 개의 관에 대한 글이 있었어요」

브르타뉴 여자는 손으로 베로니크의 입을 막았다.

「그만해요! 그만! 이런…… 다 말하지 마요. 그만! 그만! 말하지 마요……. 정말 지옥에서나 일어날 만한 일이군. 그런 얘길 하는 건 신성모독이에요. 거기까지만 하고 입을 다물어요. 나중에 얘기하도록 하죠. 몇 년쯤 후에…… 아니, 더 나중에…… 아주 나중에……」

오노린느는 나무를 후려치고 자연을 온통 뒤엎을 만큼 강한 폭풍우를 만난 것처럼 심하게 몸을 떨었다. 그러고는 갑자기 바위 위에 무릎을 꿇더니 몸을 숙이고 두 손으로 머리를 감싼 채 오랫동안 기도를 했다. 이런 모습을 보며 베로니크는 더 이상 질문을 할 수 없었다.

마침내 여자가 일어나서 말했다.

「맞아요. 모든 일이 너무나 끔찍해요. 하지만 그렇다고 우리가 해야 할 일이 달라지진 않아요. 조금도 망설여서는 안 돼요. 나랑 저기로 가야 해요」

「저기라니, 당신이 살고 있는 섬 말인가요?」

베로니크는 멈칫했다.

오노린느는 다시 베로니크의 손을 잡더니 약간 엄숙한 목소리로 말을 시작했다. 이런 모습에 베로니크는 그녀가 어떤 일을 숨기고 있다는 느낌을 받았다.

「당신은 분명 베로니크 데르주몽이 맞나요?」

「네」

「당신 아버지는?」

「앙투안느 데르주몽」

「당신은 자칭 폴란드 인이라고 하는 볼스키란 남자와 결혼했나요?」

「네, 알렉시스 볼스키」

「결혼 전 납치당한 후 아버지와 결별했나요?」

「네」

「남편과의 사이에 아이가 있나요?」

「네, 아들이 있었어요, 프랑수아」

「말하자면, 당신이 그 두 번째 납치 사건을 제대로 파헤칠 수 없었던 건 아이를 납치한 범인이 바로 당신 아버지였기 때문인가요?」

「네」

「당신의 아버지와 아들은 난파로 실종되었나요?」

「네. 둘 다 죽었어요」

「그걸 어떻게 확신하죠?」

베로니크는 이런 질문에 당황할 틈도 없었다.

「제가 개인적으로 의뢰한 탐정과 경찰에서 조사한 결과 그래요. 선원 네 명이 확실하게 증언했어요」

「그 선원들이 거짓말을 했다고 생각한 적은 없나요?」

「그 사람들이 왜 거짓말을 하겠어요?」

베로니크는 놀라서 말했다.

「돈을 받고 거짓말을 했을 수도 있잖아요. 그래서…… 미리 입을 맞췄을 수도……」

「누가 그런 걸 시키겠어요?」

「당신 아버지」

「말도 안 돼! 게다가 아버진 죽었다고요」

「다시 말하죠. 아버지가 죽었는지 어떻게 확신하죠?」

베로니크는 더욱 어안이 벙벙해졌다.

「그렇게 해서 뭘 알고 싶은 거죠?」

「잠깐, 그 선원들의 이름을 알아요?」

「알았지만…… 지금은 기억 나지 않아요」

「혹시 브르타뉴 지방 사람들이 아니었나요?」

「그랬던 것 같아요. 하지만 잘 모르겠……」

「당신은 브르타뉴 지방에 한번도 온 적이 없죠? 하지만 당신 아버지는 집필하던 책 때문에 오래전부터 자주 방문했답니다. 당신 엄마가 살아계실 적에는 두 분이 함께 와서 머물기도 했어요. 그러면서 이 지방 사람들과 친해졌죠. 아버님은 오래전부터 그 선원들을 알고 있었고, 그 선원들은 당신 아버지께 충성하는 마음으로든 돈을 받았든 간에 아무튼 그 사건에 연루되었지요. 그 선원들은 당신의 아버지와 당신의 아들을 이탈리아에 있는 작은 항구에 내려 주었고, 그 다음에 이들이 타고 있던 요트를 해변으로 흘려 보낸 것이었죠. 이건 사실입니다」

베로니크는 흥분하여 큰 소리로 말했다.

「당신의 말이 사실이라면, 그 선원들을 불러 확인해 주실 수도 있겠군요. 그들이 아직 살아 있다면 말이죠」

「두 사람은 몇 년 전에 죽었어요. 남은 사람 중 하나는 마그녹이란 늙은이인데, 사렉 섬에 가면 만날 수 있을 거예요. 그리고 다른 한 사람은…… 조금 전에 봤는지 모르겠네요. 그 사람은 증언의 대가로 받은 돈을 투자해 백메일에 식료품점을 냈어요」

「아! 그럼 그 사람을 만나서 물어보면 되겠군요. 당장 그 사람에게 가 보죠」

「뭐 하러 그래요? 그 사람보다 내가 더 아는 게 많은데요」

「당신이…… 당신이 안다고요?」

「당신이 모르는 걸 내가 다 안다고요. 어떤 질문에도 다 대답할 수 있어요. 나한테 물어봐요」

하지만 베로니크는 어떤 질문도 던질 수가 없었다. 그녀가 도무지 받아들일 수 없던 일, 그래서 어둠 속에 묻어 두었던 일이 이제 그 모습을 드러내려 한다. 베로니크는 진실이 얼마나 엄청난 것일지 두려웠다. 그래서 고통스러운 듯이 더듬거리며 말했다.

「이해…… 할 수가 없군요. 이해가 안 돼요. 왜 아버지가…… 그런 일을 벌이겠어요? 왜 아버지와 내 불쌍한 아이가 죽었다고 믿게 만들려고…… 하시겠어요?」

「당신 아버지는 복수하겠다고……」

「볼스키에게요? 아니면 나에게요? 당신 딸에게……? 게다가 이런 복수를……?」

「당신도 남편을 사랑했으니까요. 한번 그의 권력을 맛본 당신은 그로부터 도망치기는커녕, 결혼에 동의했어요. 아버지가 당한 모욕은 온 세상에 공개됐죠. 당신은 아버지의 성격이 얼마나 난폭하고 집념이 강한지…… 성격이 약간……. 당신 아버지 표현에 따르면, 약간 비정상적이란 걸 잘 알잖아요」

「하지만 그 이후에는?」

「그 이후라……. 그 이후에는……. 몇 년이 흐르고, 당신 아버지는 자신이 키우는 외손자에게 애정을 느끼면서 조금씩 가책을 느꼈죠. 그래서 당신을 찾기 위해 여기저기 다 찾아다녔어요. 나도 당신을 찾으려고 여러 번 여행을 했죠! 샤르트르 수녀원을 비롯해……. 하지만 당신은 오래전에 떠났다고 하더군요. 그리고 어디로…… 그 후에는 어디로 갔어요?」

「신문 광고는……」

42

「한번 냈죠. 그때 그 사건 때문에 아버진 아주 조심스러워했어요. 누군가가 광고를 보고 연락을 했지요. 약속도 잡았어요. 그런데 누가 나왔는지 알아요? 볼스키, 볼스키…… 그 사람도 당신을 찾고 있더군요. 당신을 여전히 사랑하고 동시에 증오하고 있었어요. 당신 아버지는 두려워서 더 이상 공개적으로 나서지 못했죠」

베로니크는 입을 다물었다. 신체의 모든 부분이 마비된 것 같았다. 그녀는 주저앉아 바위에 몸을 기댄 채 꼼짝 않고 있었다.

그녀가 중얼거렸다.

「당신은 우리 아버지가 아직도 살아 계신 것처럼 말씀하시는군요」

「살아 계시죠」

「그리고 아버질 자주 만나는 것처럼……」

「매일 만나죠」

「그리고……」

베로니크는 목소리를 낮췄다.

「그리고 내 아들에 대해서는 한마디도 하지 않으시는군요……. 자꾸 끔찍한 생각이 떠오르네요. 아이는…… 아마도 살아 있지 않겠죠? 언제 죽었나요? 그래서 아이에 대해 말하지 않는 건가요?」

오노린느는 미소를 지었다.

「아! 부탁이에요」

베로니크가 간절하게 말했다.

「진실을 말해 주세요……. 가져서는 안 될 희망을 갖는 것이 얼마나 끔찍한 일인지……. 부탁……」

오노린느는 베로니크의 어깨를 감싸 안았다.

「가여운 사람, 내가 언제 그 귀여운 프랑수아가 죽기라도 한 것처럼 얘기했나요?」

「아이가 살아 있어요? 정말 살아 있어요?」

베로니크는 거의 미친 듯이 소리를 질렀다.

「그럼요! 게다가 아주 건강한걸요! 아! 정말, 얼마나 씩씩하고 믿음직한 소년인지……. 난 이렇게 자랑스러워할 자격이 있다고 요. 당신의 아들, 프랑수아를 기른 건 바로 나니까요」

베로니크는 벅찬 기쁨을 이기지 못해 여자에게 기대어 쓰러졌 다. 그동안 받았던 고통만큼 기쁨도 배로 넘쳐 났다.

「울어요, 가여운 사람. 그게 당신한테도 좋을 거예요. 예전에 흘렸던 눈물과는 달리 이번에는 기쁨의 눈물을 흘릴 수 있잖아 요. 그렇죠? 당신의 끔찍한 과거가 모두 사라질 수 있도록 마음껏 울어요. 나는 잠시 마을에 다녀올게요. 당신 짐은 모두 여관에 있 죠? 여관 주인도 날 아니까 괜찮아요. 내가 짐을 가져올 테니 기 다려요. 우리 함께 출발해요」


30분쯤 후 브르타뉴 여자가 다시 돌아왔을 때, 베로니크는 손 짓을 하며 여자에게 서두르라는 신호를 하고 있었다.

「서둘러요. 세상에…… 왜 이렇게 오래 걸린 거예요? 한시도 지체할 틈이 없다고요」

그러나 오노린느는 전혀 서두르지 않았고, 그녀의 말에 대답조 차 하지 않았다. 오히려 그녀의 거친 얼굴이 조금 굳어 있었다.

배를 향해 걸으며 베로니크가 말했다.

「자, 이제 출발하죠. 늦지는 않았나요? 가는데 문제는 없을까 요? 왜 그래요? 조금 전하고는 전혀 다른 사람 같아요」

「아니, 아무것도……」

「그럼, 서둘러요」

베로니크는 오노린느를 도와 짐을 배에 실었다. 오노린느는 짐을 싣다가 갑자기 베로니크를 향해 물었다.

「그림에서…… 십자가에 매달려 있던 여자가 당신이라는 게 확실해요? 정말 당신이었어요?」

「확실해요. 게다가 머리 위에는 제 머리글자가 씌어 있던걸요」

오노린느가 중얼거렸다.

「이상하군. 정말 걱정되는걸……」

「뭐가요? 그건…… 날 아는 어떤 사람이 아마 장난으로…….이건 모두 우연일 뿐이에요. 과거의 일을 들추어내기 위해 만들어낸 우연일 뿐이라고요」

「내가 걱정하는 건 과거가 아니지요. 미래랍니다」

「미래요?」

「그 예언을 기억해요?」

「예언이라뇨?」

「네, 예언이요. 볼스키에 대한 예언이요. 당신에 대해 나온 구절도 있잖아요」

「어머! 당신도 그걸 알아요?」

「알죠. 그래서 그 그림을 생각을 하니 정말 끔찍해요. 그리고…… 당신이 모르고 있는 일들 중에도 이보다 끔찍한 일이 많이 있어요」

베로니크는 웃음을 터뜨렸다.

「뭐라고요? 그래서 지금 날 데려가는 걸 망설이는 거에요? 그러니까 결국, 그 얘기였군요?」

「웃지 말아요. 지옥의 불을 보면서 웃는 사람은 없다고요」

오노린느는 눈을 감았다.

「그래요…… 날 비웃는군요. 당신은 내가 귀신이나 도깨비불 같은 미신을 믿는 시골 여자라고 생각하겠죠. 물론 절대 아니라고는 말하지 않겠어요. 하지만 저기…… 저기…… 당신은 모르는 진실이 감춰져 있다고요. 마그녹하고 한번 얘기해 봐요. 그전에 그 사람에게 신임을 얻어야겠지만……」

「마그녹이라뇨?」

「그 선원들 중 한 명이에요. 당신 아들의 나이 든 친구이기도 하고요. 마그녹도 프랑수아를 키웠어요. 마그녹은 다른 누구보다도, 당신 아버지보다도 그것에 대해 더 많이 알고 있어요. 하지만……」

「하지만?」

「하지만 마그녹은 운명을 시험하고 한계를 넘어, 인간이 알 수 없는 것까지 알고 싶어했죠」

「어떻게 했는데요?」

「그는 손으로……. 이건 내가 마그녹한테 직접 들은 얘기예요. 직접 자기 손으로, 암흑 세상의 저 끝까지 만져 보고 싶어했어요」

「그래서요?」

베로니크는 자신도 모르게 목소리를 높였다.

「그래서 그의 손은 화염에 휩싸여 타 버리고 말았답니다. 마그녹이 내게도 보여 줬어요. 그의 손에 깊은 상처가 남은 걸, 내가 이 눈으로 똑똑히 봤다니까요. 마치 악성 종양에라도 걸린 듯이……. 그 사람이 어느 정도까지 고통스러워했냐 하면……」

「어느 정도로요?」

「왼손으로 도끼를 들고 자기 오른손을 잘라 버렸지 뭐예요」

베로니크는 꼼짝도 할 수 없었다. 파우에서 본 시체의 모습이 떠올라 머뭇거리며 물었다.

「오른손이라고요? 마그녹이라는 사람이 오른손을 잘랐다고 하셨나요?」

「도끼로 단번에 잘라 버렸죠. 내가 떠나기 이틀 전이니까…… 아마 열흘 정도 되었죠. 내가 그 사람 팔을 치료해 줬어요. 그런데 그건 왜 묻죠?」

잠긴 목소리로 베로니크가 말했다.

「왜냐하면…… 죽은 사람, 버려진 오두막집에 있다가 사라진 그 노인……. 그의 오른손이 최근에 잘린 것 같았어요」

오노린느는 소스라치게 놀랐다. 조금 전까지 침착했던 태도와는 달리, 겁에 질린 표정이 역력했다.

「확실해요? 그래, 그래, 확실하겠지……. 그 사람이…… 마그녹……. 그 노인의 머리가 희고 길었다고 했죠? 수염은 넓게 펼쳐져 있고? 아! 이런 끔찍한 일이……」

오노린느는 잠시 말을 멈추고 자신의 목소리가 너무 크지는 않나 걱정하는 듯 주위를 둘러보았다. 그녀는 다시 한번 성호를 긋고는 중얼거리듯이 작은 목소리로 천천히 말했다.

「처음으로 죽게 되어 있었던 건 바로 그 사람이에요. 그가 내게 말해 줬죠. 그 노인…… 마그녹은 과거뿐만 아니라 미래를 보는 눈을 가졌던 사람이에요. 우리가 보지 못하는 것을 그 사람은 아주 정확하게 볼 수 있었죠. 그가 내게 이렇게 말했어요. 〈첫 희생자는 내가 될 겁니다, 오노린느 부인. 하인이 사라지고 나면, 며칠 후에는 그 주인 차례가 될 것이니…….〉라고 말이죠」

「그 주인이라면, 그건……?」

베로니크도 낮은 목소리로 말했다.

오노린느는 갑자기 일어나서 주먹을 불끈 쥐었다.

「그건 내가 막을 거예요. 당신 아버지가 두 번째 희생자가 되는 건 내가 막을 거예요. 아냐, 아냐, 난 때맞춰 도착할 거야. 내가 가도록 내버려 둬요」

「우리 같이 가요」

베로니크는 단호하게 말했다.

오노린느가 간곡히 말했다.

「제발……. 고집 부리지 말아요. 날 그냥 가게 내버려 둬요. 오늘 저녁, 저녁 식사를 하기 전에, 당신 아버지와 아들을 데리고 다시 돌아올게요」

「도대체 왜 그러는 거예요?」

「너무 위험해요, 저곳은 당신 아버지에게…… 특히 당신에게……. 십자가에 달린 네 여자를 떠올려 봐요. 그런 장면이 펼쳐질 곳이 바로 저기라고요. 오! 당신은 저기에 가면 안 돼요! 저 섬은 저주받았다고요」

「하지만 내 아들은요?」

「오늘 볼 수 있을 거예요. 몇 시간 후면……」

베로니크는 갑자기 웃음을 터뜨렸다.

「몇 시간 후라고요? 웃기는군요! 뭐라고요? 난 아들을 못 본 지 14년이나 되었다고요. 바로 조금 전에야 아이가 살아 있다는 걸 알았어요. 그런데 당신은 또 기다려야 한다고 말씀하시는군요. 이제 나는 한 시간도 기다릴 수 없어요! 천 번을 죽더라도 지금 당장 아이를 보러 가겠어요」

오노린느는 베로니크의 결심이 워낙 단호해서 싸워 봤자 아무 소용이 없다는 걸 깨달았다. 그녀는 세 번째로 성호를 긋고 나더니 이렇게 말할 뿐이었다.
「하나님 뜻대로 이루소서」

두 여자는 배의 좁은 공간을 메우고 있는 짐 사이에 자리를 잡고 앉았다. 오노린느는 엔진 시동을 걸고 운전대를 잡았다. 그러고는 능숙한 솜씨로 수면에 여기저기 보이는 바위와 암초 사이를 빠져나갔다.

# 볼스키의 아들

베로니크는 뱃전 오른편에 앉아 오노린느를 바라보며 미소 지었다. 아직 불안한 기대 때문에 조바심을 내는 듯한 웃음, 마치 폭풍우 끝자락에 나타날까 말까 망설이는 햇빛과 같은 웃음, 그래도 행복하게 보이는 웃음이었다.

베로니크의 얼굴에는 기품이 흘렀다. 그 모습에서는 여인이라면 누구나 가지고 있는 교태를 찾아볼 수 없었다. 오히려 점잖다는 표현이 어울릴 만큼 진중한 모습이었다. 그리고 엄청난 불행을 겪었지만 아직도 마음속에는 뜨거운 열정을 간직하고 있는 그녀의 얼굴에서는, 여전히 수줍은 소녀 같은 표정도 찾을 수 있었다. 약간 희끗희끗해진 관자놀이 부분을 제외하면, 그녀는 여전히 검고 풍성한 머릿결을 자랑했다. 그 긴 머리카락을 목덜미쯤에서 단정하게 묶어, 그녀의 몸가짐은 더욱 우아해 보였다. 남쪽 사람 특유의 가무잡잡한 피부, 맑고 푸른 눈동자, 겨울 하늘처럼 청아하고 커다란 두 눈. 그녀는 늘씬한 키에 약간 넓은 어깨와 볼록한 가슴까지 균형 잡힌 몸매를 가지고 있었다.

그러나 아무리 많은 미사여구를 동원해서 그녀의 아름다움을 칭찬하더라도, 지금 그녀의 얼굴을 표현할 수 있는 말은 오로지 〈행복〉이라는 단어뿐이었다. 그녀는 또렷하고 낭랑한 목소리로 14년 만에 되찾은 아들 이야기를 하고 있었다. 오노린느가 아무리 끔찍한 사건에 대해 경고하려고 해도 아무 소용이 없었다. 베로니크는 오로지 아들에 대해서만 알고 싶어했다.

「자, 생각해 봐요, 내가 이해할 수 없는 게 두 가지가 있어요. 과연 누가 화살표 표시를 해서 당신을 파우에로 부르고 내가 항상 배를 대는 이곳까지 오게 만들었는가 하는 점이에요. 이건 누가 파우에에서 사렉 섬까지 왔다는 걸 보여 주는 일일 거예요. 그리고 두 번째, 마그녹이 어떻게 사렉 섬을 떠났을까 하는 거예요. 자기 스스로 섬을 나온 걸까요? 아니면 누가 그를 죽인 후 시체를 끌고 나왔을까요? 그렇다면 어떤 방법을 이용했을까요?」

「그게 무슨 상관이겠어요」

베로니크가 말했다.

「상관이 왜 없어요? 그럴수록 더 생각해야죠. 난 이 배로 2주에 한 번씩 장을 보러 벡메일이나 퐁라베로 나가요. 내가 배를 타고 나오면 사렉 섬에는 고기잡이 배 두 척밖에 남지 않는다고요. 그런데 그 배들도 항상 잡은 고기를 팔러 오디에른느 연안까지 나가거든요. 그렇다면 배가 한 척도 없는데, 마그녹이 어떻게 바다를 건넜을까요? 자살이라두 한 건까요? 그럼 시체는 왜 사라진 거죠?」

「제발요……. 지금은 아무리 그런 얘기를 해도 소용없어요. 차차 모든 게 밝혀지겠죠. 프랑수아에 대해서나 얘기해 주세요. 프랑수아가 사렉 섬으로 왔다고 했죠?」

오노린느는 베로니크의 간청에 할 수 없이 양보했다.

「외할아버지한테 납치되고 며칠 뒤에 프랑수아가 그 불쌍한 마그녹의 팔에 안겨 이곳으로 왔어요. 데르주몽 씨가 마그녹에게 미리 부탁해 두었기 때문에, 그는 어떤 이상한 부인이 이 아이를 맡겼다고 사람들에게 말했지요. 마그녹은 자기 딸에게 프랑수아를 기르라고 했는데 그 딸도 죽고 말았어요. 그 당시에 나는 여행 중이었죠. 당시에 10년 동안 파리에서 지냈거든요. 내가 돌아왔을 때 프랑수아는 이미 들판과 해변을 뛰어다닐 정도로 늠름한 소년이 되어 있었어요. 그때부터 저는 사렉에 정착한 당신 아버지 집에서 일을 돕기 시작했죠. 마그녹의 딸이 죽자 프랑수아를 집으로 데려왔고요」

「성은 뭐라고 붙였죠?」

「그냥 프랑수아요. 프랑수아라고만 불렀어요. 데르주몽 씨는 자기를 앙투안느 씨라고 부르도록 했고요. 프랑수아는 데르주몽 씨를 그냥 할아버지라고 불렀어요. 거기에 대해서 뭐라고 말하는 사람은 아무도 없었어요」

「프랑수아의 성격은 어떤가요?」

베로니크는 걱정스러운 듯 물었다.

「아! 성격만큼은 정말 축복받은 아이예요. 아버지도 안 닮았고, 할아버지는 더 더욱 닮지 않았어요. 데르주몽 씨도 자기를 닮지 않아 다행이라고 말하더군요. 정말 순하고, 사랑스럽고, 친절한 아이예요. 절대 화내는 법도 없어요. 항상 얼굴 표정도 좋아 보이고요. 바로 그런 성격 때문에 할아버지도 아이에게 폭 빠진 거죠. 외손자를 볼 때마다 딸 생각이 났을 테니⋯⋯. 그래서 당신을 찾아 나서게 되었답니다. 그분은 항상 이렇게 말했어요. 〈지어미를 쏙 빼닮았어. 베로니크처럼 순하고 상냥하고 사랑스럽고 애교도 많고⋯⋯.〉 그리고 얼마 후부터 당신을 찾기 시작했어요. 그 일은 나도 열심히 도왔고, 나중에는 나에게 당신 찾는 일을 일임하셨지요」

베로니크는 기뻐서 환하게 웃었다. 아들이 자신을 닮았다니! 아들이 착하고 밝게 자랐다니!

「그런데⋯⋯. 아이가 절 아나요? 자기 엄마가 살아 있다는 걸 알아요?」

「알고 있어요. 데르주몽 씨는 비밀로 하길 바랐지만 내가 다 얘기했답니다」

「전부다요?」

「아뇨, 다는 아니에요. 프랑수아는 자기 아버지가 죽은 걸로 알고 있어요. 그리고 자기와 할아버지가 실종되었던 그 난파 사건 이후에 당신이 수녀원에 들어갔기 때문에 찾을 수 없었다고 생각하고 있답니다. 내가 여행에서 돌아가면 그 애는 항상 당신에 대해 새로운 소식을 알아냈는지를 물었어요. 프랑수아가 바라는 건⋯⋯. 그 아이도 마찬가지예요! 자기 엄마, 엄마를 얼마나 좋아한다고요. 좀 전에 부른 그 노래도 프랑수아가 항상 부르던 거예요. 할아버지가 가르쳐 줬죠」

「프랑수아⋯⋯ 내 아들 프랑수아⋯⋯」

「그래요, 맞아요. 그 아이 당신을 좋아해요. 물론 그 아이에겐 오노린느 엄마도 있지만, 진짜 엄마는 바로 당신인걸요. 프랑수아가 빨리 공부를 끝내고 어른이 되고 싶어하는 것도 바로 당신을 찾기 위해서랍니다」

「공부요? 프랑수아가 공부를 해요?」

「할아버지랑요. 그리고 2년 전부터는 제가 파리에서 데려온 스테판 마루라는 사람한테 배우고 있어요. 그 사람은 전쟁에서 팔하나를 잃었는데, 몸이 온통 흉터투성이랍니다. 그리고 원래는 천주교 신자였지만 내적인 변화를 겪고 개신교로 개종했지요. 스테판은 프랑수아와는 마음속을 털어놓을 정도로 절친한 사이예요」

보트는 잔잔한 바다를 빠른 속도로 가르고 양쪽으로 은빛 거품을 내며 달렸다. 수평선 부근의 구름도 이제 모두 흩어지고 없었다. 하루의 끝은 이처럼 조용하고 평화롭게 다가오고 있었다.

「또요! 또! 아무리 들어도 지루하지 않아요. 어서요, 제 아들은 어떤 옷을 입고 다니죠?」

「장딴지가 다 드러나는 짧은 반바지에, 금 단추가 달린 큼지막한 플란넬 셔츠, 그리고 스테판의 것과 같은 베레모를 썼죠. 하지만 프랑수아 것은 빨간색이에요. 아주 잘 어울린답니다」

「마루 씨 말고 다른 친구는 없나요?」

「예전에는 섬에 있는 모든 소년들이 다 친구였어요. 하지만 뱃사람이 될 아이들 서너 명을 제외하고는, 다른 아이들은 아버지가 전쟁에 나가자 어머니와 함께 섬을 떠났어요. 그 애들은 콩카르노나 로리앙 연안에서 일하면서 살고 있지요. 이제 사렉 섬에는 노인들밖에 남지 않았답니다. 주민을 다 합쳐 봐야 고작 서른명 정도죠」

「그럼, 프랑수아는 누구랑 놀고, 누구랑 산책하죠?」

「아! 그럴 땐 가장 좋은 친구가 있죠」

「그래요? 그게 누군데요?」

「마그녹이 준 강아지예요」

「강아지요?」

「정말 그렇게 못생기고 우스꽝스러운 강아지는 처음 봐요. 반은 스패니얼과 폭스의 잡종인데 정말 신기하게 생겼다니까요. 어쨌거나 〈해피〉라는 이름처럼 항상 행복한 강아지랍니다」

「해피라고요?」

「프랑수아는 그 강아지를 그렇게 불러요. 이보다 더 잘 어울리는 이름도 없을걸요? 그 강아지는 사는 게 즐겁다는 듯 항상 행복한 표정을 하고 있거든요. 주인한테 의존적이지도 않아요. 어떤 때는 몇 시간, 아니면 하루 종일 사라지기도 한답니다. 하지만 누군가가 자기를 필요로 할 때면, 그러니까 누군가가 슬프다거나 뭔가 일이 원하는 대로 풀리지 않을 때는 귀신같이 알고 나타난다니까요. 해피는 눈물이나 질책, 싸움 같은 건 싫어해요. 누가 만일 울고 있거나 울상을 짓고 있으면, 앞에 와서 자리 잡고 앉지요. 그러고는 한쪽 눈을 감고, 다른쪽 눈은 반쯤 감아요. 그걸 보고 슬퍼하던 사람들이 웃음보를 터뜨리면, 자기도 즐겁다는 듯이 웃는답니다. 프랑수아는 이렇게 말하곤 하죠. 〈자, 그래, 네가 옳아. 해피. 걱정할 필요도 없는 거야. 그렇지 않니?〉 그래서 사람들이 기운을 차렸다 싶으면 해피는 얼른 다른 곳으로 사라져요. 자기 임무는 다 끝났다는 듯이 말이에요」

베로니크의 입은 잔잔한 미소를 띠었지만, 동시에 그녀의 눈에서는 굵은 눈물방울이 떨어졌다. 그녀는 자신이 아이 없는 엄마로서, 살아 있는 아들의 장례를 치른 엄마로서 행복을 잊은 채 살아온 지난 14년을 생각했다. 베로니크는 갓 태어난 아이를 보살피고 애정을 쏟는, 하루가 다르게 쑥쑥 자라는 아이를 보며 뿌듯해하고 자랑스러워하는, 그런 엄마가 되지 못했다. 엄마로서 당연히 누렸어야 할 벅찬 기쁨과 사랑을 빼앗겼다는 사실에 베로니크는 화가 났고, 조금 침울해졌다.

「이제 절반 정도 왔어요」

오노린느가 말했다.

글레낭 군도가 두 여자의 시야에 들어왔다. 오른쪽에는 펜마치 곶(串)이 보였다. 펜마치 곶은 해안선을 따라 15마일 정도 길게 뻗어 있는데, 날이 어두워지자 그 끝자락은 수평선과 구분이 가지 않아 끝없이 멀게만 보였다.

베로니크는 자신의 서글픈 과거가 생각났다. 기억조차 가물가물한 어머니, 이기적이고 무뚝뚝한 아버지 밑에서 지낸 어린 시절, 그리고 결혼……. 아! 특히 그 결혼은! 그녀는 볼스키를 처음 만났던 때를 떠올렸다. 당시 그녀의 나이는 열일곱 살에 지나지 않았다. 그 이상한 남자에게 그녀는 두려움을 느꼈으나, 그를 의심하면서도 그의 영향력에서 벗어날 수가 없었다. 그녀는 너무나 어리고 순수했기에 그의 비밀스럽고 이해할 수 없는 힘에서 벗어나지 못했던 것이다.

그리고 첫 번째 납치 사건이 일어났던 그날은 정말 생각만 해도 아찔하다. 더욱 끔찍한 기억은 남편을 따르던 사람들에 의해 며칠 동안 갇혀 지냈던 일이다. 그때 그녀는 자신을 위협하는 모든 사악한 힘에 억눌려 있었다. 결혼 서약을 빌미로 베로니크의 본능이나 의지와는 상관없이 강제로 옷을 벗기던 그 남자, 아버지의 결혼 승낙이 떨어지자 이제는 그에게 복종해야 한다고 생각했던 자신의 모습을 떠올리자, 베로니크는 거의 미칠 것만 같았다.

결혼 시절에 대한 기억은 그녀에게 격한 감정만 불러왔다. 과거의 악몽이 유령처럼 나타나 끈질기게 괴롭혔다. 남편은 파렴치하고 교활하며 자만심에 빠져 있던 사람이었다. 그는 점점 본색을 드러내더니 속임수를 쓰고 친구들의 돈을 훔치거나 사기를 치며 협박을 일삼았다. 그는 너무나 악하고 교활한 사람이었고, 정신 이상자로 보이기도 했다. 베로니크는 항상 공포에 떨며 지냈다.

「공상에 잠긴 것 같군요」

「이건 공상이나 추억과는 다른 거예요. 가책일 뿐이죠」

「가책이라고요? 당신은 그저 다른 사람들 때문에 고통받았을 뿐이에요」

「고통도 지은 죄에 따라 받는 벌인 걸요」

「그래도 모두 다 끝난 일이에요. 베로니크, 당신은 이제 아들과 아버지를 찾게 될 거예요. 자, 이제 행복한 일만 생각해요」

「행복한 일이라……. 내가 다시 행복해질 수 있을까요?」

「그럼요, 행복해질 수 있고말고요. 이제 곧 행복을 맛보게 될 걸요. 얼마 안 남았어요. 자, 봐요, 사렉 섬이에요」

오노린느는 의자 밑 트렁크에서 뱃고동으로 사용하는 커다란 소라 껍데기를 꺼냈다. 그녀는 마치 옛날 선원들처럼 소라 껍데기에 입술을 대고 숨을 깊이 들이마셨다가 힘차게 내뿜었다. 고동소리는 마치 사이렌 소리처럼 울려 퍼졌다.

베로니크는 주변을 살폈다.

「내가 부르는 아이가 바로 당신 아들이에요. 내가 돌아올 때마다 프랑수아는 저기 저렇게 서 있는답니다. 그 아이는 우리가 살고 있는 절벽 위에서부터 이곳 방파제가 있는 곳까지 단숨에 뛰어 내려올 거예요」

「그럼 프랑수아를 볼 수 있나요?」

베로니크 얼굴이 상기되었다.

「볼 수 있어요. 베일을 한 겹 더 가리세요. 프랑수아가 당신 얼굴을 봐도 알아채지 못하게…… 사렉 섬을 방문하러 온 외부인이라고 말할게요」

섬은 똑똑히 보였지만, 절벽 아래쪽은 수많은 암초에 가려 잘 보이지 않았다.

「아! 역시 암초뿐이군. 콩나물시루처럼 우글대는걸」

오노린느는 엔진을 끄고, 짧고 작은 노를 두 자루 꺼냈다.

「자, 조금 전까지는 얌전한 바다를 건너왔지만, 지금부턴 전혀 다르다고요」

수없이 파도가 밀려와 서로 맞닿아 부서지고 바위에 부딪치고 또 부서졌다. 보트는 급류의 소용돌이에 휩싸인 듯했다. 부서지는 파도의 흰 거품 때문에 파랗거나 초록색이었던 원래 바다 색깔은 조금도 알아볼 수가 없었다. 보트 주변에는 온통 암초의 날카로운 이빨과 끊임없이 맞서 싸우는 파도가 만들어 내는 흰 거품뿐이었다.

「섬 주변이 전부 이렇답니다. 그래서 사렉 섬에는 큰 배가 접근할 수 없어요. 아! 독일군들도 이곳에 잠수함 기지를 건설하려다가 포기하고 말았죠. 2년 전에 로리앙에 주둔한 부대의 장교들이 섬 서쪽 연안에 있는 동굴의 유용성을 검토하려고 이곳에 들렀는데, 다 헛수고였어요. 낮은 늪지대까지만 겨우 들어갈 수 있었죠. 우린 아무것도 할 수 없었답니다. 이 섬 주위는 온통 바위 부스러기나 악당의 날카로운 이빨처럼 생긴 바위투성이죠. 그리고 이런 바위들도 위험하지만, 우리가 더 걱정하는 건 저기 보이는 큰 암초들이에요. 그 암초들은 각각 이름도 갖고 있죠. 그리고 각종 사고와 난파에 얽힌 이야기도 많습니다. 아, 저 암초들……」

오노린느의 목소리가 잦아들었다. 그녀는 망설이면서 손을 들어 뭔가를 가리켰다. 그곳에는 각각 다른 형태를 띤 커다란 암초들이 자리 잡고 있었다. 웅크리고 있는 동물, 총안이 뚫린 성탑, 거대한 바늘, 스핑크스의 머리, 어설픈 피라미드 등 여러 가지 모양이었다. 모두 검은 화강암이었지만 붉은빛을 띠고 있었다. 마치 피를 뒤집어쓴 듯한 그 색은 매우 괴기스러웠다.

오노린느가 속삭였다.

「아! 저 암초들은, 벌써 몇 세기 전부터 이 섬을 지키고 있답니다. 섬을 지키기 위해서인지는 모르지만, 사나운 짐승처럼 사고만 저질러서 사람들을 죽음으로 몰아넣지요. 저 암초들…… 저 암초들은……. 아냐, 말하지 않는 게 낫겠어요. 생각조차 하지 말아야지. 저건 서른 개의 사나운 동물…… 그래요, 서른 개. 베로니크 …… 서른 개라고요……」

그녀는 성호를 긋더니 조금 전보다 더 작은 목소리로 다시 말했다.

「서른 개가 있어요. 사람들이 사렉 섬을 서른 개의 관이라고 부른다는 것을 알죠? 그건 사람들이 암초(écueils)라는 말과 관(cercueils)이란 말이 비슷하다 보니 혼동해서 사용했기 때문일 거예요. 아마 제 생각이 맞을 겁니다. 어쨌든 저것들은 사실 진짜 관과 다를 바 없어요. 저 안을 열어 보면 분명 해골이 잔뜩 들어 있을 거예요. 데르주몽 씨도 사렉이란 말은 석관을 뜻하는 단어에서 유래된 거라고 하시더군요. 데르주몽 씨께선 석관은 관의 학명이라고 하더군요. 그리고 다행인 건……」

오노린느는 다른 것을 생각하고 싶어하는 사람처럼 말을 멈췄다. 그러더니 한 암초를 가리키며 말했다.

「어머, 길을 막고 있는 저 큰 암초 뒤에…… 보이나요? 작은 항구의 불이 비치는 곳, 부두 위에 빨간 베레모를 쓴 프랑수아가 있잖아요」

베로니크는 오노린느의 말을 건성으로 듣고 있다가 아들을 보기 위해 보트 밖으로 몸을 기울였다. 불안한 생각에 사로잡힌 오노린느는 다시 말을 이어 갔다.

「그리고 사렉 섬에는 고인돌이 몇 개 있는데요, 그 돌들은 모양이 전부 비슷하죠. 당신 아버지는 그 고인돌에 관심을 갖고 이곳에 정착한 거라 하시더군요. 그런데 그 고인돌이 몇 개 있는 줄 알아요? 서른 개예요. 큰 암초와 마찬가지로 서른 개라고요. 게다가 이 고인돌은 절벽 위를 비롯해 섬 전체에 고루 분포되어 있답니다. 그것도 서른 개의 암초를 마주보면서 말이에요. 각각의 고인돌은 마주보고 있는 암초와 똑같은 이름을 가지고 있어요. 돌레룩, 돌케르리투 하는 식으로 말이에요. 뭔가 이상하죠?」

이 이름을 발음하는 오노린느의 표정이 더욱 어두워졌다. 마치 자신의 삶이 큰 위험에 처해 있다는 듯이 근심스러운 얼굴이었다. 그녀는 누군가 자기 말을 엿들을지도 모른다는 듯이 주변을 다시 살펴보았다. 그녀의 행동은 마치 이런 일을 이야기하는 것이 죄라도 되는 것처럼 아주 조심스러웠다.

「베로니크, 여기에 대해 어떻게 생각해요? 오! 정말 모든 게 수수께끼 같아요. 다시 한번 말하지만, 여기서 입을 다무는 게 나을 것 같아요. 이 섬에서 멀리 떨어진 곳으로 가서 당신이 아들 프랑수아를 품에 안고 당신 아버지도 만나면…… 그러면……」

베로니크는 오노린느가 말한 장소를 말없이 지켜보고 있었다. 그녀는 오노린느에게 등을 돌린 채 보트 가장자리에 앉아 눈을 똑바로 뜨고 있었다. 바로 거기, 암초들 틈새로 문득문득 보이는 건 바로 그녀가 되찾을 아들이었다. 그녀는 프랑수아와 관계없는 일에는 단 1초도 낭비하고 싶지 않아, 오노린느의 말에는 거의 귀를 기울이지 않았다.

두 여자는 절벽을 따라 드디어 부두에 이르렀다.

「아…… 프랑수아가 없어요」

「어, 정말 프랑수아가 없네. 그럴 리가……」

오노린느도 놀란 듯했다.

세 여자와 소녀 한 명, 그리고 나이 든 선원들이 보트를 기다리고 있었다. 빨간 베레모를 쓴 소년의 모습은 보이지 않았다.

「이상하군요. 프랑수아가 내 신호를 듣지 못한 건 처음인데……」

「혹시 아픈 건 아닐까요?」

「아니요, 프랑수아는 한번도 아파 본 적이 없어요」

「그러면?」

「글쎄, 저도 모르겠네요」

「그런데 걱정도 안 돼요?」

베로니크는 안절부절못하고 있었다.

「프랑수아는 별로 걱정 안 돼요. 당신 아버지가 더 걱정이에요. 마그녹이 절대로 아버지 곁을 떠나지 말라고 했는데……. 위험한 건 바로 당신 아버지라고요」

「하지만 프랑수아가 아버지를 보살피겠죠. 선생님인 마루 씨도 있고요. 혹시 내가 모르는 다른 위험이 있어서 그런가요?」

잠시 침묵이 흐른 후, 오노린느가 어깨를 으쓱 하며 말했다.

「이런 바보 같은 생각만 하다니……. 있을 수 없는 일이야. 그래 있을 수 없는 일이지. 날 원망하지 말아요. 어쨌든 내 속엔 브르타뉴 인의 피가 흐르고 있으니까요. 나는 평생 동안 이런 전설이나 사건에 얽힌 듯한 분위기에서 살아 왔다고요. 내 말에 너무 신경 쓰지 말아요」

사렉 섬은 길쭉한 고원 형태였고 온통 늙은 나무로 뒤덮여 있었다. 땅은 기복이 심한 편이었다. 섬 가장자리는 그리 높지 않은 절벽으로 둘러싸였다. 특히 해안선은 여태까지 본 중에 가장 기복이 심해서 섬 둘레에 마치 레이스를 두른 듯이 들쑥날쑥했다. 이 섬의 기후는 매우 요란스러웠다. 비가 그치면 금방 햇볕이 들었다가 다시 안개가 끼기도 했으며, 바람이 불다가 곧 눈보라로 바뀌기도 했다. 하늘에 구멍이라도 난 듯이 비가 쏟아져도 금세 또 마르는 그런 땅이었다.

섬에 접근하기 위해서는 동쪽 해안에 있는 낮은 분지 쪽으로 배를 대야 했다. 주민은 대부분은 전쟁으로 버려진 집에 살면서 이 마을에 정착했다. 마을 입구의 땅은 매우 낮았지만 작은 방파제를 쌓아 안전했다. 마을 쪽 바다는 평화롭게 보였고 부두에는 배 두 척이 정박해 있었다.

배를 섬에 대기 위해 오노린느는 있는 힘을 다했다.

「자요, 이제 도착했어요. 내리기 겁나면 그냥 여기 계세요. 두 시간쯤 후에 이리로 당신 아버지와 아들을 데려올게요. 백메일이나 퐁라베로 가서 함께 저녁 식사하는 게 어때요? 내 말 듣고 있어요?」

베로니크는 벌써 일어서서 부두로 뛰어오르고 있었다.

오느린느는 어쩔 수 없다는 듯이 자신도 부두로 올라왔다.

「프랑수아는 여기 안 왔나요?」

오노린느가 말했다.

「정오 무렵에는 저기 있었어요」

여자들 중 한 명이 말했다.

「프랑수아는 당신이 내일쯤 오는 줄로 알고 있잖아요」

「그건 그렇지만……. 그래도 내가 오는 소리를 들었을 텐데……. 어쨌든 가 보면 알겠지」

남자 한 명이 다가와 배에서 짐 내리는 일을 도왔다.

「저건 놔 둬요. 저 가방도. 만약 내가 5시까지 다시 내려오지 않으면, 아이 한 명을 시켜 짐을 올려 보내 주세요」

「아뇨, 제가 직접 가져가죠」

「코레쥬, 좋을 대로 해요. 아! 참…… 마그녹은 잘 있어요?」

「마그녹은 떠났어요. 내가 직접 퐁라베로 태워다 주었는걸요」

「언제요?」

「그러니까, 오노린느 부인이 떠난 다음날이었어요」

「왜 거기에 간다고 했어요?」

「정확히 어딜 갔는지는 모르겠지만…… 우리한테는 잘린 손 때문에 순례를 떠난다고 했어요」

「순례요? 그럼, 파우에로 갔겠군요. 성바르브 성당 아니에요?」

「맞아요. 바로 거기였어요. 성바르브 성당, 거기로 간다고 했어요」

오노린느는 더 이상 묻지 않았다. 베로니크가 발견했다는 그 시체는 마그녹이 틀림없었다. 그녀는 베일로 얼굴을 가린 베로니크를 데리고 앙트완느 데르주몽의 집을 향해 서둘러 걷기 시작했다. 두 여자는 돌이 깔린 오솔길을 지났다. 오솔길을 지나자 떡갈나무 숲 사이로 섬 북쪽을 향해 있는 계단이 보였다.

「데르주몽 씨가 떠나고 싶어할지 잘 모르겠네요. 전에 내가 이런 일이 생길지 모른다고 얘기했을 때는 쓸데없는 소리라고 말을 잘랐거든요. 물론 이야기를 들을 때는 약간 놀라긴 하셨지만……」

「아버지 집은 여기서 멀어요?」

「걸어가면 40분 정도 걸려요. 이쪽과는 거의 다른 섬이라고 할 수 있어요. 사실 그쪽이 섬의 중심이죠. 이쪽보다는 축복받은 땅이에요. 수도원도 있지요」

「아버지는 누구와 함께 사시죠? 프랑수아도 있고, 마루 씨도 있고……」

「전쟁 전에는 두 사람이 더 있었어요. 그들이 떠난 뒤에는 마그녹과 제가 거의 모든 일을 다하다시피 했죠. 마리 르고프라는 요리사도 한몫 거들었고요」

「당신이 없을 땐 그분이 계속 계신가요?」

「분명히 그럴 거예요」

두 여자는 분지에 다다랐고 다시 연안으로 향해 난 오솔길을 따라 올라갔다. 오르막길과 내리막길이 반복해서 나타나 서둘러 걷기에는 몹시 힘들었다. 나이 든 떡갈나무가 겨우살이 식물과 함께 도처에서 자라고 있었다. 나뭇잎이 듬성듬성 나 있어 겨우살이는 쉽게 알아볼 수 있었다. 멀리 보이는 짙푸른 바다에서 부서지는 파도 때문에 섬은 마치 흰색 띠에 감싸여 있는 것 같았다.

베로니크가 다시 입을 열었다.

「오노린느, 아버지 집에 도착하면 어떻게 할 생각이에요?」

「우선 내가 먼저 들어가서 아버님께 말씀드릴게요. 그런 다음에 당신을 데리러 정원 문 앞으로 다시 올게요. 프랑수아한테는 엄마 친구라고 하는 게 좋겠어요. 그 애에게는 천천히 알리도록 하죠」

「아버지께서 날 보고 기뻐하실까요?」

「양팔을 활짝 벌려 당신을 맞이할 거예요. 모두 다 정말 기뻐할 걸요……. 아무 일도 일어나지 않았다면 말이에요. 프랑수아가 달려 나오지 않는 게 정말 이상하네. 섬 어디에 있어도 내 배가 오는 걸 알 수 있을 텐데……. 글레낭 군도에서도 알아볼 수 있다고요」

그녀는 데르주몽이 쓸데없는 소리라고 했던 그 이야기를 떠올리고는 조용히 길을 걸었다. 베로니크는 불안하고 초조했다.

갑자기 오노린느가 성호를 그으며 말했다.

「베로니크, 나처럼 이렇게 성호를 긋도록 해요. 신부들은 이곳이 성스러운 땅이라고 말했지만 여긴 옛날부터 나쁜 일들이 많이 일어났던 곳이에요. 불행을 가져온 땅이었죠. 특히 이 숲, 〈큰 떡갈나무 숲〉에서요」

옛날이라고 하면 분명 드루이드와 인신 공회 시대를 뜻하는 것이었다. 드루이드 사제들은 떡갈나무 숲에 들어가 흩어져서 각자 이끼 긴 돌로 신 형상의 돌무더기를 만들었다. 그리고 그들은 그것을 제단 삼아 각자 제사를 지냈다. 드루이드 교는 신비에 둘러싸여 잔인한 힘을 발휘하는 것으로 유명했다.

베로니크는 오노린느처럼 성호를 그었디. 그러고는 공포에 떨며 이렇게 말했다.

「정말 끔찍한 이야기로군요. 그런데 이 분지에는 꽃이 전혀 없나 봐요?」

「애써서 가꾼 예쁜 꽃도 많죠. 섬 오른쪽 끝에 거석 고인돌이 있는 곳에 가면 마그녹이 키운 꽃을 볼 수 있어요. 사람들은 그곳을 〈수난의 꽃밭〉이라고 부른답니다」

「거기 핀 꽃들은 예쁜가요?」

「정말 감탄이 절로 나올 정도예요. 마그녹은 혼자서 그 장소를 찾아냈어요. 땅을 가꾸고, 꽃을 심고, 특별한 힘을 가진 식물도 섞어서 심었어요」

그녀는 다시 낮은 목소리로 말했다.

「당신도 마그녹의 꽃들을 한번 보세요. 정말 세상에는 없을 법한 그런 꽃들이에요. 기적의 꽃이죠」

언덕을 한참 걸었을 때 갑자기 가파른 내리막길이 나타났다. 경사가 너무 심해서 마치 섬을 두 개로 갈라놓는 것 같았다. 섬의 다른 부분이 반대편에 보였다. 이쪽 부분보다는 조금 더 낮고 훨씬 좁아 보였다.

「저기가 수도원이예요」

오노린느가 말했다.

이쪽도 역시 들쭉날쭉한 절벽이 가파른 성벽처럼 섬을 에워싸고 있었다. 절벽은 좀 전에 본 곳보다 더 가팔랐다. 50미터 길이의 절벽이 섬 주요 부분과 연결되어 긴 성벽처럼 보였다. 가느다란 능선은 끝이 뾰족했고, 도끼날처럼 날카로워 보였다.

능선 중앙에는 곳곳에 갈라진 틈이 보였다. 그 위에 길을 만드는 것은 매우 위험한 일이었다. 그래서 섬 양쪽은 나무다리로 연결되어 있었다. 하지만 나무다리 또한 폭이 매우 좁고 그다지 견고하지 않았다. 오노린느와 베로니크는 한 명씩 차례로 다리를 건넜다. 걸음을 떼거나 바람이 불 때마다 다리가 흔들렸다.

「자, 저길 보세요. 섬 끝 쪽이요. 수도원 끝 부분이 보이죠?」

오노린느가 말했다.

초원을 가로지르는 오솔길은 수도원을 향해 있었다. 초원에는 5점형((5점형)이란 주사위에서 5를 뜻하는 면에 있는 점의 모양을 말한다. ──옮긴이) 모양으로 잣나무를 심어 놓았다.

두꺼운 잡목림 사이로 또 다른 오솔길도 보였다. 베로니크는 오노린느를 따라 걸으며 점점 그 모습을 드러내는 수도원의 낮은 건물 눈을 떼지 못했다.

오노린느가 오른쪽 잡목림 쪽으로 몸을 돌리더니 소리쳤다.

「스테판 씨!」

「누굴 부르는 거예요? 마루 씨요?」

「네. 프랑수아의 선생님이요. 언뜻 다리 옆쪽을 달리고 있는 그의 모습이 보인 것 같은데……. 스테판 씨……. 왜 대답하지 않는 걸까요? 그 사람 모습 봤어요?」

「아뇨」

「분명히 그랬는데……. 흰색 베레모를 쓴 사람이었어요. 다리를 막 건너왔으니 우릴 쉽게 볼 수 있었을 텐데……. 스테판 씨가 지나가길 기다려 보죠」

「뭐 하러 기다려요? 그가 당신이 부르는 소리도 못 듣고 그렇게 달려갔다면 수도원에 무슨 일이 생긴 게 아닐까요?」

「정말 그럴지도 모르겠네요. 서둘러요」

두 여자는 불길함을 느끼며 발걸음을 재촉했다. 빠른 걸음은 어느새 달음박질로 바뀌었다. 예감이 현실로 다가올수록 두려움은 더욱 커져 갔다.

수도원 출입을 제한하기 위해 만들어 놓은 낮은 벽 때문에 길은 다시 좁아졌다. 순간 비명소리가 들렸다.

오노린느가 소리쳤다.

「들었어요? 여자의 비명소리! 요리사 목소리예요. 마리 르고프!」

두 여자는 철책 문으로 서둘러 달려갔다. 그러나 손이 너무 떨려서 열쇠를 자물쇠 구멍에 넣을 수가 없었다.

「잘 넣어요! 자요, 오른쪽으로……」

이들은 철책 문을 열고 들어갔다. 그리고 다시 벽을 넘어 넓은 잔디밭을 가로질렀다. 길이 워낙 구불구불해서 걷기조차 힘들었다. 게다가 곳곳에 덩굴과 이끼가 엉겨 붙어 있어 길을 찾기 힘들었다.

「금방 갈게요! 금방!」

오노린느가 소리쳤다.

「우리가 왔어요!」

그러더니 갑자기 중얼거리며 말했다.

「소리가 안 들려! 끔찍해라……. 아, 불쌍한 마리 르고프……」

그녀는 베로니크의 팔을 잡았다.

「다른 데로 돌아가요. 정면 말고 다른 쪽 출구로 가요. 여기 이 문은 항상 닫혀 있어요. 그리고 덧문이나 창문 모두 항상 닫혀 있다고요」

베로니크는 나무뿌리에 발이 걸려 비틀거리다가 넘어졌다. 그녀가 일어났을 때 오노린느는 이미 집의 왼쪽 모퉁이를 돌아가 보이지 않았다. 베로니크는 엉겁결에 현관 쪽으로 걸어갔다. 계단을 올라갔더니 오노린느 말대로 문은 닫혀 있었다. 그녀는 있는 힘껏 문을 두드렸다.

베로니크는 어찌할 바를 몰랐다. 하지만 오노린느를 따라가 봤자 시간 낭비일 뿐이라는 생각이 들었다. 그녀가 다른 쪽을 살펴보려는 사이에 집 안과 위쪽에서 다시 비명소리가 들려왔다. 베로니크는 다시 오노린느가 사라진 방향으로 뛰었다.

이번에는 남자 목소리였다. 베로니크는 단박에 아버지의 목소리를 알아차릴 수 있었다. 그녀는 몇 걸음 뒤로 물러섰다. 갑자기 2층에서 창문이 열렸다. 앙투안느 데르주몽, 그녀의 아버지였다. 아버지의 얼굴은 말로는 형언할 수 없이 끔찍한 일을 당한 사람처럼 심하게 일그러져 있었다. 그는 숨을 헐떡였다.

「사람 살려! 사람 살려! 아! 잔인한 놈……. 사람 살려!」

「아버지! 아버지!」

베로니크는 절망에 사로잡혀 아버지를 불렀다.

「저예요, 아버지」

그는 잠시 아래쪽으로 고개를 돌렸지만 딸을 알아보지는 못한 것 같았다. 그가 발코니를 뛰어넘으려고 하는데, 총소리가 나더니 십자 모양의 창문이 산산조각이 났다.

「살인자! 살인자!」

그는 다시 방 안으로 들어가며 소리쳤다.

너무 놀라서 어안이 벙벙해진 베로니크는 주위를 살펴보았다. 어떻게 하면 아버지를 구할 수 있을까? 벽은 너무 높았다. 올라갈 수 있는 방법이 없었다. 그러다가 집에서 20미터 쯤 떨어진 곳에 있는 사다리를 발견했다. 사다리는 매우 무거웠다. 그녀는 이를 악물고 초자연적인 힘을 발휘하여 사다리를 창문 아래로 옮겼다.

정신은 혼미하고 흥분과 불안이 온몸을 휘저어 몸 전체가 부들

부들 떨리고 있는 가운데에서도 그녀는 생각했다.

〈왜 오노린느의 목소리가 들리지 않는 것일까?〉

〈왜 빨리 도와주러 오지 않는 것일까?〉

그리고 그녀는 프랑수아에 대해서도 생각했다.

〈도대체 프랑수아는 어디에 있는 것일까? 스테판 마루 씨를 따라 어디로 도망이라도 간 것일까? 도움을 요청하러 간 것일까? 그리고…… 아버지가 잔인한 살인자라고 말한 사람은 대체 누구일까?〉

사다리는 창문까지 닿지 않았다. 먼저 사다리 꼭대기까지 올라간 뒤에 발코니를 향해 뛰어올라야 할 것 같았다. 저 위에서는 싸우는 소리와 아버지의 끔찍한 비명소리가 계속 들려왔다. 베로니크는 조금도 망설이지 않았다. 그녀는 사다리를 타고 올라가 손을 뻗었다. 간신히 발코니 창살을 붙잡을 수 있었다. 그녀는 벽에서 약간 튀어나와 있는 부분을 찾아 밟아서 몸을 지탱하며 간신히 한쪽 무릎을 발코니로 올렸다.

그 순간 아버지가 다시 한번 창가로 한 걸음 물러섰다. 그가 약간 몸을 뒤로 돌렸기 때문에 베로니크는 아버지의 얼굴을 똑똑히 볼 수 있었다. 그는 얼이 빠진 듯한 눈을 하고 간신히 벽에 기대 있었다. 그리고 마치 자신에게 일어난 이 끔찍한 일을 예상하고 있었다는 듯이 소리를 질렀다.

「살인자, 살인자, 정말 너란 말이냐? 이런, 저주받을 놈! 프랑수아! 프랑수아!」

분명 그는 살인자에게 말을 하면서 손자의 이름을 부르고 있었다. 프랑수아의 이름이 똑똑히 들렸다. 베로니크는 걱정이 되었다.

〈프랑수아도 공격을 받아 다친 걸까? 이미 죽었으면 어쩌

지……. 그 애가 죽으면 어떡하지?〉

베로니크는 다시 힘을 차리고 발코니에 나머지 한쪽 무릎을 겨우 올렸다.

〈저예요! 저 여기 있어요!〉

그녀는 소리치고 싶었다. 하지만 목소리가 입 밖으로 나오질 않았다. 앙투안느 데르주몽에게 권총을 겨누고 있던 사람, 그가 아버지를 향해 천천히 총을 조준했다. 그 사람은 오노린느가 말했던 빨간색 베레모를 쓰고 금 단추가 달린 플란넬 셔츠를 입고 있는 소년이었다. 그리고 그 얼굴은 끔찍한 감정에 사로잡혀 일그러진 얼굴, 세상을 향한 증오와 사악한 본능을 가진 볼스키의 얼굴이었다.

소년은 베로니크를 전혀 보지 못하고 있었다. 소년의 눈은 자신이 조준하고 있는 목표에 고정되어 있었다. 그는 운명의 순간을 약간 늦추면서, 잔인한 기쁨을 맛보고 있는 것 같았다.

베로니크는 숨이 멎는 듯했다. 어떤 말이나 비명소리도 이 죽음의 재앙을 쫓을 수는 없었다. 그녀는 어서 아버지와 자신의 아들이 있는 방 안으로 뛰어들어야겠다고 생각했다. 그녀는 발코니를 넘어 창문으로 다가갔다.

너무 늦었다. 총성이 울리고, 데르주몽은 고통에 몸을 떨며 바닥으로 쓰러졌다. 그리고 동시에 방문이 열렸다. 오노린느가 나타났다. 이 장면을 본 그녀의 얼굴은 끔찍하게 일그러졌다.

「프랑수아!」

그녀가 울부짖었다

「네가…… 아니 네가……」

아이는 오노린느를 보더니 그냥 뛰어나가려 했다. 그런데 그녀

가 아이를 막아섰다. 아이는 예상외로 순순히 멈춰 섰다. 그리고 아이는 다시 한발 뒤로 물러서서 총을 들더니 오노린느를 향해 발사했다.

오노린느는 무릎을 꿇으며 문지방 위로 쓰러졌다. 아이는 쓰러진 그녀의 몸을 뛰어넘어 도망쳤다. 오노린느는 계속 중얼거렸다.

「프랑수아! 프랑수아! 아냐, 이건 사실이 아니야. 이런…… 어떻게 이런 일이……. 프랑수아!」

방 밖에서 웃음소리가 들렸다. 아이가 웃고 있었다. 베로니크도 똑똑히 들었다. 끔찍하고 사악한 볼스키의 웃음소리였다. 갑자기 과거의 고통이, 볼스키 앞에서 느꼈던 그 고통이 베로니크를 덮쳤다.

베로니크는 살인자를 뒤쫓지 않았다. 그를 부르지도 않았다.

옆에서는 희미한 목소리로 아버지가 자신을 부르고 있었다.

「베로니크…… 베로니크……」

아버지는 바닥에 누운 채 움직이지 않았다. 그녀를 바라보는 두 눈에는 이미 죽음의 그림자가 드리워져 있었다.

그녀는 아버지 옆에 무릎을 꿇고 앉았다. 그리고 상처를 치료하기 위해 조끼를 풀려 하자, 아버지는 피 묻은 손을 들어 그녀의 손을 부드럽게 감쌌다. 그녀는 아버지의 생각을 알 수 있었다. 치료한다고 나을 만한 상처가 아니었다. 그녀는 아버지를 향해 몸을 기울였다.

「베로니크……. 미안하다……. 베로니크……」

흐려지는 정신으로 아버지가 처음 입을 열었다. 베로니크는 울면서 아버지의 이마에 키스했다.

「말하지 마세요, 아버지. 힘드시잖아요」

아버지는 다른 할 말이 있는 것처럼 입을 움직였다. 하지만 잘 들리지 않아 뜻을 알아차릴 수가 없었다. 숨이 끊어져 가는 듯했다. 베로니크는 아버지의 입술에 귀를 바짝 갖다댔다.

「보살펴……. 보살펴라……. 성석을……」

아버지는 비틀비틀 상체를 일으켜 벽에 기댔다. 꺼져 가는 불꽃이 마지막 빛을 발하는 것처럼 그의 눈이 반짝였다. 베로니크를 이곳으로 부른 운명의 힘과 앞으로 그녀에게 닥칠 위험을 모두 꿰뚫어 보는 듯한 눈빛이었다. 그는 거칠고 힘겨운 목소리였지만 분명한 발음으로 말했다.

「이곳에 있지 마라. 이곳에 있으면 죽음만 있을 뿐이야. 어서 이 섬을 떠나거라. 떠나…… 어서 떠나거라」

그의 고개가 푹 쓰러졌다. 그는 마지막으로 몇 마디를 중얼거렸다. 베로니크는 이 말을 듣고 깜짝 놀랐다.

「아…… 십자가……. 사렉에 있는…… 네 개의 십자가……. 내 딸…… 내…… 딸. 십자가의 형벌……」

무거운 침묵이 흘렀다. 누군가가 자신의 어깨 위에 올라앉아 있는 것처럼 그녀는 그 자리에 주저앉아 움직이지 못하고 있었다.

「이 섬을 떠나세요!」

다시 목소리가 들렸다.

「떠나야 해요. 아버지가 그렇게 말씀하셨잖아요」

오노린느가 옆에 있었다. 창백한 얼굴의 그녀는 피범벅이 된 두 손으로 자신의 가슴 언저리를 누르고 있었다.

「하지만 당신도 치료를 받아야 하는데……. 어디 봐요, 얼마나 다친 거예요?」

「나중에…… 난 나중에…… 다른 사람이 돌봐 주면 되요. 이런 끔찍한 일이……. 내가 제때에만 왔더라도……. 그런데 왜 아래쪽 문이 잠겨 있던 걸까?」

「내가 돌봐 줄게요. 자, 우선 상처를 좀 보여 줘요」

「나중에요. 우선은…… 마리 르고프, 그 요리사요. 계단 끝에 있어요. 그 여자도 다쳤어요. 죽었을지도 모르겠군요. 그 여자를 보러 가요」

베로니크는 자신의 아들이 도망치며 넘었던, 그 문지방을 넘어 밖으로 나갔다. 계단의 폭은 매우 넓었다. 여자는 계단 아래쪽에 앉아 숨을 가쁘게 몰아쉬고 있었다. 그러나 베로니크가 가까이 갔을 때는 이미 숨져 있었다. 이 기이한 사건의 세 번째 희생자였다.

마그녹 노인의 예언에 따라 앙투안느 데르주몽은 두 번째 희생자가 되었다.

# 불쌍한 사렉 주민들

오노린느의 상처는 그다지 깊지 않았다. 생명에는 전혀 지장이 없어 보였다. 베로니크는 오노린느를 치료한 후에 마리 르고프의 시신을 책과 가구가 널브러져 있는 커다란 서재로 옮겼다. 그런 다음에야 그녀는 아버지의 눈을 감겨 드릴 수 있었다. 그녀는 시신을 천으로 덮은 후에 기도를 하려고 눈을 감았다. 하지만 기도 소리는 입 밖으로 나오질 않았다. 그녀는 머리가 텅 빈 듯이 아무 것도 생각나지 않았다. 앉아서 양손으로 머리를 감싸고 있는 동안 거의 한 시간이 흘렀다. 그 사이에 오노린느는 열이 올라 깊은 잠에 빠졌다.

여태까지 볼스키의 모습을 지우려고 노력했던 것처럼, 베로니크는 있는 힘을 다해 아들의 모습을 떨쳐 버리려 애썼다. 하지만 두 사람의 모습은 하나로 어우러져 그녀의 머릿속을 맴돌았다. 이들의 모습이 지나가고, 또 지나가고, 수없이 되살아나 합쳐지곤 했다. 모두 사악하게 웃는, 빈정대며 찡그리고 있는 보기 흉한 얼굴이었다.

그녀가 아들에게 품었던 연민이 사라졌다. 그녀의 아들은 이미 14년 전에 죽었다. 조금 전에 다시 되살아난 아이, 그녀가 애정을 쏟아 부으려고 했던 그 아이는 볼스키의 아들이었다. 자신의 아들이 곧 볼스키의 아들이라는 것은 물론 새로운 사실이 아니다. 하지만 그 아이가 볼스키의 아들이라는 사실이 새삼 그녀의 가슴을 짓눌렀다. 다시 살아난 프랑수아는 그녀에게 남의 아이보다 더 낯선 아이가 되었다.

〈한 인간이 이보다 더 심한 상처를 입을 수도 있을까? 평화롭던 마을을 이렇게 끔찍한 일들로 뒤흔들어 놓는 이는 대체 누구인가? 이게 지옥에서나 일어나는 일이 아니면 무엇인가? 이렇게 광기 어린 장면이 다시 또 있을까? 세상에, 어쩌면 이렇게 끔찍한 운명의 장난이 있단 말인가? 죽은 줄로만 알았던 아버지와 아들을 찾아 이제 막 포옹을 나누려는 순간에, 애정과 기쁨을 나누어야 할 이때에, 나의 아들이 아버지를 죽이다니…… 아들이 살인자라니…… 아들이 사람을 죽이다니…… 아들이 그토록 냉혹하게 권총을 들이대고, 사악한 즐거움 때문에 사람을 죽이다니…….〉

그녀는 이런 끔찍한 사고가 생긴 이유 같은 것은 알고 싶지 않았다. 아들이 왜 이런 일을 저질렀는지도 알고 싶지 않았다. 공범이거나 주모자인 게 분명한 스테판 마루 씨는 왜 사건이 일어나기 전에 도망쳤을지, 이런 의문을 풀기 위해 애쓰지도 않았다. 단지 그녀는 끔찍한 사건 현장과 살인, 죽음에 대해서만 생각했다. 그리고 지금 자신이 이런 일에서 벗어날 수 있는 유일한 방법은 죽음뿐이라고 생각했다.

「베로니크……」

오노린느가 잠에서 깬 모양이었다.

「무슨 일 있어요?」

베로니크가 정신을 차리고 말했다.

「소리 못 들었어요?」

「무슨 소리요?」

「누가 1층에서 벨을 눌렀어요. 당신 짐을 가지고 온 모양이에요」

베로니크는 일어섰다.

「그런데 뭐라고 말해야 하죠? 어떻게 설명할까……. 프랑수아가 한 짓이라고 말해야 할까요?」

「아무 말도 하지 말아요. 괜찮아요. 내가 말할게요」

「당신은 쉬어야 해요, 불쌍한 오노린느」

「아녜요. 이제 좀 괜찮아요」

베로니크는 계단을 내려갔다. 그녀는 검은색과 흰색의 바둑판 무늬로 바닥을 깐 거실을 지나, 널따란 현관 앞에 다다랐다. 그녀가 철창으로 된 문을 당기자 그 앞에는 선원 한 명이 서 있었다.

「부엌문을 두드렸는데……. 마리 르고프는 지금 없나 보죠? 그리고 오노린느 부인은요?」

「오노린느 부인은 위층에 계세요. 당신한테 할말이 있다고 하시네요」

선원은 베로니크를 바라보았다. 그는 창백하고 심각한 얼굴을 하고 있는 젊은 여자의 얼굴을 물끄러미 바라보다가 별다른 질문 없이 따라 들어왔다. 오노린느는 2층 문 앞에 서서 기다리고 있었다.

「아! 코레쥬, 당신이군요. 코레쥬, 내 말 잘 들어요. 당신만 알고 있어야 하는 얘기예요. 알겠죠?」

「오노린느 부인, 무슨 일이예요? 부인, 다치셨네요? 도대체 무슨 일이 있었어요?」

그녀는 문에 난 총자국과 천으로 덮인 시신 두 구를 보여 주며 담담하게 말했다.

「앙투안느 씨와 마리 르고프, 두 명 모두 살해당했어요」

남자의 얼굴이 심하게 일그러졌다. 그는 머뭇거리며 말했다.

「살해라니……. 어떻게 그런 일이……. 도대체 누가요?」

「모르겠어요. 우린 사건이 일어난 다음에 도착했어요」

「그러면 프랑수아는요? 그리고 스테판 씨는?」

「사라졌어요. 그 사람들도 죽었을지 몰라요」

「그러면…… 그러면…… 마그녹 씨는요?」

「마그녹 씨요? 그런데 갑자기 그분 얘긴 왜 꺼내는 거죠?」

「그게, 그게…… 말이죠. 만약 마그녹 씨가 살아 있다면……. 아마 이번 일은 다른 사건이겠지만……. 마그녹 씨가 항상 말했거든요. 자기가 첫 희생자가 될 거라고요. 게다가 그분 말씀은 항상 들어맞았는걸요. 마그녹 씨는 모르는 게 없다고요」

오노린느는 잠시 생각하더니 말했다.

「마그녹 씨는 이미 죽었어요」

그 말에 코레쥬는 이성을 잃었다. 그의 얼굴은 오노린느가 베로니크에게 여러 번 보여 주었던 것처럼 광적인 두려움에 휩싸였다.

그는 성호를 긋고 아주 낮은 목소리로 말했다

「그럼, 그렇다면 그때가 온 거군요. 오노린느 부인, 마그녹 씨가 예고한 대로 그 일이 시작된 거죠? 그가 하루는 내 배를 타고 가면서 말하더군요. 〈얼마 남지 않았어. 모두가 떠나야 해.〉라고 말이에요」

그리고 선원은 갑자기 뒷걸음치며 계단을 내려가려고 했다.

「그냥 있어요, 코레쥬」

오노린느가 말했다.

「떠나야 해요, 마그녹이 말했다고요. 모두가 떠나야 한다고요」

「그대로 있어요」

오노린느가 다시 말했다.

그러자 선원은 걸음을 멈추고, 엉거주춤하게 서 있었다.

「코레쥬, 내 생각도 그래요. 떠나야 해요. 하지만 내일 날이 저물 무렵에 떠날 거예요. 그전에 앙투안느 씨와 마리 르고프를 묻어줘야 해요. 우선 망자들을 위해 철야를 해야 하니까 당신은 가서 아르쉬나 수녀들을 불러와요. 별로 좋은 사람들은 아니지만, 이런 일에 익숙하니까요. 적어도 두 명은 와야 해요. 보통 때보다 돈을 두 배로 지불한다고 하세요」

「그러고 나서요?」

「당신은 마을 노인들과 함께 관을 만드세요. 시신은 내일 새벽에 성당 묘지 안에 있는 성지에 묻을 거예요」

「그러고요?」

「그 다음에는 당신 마음대로 하세요. 다른 사람들에게도 알리고 짐을 챙겨 떠나도록 하세요」

「오노린느 부인, 당신은요?」

「나는 내 보트가 있잖아요. 이런…… 너무 말이 길어졌군요. 서둘러요. 알겠죠?」

「알았어요. 하룻밤만 있으면 되겠군요. 내일 아침까지는 별일 없겠죠?」

「네, 아무 일도 없을 거예요. 어서 가요. 코레쥬, 서둘러요. 그리고 마그녹이 죽었다는 말은 아직 다른 사람한테 하지 말아요. 사람들이 불안해할 테니까」

「약속할게요, 오노린느 부인」

선원은 서둘러 떠났다.

한 시간 후 아르쉬나 수녀 두 명이 도착했다. 그들은 늙고 빼빼마른 데다 피부는 거칠어서 마치 마녀들 같았다. 더구나 머리를 묶고서 양쪽에 리본을 맨 검은 벨벳은, 여기저기 때가 껴서 몹시 지저분해 보였다. 오노린느는 이들을 2층 왼쪽 끝에 있는 방으로 안내했다.

철야가 시작되었다.


베로니크는 밤새 아버지 시신 곁을 지키다가, 점점 상태가 악화되는 오노린느를 간호하러 갔다. 어느새 살짝 잠이 들었던 그녀는 오노린느의 목소리를 듣고 잠에서 깼다. 오노린느는 열이 오르락내리락 하는 중에도 완전히 정신을 잃지는 않은 모양이었다.

「프랑수아는 스테판 씨와 함께 숨었을 거예요. 섬에 숨을 만한 곳이 많이 있을 텐데…… 마그녹이 그들에게 가르쳐 줬을 거예요. 그러니까 사람들이 두 사람을 보지 못할 테고, 아무것도 알아내지 못할 거예요」

「확실해요?」

「확실해요. 내일 모두 사렉 섬을 떠나고 우리 둘만 남게 되면, 내가 소라고 동을 불어서 신호를 할 거예요. 그럼 이곳으로 오겠죠」

베로니크는 화들짝 놀랐다.

「전 그 아일 보고 싶지 않아요. 전 그 애가 무섭다고요. 전 그 아이를 저주해요. 당신도 알잖아요. 그 앤 내 앞에서 내 아버질 죽였다고요. 마리 르고프도 죽였고 당신도 죽이려고 했잖아요. 안 돼요, 안 돼. 내가 그 끔찍한 아이에게 갖고 있는 감정이라고는 증오와 혐오뿐이라고요」

오노린느는 베로니크의 손을 잡고 나지막이 말했다.

「아직 그 아이를 비난하지 말아요. 그 아인 자기가 한 일을 모른다고요」

「지금 무슨 말씀을 하시는 거예요? 자기가 한 일을 모르다니요? 하지만…… 전 그 두 눈을 똑똑히 본걸요! 그 눈빛은 볼스키의 눈빛과 똑같았어요」

「그 아인 몰라요. 잠깐 정신이 나갔던 거라고요」

「정신이 나가다니요? 그래서요?」

「맞아요, 정신이 나갔던 거예요. 베로니크, 전 그 아이를 알아요. 그렇게 착한 아이는 세상에 없어요. 그 아이가 이런 끔찍한 일을 저질렀다면 그건 잠깐 미쳐서 그랬을 수밖에 없어요. 스테판 씨도 그렇고요. 아마 지금쯤 두 사람은 절망에 빠져 눈물을 흘리고 있을 거예요」

「그럴 리가…… 믿을 수 없어요」

「당신은 자세한 내용을 알지 못하니 당연히 믿을 수 없을 거예요. 하지만 언젠가 당신도 알게 된다면……. 아, 정말 어떻게 이런 일이…… 이런 일이……」

그녀의 목소리는 점점 낮아져 베로니크에게 잘 들리지 않았다.

하지만 오노린느는 눈을 크게 뜨고 계속해서 입술을 움직이며 중얼거렸다.

아침까지는 아무 일도 일어나지 않았다. 새벽 5시 무렵에 베로니크는 관을 닫는 소리를 들었다. 곧이어 방문이 열리더니, 매우 흥분한 아르쉬나 수녀 두 명이 들어왔다. 수녀들은 사건에 대해 알게 된 모양이었다. 코레쥬가 떨리는 마음을 가라앉히기 위해 술을 마시다가 취해서 전부 말해 버린 것이다.

「마그녹이 죽었다면서요? 마그녹이 죽었다고요? 그런데 왜 아무 말도 안 해 준 거죠? 우린 떠나겠어요. 어서 돈 주세요」

수녀들이 말했다.

돈을 지불하자, 두 여자는 쏜살같이 집을 빠져나갔다. 그리고 한 시간 후, 수녀들의 이야기를 들은 다른 여자들이 달려와 장례 준비를 하고 있는 남자들을 데려가려고 했다. 모두들 같은 말만 하고 있었다.

「떠나야 해요! 짐을 챙겨서 얼른 떠나요. 장례까지 다하고 나면 너무 늦어요. 배 두 척에 사람들이 모두 타야 한다고요」

오노린느는 있는 힘을 다해 사람들을 진정시켰고, 베로니크는 이들에게 품삯을 나눠 주었다. 그리고 서둘러 시체를 매장하러 갔다. 가까운 곳에 낡은 성당이 하나 있었다. 데르주몽은 이곳에 재정적인 도움을 많이 주었다. 한 달에 한 번씩은 퐁라베에서 신부가 미사를 드리기 위해 이곳에 오곤 했다. 옆에는 오래된 사렉 신부 묘지가 있었다. 여기에 두 구의 시신을 묻고 나자, 성당 관리인으로 일하는 노인이 신의 가호를 빌었다.

사람들은 모두 치매에 걸리기나 한 듯이 헛소리를 하며 정신이 없었다. 그들은 오로지 떠나야 한다는 생각에 사로잡혀 있었기 때문에, 구석에서 울고 있는 베로니크에게는 아무도 관심을 보이지 않았다.

장례는 오전 8시가 되기 전에 모두 끝났다. 장례가 끝나자마자 모두들 급하게 사라졌다. 베로니크는 오노린느 곁으로 돌아갔다. 상태가 더욱 악화되었기 때문에 오노린느는 장례식에 참석할 수 없었던 것이다.

「이제 좀 나아진 것 같아요. 우린 오늘이나 내일 떠납시다. 프랑수아와 함께 말이죠」

오노린느가 말했다.

이 말을 듣고 베로니크가 분개하자 그녀가 다시 말했다.

「내 말대로, 프랑수아하고 스테판 씨하고 함께 가는 거예요. 나도 가능한 한 빨리 이곳을 떠나고 싶어요. 당신과 프랑수아와 함께 말이죠. 이제 이 섬에는 죽음만이 있을 뿐이에요. 이곳은 죽음이 지배하고 있다고요. 사렉 섬에는 죽음만을 남겨 두고 우리는 모두 떠나야 해요」

베로니크는 그녀를 언짢게 만들고 싶지 않아 아무런 대꾸도 하지 않았다.

오전 9시 무렵이 되자 다시 빠른 발걸음 소리가 들렸다. 마을에서 온 코레쥬였다. 그는 현관에서부터 소리치며 말했다.

「오노린느 부인, 누가 당신의 배를 훔쳐 갔어요! 배가 없어졌어요!」

「그럴 리가!」

오노린느는 믿을 수가 없었다.

가쁜 숨을 몰아쉬며 코레쥬가 말했다.

「배가 사라졌어요. 오늘 아침에 제가 발견했어요. 물론 많이 취해 있긴 했지만 분명해요. 그 이후에 다른 사람들도 보았답니다. 밧줄이 잘려 있었어요. 밤사이에 없어진 것 같아요. 누군가 도망친 거예요. 배를 훔쳐서 아무도 모르게……」

오노린느는 베로니크를 보았다. 두 여자는 서로 같은 생각을 하고 있었다. 프랑수아와 스테판 마루가 도망친 것이 분명했다.

오노린느가 중얼거리며 말했다.

「그래, 맞아. 분명해. 그는 조종법을 알고 있어」

베로니크는 이제 다시는 아이를 보지 않아도 된다는 생각에 한편으로 안심이 되었다. 하지만 오노린느는 공포에 사로잡혀 소리쳤다.

「그럼, 그렇다면, 우린 어떻게 하죠?」

「곧 떠나야 해요. 오노린느 부인, 배는 준비되어 있으니 두 분이 빨리 짐을 챙겨서 나오세요. 11시가 되면 섬은 텅 빌 거예요」

베로니크는 그의 말을 막았다.

「지금 오노린느의 몸 상태로, 떠난다는 건 불가능해요」

「아니에요. 갈 수 있어요. 이제 좀 나아졌어요」

오노린느가 말했다.

「아니에요. 그 상태로 떠나면 안 돼요. 하루나 이틀 정도 더 쉬어야 해요. 코레쥬, 모레쯤 우리를 데리러 오세요」

그녀는 오로지 떠날 생각밖에 없는 코레쥬를 문 쪽으로 안내했다.

「좋아요, 그러죠. 모레 다시 오겠습니다. 어차피 짐을 다 실을 수도 없어서, 짐을 챙기러 다시 와야 해요. 치료 잘히십시오, 오노린느 부인」

그가 서둘러 나가자, 오노린느가 침대에 누워 절망적으로 소리쳤다.

「코레쥬! 코레쥬! 아냐, 안 돼요. 가지 말아요. 코레쥬, 기다려요. 나도 당신 배에 태워 줘요」

그녀는 선원이 다시는 돌아오지 않을 거라고 생각하는지 일어나서 쫓아가려고 했다.

「무서워. 난 혼자 남기 싫어」

베로니크가 그녀를 잡으며 말했다.

「당신은 혼자 남지 않아요. 오노린느, 내가 당신 곁에 있을게요」

오노린느는 힘에 부쳐 침대에 주저앉았다. 그녀는 심하게 몸을 떨었다.

「무서워……. 무서워요. 이 섬은 저주받았어요. 여기에 남는다는 건 바보 같은 짓이야. 마그녹…… 마그녹의 죽음이 바로 경고였는데……. 무서워」

그녀는 미친 것 같았다. 하지만 가끔씩은 정신이 돌아온 듯 제대로 말하기도 했다. 그녀는 미신에 집착하는 브르타뉴 여인답게 일관성 없는 모습을 보였다.

오노린느는 이마가 맞닿도록 베로니크의 몸을 잡아당겼다.

「내가 말하는데…… 이 섬은 저주받았어요. 어느 날 마그녹이 나에게 말했어요. 〈사렉은 지옥의 문이야. 지금은 이 문이 닫혀 있지만 언젠가 문이 열리면 온갖 불행이 폭풍우처럼 몰려올 거야.〉라고요」

베로니크는 오노린느가 흥분을 가라앉히도록, 그녀를 자리에 눕혔다. 흥분이 가라앉자 오노린느는 좀 더 부드러운 목소리로 계속해서 말했다.

「그는 이 섬을 정말 좋아했어요. 그건 우리 모두 마찬가지였죠. 그는 섬에 대해 말할 때 항상 알아듣기 힘들게 이야기했어요. 〈오노린느, 문은 두 개야. 천국으로 향하는 문도 있지.〉그래, 맞아요. 이 섬은 살기 좋은 곳이었어요. 우리 모두 이 섬을 좋아했죠. 마그녹은 섬에 꽃을 심었어요. 정말 아름다운 꽃들을……」

방 안 공기가 무거워졌다. 오노린느가 지금 누워 있는 방은, 그 집에서 가장 전망이 좋은 방이었다. 좌우 시야가 확 트인 창을 통해 섬의 이곳, 저곳을 다 볼 수 있었다.

베로니크는 부서지는 파도에 시선을 고정시킨 채 창가에 앉아 있었다. 파도는 심하게 요동쳤다. 브르타뉴 해안이 보이지 않을 정도로 두껍게 내려앉은 안개 위로 태양이 솟아오르고 있었다. 서쪽 바다에는 부서지는 파도의 거품이 하얀 띠를 만들어, 암초가 있는 검은 부분은 마치 구멍이 난 것처럼 보였다. 그녀는 황량한 평야 같은 바다를 바라보았다.

반쯤 잠이 든 오노린느가 중얼거렸다.

「그 문은 돌, 멀리 외국에서 온 돌이야. 성석……. 보석이라고도 부르는 금과 은이 섞여 있는 성석……. 삶과 죽음을 관장하는 돌……. 마그녹이 보았어. 그는 문을 열고 팔을 집어넣었어. 그 손, 재가 되어 버린 손……」

베로니크는 가슴이 죄어들었다. 그녀 역시 조금씩 두려움에 사로잡혔다. 파도가 바위에 부딪혀 부서지는 것을 보며, 그녀는 마치 엄청나게 차갑고 기분 나쁜 물이 그녀의 몸으로 스며들어 왔다가 다시 빠져나가는 것 같은 느낌을 받았다. 며칠 전부터 계속된 끔찍한 사건들이 그녀를 공포로 몰아넣어, 계속해서 더 무서운 일이 일어날 것만 같았다. 예고된 폭풍을 기다리면서 복잡한 길을 계속 달리고 있는 기분이었다.

그녀는 분명히 또 무슨 일이 일어날 거라고 생각했다. 계속해서 끔찍한 공격을 퍼붓고 있는 운명의 힘이 또다시 그녀를 덮칠 것이 분명했다.

「배가 보이지 않나요?」
오노린느가 물었다.
「여기선 보이지 않아요」
「보일 거야, 보일 거예요. 분명히 뱃길을 따라갈 테니까. 위쪽에 넓은 뱃길이 있어요」
잠시 후 곶의 모퉁이를 돌아 뱃머리가 나타났다.
배는 넓은 바다 한가운데를 향해 가고 있었다. 배 안에는 온갖 상자와 꾸러미가 가득했고, 그 사이에 여자와 아이들이 자리를 잡고 앉아 있었다. 남자들 네 명은 힘들게 노를 젓고 있었다.
「코레쥬의 배예요」
오노린느가 옷을 반쯤 걸친 채 침대에서 일어나며 말했다.
「저기, 다른 배도 있어요. 봐요」
두 번째 배도 힘겹게 바다를 향해 나아가고 있었다. 이 배는 남자 세 명만 노를 젓고 있었고, 여자 한 명이 앉아 있었다.
두 배 모두 꽤 멀리 있기 때문에, 사람들의 얼굴은 확실히 보이지 않았다. 거의 7, 800미터는 떨어진 것 같았다. 죽음을 피해 달아나고 있는, 불행을 실은 배에서는 누구도 입을 열지 않았다. 배는 조용히 더 깊은 바다를 향해 노를 저었다.
「제발! 제발! 부디 이 지옥에서 탈출해야 할 텐데……」
오노린느가 부들부들 떨며 말했다.
「뭘 걱정하고 있는 거죠? 오노린느, 저 배를 위협하고 있는 건 아무것도 없어요」

「아뇨, 있어요. 섬을 완전히 떠나기 전까지는 위험해요」

「하지만 이미 섬을 떠난걸요」

「섬 주위에 있는 한, 아직은 섬을 떠난 게 아니에요. 저곳에는 수많은 관들이 기다리고 있어요」

「하지만 바다도 잔잔한걸요」

「바다 말고도 다른 위험이 있어요. 우리의 적은 바다가 아니라고요」

「그럼 뭔데요?」

「모르겠어, 모르겠어요」

배 두 척은 북쪽을 향해 노를 저었다. 두 배는 각각 다른 뱃길을 이용해 항해하고 있었다. 오노린느가 그 부근에 있는 두 개의 암초 이름을 말해 주었다. 하나는 〈악마 바위〉, 또 다른 하나는 〈사렉의 이빨〉이었다.

얼마 지나지 않아 코레쥬가 〈악마 바위〉 쪽 뱃길로 들어서는 것이 보였다.

「암초에 도달했어. 아직 100미터 더 남았어요. 거기만 지나면 안심해도 돼요」

오노린느가 말했다.

그러더니 거의 비웃음에 가까운 미소를 지어 보였다.

「아! 악마의 모든 음모가 실패로 돌아가겠군요. 베로니크, 우리는 모두 탈출할 수 있을 거예요. 당신과 나, 그리고 사렉의 주민들도 모두 말이죠」

베로니크는 아무 말도 하지 않았다. 계속해서 가슴이 죄어 왔다. 거부할 수 없는 불안감이 점점 더 무겁게 그녀를 짓눌렀다.

코레쥬는 아직 오노린느가 위험 지역이라고 말한 곳을 벗어나지 못하고 있었다.

오노린느는 열이 올라 몸을 부들부들 떨었다.

「무서워. 무서워」

베로니크가 이해할 수 없다는 듯 물었다.

「왜 두려워하는 거죠? 어디에 위험이 도사리고 있다는 거예요?」

「아! 저게 뭐지? 저게 도대체 뭐죠?」

「뭐요? 뭐가 있어요?」

두 여자는 창문에 이마를 붙이고 정신없이 바다를 바라보았다. 무언가가 〈사렉의 이빨〉에서 갑자기 튀어나왔다. 그것은 바로 두 여자가 어제 타고 왔고 코레쥬가 사라졌다고 말한, 그 모터보트였다.

「프랑수아! 프랑수아! 프랑수아와 스테판 씨예요!」

베로니크는 아이의 얼굴을 알아볼 수 있었다. 아이는 뱃머리에 서서 배에 탄 사람들에게 손짓을 하고 있었다. 남자들은 노를 흔들어 대답하고, 여자들도 손을 들어 답했다. 베로니크가 만류하는데도 오노린느는 창문을 열어젖혔다. 엔진 소리와 사람 목소리가 들렸지만 한마디도 알아들을 수 없었다.

「뭐라고 하는 거죠? 프랑수아와 스테판 씨는 왜 해안 쪽으로 도망가지 않았을까요?」

오노린느가 물었다.

「혹시 육지에서 낯선 사람이라고 추궁당할까 봐 그런 건 아닐까요?」

「아녜요. 육지 사람들도 스테판과 프랑수아를 다 알아요. 특히 프랑수아는 나와 함께 육지로 자주 나갔는걸요. 게다가 신분증도 배에 있다고요. 그건 아니에요. 저들은 바위 뒤에 숨어서 기다리고 있던 거라고요」

「하지만, 오노린느. 숨어 있던 거라면 왜 지금 나타난 거죠?」

「아! 저건 이해할 수가 없어. 정말 이상하군. 코레쥬와 저 사람들은 도대체 무슨 생각을 하고 있는 거지?」

두 번째 배가 첫 번째 배와 같은 항로에 들어섰다. 배에 타고 있던 사람들은 모두 보트를 향해 몸을 돌리고 있었다. 배 두 척은 모터보트가 있는 방향으로 빠르게 움직이더니 보트에 가까워지자 속도를 늦췄다. 배 두 척은 15미터에서 20미터 정도 간격을 두고 나란히 멈춰 섰다.

「이해할 수가 없어. 이해할 수가 없어」

오노린느가 중얼거렸다.

이번에는 보트가 두 배에 더욱 가까이 다가갔다. 보트가 멈추자 프랑수아가 몸을 숙였다가 다시 일어났다. 아이는 마치 무언가를 던지는 것처럼 오른팔을 뒤로 길게 뻗었다. 스테판 마루도 같은 동작을 하고 있었다.

「어머나!」

베로니크가 소리쳤다. 다시 고개를 들어 창밖을 보자, 끔찍한 광경이 벌어지고 있었다. 프랑수아가 던진 물건은 배 앞쪽에, 스테판 마루가 던진 물건은 뒤쪽에 떨어졌다. 그리고 곧 두 배에서 폭발이 일더니 연기가 솟구쳐 올랐다.

폭발음이 계속해서 들려왔지만 검은 연기로 뒤덮여 아무것도 알아볼 수가 없었다. 잠시 후 바람에 연기가 걷히자, 베로니크와 오노린느의 눈앞에서 배 두 척이 빠른 속도로 침몰했다. 사람들은 바다에 뛰어들고 있었다.

    그야말로 지옥 같은 장면이었다. 조각난 배 위에서 아이를 꼭 안고 있는 움직임이 없는 여자, 폭탄에 맞아 까맣게 타 버린 시신, 미친 사람처럼 몸싸움을 하고 있는 두 남자, 모두가 배와 함께 가라앉고 있었다. 남아 있는 것은 바다에 떠 있는 머리 몇 개가 전부였다.

    오노린느와 베로니크는 공포에 사로잡혀 아무 말도 할 수가 없었다. 이제 사건은 이들이 상상할 수 있는 한계를 뛰어넘고 있었다.

    마침내 오노린느는 손으로 머리를 움켜쥐고 꺼져 가는 목소리로 말했다.

「머리가 터질 것 같아. 아…… 불쌍한 사렉 주민들! 내 친구들…… 모두 내 어린 시절 친구들인데 다시는 볼 수 없게 되었어. 이들은 결코 사렉으로 돌아올 수 없을 거야. 바다가 이들을 붙잡고 있겠지. 준비된 관 속에 넣어서, 수천 개의 감춰진 관 속에서……. 아, 머리가 터질 것 같아. 미칠 것 같아. 프랑수아처럼 나도 미칠 것 같아. 불쌍한 프랑수아……」

    베로니크는 아무 말도 하지 않았다. 그 대신 핏기 없는 손으로 발코니를 붙잡고 몸을 최대한 구부려 그 광경을 더 자세히 바라보았다.

    〈도대체 아들은 뭘 하려고 하는 걸까? 고통에 울부짖는 사람들을 구해 내려고 하는 걸까? 아무리 정신 착란에 빠진대도 다시 정신이 돌아올 정도로 끔찍한 장면이 아닌가?〉

    보트는 물에 빠진 사람이 가까이 오지 못하도록 후진했다. 각각 빨간색과 흰색 베레모를 쓴 프랑수아와 스테판은 손에 무언가를 들고 있었다. 거리가 너무 멀어 두 여자는 이들이 손에 쥐고

있는 것을 알아볼 수 없었다. 약간 기다란 방망이처럼 보였다.

「저 막대로 사람들을 구하려고 하는 건 아닐까요?」

베로니크가 중얼거렸다.

「아니면 총이든가요」

오노린느가 대답했다.

여전히 바다에 떠 있는 사람들의 머리가 보였다. 모두 아홉 명이었다. 아홉 명의 생존자들은 소리를 지르며 허우적거렸다. 몇 사람은 서둘러 보트로부터 멀리 달아나려고 했고, 네 명은 보트를 향해 헤엄치고 있었다. 이들 중 두 명이 보트 가까이까지 헤엄쳐 왔다. 이때 갑자기 프랑수아와 스테판이 같은 동작으로 그 긴 막대를 어깨에 걸머졌다. 그리고 총성이 한 발 들렸다. 하지만 불빛은 두 군데서 일었고, 헤엄치고 있던 두 머리가 사라졌다.

「이런! 세상에!」

베로니크는 무릎을 꿇고 땅바닥에 주저앉았다.

그녀 옆에서는 오노린느가 울부짖었다.

「프랑수아! 프랑수아!」

하지만 오노린느의 목소리는 너무 작은 데다 바람에 부딪쳐 멀리 퍼지지 못했다. 그래도 그녀는 계속 소리쳐 불렀다.

「프랑수아! 스테판!」

그러고는 달려 나가 복도에서 무언가를 찾아왔다. 그녀는 창가로 되돌아와서 큰 소리로 외쳤다.

「프랑수아! 프랑수아! 이 소릴 들어 봐」

그녀는 프랑수아에게 신호를 보내기 위해 소라 껍데기를 찾아온 것이었다. 하지만 소라 껍데기를 입에 대고 불어도 희미한 소리만 흘러나왔다.

「아! 이런…… 제기랄. 힘이 없어, 힘이……. 프랑수아! 프랑수아!」

그녀의 머리카락은 온통 헝클어졌고 얼굴은 열로 벌겋게 달아올랐으며, 온몸이 땀으로 흠뻑 젖어 있었다. 베로니크가 이런 그녀를 말렸다.

「오노린느, 제발……」

「저들을 봐요! 저들을 보란 말이에요」

보트는 생존자들을 따라 앞으로 나아갔다. 남은 사람들은 모두 죽을힘을 다해 헤엄쳐서 보트와 멀어지기 위해 노력했다. 그들 중 두 명이 뒤쳐졌다. 프랑수아와 스테판은 이 두 명의 머리에 총을 겨눴다. 곧 이들의 머리도 사라졌다.

「저들을 봐요. 저건 사냥이야! 사냥감을 죽이는 거라고. 아!

불쌍한 사렉 주민들……」

오노린느가 거친 목소리로 말했다.

다시 총성 한 발이 울렸다. 또 한 명이 사라졌다.

베로니크는 절망에 사로잡혔다. 그녀는 새장에 갇힌 새처럼 발코니 창살을 붙잡고 흔들어 댔다.

「볼스키! 볼스키!」

그녀는 남편에 대한 기억이 떠올라 심한 경련을 일으켰다. 볼스키의 아들…….

그녀는 갑자기 오노린느의 얼굴이 변하는 것을 보고 놀랐다.

「저 아인 네 아들이야. 저주받을 년, 넌 괴물 같은 살인자의 엄마야. 너도 벌을 받을 거야」

오노린느는 경련을 일으키더니 갑자기 환희에 가득 찬 모습으로 발을 구르면서 웃음을 터뜨렸다.

「십자가! 그래, 맞아. 십자가……. 넌 십자가에 매달릴 거야. 손에는 못이 박히고……. 참혹한 형벌을 받게 될걸. 손에는 못이 박힐 테고 말이야!」

그녀는 미친 것 같았다.

베로니크는 정신을 차리고 오노린느를 진정시키려고 했다. 그러나 광기에 사로잡힌 오노린느는 그녀를 밀쳐 냈다. 베로니크가 중심을 잃고 쓰러지자 오노린느는 발코니 난간에 올라갔다. 그리고는 팔을 벌린 채 다시 소리쳤다.

「프랑수아! 프랑수아!」

오노린느는 발코니를 뛰어넘었다. 그리고는 정원을 가로지르고, 벽을 넘었다. 그녀는 심각한 상처를 입은 사람답지 않게, 절벽 위에 있는 바위를 향해 쏜살같이 달려갔다. 바다를 향해 기울어진 바위 위에 올라간 오노린느는 잠시 멈춰 서서 자신이 기른 아이의 이름을 세 번 소리쳐 불렀다. 그러고는 앞으로 고꾸라지며 바다로 뛰어들었다.

저 멀리에서는 인간 사냥이 끝난 것 같았다. 물 위에 떠 있던 사람들의 머리가 모두 가라앉았고, 프랑수아와 스테판이 탄 보트는 브르타뉴 해안, 벡메일과 콩카르노 해변을 향해 달아나기 시작했다.

이제 서른 개의 관이라 불리는 섬에 남은 건 베로니크뿐이었다.

# 십자가에 매달린 네 명의 여자

  베로니크는 〈서른 개의 관〉이라 불리는 섬에 혼자 남았다. 하늘에 있는 태양이 바다에서 휴식을 취하고 있는 구름 위로 내려앉을 때까지, 그녀는 머리를 두 손으로 감싼 채 꼼짝 않고 앉아 있었다. 며칠 사이에 일어난 일들이 그림처럼 한 장, 한 장 그녀의 뇌리를 스쳐 지나갔다. 이 그림은 보지 않으려고 애를 쓰면 쓸수록 더욱 더 선명해졌다. 그녀는 마치 끔찍한 순간들을 다시 경험하는 것 같았다.
  베로니크는 이 사건을 어떻게 설명해야 할지, 사건이 일어난 이유가 무엇인지에 대해서는 아무런 생각도 하고 싶지 않았다. 그런 생각은 현실을 더욱 끔찍하게 만들 뿐이었다. 그녀는 프랑수아와 스테판 마루가 광기에 어려 이런 행동을 한 것이라고 생각하기로 했다. 그렇지 않고서는 이런 일을 저지를 만한 이유가 없을 것 같았다. 그녀는 두 살인자가 미쳤다고 믿기로 했다. 그들이 이 사건을 계획한 것이 아니며, 그 끔찍한 살육 역시 그들의 의지가 아니라고 생각하려 애썼다. 게다가 오노린느의 광기를 보고 나자 이 이해할 수 없는 사건들은 모두 사람들이 잠시 이성을 잃어 발생한 일이며, 어쩌다가 사렉 주민들이 그 일의 희생자가 된 것뿐이라고 생각했다.

그녀 자신도 순간순간 마음의 균형이 깨졌다. 생각은 자꾸 뿌연 안개 속으로 사라졌고, 보이지 않는 유령이 자신의 주위를 맴돌고 있는 것처럼 느껴졌다. 설핏 잠이 든 그녀의 꿈속에서 끔찍한 장면이 되살아났다. 그녀는 자신이 불행하다는 생각에 흐느껴 울기 시작했다. 순간 작은 소리가 들린 것 같았다. 정신이 멍해 있는 가운데에서도 그녀는 불길한 예감이 들었다. 분명 누군가가 다가오고 있었다. 그녀는 눈을 떴다.

세 발자국 정도 앞에 이상한 동물이 앉아 있었다. 흑갈색의 긴 털을 가진 이 동물은 팔짱을 낀 것처럼 다리를 엇갈리게 모으고 앉아 있었다. 그녀는 곧 오노린느가 착하고 충성스러우며 우스운 동물이라고 말했던 프랑수아의 강아지를 떠올렸다. 이내 강아지 이름도 생각났다. 〈해피!〉 작은 목소리로 강아지 이름을 되뇐 후, 그녀는 분노에 떨며 지금의 현실에 가당치도 않는 이름을 가진 괴상망측한 강아지를 내쫓으려고 했다. 해피라니…… 그녀는 이 끔찍한 사건의 희생자들, 숨진 사렉 주민들, 살해당한 아버지와 자살한 오노린느, 미쳐 버린 프랑수아를 생각했다. 그런데 해피라니…….

베로니크의 거친 손짓에도 강아지는 꿈쩍하지 않았다. 오노린느가 설명한 것처럼 앞쪽 다리가 비정상적으로 짧은 이 강아지는, 뒷발로 서서 머리를 약간 옆으로 기울인 채 한쪽 눈을 감고 있었다. 입 꼬리는 귀에 걸린 것처럼 올라붙어 있어 정말로 미소를 짓는 것처럼 보였다. 베로니크는 다시 오노린느의 말을 떠올렸다.

〈이런 행동은 고통을 당한 사람을 위로하는 해피 나름대로의 방법이랍니다. 해피는 눈물을 보기 싫어해요. 누군가 우는 사람이 있으면 그 사람이 자기 모습을 보면서 웃고 쓰다듬어 줄 때까지 계속 앞발을 들고 서 있는답니다.〉

베로니크는 전혀 웃을 기분이 아니었다. 하지만 강아지를 쓰다듬어 주는 일은 할 수 있었다.

「불쌍한 강아지구나. 지금은 그렇게 행복해할 상황이 아니란다. 난 네 이름과는 반대로 아주 불행한걸. 하지만 상관없어. 어쨌든 살아야 하지 않겠니? 그리고 다른 사람들처럼 미쳐서도 안 되고……」

살아남아야 할 필요성을 느끼자 뭔가 먹어야겠다는 생각이 들었다. 베로니크는 부엌으로 내려가서 음식을 찾았다. 그녀는 요기를 하고 강아지에게도 먹을 것을 주었다. 그러고는 다시 2층으로 올라왔다.

어느새 밤이 되었다. 베로니크는 평소에 잘 쓰지 않은 듯한 방으로 갔다. 그동안 쏟은 힘과 격한 감정 때문에 너무 피곤했다. 그녀는 곧 잠에 빠져들었다. 해피는 밤새 그녀가 누워 있는 침대 발치를 지켰다.

다음날 베로니크는 느지막이 잠에서 깨어났다. 이상할 만큼 편안하고 안정적인 느낌이 그녀를 감쌌다. 오늘 아침은 브장송에서 지낸 조용하고 평화로운 날들의 연속인 것처럼 느껴졌다. 지난 며칠간의 끔찍한 경험은 저 멀리로 사라지고 다시는 그녀를 불안하게 만들지 않을 것 같았다. 어제 거대한 폭풍우 속에서 사라져 간 사람들은, 그녀의 삶에 잠시 스쳐 지나가는 이방인에 지나지 않았다. 그녀의 마음에는 어떤 고통도 없었다. 아버지의 죽음에 대한 슬픔도 기억 저편으로 사라졌다.

그녀는 예기치 않은 길고 긴 휴식을 취하면서 고독의 편안함을 맛보았다. 이런 상태를 즐기느라 사고 현장에 나타난 증기선을 보고도 아무런 신호를 보내지 않았다. 저들은 어제 폭발 당시 섬광을 보았거나 폭발음과 총성을 들었음이 분명했다. 베로니크는 전혀 움직이지 않았다.

보트 하나가 증기선으로부터 떨어져 나왔다. 그녀는 보트가 마을로 접근해 이곳을 살펴보려는 것이라고 생각했다. 하지만 자기 아들이 연루된 사건의 조사를 받아야 한다는 사실이 꺼림칙했다. 끊임없는 질문에 대답하고, 자신의 이름과 신상, 살아 온 내력을 밝히는 것도 싫었다. 그녀는 겨우 빠져나온 지옥의 굴레로 돌아가고 싶지 않았다. 그보다는 차라리 한두 주 동안 더 여기 머물다가 우연히 섬 주위를 지나가는 고깃배에 몸을 싣는 것이 나을 듯싶었다.

그러나 그녀의 걱정은 기우였다. 보트에서 내린 사람들은 바닷가 주변을 맴돌다가 돌아갔다. 수도원이 있는 곳까지 올라오는 사람은 아무도 없었다. 증기선은 점점 멀어져 이제 그 어느 것도 베로니크의 고독을 방해하지 않았다. 그녀는 이렇게 사흘을 보냈다. 운명은 그녀에게 공격을 퍼붓는 것을 잠시 포기한 모양이었다. 베로니크는 혼자였고, 그녀만이 자신의 운명을 좌우할 사람이었다. 곁에 있는 것만으로도 위안이 되었던 해피도 사라지고 없었다.

수도원 부지는 섬 한부분을 모두 차지하고 있었다. 수도원은 원래 15세기에 버려져 조금씩 낡고 무너져 가던 건물이었으나, 18세기에 브르타뉴의 한 갑부가 옛 건물을 부수고 그 재료를 사용해서 재건했다. 수도원 건물의 건축 방식이나 가구는 평범했지만 베로니크는 아직 그 안으로 들어갈 용기가 나지 않았다. 아버지와 아들에 대한 기억이 그녀의 발걸음을 문 앞에서 멈추게 했다.

사렉 섬에 혼자 남게 된 이튿날, 그녀는 맑은 봄 햇살을 받으며 공원을 돌아보기로 했다. 공원은 섬의 꼭대기까지 넓게 펼쳐져 있었으며, 집 앞 잔디와 마찬가지로 대부분 건물 잔해와 덩굴로 덮여 있었다. 오솔길은 모두 커다란 떡갈나무가 늘어서 있는 가파른 언덕을 향해 나 있었다. 길을 따라 올라가자 반원형으로 늘어선 떡갈나무 사이로 빈 터가 보였다. 이곳은 바다를 향해 열려 있었다.

빈 터의 한가운데에는 고인돌 하나가 놓여 있었다. 고인돌의 상석은 타원형이었고 길이는 매우 짧았으며, 상석을 괴고 있는 받침돌 두 개는 거의 정사각형 모양에 가까웠다. 광활하다는 느낌이 들 정도로 엄청나게 넓은 빈 터였다. 봐도, 봐도 끝이 없을 것 같았다.

〈이게 오노린느가 말한 거석 고인돌이로구나. 그렇다면 수난의 꽃밭, 마그녹이 키웠다는 꽃밭이 여기서 멀지 않다는 얘긴데……〉

그녀는 고인돌 주위를 한바퀴 둘러보았다. 두 받침돌 안쪽에는 무언가 알아볼 수 없는 글씨가 새겨져 있었다. 그리고 바다로 향해 있는 바깥쪽에는 서명을 하기 위해 준비해 놓은 것으로 보이는 네모난 판이 하나씩 붙어 있었다. 이것을 보자 그녀는 갑자기 불안감에 휩싸였다.

오른쪽 받침돌에는 원시 시대의 것으로 보이는 서투른 그림이 깊이 새겨져 있었다. 네 명의 여자가 네 개의 십자가에 매달려 있는 그림이었다. 왼쪽 받침돌에도 몇 줄의 글씨를 새겨 놓았는데 그다지 깊게 새긴 것 같지는 않았다. 글씨는 비바람 때문인지 누군가가 일부러 지워 놓은 것인지는 모르지만, 거의 다 지워져서 잘 알아볼 수가 없었다. 하지만 몇 단어만은 뚜렷하게 알아볼 수 있었다. 그것은 베로니크가 마그녹의 시체 옆에서 발견한 두루마리에 씌어 있던 단어와 똑같았다.

「십자가에 매달린 네 명의 여자……. 서른 개의 관……. 삶과 죽음을 관장하는 성석……」

베로니크는 몸을 부들부들 떨며 뒷걸음질쳤다. 기이한 사건은 아직 끝나지 않았다. 마치 섬 전체가 그녀를 향해 수수께끼를 던지는 것 같았다. 그녀는 어서 이 섬을 빠져나가야겠다고 생각했다.

빈 터에서 밖으로 향하는 오솔길이 보였다. 이 길은 빈 터를 둘러싸고 있는 떡갈나무 중 가장 오른쪽 끝에 있는 나무 옆을 지나고 있었다. 하지만 그 떡갈나무는 벼락을 맞아 죽었는지, 나무 기둥과 죽은 가지 몇 개만 남아 있을 뿐이었다.

베로니크는 돌계단을 내려와 고인돌 네 개가 늘어서 있는 작은 평야를 가로질렀다. 그러다가 갑자기 눈앞에 펼쳐진 광경에 그녀는 어안이 벙벙해졌다. 그녀는 곧 탄성을 지르며 멈춰 섰다.

「아, 마그녹의…… 수난의 꽃밭!」

그녀가 달리던 길 중앙에는 고인돌 두 개가 마치 문의 양쪽 기둥처럼 버티고 서 있었다. 그리고 그 안에는 환상적인 장면이 연출되고 있었다. 세로 길이가 50미터는 돼 보이는 기다란 직사각형 모양의 평지가 전망대처럼 펼쳐져 있고, 그곳에서 몇 계단을 내려가니 마치 신전 기둥처럼 같은 높이의 고인돌이 일정한 간격으로 세워져 있었다. 신전의 중앙 홀과 양쪽 기둥 바깥쪽의 복도 바닥은 넓은 화강암 포석으로 이루어져 있었다. 포석은 대체로 네모난 모양이었고, 포석 사이로 자란 풀은 마치 스테인드글라스의 테두리를 장식한 납처럼 보였다.

중앙에는 작은 정사각형 모양의 돌로 된 받침 위에 그리스도 수난상이 세워져 있고, 그 주위에는 꽃이 자라고 있었다. 상상조차 할 수 없는, 꿈속에서나 봄직한, 과연 기적의 꽃이었다. 그 아름다움은 일상적으로 보던 꽃들과는 비교도 안 될 만큼 환상적이었다.

베로니크는 꽃의 이름을 금방 기억해 낼 수 있었다. 하지만 여기 있는 꽃은 본래 꽃과는 비교도 안 될 만큼 커다랗고 화려해서 정말 다른 세계에 있는 꽃밭 같았다. 그녀는 입을 다물지 못하고 멍하니 서 있었다. 수많은 종류의 꽃이 있었지만 같은 종류에 속하는 꽃은 몇 송이 없었다. 그녀는 마치 모든 종류의 색상과 향기와 아름다움을 한데 모아 만든 부케를 보는 느낌이었다.

더욱 묘한 점은 이 꽃밭에 있는 꽃들은 원래 같은 시기에 피는 꽃이 아니라는 것이다. 계절과 주기가 다른 꽃들이 한꺼번에, 게다가 한번 피면 기껏해야 2, 3주를 넘기지 못하는 꽃들이 이렇게 모두 생생하게 피어 진한 향을 발하고, 튼튼한 줄기 위에서 빛을 내며 화려하게 만개해 있다는 사실이 너무나 놀라웠다. 하루살이 버지니아와 미나리아재비, 왕원추리, 매발톱꽃, 피처럼 새빨간 양지꽃, 주교의 옷보다 더욱 더 빛나는 보랏빛 아이리스! 참제비고깔과 플록스, 푸크시아, 바곳, 크로커스도 보였다. 그리고 그리스도 상의 받침을 빙 두르고 있는 좁은 화단에서, 유독 돋보이는 것은 눈이 부시도록 아름다운 꽃바구니였다. 그 안에서는 파란색과 흰색, 보라색 등 온갖 꽃송이가 한데 모여 구세주의 몸을 끌어올리는 듯한 형상을 하고 있었다. 그 꽃은 바로 베로니크(베로니크는 한국어로는 〈개불알풀〉이라고 하는 식물로, 이 부분에서는 원어 발음 그대로 옮겼다. ——옮긴이)였다.

베로니크는 거의 실신할 지경이었다. 그녀가 조금 더 가까이 다가가 보니, 그리스도 상 받침에 작은 나무판이 붙어 있고 그 위에 꽃 이름이 적혀 있었다. 〈엄마의 꽃.〉

베로니크는 이 기적 같은 일을 믿을 수가 없었다.

〈이 지방에서는 나지도 않는 귀한 꽃들이 이곳에 이렇게 한데 모여 있다는 사실을 어떻게 받아들여야 하는 걸까? 초자연적인 힘에 의해서? 아니면 마그녹이 마법의 주문을 외워서 만든 걸까?〉

그녀는 이 기적 같은 일을 믿으려고 하지 않았다.

〈아니야. 분명히 여기에는 무슨 이유가 있을 것이고, 그 이유는 아주 간단하겠지. 앞으로 일어날 사건이 모든 진실을 밝혀 줄 거야.〉

하지만 가톨릭 신앙과는 상관없어 보이는 이 꽃밭 가운데, 그야말로 기적의 꽃밭 중앙에는 마치 베로니크가 온 것을 환영이라도 하듯 그리스도 상이 꽃다발을 들고 있었다. 갖가지 색과 향기로 가득한 그곳에서 베로니크는 무릎을 꿇고 주저앉고 말았다.

그 다음날도, 또 다음날도 그녀는 〈수난의 꽃밭〉을 다시 찾았다. 꽃밭을 찾아가면 찾아갈수록 이곳을 둘러싸고 있는 수수께끼가 너무나도 매력적으로 느껴졌다. 심지어 〈엄마의 꽃〉 앞에 서서 프랑수아를 생각하더라도, 그 아이에 대한 증오심이나 절망감에 휩싸이지 않을 정도였다.

닷새째가 되자 집에 있던 식량이 바닥을 드러냈다. 그녀는 오후 무렵에 먹을 것을 찾으러 마을로 내려갔다. 아랫마을에 있는 집들은 대부분 대문이 활짝 열려 있었다. 모두들 나중에 다시 돌아와 짐을 챙기려는 생각으로 급히 떠났기 때문이었다. 베로니크는 가슴이 저려와 문지방을 쉽게 넘지 못했다. 어떤 집 창가에는 제라늄이 피어 있었다. 커다란 벽시계에 매달린 구리 시계추는 텅 빈 방 안에서 끊임없이 좌우로 움직이며 시간을 알리고 있었다. 그녀는 마음이 아파 마을에서 얼른 빠져나왔다.

마을을 나오는 길에 부두에서 멀지 않은 곳에서 헛간을 발견했다. 그 헛간 아래쪽에는 오노린느가 보트로 싣고 온 장바구니와 짐들이 보였다.

〈이제 됐어. 굶어 죽진 않겠군. 몇 주는 견딜 수 있을 거야. 오늘부터 먹기 시작하면…….〉

그녀는 초콜릿과 비스킷, 통조림 캔 몇 개, 쌀, 성냥 등을 주워 모았다. 그녀는 수도원으로 돌아가려다가 문득 섬 반대편에는 뭔가 더 가져갈 물건이 있지 않을까 하는 생각이 들었다. 그래서 물건을 챙겨 놓고 잠시 산책을 나섰다.

베로니크는 나무 그늘 사이로 난 길에 들어섰다. 그 길은 고원 평지를 향해 나 있었는데, 경치는 다른 평지와 별로 다른 점이 없었다. 농작물이나 목초지도 없이 모두 벌판이라고 부를 수밖에 없는 땅이었다. 그저 늙은 떡갈나무로 가득한 숲만 계속 펼쳐져 있을 뿐이었다. 또, 땅이 넓지 않고 폭도 좁아, 양쪽 바다는 물론 멀리 브르타뉴 해안까지 한꺼번에 바라볼 수 있었다.

그리고 조금 더 걸으니, 절벽 가장자리를 따라 이어진 울타리가 있었다. 언뜻 보기에 울타리 안쪽은 매우 허름해 보였다. 커다란 오두막집은 거의 황폐해진 상태였고, 지붕에는 여기저기 뜯어고친 자국이 남아 있었다. 안뜰은 매우 지저분했다. 손질이 거의 안 되어 있는 데다 여기저기 고철과 나뭇가지로 어질러져 있었다.

베로니크는 울타리 밖에 서서 잠시 안을 둘러보다가 이상한 기분이 들었다. 누군가 앓는 소리가 들린 것 같았다. 그녀는 귀를 기울여 보았다. 신음소리가 조금 전보다 더 선명하게 들렸다. 그리고 또 다른 소리도 들렸다. 고통스러워하며 다급하게 도움을 요청하는 여자들의 목소리였다. 그렇다면 주민들이 모두 섬을 떠났던 게 아니란 말인가? 그녀는 자신이 사렉 섬에 혼자 남겨진 게 아니라는 생각에 순간 기뻤다. 하지만 또다시 죽음과 공포의 소용돌이에 휩말릴 것 같은 예감이 들어 불안해지기도 했다.

신음소리는 안뜰 오른쪽에 있는 작은 건물에서 들려왔다. 그녀는 울타리 안으로 들어가려고 사립문을 밀었다. 삐거덕거리는 소리와 함께 문은 쉽게 열렸다. 그녀가 안으로 들어가자 신음소리가 갑자기 두 배는 더 커졌다. 누군가가 문을 여는 소리를 들은 게 분명했다. 베로니크는 서둘러 발걸음을 옮겼다.

건물 지붕은 군데군데 날아가 버렸지만 벽은 여전히 견고했으며, 매우 두꺼웠다. 그리고 낡은 문에는 빗장이 채워져 있었다. 누군가가 안쪽에서 문을 두드리며 더욱 다급하게 소리쳤다.

「살려 주세요! 살려 주세요……!」

안쪽에서 잠시 싸우는가 싶더니, 좀 더 부드러운 다른 목소리가 들렸다.

「조용히해, 클레망스. 그들일지도 몰라……」

「아냐, 아냐. 제르트뤼드, 그들이 아니라고! 그들 목소리가 아니었어. 문 좀 열어 주세요! 열쇠가 거기 어딘가……」

안으로 들어갈 방법을 찾고 있던 베로니크는 커다란 자물쇠에 꽂혀 있는 열쇠를 발견했다. 그냥 돌리기만 하면 되었다. 문이 열렸다.

베로니크는 서로를 제르트뤼드와 클레망스라고 부르던 두 여자를 알아보았다. 사악한 마녀 같은 얼굴에 옷은 반만 걸친, 초췌한 모습의 아르쉬나 수녀들이었다. 곳곳에 빨랫감과 바구니가 널려 있는 것으로 보아 이 건물은 원래 세탁장으로 쓰던 곳 같았다. 또 한 수녀가 구석에 있는 짚 위에 누워 꺼져 가는 목소리로 신음하고 있었다. 베로니크의 얼굴을 본 수녀 한 명이 털썩 주저앉았다. 다른 한 명은 열이 올라 반짝이는 눈으로 베로니크의 팔을 붙잡고 다급하게 말했다.

「그들을 봤죠, 그렇죠? 그들이 저기 있나요? 당신은 어떻게 살아남았죠? 마을 사람들이 떠난 뒤로는 그들이 사렉 섬을 지배하고 있어요. 우린 여기에 엿새 동안이나 갇혀 지냈어요. 출발하는 날 아침이었어요. 배를 타러 가기 전에 짐을 싸다가 우리 셋이 이곳에 왔죠. 세탁장에서 말리고 있던 속옷을 가지고 가려고요. 그런데 그들이 왔어요. 우린 그들에게 무슨 말도 듣지 못했어요. 전혀 듣지 못했어요. 그런데 갑자기 문이 닫혔어요. 그냥 문이 철커덕 닫히더니 자물쇠를 거는 소리가 났어요. 다행히 우리 짐에는 사과와 빵, 그리고 마실 물이 조금 있었어요. 정말 다행이었죠. 그들이 우릴 죽이러 다시 올까요? 이번엔 우리 차례인가요? 아! 그동안 귀를 쫑긋 세우고 얼마나 공포에 떨었는지……. 가장 나이 든 수녀는 미쳐 버렸어요. 들어 보세요. 헛소리만 계속하고 있어요. 그리고 클레망스는 정말 기진맥진한 상태고…… 그리고 저는, 저 제르트뤼드는……」

베로니크의 팔을 잡은 손아귀의 힘을 보니 그 수녀는 아직 기력이 남아 있는 모양이었다.

「코레쥬는…… 다시 왔겠죠? 그리고 또다시 떠났나요? 어째서 우릴 찾지 않은 거죠? 그렇게 찾기 어렵지 않았을 텐데……. 사람들은 우리가 어디를 잘 가는지 알거든요. 작은 소리만 났어도 우리가 불렀을 텐데……. 그런데…… 그런데……」

베로니크는 대답하길 망설였다. 하지만 어차피 그녀들도 알게 될 사실이었다.

「그 배는 두 척 모두 전복됐어요」

「뭐라고요?」

「사렉 섬 근처에서 두 배 모두 전복됐다고요. 배에 타고 있던 사람들도 모두 죽었어요. 수도원 앞 바다에서 일어난 일이었죠. 〈악마 바위〉 앞을 지나가다가……」

베로니크는 프랑수아와 그 아이의 선생 이름을 입 밖에 내기 두려웠다. 그들이 저지른 일을 설명할 수도 없었다. 그녀는 그만 입을 다물었다. 하지만 클레망스는 더 자세히 이야기해 달라는 듯이 몸을 똑바로 세운 채 베로니크를 바라보았다. 그러다가 곧 힘에 부친 듯이 무릎을 꿇으며 쓰러졌다.

제르트뤼드가 중얼거렸다.

「그럼 오노린느는?」

「오노린느도 죽었어요」

「죽었다고요?」

두 수녀는 동시에 소리쳤다. 그러고는 아무 말 없이 서로를 바라보았다. 이들의 머릿속에는 똑같은 생각이 스쳤다. 두 수녀는 생각에 잠긴 것 같았다. 제르트뤼드는 무슨 계산을 하는 것처럼 손가락을 움직였다. 그러나 곧 움직이던 손을 멈추더니 얼굴이 하얗게 질리고 말았다.

공포에 질려 주저앉은 제르트뤼드가 베로니크에게 시선을 고정시킨 채 더듬거리며 말했다.

「자, 보세요. 세어 봐야 해요……. 저와 이 수녀들 빼고 배에 몇 명이 탔는지 아세요? 아시냐고요? 어서 세어 봐야지. 마을 사람이 스물, 그리고 마그녹이 처음으로 죽었으니……. 앙투안느 씨가 그 다음으로 죽고, 그리고 프랑수아와 스테판 씨가 사라지고, 물론 죽었겠지. 그리고 오노린느와 마리 르고프가 죽었으니……. 그럼…… 어서 세어 봐요. 그러니까 전부 스물여섯…… 스물여섯, 맞게 센 거죠? 서른 명 중에 스물여섯이 죽었으니……. 이해할 수 있겠어요? 서른 개의 관을 다 채워야 해요. 그러니까 서른 개의 관 가운데 스물여섯 개가 채워졌으니, 이제 네 개가 남네. 그렇죠?」

제르트뤼드는 더 이상 말을 할 수가 없었다. 그녀의 혀는 당황해서 제대로 움직이지 않았다. 공포에 질린 그녀는 겨우 한마디씩을 뱉어냈다. 베로니크는 그녀의 말을 띄엄띄엄 알아들을 수 있었다.

「어때요? 이해할 수 있겠어요? 네 명이 남아요. 우리 네 명……. 이곳에 갇힌 아르쉬나 수녀 세 명하고…… 바로 당신이요. 그렇지 않겠어요? 네 개의 십자가……. 당신도 알아요? 십자가에 매달린 네 명의 여자……. 셈이 맞잖아요. 바로 우리 넷이라고요. 이 섬에 남은 건 우리 네 명뿐이니까……. 네 명의 여자……」

베로니크는 아무 대꾸 없이 듣고만 있었으나, 등에는 식은땀이 배었다. 그녀는 어깨를 들썩이며 말했다.

「그러니까 이제 섬에 남은 게 정말 우리 넷뿐이라고 해도……
그게 뭐가 어떻다는 거죠?」

「그들이에요! 바로 그들이……」

「하지만 모두들 떠난걸요!」

제르트뤼드가 질겁하며 말했다.

「목소리를 낮춰요. 그들이 듣고 있을 거예요!」

「도대체 누구 말이에요?」

「그들이요. 예전 그 사람들……」

「예전 사람들이요?」

「그래요, 신에게 제물을 바치는……. 사람을 죽여서 신을 기쁘
게 해 주려고 하는 사람들이요」

「하지만 그 시대는 이미 끝났어요. 드루이드를 말하는 거예요?
보세요, 이제 드루이드 교 따위는 없다고요」

「작게 말씀하시라니까요! 작게요! 아직도 남아 있어요. 정말
사악한 악령들이에요」

「그러니까 귀신이란 말인가요?」

베로니크는 너무 어이가 없어 오히려 화가 나려 했다.

「그래요. 귀신. 하지만 뼈와 살이 있는 귀신이에요. 문을 잠그
고 우릴 가두어 놓은……. 배를 전복시키고 앙투안느 씨와 마리
르고프, 그리고 다른 사람들까지 죽여 버린 그 귀신 말이에요.
스물여섯 명이나 죽인 그 귀신이요」

베로니크는 아무 말도 하지 않았다. 그 말에 대답할 필요조차
느끼지 못했다. 그녀는 데르주몽과 마리 르고프, 그리고 마을 사
람들을 죽이고 배를 전복시킨 사람이 누구인지, 두 눈으로 똑똑

110

히 보았다.

「당신들 세 명은 그날 몇 시쯤 이곳에 갇힌 거죠?」

「10시 반이요. 마을에서 코레쥬와 11시에 만나기로 했거든요」

베로니크는 곰곰이 따져보았다.

〈프랑수아와 스테판이 10시 반에 이곳에 와서 그녀들을 감금하고, 한 시간 뒤에는 바위 뒤에 숨어 있다가 두 배 앞에 나타날 수 있었을까? 그건 불가능한 일이다. 그렇다면 이 섬에 다른 공모자가 남아 있다는 말인가?〉

「어쨌든 이곳에서 나가죠. 당신들은 이런 상태로 있으면 안 돼요. 몸을 추스르고 휴식을 취해야 해요」

클레망스 수녀가 일어섰다. 조용하던 그녀도 제르트뤼드처럼 흥분해서 말했다.

「우선 그들로부터 안전하게 숨어야 해요」

「어떻게요?」

베로니크도 왠지 모르게 이들을 따라 숨어야 할 것 같은 생각이 들었다.

「어떻게냐고요? 그건 이 섬의 사람들은 항상 이야기해 오던 일인걸요. 특히 올해 들어 더 더욱 많이 이야기했죠. 마그녹은 일단 공격이 시작하면 모두들 수도원으로 피신하라고 했어요」

「수도원이요? 그건 왜죠?」

「거기라면 안전하거든요. 절벽 꼭대기에 있으니까 사방을 관찰할 수 있어요」

「다리를 통해 적이 들이닥치면요?」

「마그녹과 오노린느가 다 준비해 두었어요. 다리에서 왼쪽으로 스무 걸음 정도 떨어진 곳에 작은 오두막집이 하나 있어요. 사람들은 거기에 석유를 비축해 두기로 했죠. 다리에 휘발유를 서너 통 정도 들이부은 다음, 성냥불을 던지면 그걸로 끝나는 거예요. 그러고는 위험이 사라질 때까지 조용히 숨어 있으면 되요」

「그럼 사람들은 왜 수도원으로 피신하지 않고 배를 타고 도망치려 했던 거죠?」

「배를 타고 도망치는 게 더 안전하니까요. 하지만 지금 우린 선택의 여지가 없잖아요」

「그럼 언제 떠날까요?」

「지금 떠나야죠. 밤에 가는 것보단 낮에 가는 게 훨씬 나을 거예요」

「하지만 누워 있는 저분은요?」

「정원용 손수레가 하나 있어요. 거기에 태워서 가면 되요. 마을을 통과하지 않고도 수도원까지 곧장 갈 수 있는 길이 있어요」

베로니크는 아르쉬나 수녀들과 함께 지내야 한다는 사실이 꺼림칙했지만, 별 도리가 없어 제르트뤼드의 제안을 받아들이기로 했다.

「자, 그럼 가죠. 전 수도원까지 함께 간 후에 마을로 가서 먹을 것을 좀 찾아올게요」

「아! 안 돼요. 그럼 너무 오래 걸려요. 다리가 끊기자마자 우린 거석 고인돌 위에 있는 언덕에 불을 지필 거예요. 그래야 연안에 있는 증기선이 불빛을 발견할 테고……. 오늘은 안개가 짙어서 잘 안 보이겠지만, 내일은……」

베로니크는 이들의 말을 따를 수밖에 없었다. 그녀는 정식으로 구조되어 조사받고 자기의 신분을 밝히느니, 차라리 지금 이 수녀들과 함께 이곳을 떠나는 게 낫겠다고 생각했다.

두 수녀는 물로 목을 축인 후 출발 준비를 서둘렀다. 수레에 앉아 몸을 웅크리고 있던 미친 수녀는 배시시 웃으며 베로니크에게 말을 걸었다. 마치 베로니크를 웃기려고 하는 것 같았다.

「우린 그들을 아직 만나지 않았어. 그들은 지금 준비하고 있는 중이야……」

「입 다물어요. 미친 늙은이 같으니라고. 당신이 우리에게 불행을 가져올 거야」

제르트뤼드가 말했다.

「그래, 그래, 함께 즐기는 거야. 재밌겠는걸. 난 십자가 모양의 금 목걸이를 목에 걸고…… 그리고 또 다른 목걸이는 구멍 뚫린 손에 들고……. 봐, 도처에 십자가가 깔려 있잖아. 우린 십자가에 매달릴 거야. 그러고는 깊은 잠에 빠져 드는 거야」

「어서 입 다물라니까, 이 미친 늙은이」

제르트뤼드가 미친 수녀의 따귀를 때렸다.

「난 들었어. 들었다니까. 그들이 널 때릴 거야. 난 그들이 숨어 있는 게 보여……」

이들은 서쪽 절벽을 이루는 고원 지대를 향해 발을 내딛었다. 오솔길은 그녀들이 걷기에 꽤 험했다. 절벽은 섬의 다른 곳보다 훨씬 높았지만 해안선도 제법 단순하고 수심도 얕아 보였다. 그들이 지나가는 숲에는 나무가 별로 많지 않았는데, 그나마 남아 있는 떡갈나무의 줄기도 거센 바람에 거의 다 휘어져 있었다.

「우린 검은 벌판이라고 불리는 평야 쪽으로 가고 있어요. 그들은 저 아래 살고 있어요」

클레망스 수녀가 말했다.

베로니크는 다시 한번 어깨를 들썩였다.

「그걸 어떻게 알죠?」

그 질문에는 제르트뤼드가 대답했다.

「우린 보통 사람들보다 훨씬 더 많은 사실을 알고 있답니다. 사람들은 우릴 마녀라고 부르죠. 어느 정도는 사실이에요. 그걸 알고 있는 마그녹은 병을 치료하는 방법이나 행복을 가져다 주는 돌, 세례요한 초에 대해 우리에게 물어보러 오곤 했어요」

「쓴 쑥, 마편초……」

미친 수녀가 비웃으며 말했다.

「해질 무렵에 그걸 따는 거야」

제르트뤼드가 미친 수녀의 말을 끊으며 다시 입을 열었다.

「그리고 마그녹은 이 섬의 전통에 대해서도 물어 봤어요. 몇백 년 전부터 섬에서 일어났던 일들에 대해서는 우리가 가장 잘 알고 있죠. 사람들은 지하 세계에 마을과 길이 있고, 옛 사람들도 그대로 남아 있다고 말하곤 했죠. 그리고 실제로 아직도 남아 있어요. 내가 봤어요. 당신에게도 말해 줄게요」

베로니크는 묵묵히 듣고만 있었다.

「내가 다른 수녀들과 함께 있다가 그들 중 한 명을 보았답니다. 그것도 두 번이나요. 6월의 달이 차기 시작한 엿새째 날. 그는 흰색 옷을 입고 있었어요. 겨우살이 성초를 따기 위해 큰 떡갈나무 숲으로 올라가고 있었죠. 금도끼를 들고 말이에요. 금이 달빛을 받아 빛나고 있었죠. 내가 그를 봤어요. 다른 수녀도 저와 함께 봤어요. 그는 혼자가 아니었어요. 그들은 보물을 지키기 위해 예전 모습 그대로 그렇게 남아 있는 사람들이었어요. 그래요! 맞아요, 보물! 사람들은 〈기적의 돌〉이라고 말했어요. 〈돌에 손을 댄 사람에겐 죽음을, 돌 위에 누워 있는 사람에겐 삶을 주는…….〉

이 말은 모두 사실이에요. 마그녹이 전부 사실이라고 했어요. 옛 사람들이 그 성석을 지키고 있는 거라고요. 그리고 올해에는 우리를 죽여서 제물로 바쳐야 하는 거라고 말했어요. 그래요, 우리 모두를……. 서른 개의 관에 넣을 서른 개의 시신을……」

「십자가에 매달린 네 명의 여자」

미친 수녀가 또 끼어들었다.

「이제 얼마 남지 않았어요. 달이 차기 시작한 후 엿새째 날이 다가오고 있어요. 그들이 겨우살이 성초를 따려고 큰 떡갈나무 숲에 오르기 전에 여길 떠나야 해요. 저기, 큰 떡갈나무 숲이 있어요. 여기서도 보여요. 저 다리 앞에 있는 숲 안에……. 저 숲이 다른 모든 숲을 지배하고 있어요」

「그들이 저 뒤에 숨어 있어. 그들이 우릴 기다리고 있어」

미친 수녀가 손수레 안에서 몸을 움직이며 말했다.

「됐어, 그만해. 가만히 있어. 그런데, 저건……. 큰 떡갈나무 숲을 봤어요? 저기 저 평야 아래쪽에 저건, 저건……」

그녀는 말을 끝내지 못하고 그 자리에 얼어붙었다. 그녀 손에서 수레의 손잡이 부분이 스르르 미끄러졌다.

클레망스가 말했다.

「왜 그래? 뭔데? 무슨 일이야?」

「뭔가를…… 봤어. 하얀 무언가가 움직이는 걸 봤어」

제르트뤼드가 더듬거리며 말했다.

「뭐가? 무슨 말을 하는 거야? 그들이 이렇게 환한 대낮에 나타났다는 말이야! 살못 본 거겠지」

두 여자는 잠시 서로를 바라보며 멈춰 서 있다가 다시 길을 떠났다.

이제 큰 떡갈나무 숲은 보이지 않았다. 이들이 건너고 있는 평야는 적막하고 거칠어 보였다. 이곳에는 마치 무덤처럼 누운 돌들이 한 방향으로 늘어서 있었다.

「저게 그들의 묘지에요」

제르트뤼드가 말했다.

이들은 더 이상 아무 말도 할 수 없었다. 제르트뤼드는 여러 번 휴식을 취해야 했고, 클레망스는 기력을 소진하여 손수레를 끌 힘이 남아 있지 않았다. 두 여자는 다리를 심하게 떨면서 걱정스런 눈으로 주위를 둘러보았다.

비탈을 내려가다가 다시 오르막길로 접어들었다. 베로니크가 이 섬에 온 첫날, 오노린느와 함께 걸었던 오솔길이 나타났다. 이들은 숲 안으로 들어갔다. 잠시 후 베로니크는 아르쉬나 수녀들과 마찬가지로 두려움에 휩싸였다. 흙과 나무뿌리가 엉킨 큰 떡갈나무 숲에서 그녀들을 뒤따르는 발자국 소리가 들려왔다. 발소리로 미루어 보아 꽤 덩치가 큰 남자인 것 같았다. 그리고 커다란 나무 기둥 뒤에는 여러 사람이 숨어서 그녀들을 관찰하는 것 같았다. 수녀들은 발걸음을 재촉했다. 그녀들은 운명의 나무를 알아보지 못했다.

그 숲을 거의 빠져나갈 즈음이었다. 뒤에서 따라오던 발자국 소리가 이제 들리지 않는 것 같았다. 베로니크는 이제야 숨을 크게 들이쉴 수 있었다. 모든 위험은 지나간 듯했다. 베로니크는 속으로 아르쉬나 수녀들을 비웃었다.

순간, 클레망스가 베로니크를 향해 몸을 돌리더니 신음소리를 내며 쓰러졌다. 동시에 그녀의 등에 맞은 무언가가 바닥으로 떨어졌다. 도끼였다. 돌도끼⋯⋯.

「어머! 형벌의 도끼야! 형벌의 도끼!」

제르트뤼드가 소리쳤다. 그리고 잠시 동안 그녀는 고개를 들어 하늘을 바라보았다. 정말 도끼가 벼락과 함께 하늘에서 떨어졌다고 생각하는 모양이었다.

이번에는 미친 수녀가 손수레에서 바닥으로 굴러 떨어졌다. 그녀의 얼굴은 일그러지고, 몸은 고통으로 뒤틀려 있었다. 제르트뤼드와 베로니크는 그녀의 어깨에 화살이 꽂혀 있는 것을 보았다. 미친 수녀의 몸은 여전히 떨리고 있었다.

제르트뤼드가 울부짖으며 도망가기 시작했다. 베로니크는 잠시 망실이면서, 바닥에 뒹굴고 있는 글레망스와 미친 수녀를 보았다.

미친 수녀가 웃으며 말했다.

「떡갈나무 뒤에 그들이 숨어 있어. 난 다 보여」

클레망스가 숨을 헐떡이며 말했다.

「살려 줘요! 날 좀 도와줘. 나도 데려가요. 무서워……」

그때 또 다른 화살이 멀리서 날아왔다. 베로니크는 즉시 달아나 거의 숲 끝까지 다다랐다. 그리고 다리로 향해 있는 비탈길이 나타나자 서둘러 내려갔다.

베로니크는 겁을 먹고 달아나기는 했지만, 단지 공포에서 도망친 것만은 아니었다. 그녀는 무기를 찾아 스스로를 지켜야겠다는 생각으로 내달린 것이다. 그녀는 아버지의 방에 있던 유리 진열장을 떠올렸다. 그 안에는 갖가지 총이 가득 채워져 있었고, 모두 〈장전 완료〉라고 씌어 있었다. 아마도 프랑수아 때문에 써 넣은 것 같았다. 그녀는 그중 하나를 꺼내 어서 적의 이마에 들이대고 싶었다. 그래서 뒤를 돌아보지도 않고 뛰었다. 뒤에 누가 쫓아오고 있는지 알고 싶지도 않았고, 알 필요도 없었다. 그녀는 무기를 찾겠다는 단 하나의 목표만을 향해 뛰고 또 뛰었다.

몸이 가볍고 빠른 베로니크는 곧 제르트뤼드를 따라잡았다. 제르트뤼드는 숨을 몰아쉬고 있었다.

「다리에 불을 질러야 해요. 석유가 저기 있어요」

베로니크는 대답도 하지 않았다. 다리를 무너뜨리는 건 나중 문제였다. 지금은 다리에 불을 지르는 데 시간을 허비할 수 없었다.

그녀들이 다리에 다다랐을 때, 제르트뤼드가 한바퀴 돌면서 쓰러졌다. 그녀의 가슴에 화살이 꽂혀 있었다.

「나한테…… 나한테……. 날, 버리지…… 말아요」

「다시 돌아올게요」

베로니크는 제르트뤼드의 가슴에 꽂힌 화살을 보지 못했다. 그녀는 단지 제르트뤼드가 발을 헛디뎌 넘어진 것이라 생각했다.

「총 두 자루를 가지고 금방 돌아올게요. 잠시만 기다려요」

그녀는 얼른 총을 가지고 숲으로 돌아와서 다른 수녀들을 구해야겠다고 생각했다. 그래서 속력을 두 배로 높여 다리를 건넌 다음, 담장을 지나 잔디밭을 건너서 아버지의 방으로 올라갔다.

턱까지 숨이 찼다. 그녀는 천천히 숨을 고르면서 유리 진열장으로 다가가 총 두 자루를 꺼냈다. 너무나 숨 가쁘게 뛰어와서인지 심장이 요란하게 고동쳐 그녀는 천천히 발걸음을 옮겨야 했다. 그제야 베로니크는 제르트뤼드가 자기 뒤를 따라오지 않은 것을 알아챘다. 그녀는 제르트뤼드의 이름을 소리쳐 불렀다. 하지만 아무런 대답이 없었다. 베로니크는 제르트뤼드가 다른 수녀들처럼 다친 게 분명하다고 생각했다.

베로니크는 다시 달리기 시작했다. 하지만 다리 근처에 도착해 가파른 비탈과 큰 떡갈나무 숲 사이에 펼쳐진 광경을 보았을 때, 그녀는 머리가 핑 도는 것 같았다. 베로니크는 급히 걸음을 멈췄다. 다리 건너편에는 제르트뤼드가 땅바닥에 엎드려 나무뿌리에 매달린 채 몸부림을 치고 있었다. 제르트뤼드는 손으로 흙과 풀들을 움켜쥐고 비탈을 오르기 위해 안간힘을 쓰고 있었다. 계속해서 시간이 갈수록 그녀의 움직임은 점점 둔해졌다.

베로니크는 저 불행한 여인의 팔과 허리에 끈이 묶여 있다는 것을 알아차렸다. 마치 누군가가 먹잇감을 사냥해 끈으로 묶어놓은 것 같았다. 보이지 않는 손이 그 버둥대는 불쌍한 먹이를 끌어당기고 있는 것 같았다.

베로니크는 총을 어깨에 멨다.

〈누구를 향해 겨눠야 하는 걸까? 어떤 적을 물리쳐야 하는 것일까? 나무 기둥과 돌 뒤에 숨어 있던 사람일까?〉

돌과 나무 기둥사이로 제르트뤼드가 미끄러졌다. 그녀는 기진맥진해서 비명조차 지르지 못한 채 벼랑 아래로 떨어져, 베로니크의 시야에서 사라졌다.

베로니크는 우두커니 서 있었다. 그녀는 자신의 노력이 얼마나 헛된 것이었는지 깨달았다. 그녀는 자신이 미리 패배자로 정해진 싸움에 뛰어든 것이며, 아르쉬나 수녀들은 처음부터 그렇게 죽을 운명이었다고 생각했다. 그리고 이제 자신은 이 싸움의 마지막 희생자가 되어 승리자에게 바쳐질 운명이었다.

이렇게 생각하자 갑자기 두려움이 밀려왔다. 이 모든 사건이 냉혹한 운명에 따라 진행되고 있으며 그녀는 그 사건의 의미조차 알 수 없었다. 사실 처음부터 이 모든 일은 고리로 연결된 하나의 사슬처럼 서로 밀접하게 관련된 일이었다. 베로니크는 겁이 났다. 그들의 존재, 귀신의 존재를 알게 되니 더욱 두려웠다. 아르쉬나 수녀들이나 오노린느처럼, 이 끔찍한 재앙에 희생된 모든 사람들처럼, 그녀도 본능적으로 두려움에 휩싸였다.

베로니크는 큰 떡갈나무 숲에 있는 이들이 자신을 알아볼 수 없도록 허리를 구부리고 몸을 낮췄다. 그녀는 가시 철망으로 둘러싸인 공터를 지나 아르쉬나 수녀들이 말한 작은 오두막집에 이르렀다. 오두막집은 마치 신문 가판대처럼 지붕이 뾰족했다. 외벽은 보도블록과 같은 잿빛으로 칠해져 있었다. 집 안 절반이 휘발유 통으로 차 있었다. 그녀는 다리 쪽을 살펴보았다. 아직 아무도 그녀를 보지 못한 것 같았다. 하지만 큰 떡갈나무 숲에서 내려오는 이들도 아직 보이지 않았다.

밤이 되었다. 자욱한 안개 사이로 달빛이 은은하게 비추었다. 베로니크는 다리 반대편을 살펴볼 수 있었다. 한 시간쯤 지나도록 아무 움직임이 없자 그녀는 비로소 안심이 되었다.

베로니크는 우선 휘발유 두 통을 들고 다리 쪽으로 걸어갔다. 그러고는 가지고 간 휘발유를 다리 위에 쏟아 부었다. 그녀는 총을 탄띠에 꽂고 방어 태세를 갖춘 다음, 귀를 쫑긋 세우고 다리까지 열 번이나 왕복하며 주위를 살폈다. 그런 뒤에 어둠 속에서 다리를 더듬으며 가장 많이 썩은 곳을 찾아 휘발유를 또 뿌렸다.

그녀는 성냥갑을 집어 들었다. 오두막에는 성냥이 딱 한 갑 있었다. 그녀는 성냥 한 개비를 꺼내 들고, 불을 붙였을 때 어떤 일이 일어날지를 생각하며 잠시 망설였다.

〈브르타뉴 연안에서 이 불을 보게 된다면……. 하지만 오늘은 안개가 짙으니…….〉

그녀는 가져온 종이를 휘발유에 적신 후 성냥을 그어 불을 붙였다. 금세 뜨거운 불꽃이 피어 올라 손가락이 다 타 버릴 것 같았다. 그녀는 휘발유를 뿌려 놓은 곳으로 불붙은 종이를 집어던졌다. 섬광처럼 빛을 발하며 나무다리가 불길에 휩싸였다. 그녀는 오두막을 향해 뛰었다.

그녀가 휘발유를 뿌려 놓은 곳을 따라 불길이 빠르게 번졌다. 두 부분으로 나누어진 섬 사이에 있는 절벽과 화강암, 주위의 큰 나무들, 언덕, 큰 떡갈나무 숲, 낭떠러지 아래에 있는 바다, 이 모든 것이 환하게 비춰졌다.

〈내가 있는 곳을 그들이 눈치 챘겠군. 그들은 지금 내가 숨어 있는 오두막집을 보고 있을 거야…….〉

베로니크는 큰 떡갈나무 숲에서 시선을 떼지 않았다. 하지만 큰 떡갈나무 숲에서는 작은 움직임조차 보이지 않았다. 어떤 속삭임도 들리지 않았다. 적들은 높은 은신처에 숨어서 밖으로 전혀 나오지 않고 있었다.

몇 분 쯤 지나자 다리의 절반가량이 불에 타 굉음과 함께 절벽 아래로 떨어지며, 마지막 불꽃을 발했다. 하지만 나머지 반쪽은 여전히 불타고 있었다. 잠시 후, 남은 반쪽도 재가 되어 어두운 절벽 아래로 불씨를 뿌리며 떨어졌다.

다리가 불에 타 떨어질 때마다 베로니크는 조금씩 안심이 되었다. 적은 그녀에게서 더 먼 곳으로 물러났다. 곤두서 있던 모든 신경이 안정을 되찾는 것 같았다. 그녀는 이제 정말 혼자가 되었다. 그녀는 오두막에서 새벽이 오길 기다려야겠다고 생각했다.

안개가 피어 올랐다. 아직도 어둠이 주위를 감싸고 있었다. 한밤중에 낭떠러지 저편, 언덕 위쪽에서 무슨 소리가 들렸다. 도끼질을 하는 소리였다. 나뭇가지를 치는 소리가 규칙적으로 들렸고, 나무가 쓰러지면 도끼 소리가 그쳤다. 베로니크는 그들이 새 다리를 만들고 있다는 생각에 몸이 떨렸다. 그녀는 총을 더욱 꼭 쥐었다.

한 시간쯤 지나자 무언가에 시달리는 듯한 신음소리, 나뭇잎이 바스락거리는 소리, 그리고 사람들이 부산스럽게 오가는 소리가 한참 동안 들렸다. 그러더니 어느 순간 이 소리들이 모두 사라졌다. 다시 한번 긴 적막이 흐르는 가운데 그녀의 머릿속은 걱정과 불안, 공포의 장면들이 한꺼번에 떠올라 뒤죽박죽이 되어 버렸다.

피로와 허기가 몰려오자 베로니크는 아무 생각도 할 수가 없었다. 그녀는 마을에서 식량을 가져오지 않았다는 사실을 뒤늦게 떠올렸다. 이제 먹을 만한 것은 하나도 없다. 그러나 지금 그녀에게는 식량에 대한 걱정은 그다지 중요하지 않았다. 그녀는 안개가 걷히는 대로 적당한 장소에 다시 불을 지펴야겠다고 생각했다. 어서 연안으로 신호를 보내야겠다는 생각에 빠져 그녀는 다른 고민은 잊었다.

베로니크는 곰곰이 생각했다. 섬에서 가장 높은 곳, 거석 고인돌이 세워져 있는 곳이 불을 피워 올리기에는 가장 적합한 장소일 것 같았다. 그러나 곧 그녀는 가슴이 덜컥 내려앉는 느낌을 받았다. 다리 위에 놓고 온 것인지, 단 한 갑뿐인 성냥갑이 보이지 않았다. 주머니를 뒤져 보았으나 역시 아무것도 없었다. 여기저기 다 찾아봐도 소용이 없었다.

결국 성냥갑을 찾지는 못했지만 그녀는 크게 동요하지 않았다. 이제 막 적의 공격에서 벗어났다는 기쁨 때문에 그녀의 마음에는 조금 여유가 생겼다. 지금은 그 어떤 어려움도 문제가 되지 않았다.

짙은 안개가 오두막집 안으로 스며들고 추위가 엄습했다. 끝나지 않을 것만 같았던 몇 시간이 이렇게 흘렀다. 그러고는 희미한 빛이 하늘에 퍼지기 시작했다. 세상은 어둠에서 벗어나 본 모습을 드러내고 있었다. 베로니크는 밖을 내다봤다. 다리 전체가 붕괴되어 있었다. 두 섬은 이제 50미터 이상의 간격을 두고 벌어졌다. 이제 섬을 하나로 잇는 것이라고는 저 아래, 가파르고 날카로워 접근이 불가능한 절벽의 곳이 전부였다.

그녀는 탈출한 것이다.

하지만 기쁨도 잠시였다. 반대편 언덕의 비탈에 펼쳐진 광경을 본 그녀의 입에서 비명이 터져 나왔다. 큰 떡갈나무 숲 언덕에서도 가장 앞쪽에 있는 나무 세 그루의 가지가 전부 잘려 있었다. 그리고 그 나무 세 그루에는 각각 아르쉬나 수녀 세 명이 매달려 있었다. 팔은 나무 기둥에 묶여 뒤로 벌려진 채였고, 다리는 너 덜너덜해진 치마끈으로 고정되어 있었다. 모두들 머리 위에는 검 은 리본을 달고, 창백한 얼굴로 끈에 묶인 채 매달려 있었다.

십자가에 매달려 있는 세 명의 여자였다.

# 해피

베로니크는 적에게 모습을 들키지는 않을까 하는 걱정도 잊은 채, 이 역겨운 장면을 쳐다보지 않기 위해 오두막을 나와 서둘러 수도원으로 돌아갔다. 단 하나의 목표, 단 하나의 희망만이 그녀의 몸을 지탱하고 있었다.

〈사렉 섬을 떠나자!〉

그녀의 몸은 머리끝에서 발끝까지 온통 공포로 채워진 것 같았다. 그녀가 본 것은 세 구의 시신, 목이 졸렸거나 총에 맞아 숨진 세 명의 여자였다. 게다가 십자가 모양으로 매달려 있는……. 베로니카의 몸속에선 세찬 분노가 끓어올랐다. 이런 형벌은 너무 가혹하지 않은가! 이는 극도로 비열한 공양 방식이며 악의 한계를 뛰어넘는, 천벌을 받이 미망힌 행위였다.

그녀는 자신에 대해 생각했다. 네 번째이자 마지막 희생자가 될 운명, 운명은 그녀를 몰아 목숨을 빼앗고 처형대에 매달려 하는 것 같았다.

〈이런 상황에서 어떻게 두려움에 몸을 떨지 않을 수가 있단 말인가? 큰 떡갈나무 숲에 아르쉬나 수녀 세 명이 매달린 놓은 것을 보고도 어떻게 저들의 위협을 느끼지 않을 수 있을까.〉

베로니크는 스스로를 위로하려 했다.

〈다 밝혀질 거야. 이 끔찍한 미스터리의 끝에는 아주 간단한 진실이 숨어 있을 거야. 겉으로는 초자연적인 사건인 듯이 보이지만, 실제로는 나와 똑같은 사람들이 저지른 일일 거야. 사악한 생각을 품고 있는 자들이 계획대로 행동한 것뿐이야. 물론 이런 일은 전쟁이 일어난 후니까 가능한 거겠지. 전쟁이 이런 이상한 상태를 만들어 낸 거야. 그래서 이런 일이 일어날 수 있는 거지. 결국엔 기적도, 일상의 규칙을 벗어난 일도 없었다는 것이 밝혀질 거야.〉

하지만 이런 생각도 소용없었다. 그녀의 몸속에서는 모든 신경이 심하게 요동치는 것 같았다. 그녀는 자신이 지켜보았던 사렉 주민들의 마지막 순간처럼, 공포에 몸을 떨고 정신이 희미해졌으며 그들과 똑같은 악몽에 사로잡힌 채 모든 본능이 뒤엉켰다. 이제 그녀의 머릿속에는 사후 세계와 사렉 주민들이 믿고 있던 미신에 대한 생각만이 떠오를 뿐이었다.

〈도대체 나를 괴롭히는 이 무형의 존재는 무엇이란 말인가? 도대체 누가 사렉 섬에 있는 서른 개의 관을 채우려고 하는 것일까? 도대체 누가 이 불행한 섬의 주민들을 죽였지? 동굴에 숨어 지내다가 운명의 시간이 다가오면 겨우살이 성초와 세례요한 초를 따러 나오고 도끼와 화살을 사용하며, 여자를 십자가에 매달아 죽이는 이들은 도대체 누구란 말인가? 도대체 무슨 끔찍한 목적을 위해서? 혐오스러운 작품을 만들기 위해서? 상상조차 할 수 없는 대단한 목표를 달성하기 위해서? 지옥의 귀신? 사악한 유령? 역사에서 이미 사라진 종교의 사제가 신에게 제물을 바치기 위해서? 잔인한 신을 위해? 남자와 여자, 그리고 어린아이까지 제물로 바치기 위해서?〉

「됐어! 그만! 미칠 것만 같아!」

그녀가 자신도 모르게 소리를 질렀다.

〈떠나자! 이 지옥을 빠져나가는 것밖엔 아무 생각도 할 수가 없어!〉

하지만 운명은 그녀를 괴롭히기 위해 온 힘을 기울이고 있었다.

베로니크는 먹을 것을 찾다가 아버지의 방에 있는 벽장 안으로 들어갔다. 거기서 그녀는 핀에 꽂혀 있는 종이를 발견했다. 종이에는 마그녹의 시체 옆에 있던 두루마리에서 본 것과 똑같은 그림이 그려져 있었다.

그녀가 다시 주위를 살펴보니, 벽장 선반에 상자 하나가 놓여 있었다. 그녀는 상자를 열었다. 안에는 스케치가 여러 장 들어 있었다. 하나같이 피로 그린 그림이었다. 그리고 각 장마다 첫 번째 여자의 머리 위에 서명이 쓰여 있었다. 〈V. d'H.〉 그림 중 하나에는 앙투안느 데르주몽의 서명이 있었다.

〈그렇다면 마그녹의 종이 위에 그림을 그린 사람이 바로 아버지였단 말인가! 아버지가 이 그림들을 그리면서 자기 딸과 가장 닮은 모습을 담아 내려고 했단 말인가!〉

「그만! 그만! 생각하고 싶지 않아. 생각하고 싶지 않아」

베로니크는 또다시 소리를 질렀다.

기진맥진한 그녀는 다시 한번 집 안을 뒤져 보았지만 허기를 채울 만한 것을 발견할 수 없었다. 불을 붙이고 신호를 보낼 때 필요할 성냥도 찾지 못했다.

〈이제 안개가 걷혔는데……. 신호만 하면 금방 알아볼 수 있을 텐데…….〉

그녀는 부싯돌 두 개를 서로 부딪쳐 보았다. 하지만 생각만큼 쉽게 불을 붙일 수가 없었다.

베로니크는 폐허 속에서 찾은 물과 가끔씩 발견한 산딸기를 먹으며 사흘을 버텼다. 지친 몸에는 열이 올랐다. 눈물이 한없이 흘렀다. 그녀가 눈물을 흘릴 때마다 해피가 불쑥 나타났다. 몸이 좋지 않아 만사가 귀찮았던 그녀는 그 불쌍한 강아지를 내쫓아 버렸다. 그녀가 쫓을 때마다 해피는 놀라서 멀찌감치 자리를 잡고 앉았다. 그러다가 다시 뒷발로 서기를 반복했다. 마치 프랑수아의 강아지이기 때문에 해피에게도 죄가 있다는 듯이, 그녀는 강아지가 움직이는 대로 따라다니며 계속 내쫓으려고 했다.

아주 작은 소리에도 베로니크는 심하게 놀랐다. 그녀는 머리에서 발끝까지 경련을 일으켰고 몸은 온통 식은땀으로 뒤덮였다.

〈큰 떡갈나무 숲에 있는 이들은 무얼 하고 있을까? 어디에서부터 공격을 해 올까?〉

그녀는 팔로 무릎을 감싼 채 쪼그려 앉았다. 그 괴물들의 손에 잡히는 상상을 할 때마다 그녀는 몸을 떨었다. 그들이 젊고 아름다운 그녀에게 엉뚱한 마음을 품을지도 모른다는 생각도 그녀를 끊임없이 괴롭혔다.

하지만 네 번째 날이 되자 그녀는 기운을 내고 희망을 가졌다. 그리고 서랍 속에서 커다란 돋보기를 찾아냈다. 그녀는 내리쬐는 태양 빛에 돋보기를 갖다 대고 종이 위에 빛을 모았다. 얼마 후에 불꽃이 피어 올랐다. 그녀는 초에 불을 붙였다.

베로니크는 다시 탈출할 수 있을 거라는 희망이 생겼다. 그녀는 보관되어 있던 초를 모두 꺼냈다. 적어도 저녁 때까지는 이 소중한 불씨를 유지할 수 있을 것 같았다. 밤 11시경, 그녀는 등잔에 불을 붙이고 오두막을 향해 걸었다. 오두막에 불을 지필 생각이었다. 해안에서도 충분히 불빛을 볼 수 있을 만큼 밤하늘이 맑았다.

등잔불 때문에 모습을 들키지는 않을까, 어스름한 달빛에 아르쉬나 수녀들의 비극적인 장면을 더욱 또렷하게 보게 되지는 않을까 걱정이 된 베로니크는, 오두막으로 가는 다른 길을 찾으려 했다. 수도원을 나서자 잡목이 우거진 새로운 길이 나타났다. 그녀는 나뭇잎을 스쳐 소리를 내거나 나무뿌리에 부딪혀 넘어지지 않기 위해 조심조심 발을 내딛었다.

드디어 오두막 근처에 도착했을 때, 그녀는 진저리를 치며 바닥에 주저앉았다. 머리가 빙빙 돌고 심장은 멎어 버린 듯했다. 그녀는 시선을 언덕 쪽으로 돌렸다. 흰색 물체가 움직이고 있는 것 같았다. 숲 중앙에서 길가로 난 나무들이 한꺼번에 잘려 있었다.

흰색 물체가 다시 나타나 밝은 달빛 아래 또렷하게 모습을 드러냈다. 베로니크는 몸이 떨렸지만, 저 숲과 이곳 사이에는 간격이 크게 벌어져 있다는 사실을 떠올리며 마음을 가다듬었다. 흰무리의 사람들은 치마 같은 것을 입고 있었다. 그리고 그들은 다른 나무들로부터 조금 떨어져 있는, 훨씬 커다란 나무 앞에 서 있다.

〈달이 차기 시작해 엿새째 날이 다가오고 있어요. 그들은 겨우살이 성초를 따라 큰 떡갈나무 숲으로 올라올 거예요.〉

베로니크는 어린 시절 책에서 읽었던 내용과 아버지가 하시던 말씀이 생각났다. 그녀 앞에 펼쳐진 광경은 그녀가 어린 시절에 가장 두려워했던 상상, 바로 드루이드의 제사 장면이었다. 순간 그녀는 정신이 너무나 혼미해져, 이 이상한 광경을 보고 있는 것이 꿈인지 현실인지 분간할 수가 없었다.

흰옷을 입은 네 사람이 나무 밑둥에 모여 앉았다. 그들은 떨어지는 나뭇잎을 잡기 위해 팔을 위로 들어 올렸다. 순간 나무 위에서 번쩍 하고 빛나는 게 있었다. 대사제로 보이는 사람이 금으로 만든 낫으로 겨우살이 성초를 한 움큼 잘라냈다. 그리고 대사제는 떡갈나무에서 내려왔다. 흰옷을 입은 다섯 사람은 비탈을 따라 내려와서 숲을 한 바퀴 돌고는 다시 언덕 꼭대기로 올라갔다.

베로니크는 얼이 빠져 그들로부터 눈을 떼지 못하고 있었다. 그녀는 고개를 내밀어 고문용 나무에 매달린 시신 세 구를 바라보았다. 멀리서 보니 그들 머리에 묶여 있는 검은 리본이 마치 까마귀처럼 보였다. 흰옷을 입은 무리는 이 희생자들 앞에 멈춰 서서 무슨 예식을 진행하는 것 같았다. 잠시 후에 대사제가 무리에서 떨어져 나왔다. 그는 겨우살이 성초를 손에 쥐고 혼자 언덕을 내려와 타고 남은 다리로 다가왔다. 그는 다리로 올라가 걷기 시작했다.

베로니크는 소스라치게 놀랐다. 그녀의 시선은 마구 흔들렸다. 마치 눈앞에서 무언가가 계속 춤을 추고 있는 것 같았다. 대사제의 희고 긴 수염과 그 아래, 가슴에 매단 금으로 된 낫이 내뿜는 광채에 그녀는 눈을 뗄 수 없었다.

〈뭘 하려는 거지? 이제 다리도 남아 있지 않은데…….〉

베로니크는 불안한 나머지 온몸을 부들부들 떨고 있었다. 그녀의 다리는 더 이상 몸을 지탱할 수 없었다. 그녀는 바닥에 쓰러져 누워서도 이 끔찍한 장면에서 눈을 떼지 않았다.

대사제는 낭떠러지 앞에서 잠시 멈췄다. 그러고는 겨우살이 성초를 든 팔을 앞으로 내밀었다. 그는 이 풀이 자연의 법칙을 바꾸는 무슨 부적이라도 된다는 듯이, 그는 겨우살이 성초를 든 채 깊은 낭떠러지로 한 걸음 내딛었다. 흰옷을 입은 사제는 이렇게 달빛 아래 허공을 걷고 있었다.

베로니크는 무슨 일이 일어나고 있는 건지 이해할 수가 없었다. 실제로 무슨 일이 일어나기는 했는지, 아니면 자신이 환각에 빠진 건지 그녀는 알 수 없었다. 이 괴상한 종교 의식 장면은 그녀의 머릿속에서 차츰 몽롱해져 갔다.

베로니크는 눈을 감고 앞으로 일어날 일을 기다리고 있었다. 어떤 일이 일어날지 예상할 수 없었다. 그러나 예상 외로 아무 일도 생기지 않았다. 비로소 그녀는 좀 더 현실적인 문제를 걱정하기 시작했다. 등잔에 붙여 놓은 불이 꺼져 가고 있었다. 그녀는 불을 다시 살리기 위해 노력했지만 아무 소용도 없었다. 그녀는 다시 수도원으로 돌아왔다. 며칠 내로 맑은 날씨가 나타나지 않는다면 다시 불을 피울 수가 없을 테고, 그럼 그녀의 목표는 실패로 돌아갈 게 분명했다.

베로니크는 기운이 빠지고 너무 지쳐 버렸다. 이제는 모든 것을 체념하고 이 불공평한 싸움에서 예견된 패배자가 된 것을 인정하고 싶었다. 그러나 단 한 가지, 그늘에게 붙잡히는 것만은 참을 수 없었다. 하지만 어차피 정해진 죽음이라면, 굶어 죽든 지쳐서 죽든 무슨 상관이란 말인가. 고통은 시간이 가면 사그라

지고, 끔찍한 순간을 겪다가도 자신도 모르는 사이에 죽을 것이
다. 고통의 순간도 금세 끝나지 않겠는가.

〈그래, 맞아. 도망치든가, 여기서 죽든가 그건 중요하지 않아!
어차피 무언가를 선택해야 한다면 우선 여길 떠나자.〉

나뭇잎 스치는 소리에 그녀는 눈을 떴다. 초에 붙은 불꽃이 꺼
져 가고 있었다. 등잔불 뒤에는 해피가 앉아 앞다리를 허공에 대
고 움직이고 있었다. 강아지 목에는 비스킷 한 상자가 끈으로 걸
려 있었다.


다음날, 베로니크는 수도원에서 비스킷으로 귀중한 아침 식사
를 했다.

「불쌍한 해피야, 얘기 좀 해 보렴. 나에게 주려고 네가 이 비
스킷을 찾아서 여기로 가져온 건 아닐 테지? 단지 우연일 뿐이었
니? 주변을 지나다가 내가 울고 있는 걸 보고 여기로 온 거지? 그
런데 누가 네 목에 비스킷 상자를 걸어 주었니? 그렇다면 사렉 섬
에 우리한테 관심을 갖고 있는 사람이 아직 남아 있다는 거니?
우리 친구가? 그런데 왜 나타나지 않는 거지? 말 좀 해 보렴, 해
피야」

그녀는 강아지를 쓰다듬었다.

「이 비스킷, 누구한테 주려고 했던 거니? 네 주인인 프랑수아?
아니면 오노린느? 아니지. 그럼 혹시 스테판 씨?」

강아지는 꼬리를 흔들더니 문으로 다가갔다. 정말 그녀의 말을
알아들은 것 같았다. 해피는 스테판 마루의 방으로 베로니크를
인도하고, 방에 들어서자 침대로 기어들어 갔다.

거기에는 다른 비스킷 세 상자와 초콜릿 두 상자, 통조림 두

개가 남아 있었다. 모든 상자에는 끈이 묶여 있고 끝에는 해피가 목에 걸 수 있도록 커다란 고리가 달려 있었다.

「이게 무슨 뜻이야? 그러니까 저기에다 비스킷을 넣어 놓은 게 바로 너란 말이니? 누가 저걸 너한테 주었는데? 정말 섬에 누군가 다른 사람이 있는 게 맞는 모양이구나. 누가 우릴 알고 있지? 누가 스테판 마루 씨를 알고 있는 거지? 그 친구한테 날 좀 안내해 줄 수 있겠니? 섬의 반대편하고는 연결이 안 되니까 너도 갈 수 없었을 테고…… 그렇다면 분명히 누군가가 이쪽 섬에 살고 있겠구나」

베로니크는 생각에 잠겼다. 그러다가 무심코 해피가 가져온 식량 옆, 침대 아래에 작은 천 가방 하나가 놓여 있는 것을 발견했다. 그녀는 스테판 마루가 이곳에 가방을 숨겨 놓은 이유가 무엇인지 궁금했다. 그녀는 자신이 프랑수아의 엄마로서 프랑수아의 선생인 스테판에 대해 알아볼 필요가 있다고 생각했다. 가방을 열면 스테판의 성격이나 교사로서의 자질, 그리고 지나온 과거에 대해, 어쩌면 아버지나 프랑수아에 대해서도 뭔가 새로운 사실을 알아낼 수 있을 것 같았다.

「그래. 난 이 가방을 열어 볼 자격이 있어. 아무래도 열어 봐야겠어」

그녀는 망설임 없이 커다란 가위를 들어 허술한 자물쇠를 떼어 냈다.

가방 안에는 표지가 가죽으로 된 공책 하나가 있을 뿐이었다. 그녀는 잠시 혼란스러워져 머뭇거리다가, 공책을 펼쳤다. 첫 쪽에는 그녀의 어린 시절 초상화와 사진이 있었다. 사진 위에는 그녀의 자필 서명과 함께 다음과 같은 글씨가 씌어 있었다.

내 친구 스테판에게.

「이해할 수가 없어. 이해할 수가……. 이 사진은 확실히 기억이 나는데……. 내가 열여섯 살 때 사진이야. 그런데 내가 왜 이 사진을 그에게 준 거지? 스테판 마루는 내가 아는 사람이란 말이야?」

그녀는 너무 궁금해서 다음 쪽을 넘겼다. 거기에는 서문처럼 다음과 같은 글이 적혀 있었다.

베로니크, 당신을 보고 싶구려.

다른 사람의 아이이므로 내가 미워해야 하는 아이, 그러나 당신의 아이이므로 내가 사랑하는 아이……. 내가 당신의 아들을 교육시키고 있는 건, 오래전부터 내 삶을 지배해 왔던 이 감정을 계속해서 느끼기 위해서라오. 언젠가 당신은 분명 아이 엄마의 자리를 되찾게 되겠지. 그때가 오면 당신은 프랑수아를 자랑스럽게 여길 거요. 난 이 아이에게, 그의 아버지란 작자가 남긴 모든 흔적을 지워 버리고 당신의 고귀하고 존엄한 모습만 심어 놓을 것이오. 이는 내 몸과 마음을 바쳐 이행하기에는 너무 큰 목표일 것이오. 하지만 난 기꺼이 이 아이를 교육시킬 것이오. 그에 대한 보답으로 당신의 미소를 보게 될 테니…….

베로니크는 이상한 감정에 휩싸였다. 마그녹의 꽃밭만큼 놀라운 일은 아니었지만, 마음의 평안과 위안을 안겨 주는 새로운 수수께끼가 한줄기 빛처럼 조용히 다가왔다. 쪽을 한 장 한 장 넘기면서 그녀는 아들이 매일 어떤 교육을 받았는지 자세히 알 수 있었다. 학생이 점점 더 발전하는 모습, 그리고 그 학생을 가르치는 선생님의 교습 방식도 알 수 있었다. 학생은 상냥하고 똑똑하며 성실했다. 또한 애정이 넘치고 열성적이었으며, 직설적이면서도 사려가 깊고 예민한 감성을 가졌다. 선생님은 다정하고 인내심이 많은 사람이었다. 베로니크는 스테판이 한 줄, 한 줄 기록한 글을 읽으며, 그의 내면 깊은 곳에서 우러나오는 무언가를 느낄 수 있었다. 그가 매일 베로니크에 대한 사랑을 고백하며 쓴 글에서는 정열이 가득 넘쳐났다. 그는 자유롭게 자기 마음을 표현하고 있었다.

프랑수아, 나의 사랑하는 아들. 나도 널 이렇게 부를 수 있지 않겠니? 프랑수아, 네 안에서는 바로 너의 엄마가 살아 있단다. 너의 순수한 눈은 그녀의 맑은 눈을 담고 있어. 너의 진지하고 때 묻지 않은 영혼은 네 엄마의 영혼을 그대로 닮았지. 넌 악을 모르는 아이란다. 아이들이란 본래 선과 악을 구분할 줄 모르는 법이라고 말할 수도 있겠지. 하지만 네가 악을 모르는 건, 선한 마음이 이미 네 속에 녹아들어 버렸기 때문이란다.

공책에는 아이가 해 온 숙제도 끼워져 있었다. 아이는 엄마에 대한 열정적인 애정과 엄마를 곧 찾을 수 있다는 끈질긴 희망을 가지고 글을 써 놓았다. 스테판은 아이의 작문에 다음과 같이 덧붙여 놓았다.

프랑수아, 넌 곧 엄마를 찾을 거야. 그리고 너는 살아 있는 사람의 아름다움, 빛, 매력이 무엇인지, 그걸 바라보고 경탄하는 기뿜이 무엇인지 알게 될 거야.

공책에는 베로니크와 관련된 일화도 적혀 있었다. 심지어 베로니크 자신조차 기억하지 못하는 일과 베로니크 혼자만 알고 있다고 생각했던 일들까지도 자세히 적혀 있었다.

베로니크가 열여섯 살이던 해의 어느 날, 튈르리 공원에서 그녀는 사람들에게 빙 둘러싸였단다. 그녀의 아름다움에 감탄해 몰려든 사람들이었지. 그녀의 친구들은 웃으며 사람들의 경탄을 자아내는 그녀의 미모를 자랑스러워했단다.

프랑수아, 엄마를 만나거든 오른손을 뒤집어 보렴. 손바닥 가운데에 흰색으로 된 긴 상처가 남아 있을 거야. 그녀가 아주 어릴때, 쇠창살 끝에 손을 찔렸거든.

공책 뒷부분에는 아이에게 보내는 글도, 그녀에게 보내는 글도 아닌, 불타는 사랑을 고백하는 글이 씌어 있었다. 이 글에서는 그녀를 찬미하는 말 대신, 강렬하게 불타는 사랑과 고통스러운 사랑, 실낱 같은 희망에 전율하는 사랑을 가식 없이 담아내고 있었다.

베로니크는 공책을 덮었다. 그녀는 더 이상 읽을 수가 없었다. 그녀는 벌써 뒷발로 서 있는 강아지를 보며 중얼거렸다.

「그래, 맞아. 해피, 내 눈에는 이미 눈물이 가득 고였단다. 너한테만 말할게. 나는 그동안 겪은 수많은 시련 때문에 여자로서의 감정은 조금도 남아 있지 않다고 생각했는데, 이런 글을 읽으니 정말 감동스럽구나. 그래, 지금 날 이렇게 사랑해 준 사람의 얼굴을 떠올리려 애쓰는 중이야. 어린 시절 친구 중에 진정으로 날 사랑했던 사람이 누구더라? 내 기억엔 이름조차 남아 있질 않은데……」

그녀는 강아지를 끌어다 품에 안았다.

「해피, 둘 다 정말 착한 사람들 아니니? 선생이나 학생 모두 내가 본 그 끔찍한 범죄를 저지를 만한 사람들 같지 않아. 저 숲에 숨어 있는 적의 음모에 공모한 거라면, 그들 의지와는 상관없이 그들도 모르는 사이에 일어난 일일 거야. 마법의 약이나 주문, 이성을 잃게 만드는 풀……. 뭐 그런 게 있다고 믿지는 않지만, 어쨌든 다른 무언가가 있지 않겠니? 수난의 꽃밭에서 베로니크를 키우고, 〈엄마의 꽃〉이라고 써 놓은 아이가, 어떻게 그런 죄를 지을 수가 있겠니. 안 그래? 오노린느가 옳아. 광기가 발동해서 그런 거였어. 프랑수아는 날 찾으러 올 거야. 너도 그렇게 생각하지? 스테판과 프랑수아는 다시 올 거야」

이렇게 스스로 위안을 하는 동안 몇 시간이 흘렀다. 베로니크는 더 이상 혼자가 아니었다. 그녀는 이제 이 끔찍한 현실도 견딜 만했고, 앞으로는 밝은 미래가 열릴 것이라는 확신까지 하게 되었다. 그녀는 해피가 도망가지 못하도록 꼭 끌어안은 채 잠들었다.

다음날 아침 베로니크는 강아지에게 말을 걸었다.

「자, 착한 강아지야, 이제 날 데려다 주겠니? 어디냐고? 스테판 마루 씨에게 먹을 것을 보낸 그 이름 모를 친구에게 말이야. 어서 가자」

해피는 베로니크의 말을 알아들었다는 듯이 길을 나섰다.

강아지는 고인돌로 올라가는 잔디밭 옆을 달려가더니 길 중간쯤에서 멈췄다. 베로니크는 강아지를 쫓아갔다. 해피는 베로니크가 따라오는 것을 확인한 후, 오른쪽으로 방향을 틀고 낭떠러지가에 있는 어수선한 오솔길로 접어들었다. 한참 가다가 해피가 다시 멈췄다.

「여기니?」

강아지는 몸을 최대한 낮췄다. 앞에는 바위 두 개가 맞닿게 놓여 있고, 그 위는 덩굴과 가시덤불이 덮고 있었다. 바위 두 개 사이로 토끼 굴같이 조그만 입구가 보였다. 해피는 그 안으로 들어갔다. 그러더니 다시 베로니크를 찾아 밖으로 나왔다. 베로니크는 수도원으로 가서 낫을 들고 돌아왔다. 그녀는 낫으로 가시덤불을 헤치며 해피를 따라갔다.

30분쯤을 그렇게 가니 지하로 향한 계단이 나타났다. 그녀가 계단을 내려가자 온통 바위로 둘러싸인 긴 동굴이 나타났다. 바위틈으로는 조금씩 빛이 들어오고 있었다. 그녀는 발꿈치를 들고 작은 구멍 밖을 내다보았다. 밖은 바다였다.

그녀는 이렇게 10여 분을 걸었다. 그러고는 다시 계단을 내려갔다. 동굴은 점점 좁아졌다. 여기저기 구멍을 통해 빛이 들어오고 있었지만, 워낙 작은 구멍이라 밖에서는 안을 전혀 들여다볼 수 없을 것 같았다. 베로니크는 이제 해피가 어떻게 섬의 다른 쪽으로 이동할 수 있었는지 알 것 같았다. 사렉의 본 섬과 수도원이 있는 부속 섬은 좁은 절벽으로 이어져 있었고, 동굴은 그 밑을 통과하고 있었다. 동굴의 양쪽 바깥에서 파도치는 소리가 들려왔다.

다시 오르막 계단이 나왔다. 이곳은 큰 떡갈나무 숲의 아래 부분인 듯했다. 계단을 올라가니 갈림길이 나왔다. 해피는 오른쪽 길을 택해 바다 쪽으로 계속 걸어갔다.

다시 왼쪽으로 두 갈래 길이 보였다. 모두 칠흑 같은 어둠에 싸여 있었다. 사렉의 떨어진 두 섬은 이처럼 보이지 않는 통로를 통해 서로 연결되어 있었던 것이다. 베로니크는 지금 자신이 아르쉬나 수녀들이 말한, 검은 벌판 아래에 있는 적의 소굴을 지나고 있다고 생각하자 심장이 조여 드는 것 같았다. 해피는 그녀 앞에서 빠른 걸음으로 가다가 이따금 뒤를 돌아보았다.

　베로니크가 낮은 목소리로 말했다.

　「그래, 그래. 착하기도 하지. 난 잘 따라가고 있어. 무섭지 않으니까 안심하렴. 그 친구한테 잘 가고 있는 거지? 여기에 피난처를 찾은 모양이군. 그런데 그 사람은 왜 여기서 나오지 않는 걸까? 왜 그 사람 대신 네가 안내자 역할을 해야 하는 거지?」

　동굴은 거의 같은 너비로 죽 이어져 있었고, 그 안으로 가느다란 빛이 스며들어 둥그런 천장과 바닥의 마른 화강암토를 비추었다. 사이사이에 난 구멍 덕분에 공기는 충분히 통하는 것 같았다. 암벽에는 어떤 표시나 자취도 남아 있지 않았다. 가끔씩 규석의 뾰족한 부분이 드러나 있는 것이 전부였다.

　「여기니?」

　베로니크가 걸음을 멈춘 해피를 보며 말했다. 터널 끝에 거의 다다른 모양이었다. 방처럼 널찍한 공간이 나타났고 희미한 빛이 작은 창문을 통해 들어오고 있었다. 해피는 이곳이 맞는지 확실하지 않다는 듯 코를 킁킁거리며 주변을 살폈다. 그러더니 동굴 끝 암벽에 기대서서 귀를 쫑긋 세워 소리를 듣는 시늉을 했다.

　이곳의 내벽은 화강암으로 이루어진 것이 아니라 다양한 크기의 돌을 시멘트로 쌓아 놓은 것이었다. 이 작업은 동굴이 만들어진 시대가 아니라, 최근에 이루어진 것 같았다. 누군가 다른 쪽 섬으로 통하는 이 지하 동굴에 새로운 벽을 만들어 놓은 것이다.

그녀가 다시 물었다.

「여기가 맞구나?」

그러고는 더 이상 묻지 않았다. 그 대신 베로니크는 어디선가 들려오는 목소리에 귀를 기울였다. 그녀는 벽으로 다가가 잠시 귀를 대고 소리를 들었다. 온몸에 전율이 흘렀다. 벽에서 들려오는 목소리가 조금 높아졌다. 노래 소리가 더욱 또렷하게 들려왔다. 한 아이가 노래를 부르고 있었다. 가사도 똑똑히 알아들을 수 있었다.

자장가를 부르면서
엄마가 말했다네!

울지 마라. 우리가 울면
성모 마리아도 운단다.

베로니크가 더듬거리며 말했다.

「이 노래, 이 노래는……」

오노린느가 벡메일 해변에서 흥얼거리던 바로 그 노래였다.

〈그렇다면 지금 누가 이 노랠 부르고 있는 거지? 이 섬에서 자란 아이일까? 아니면, 프랑수아의 친구인가?〉

노랫소리는 계속해서 들려왔다.

아기가 노래하고 웃어야
성모 마리아도 웃는단다.

손을 모으고 기도하렴
성모 마리아님이여…….


마지막 구절이 끝나자 몇 분 동안 침묵이 흘렀다. 해피는 마치
어떤 일이 일어날 것을 기다리는 것처럼 주의 깊게 귀를 기울이
고 있었다. 곧이어 강아지가 있는 곳 안쪽에서 누군가가 조심스
럽게 돌을 미는 소리가 들렸다. 해피는 격렬하게 꼬리를 흔들었
다. 그리고 이 침묵이 깨지는 의미를 알고 있다는 듯, 안에 있는
누군가를 향해 짖어 대기 시작했다. 갑자기 강아지 머리 위쪽에
있던 돌이 벽 안쪽에 있는 누군가에 의해 끌어당겨지면서 커다란
구멍이 생겼다. 해피는 한 번에 구멍으로 뛰어올랐다. 그리고 곧
몸을 길게 펴고 뒷발로 몸을 지탱하며 몸을 비틀더니 한발한발
점점 안으로 기어들어 가 결국 사라지고 말았다.

「아! 해피였구나!」

아이의 목소리였다.

「잘 있었지? 왜 어제는 날 보러 오지 않은 거야? 무슨 중요한
일이라도 있었어? 아니면 오노린느하고 산책이라도 한 거야? 아! 네
가 말을 할 수 있다면 얼마나 좋을까, 불쌍한 것. 그럼 우선……」

두근거리는 마음으로 베로니크는 벽 앞에 무릎을 꿇고 앉았다.

〈지금 들린 게 아들의 목소리가 아닐까? 프랑수아가 섬으로 다
시 돌아와 이곳에 숨어 있다는 말인가?〉

그녀는 안을 들여다보려고 했지만, 구멍이 깨끗하게 뚫려 있지
않고 가장자리에는 돌출 부분이 이수선하게 남아 있어 잘 보이지
않았다. 하지만 아이가 내뱉는 발음과 억양은 정확히 들렸다.

「그런데……. 오노린느는 어째서 날 데리러 오지 않는 걸까?

왜 널 따라서 여기까지 오지 않은 거지? 넌 날 잘 찾아냈는데……. 할아버지도 내가 없어졌다고 걱정하실 텐데, 정말 이상한 일이군! 아무튼 넌 항상 똑같구나, 그렇지? 해피, 그렇지 않니? 아무 일 없는 거지?」

베로니크는 이해할 수가 없었다. 이 아이는 그녀의 아들 프랑수아가 확실했다. 그러나 아이는 지금까지 일어난 일을 자신은 하나도 모른다는 듯이 말하고 있었다. 그 일을 벌써 잊어버린 듯이 말이다. 광기가 발동한 동안에 자신이 저지른 일이 하나도 기억 속에 남아 있지 않은 듯이 말하고 있었다.

「그래, 광기가 발동했던 거야. 그래, 저 아인 미쳤던 거야. 오노린느의 말이 맞았어. 미쳤던 거야. 그리고 이제 제정신이 돌아온 거지. 아! 프랑수아, 프랑수아……」

베로니크는 몸을 벽에 바싹 붙이고 정신을 집중해 아이의 말을 들었다. 아이의 목소리를 들으며 그녀는 환희에 가득 찼고, 때론 절망의 나락에 빠져들기도 했다. 지난 14년간 몸부림치며 기다려 왔던 이 밤, 오늘 밤 그녀는 지옥과 천당을 몇 번이나 오간 것 같았다.

아이가 다시 말하기 시작했다.

「그래 좋아, 해피. 난 눈으로 확인할 수 있는 어떤 증거를 보고 싶어. 할아버지나 오노린느 소식을 알 수 있는 물건들을 말이야. 내가 그렇게 많은 메시지를 보냈는데도 아무 연락이 없다니……. 그리고 스테판도 소식이 없잖아. 정말 걱정되는걸. 도대체 스테판은 어디 있는 거지? 어디에 갇혀 있는 거야? 굶어 죽은 건 아닐까? 자, 해피. 대답 좀 해 보렴. 그저께 그 비스킷은 어디로 가져갔니? 왜 그러는 거야, 무슨 일 있어? 걱정스러운 표정인

데? 그쪽은 왜 자꾸 쳐다보는 거야? 너 나가고 싶니? 아니야? 그
럼 뭔데?」

아이는 말을 멈췄다. 밖의 동정을 살피는 듯했다. 잠시 후 아
이는 소곤거리는 목소리로 다시 말을 이어 갔다.

「누구랑 같이 온 거니? 벽 뒤에 누가 있어?」

강아지는 갑자기 격렬하게 짖어 댔다. 프랑수아도 벽 바깥쪽의
소릴 듣기 위해 말을 멈추었다. 긴 침묵이 이어졌다. 베로니크는
감정이 매우 격해졌다. 프랑수아가 자신의 심장 뛰는 소리를 듣
는 것은 아닐까 걱정이 될 정도였다.

아이가 속삭였다.

「오노린느예요?」

다시 침묵이 흘렀다. 그가 다시 말했다.

「맞아, 오노린느군요, 그래 맞아. 숨소리가 들려. 그런데 왜
대답하지 않는 거예요?」

베로니크는 심장이 터질 것만 같았다. 스테판도 프랑수아와 마
찬가지로 갇혀 있다는 것과 이들도 희생자라는 사실을 알게 되
자, 그녀의 머릿속에는 온갖 생각들이 뒤엉켜 한줄기 빛처럼 스
쳐 지나갔다.

그녀가 더듬거리며 말했다.

「프랑수아, 프랑수아……」

「아! 이제 대답하는군요. 당신이 누군지 알아요. 오노린느 맞
죠?」

「아냐, 프랑수아」

「그럼요?」

「오노린느의 친구란다」

「내가 모르는 분인가요?」

「그래, 넌 모를 거야. 하지만 난 너의 친구이기도 해」

아이는 잠시 망설였다. 그녀를 말을 의심하는 듯했다.

「왜 오노린느는 같이 오지 않은 거죠?」

베로니크는 예상치 못한 질문에 잠시 당황했다. 하지만 여태까지 자신이 생각하는 것이 오해였고 오노린느의 말이 사실이라면, 아직은 이 아이에게 그 피비린내 나는 사건에 대해서 말하지 않는 것이 좋겠다고 생각했다.

「오노린느는 여행에서 돌아왔다가 다시 떠났단다」

「날 찾으려고요?」

「그래, 맞아. 오노린느는 너와 네 선생님이 납치됐다고 믿고 있어」

그녀가 서둘러 대답했다.

「그럼 할아버지는요?」

「할아버지도 떠나셨어. 그리고 섬 주민들도 모두 떠나 버렸단다」

「아! 또 그 관하고 십자가 이야기 때문인가요?」

「그렇단다. 사람들은 네가 사라진 게 재앙의 시작이라고 생각했어. 그리고 두려워하며 다들 떠난 거지」

「그런데, 왜 아줌마는 떠나지 않은 거죠?」

「난 오래전부터 오노린느와 알고 지냈어. 사렉 섬에서 휴식을 취하려고 파리에서부터 오노린느를 따라온 거란다. 난 떠날 이유가 없어. 그런 미신 같은 이야기 때문에 겁을 먹지도 않는단다」

아이는 입을 다물었다. 그녀의 설명이 그럴듯하긴 하지만, 그래도 의심이 완전히 사라지지는 않는 듯했다.

「사실은…… 아주머니께 해야 할 말이 있어요. 제가 이 방에 갇힌 건 열흘 전이었어요. 처음엔 아무도 보이지 않고, 아무 소리도 들리지 않았어요. 하지만 그저께부터 매일 아침, 문 가운데 있는 돌 구멍 하나가 열리더니 어떤 여자가 손을 내밀고는 물을 주고 갔어요. 여자 손……. 그 손의 주인이 아닌가요?」

「그럼, 넌 지금 그 여자가 내가 아니냐고 묻는 거니?」

「그래요, 그걸 알아야겠어요」

「그 여자 손을 알아볼 수 있겠니?」

「오! 물론이죠. 마르고 거친 손이었어요. 팔은 누런색이었고요」

「자, 이게 내 손이란다」

베로니크는 해피가 사라진 구멍으로 팔을 집어넣었다.

곧 프랑수아의 목소리가 들렸다.

「아! 이건 내가 본 손이 아냐」

그러더니 낮은 소리로 덧붙여 말했다.

「아니! 이럴 수가! 이럴 수가!」

아이는 손을 뒤집어 보더니 대단한 것을 발견한 듯, 그녀의 손바닥을 쓰다듬었다. 그리고 다시 중얼거렸다.

「이 상처! 여기 있어. 하얀 상처가……」

베로니크는 어찌할 바를 몰랐다. 스테판 마루가 공책에 써 놓은 글이 떠올랐다. 그녀에 대해 자세히 써 놓은 글을 프랑수아도 읽은 모양이었다.

그녀는 손 위에 아이의 부드러운 입술이 닿는 것을 느꼈다. 아이는 쏟아지는 눈물과 함께 열정적으로 키스를 퍼부었다. 아이의 목소리가 늘려왔다.

「아! 엄마. 사랑하는 엄마. 나의 사랑하는 엄마」

# 프랑수아와 스테판

엄마와 아들은 그들 사이를 가로막고 있는 벽 앞에 무릎을 꿇고 앉은 채 오랫동안 그대로 있었다. 모자는 눈물 때문에 앞이 뿌옇게 보였지만 이 작은 구멍으로도 서로의 눈을 바라보고, 서로의 손에 키스를 하며 눈물도 함께 나누었다.

이들은 동시에 말하고, 질문하고, 대답하며 한없는 기쁨에 취했다. 이들은 서로를 느끼며, 서서히 한 가족이 되어 갔다. 지금은 세상의 그 어떤 강력한 힘도 이들을 갈라놓을 수 없었고, 그 어떤 것도 이 모자를 묶고 있는 사랑과 믿음의 고리를 끊어 놓을 수 없었다.

「아! 그래, 해피. 우린 정말 울고 있어. 지금은 마음대로 재롱을 부리렴. 그런데 네가 좀 피곤하겠구나. 이 눈물은 아무리 흘려도 그치지 않을 테니 말이야. 안 그래요, 엄마?」

프랑수아가 말했다.

이제 베로니크의 머릿속에는 그녀를 한동안 뒤흔들어 놓았던 끔찍한 살인 장면 따위는 조금도 남아 있지 않았다. 그녀는 살인범 아들, 사람을 죽이고 학살하던 아들의 모습은 이제 인정할 수 없었다. 광기가 발동했다는 얘기 따위도 더 이상 믿을 수 없었다. 그녀는 또 다른 진실이 나중에 밝혀질 것이라고 굳게 믿었다. 지금 그녀는 눈앞에 있는 이 착하고 사랑스러운 아들 생각을 하는 것만으로도 벅찼다. 아들이 바로 그녀의 앞에 있었고, 그녀의 눈으로 바라보고 있었다. 그녀의 심장은 바로 아들의 심장 앞에서 힘차게 뛰고 있었다.

아들은 살아 있었다. 게다가 그녀가 상상해 왔던 대로 온순하고 상냥하며, 잘생기고 순수한 아이였다.

「내 아들, 내 아들……」

그녀가 계속해서 말했다. 앞으로 다시는 이 기적의 단어를 내뱉을 수 없다는 듯 그녀는 계속해서 아들을 불렀다.

「내 아들, 네가 맞구나! 난 네가 죽은 줄로만 알았단다. 다시는 볼 수 없다고 생각했는데…… 네가 살아 있다니! 그것도 내 눈앞에! 이렇게 널 만질 수가 있다니……. 아, 세상에 어떻게 이런 일이……. 내 아들이…… 내 아들이 살아 있어」

벽 건너편에서는 프랑수아가 엄마와 똑같은 열정으로 울부짖었다.

「엄마, 엄마……. 얼마나 오랫동안 기다렸는지 몰라요! 난 엄마가 죽었다고 생각하지 않았어요. 하지만 엄마 없는 아이로 자라는 게 얼마나 슬픈 일이었는지…… 엄마를 기다리며 자라는 동안 얼마나 슬펐는지……」

한 시간가량 이들은 서로 자신에게 일어났던 모든 일들에 대해 이야기를 나누었다. 그러고는 또 서로 질문을 하고, 사무쳤던 그리움에 대해 말하고, 모자 사이에서만 나눌 수 있는 비밀 얘기들을 털어놓으며 친밀한 교감을 나누었다.

먼저 프랑수아가 이들의 대화를 정리하려고 말을 꺼냈다.

「들어보세요, 엄마. 우린 할 얘기가 너무 많지만 오늘은 그만 포기해야 해요. 그 이야기를 다하려면 며칠이 걸릴지도 모르죠. 그러니 지금은 우리에게 꼭 필요한 말만 간단히하도록 해요. 시간이 그렇게 많지 않으니까요」

「무슨 말이니?」

걱정스러운 말투로 베로니크가 물었다.

「난 네 곁을 떠나지 않을 거야」

「우리가 함께 지내기 위해서는, 우선 헤어졌다가 다시 만나야 해요. 우리를 방해하는 건 이 벽뿐만이 아니에요. 엄청나게 많은 장애물이 우릴 가로막고 있어요. 그리고 전 매시간 감시당하고 있어요. 그래서 작은 발소리만 들려도 엄마와 떨어져야 해요. 해피도 그렇고……」

「누가 널 감시한단 말이니?」

「검은 벌판이라고 불리는 넓은 평야 아래에서 스테판 선생님과 제가 이 동굴 입구를 발견한 날, 우리를 덮친 사람들이요」

「그들을 보았니?」

「아뇨, 그림자만 봤어요」

「어떤 모습이었니? 도대체 적이 누구인 거야?」

「모르겠어요」

「잘 생각해 봐」

「드루이드일까요?」

아이가 웃으며 말했다.

「전설에서 말하는 그 옛 사람들이요? 그런 건 아니에요. 그럼 귀신이요? 그건 더 더군다나 아니에요. 정말로 살과˙뼈를 가진 우리와 같은 사람이었어요」

「그런데 그들이 그 안에 살고 있다는 게 사실이니?」

「아마도……」

「그들이 너와 스테판 선생님을 보고 놀라든?」

「아뇨, 오히려 그 반대였어요. 숨어서 우릴 기다리고 있던 것 같았어요. 우린 돌 계단을 내려가서 아주 긴 복도를 지났어요. 복도 양쪽에는 80개의 동굴, 아니면 80개의 방 같은 것이 있었어요. 그 방의 나무 문은 전부 바다 쪽을 향해 열려 있었어요. 우린 어둠 속에서 방향을 꺾어 다시 계단을 올라가고 있었는데, 그 순간 그들이 양쪽에서 붙잡아 몸을 움직이지 못하게 한 다음 끈으로 묶고, 눈을 가리고, 입에는 재갈을 물렸어요. 그렇게 하는 데 1분도 채 걸리지 않았어요. 그러고는 복도 끝으로 끌고 가는 것 같았어요. 몸을 묶고 있던 끈을 풀고, 눈을 가린 테이프를 겨우 떼고 나자 그 수십 개의 방 중 하나에 갇혀 있다는 걸 알았어요. 복도 마지막 방이 분명해요. 여기서 이렇게 열흘을 지낸 거예요」

「가엾은 내 아들…… 얼마나 고통스러웠을까」

「아녜요, 엄마. 어쨌든 배를 곯진 않았어요. 잠자리를 위해 마련해 놓은 짚 구석에 먹을 것이 많이 쌓여 있었으니까요. 그래서 편안하게 기다릴 수 있었어요」

「누굴 말이니?」

「엄마, 우습지 않아요?」

「우습다니, 뭐가?」

「내가 하는 말이요」

「왜 그렇게 생각하지?」

「사실…… 전 사렉의 전설에 대해 알고 있는 사람을 기다리고 있어요. 할아버지한테 이곳으로 오겠다고 약속한 사람을요」

「그게 누군데, 아가야?」

아이는 망설였다.

「아녜요, 엄마도 절 비웃을 게 틀림없어요. 나중에 얘기하는 게 낫겠어요. 어쨌든 그 사람은 오지 않았으니까요. 잠시 동안은 그 사실을 믿긴 했지만……. 그래요, 어쨌든 전 결국에 벽에 박힌 돌 두 개를 들어내서 이 구멍을 만들었어요. 절 감시하는 사람은 아직 이 사실을 모르고 있어요. 그런데 누군가가 벽을 긁는 소리가 들렸고……」

「해피가 낸 소리였니?」

「네. 해피가 벽 반대편에 나타났어요. 여기서 해피를 보고 얼마나 반가웠는지 몰라요. 단지 저는…… 오노린느와 할아버지…… 그 외에 다른 사람들이 아무도 해피를 따라오지 않는 걸 보고 의아했을 뿐이에요. 전 편지를 쓸 연필도, 종이도 없었어요. 하지만 결국 사람들은 해피를 따라올 필요가 없었던 거군요」

「따라올 수가 없었던 거지. 사람들은 네가 사렉 섬에서 멀리 떨어진 곳으로 납치되어 갔다고 생각했으니까. 그래서 네 할아버지도 떠나신 거고」

「그랬겠죠. 그런데 왜 제가 사렉 섬을 떠났다고 생각한 거죠? 할아버진 최근에 발견한 자료를 근거로 이 장소를 찾아내셨거든요. 이 지하 동굴의 입구를 우리에게 알려 주신 분도 바로 할아버지고요. 할아버지가 엄마한테는 말씀하지 않으셨나요?」

베로니크는 행복에 겨워하며 아들의 이야기를 듣고 있었다. 이 아이가 그 끔찍한 사건이 일어나던 날 전에 이미 납치되어 이곳에 가두어졌던 것이 사실이라면, 아버지와 마리 르고프, 오노린느, 코레쥬 그리고 사렉 주민들을 잔인하게 죽인 범인은 이 아이가 아니라는 말이 된다. 그녀는 약간 혼란스럽기는 했지만 그 끔찍한 학살자는 프랑수아가 아니었다는 것을 확신했다. 누군가가 이 아이의 옷을 입고 이 아이처럼 행동한 것이다. 그건 스테판도 마찬가지였다. 그녀에게는 그 이외의 사실은 전혀 중요하지 않았다. 아이가 말하고 있는 것이 있을 수 있는 이야기인지, 그 말에 모순은 없는지, 증거는 있는지 따위에 대해서는 생각조차 하지 않았다. 베로니크는 사랑스런 아들이 결백하다는 사실만을 생각했다.

그녀는 지금 누리고 있는 기쁨을 반으로 줄이거나 완전히 사라지게 만들 만한 사실은 아무것도 말하지 않았다.

「아니, 네 할아버지는 뵙지 못했는걸. 오노린느는 내가 올 때에 맞춰 아버지와 만나게 해 준다고 했지만, 이런저런 일이 많아서……」

「그럼 엄마 혼자 섬에 남아 있었던 거예요? 날 찾기 위해서?」

잠시 망설인 후에 그녀가 대답했다.

「그렇단다」

「엄마 혼자 남긴 했지만 그래도 해피가 곁에 있었겠죠?」

「그래. 처음엔 해피한테 전혀 관심을 두지 않았지. 오늘 아침이 되어서야 해피를 따라나서야겠다는 생각이 들었단다」

「그럼 어떤 길을 통해서 여기까지 들어온 거예요?」

「마그녹의 꽃밭에서 멀지 않은 곳에 돌 두 개로 가려진 입구가 있어. 그리로 들어오니까 이 지하 동굴이 나왔단다」

「뭐라고요? 그럼 섬 양쪽이 서로 연결되어 있단 말인가요?」

「그래, 다리 아래 있는 절벽을 통해서……」

「정말 이상하네! 이건 스테판 선생님이나 나, 그리고 어느 누구도 발견하지 못한 사실이에요. 그런데 똑똑한 해피가 이런 곳을 통해 주인을 찾아내다니……」

아이는 말을 멈추고, 중얼거렸다.

「들어 보세요」

잠시 후, 프랑스와는 다시 말을 이어갔다.

「아니, 아직은 아니에요. 하지만 서둘러야 해요」

「뭘 어떻게 해야 하는데?」

「어렵지 않아요, 엄마. 이 구멍을 만들면서 알아낸 건데, 이 옆에 있는 돌 서너 개를 들어내면 구멍을 더 넓힐 수 있을 것 같아요. 하지만 너무 단단하게 박혀 있어서 연장 같은 게 필요해요」

「그래, 그럼 내가 가서……」

「그래요, 엄마. 우선 수도원으로 돌아가세요. 지하실 왼쪽에 마그녹 아저씨가 쓰던 작업장이 하나 있어요. 거기 가면 손잡이가 짧은 곡괭이가 있을 거예요. 날이 저물 때쯤 그걸 제게 가져다 주세요. 오늘 밤에 돌을 빼내고, 내일 아침이면 엄마 얼굴을 볼 수 있을 거예요」

「아! 네 말대로만 된다면……」

「반드시 그렇게 될 거예요. 그 다음엔 스테판 선생님만 구출하면 돼요」

「네 선생님 말이니? 그 사람이 어디 갇혀 있는지 알아?」

「대충은요. 할아버지가 알려 주신 정보대로라면, 이 지하 동굴은 2층으로 이루어져 있대요. 그리고 각 층의 마지막 방은 과거에 감옥으로 이용했대요. 내가 그중 하나를 차지하고 있으니까, 스테판 선생님은 다른 한 방에 있을 거예요. 아마 이 방 밑에 있을 거예요. 제가 불안한 건⋯⋯」

「불안한 거라니?」

「사실, 이것도 할아버지가 해 주신 말씀인데, 이 두 방이 예전에는 형벌 장소로 쓰였대요. 할아버진 〈죽음의 방〉이라고 표현하셨어요」

「무슨 말을 하는 거니? 정말 끔찍하구나!」

「엄마, 겁낼 필요 없어요. 보시다시피 그들은 절 고문할 생각이 없는 것 같으니까요. 단지 저는 스테판 선생님에게 어떤 일이 닥쳤는지 몰라서 해피에게 먹을 것을 보냈던 건데, 아무래도 해피는 한 통로밖에 찾지 못했나 봐요」

「아냐. 해피는 네 말을 잘 이해하지 못한 걸 거야」

「엄마, 그걸 어떻게 알죠?」

「해피는 네가 스테판 마루 씨의 방에 먹을 것을 가져다 놓으라고 한 줄 알고, 그 사람 침대 아래에 모두 쌓아 놨더구나」

「아! 그럼 스테판 선생님은 어떻게 되었을까요? 엄마, 스테판 선생님을 구하고 우리도 살아남으려면 서둘러야 해요」

「도대체 뭘 두려워하고 있는 거니?」

「아무것도 아녜요. 우리가 서두르기만 하면⋯⋯」

「하지만 아직⋯⋯」

「정말로 아무것도 아니에요, 우리 앞에 많은 장애물이 가로 놓여 있는 건 사실이에요」

「또 다른 장애가 있다면 말이야⋯⋯. 우리가 예상치 못하는 그런 위험이 있다는 거니?」

프랑수아가 웃으며 말했다.

「그래서…… 그래서 누군가가 나타나 우릴 보호해 줄 거라고 말했던 거예요」

「애야, 그러니까, 너도 도움이 필요하다는 사실을 인정하는 거로구나」

「엄마, 아니에요. 그건 단지 엄마를 걱정해서 한 말이고, 실제로는 아무 일도 일어나지 않을 거예요. 아들이 겨우 찾은 엄마를 어떻게 다시 잃을 수가 있겠어요? 그게 가당키나 해요? 현실에서는 그런 일이 일어날 수도 있겠지만, 우리가 겪고 있는 사건들은 전혀 현실 같지 않잖아요. 이건 소설이지, 현실이 아니에요. 소설 속에서는 모든 일이 항상 잘 풀리지요. 해피한테 물어보세요. 해피, 그렇지 않니? 우린 결국 승리할 테고, 함께 모여 행복하게 살 거야. 해피, 엄마를 안내하렴. 누가 올지도 모르니까 난 다시 구멍을 막아 놔야 해. 구멍이 막혀 있을 땐 안으로 들어오려고 해선 안 된다, 해피. 위험하단 뜻이니까 말이야. 어서 가세요, 엄마. 그리고 다시 오실 땐 소리를 내면 안 돼요」

작업장을 찾는 데는 그리 오랜 시간이 걸리지 않았다. 베로니크는 곧 프랑수아가 말한 연장을 찾았다. 그리고 40분쯤 후에, 그녀는 연장을 가지고 아이가 갇힌 방 앞으로 갔다.

「아직까진 아무도 오지 않았어요. 하지만 곧 올지도 몰라요. 엄마는 여기서 나가는 게 좋을 것 같아요. 내가 밤새도록 돌을 파낼게요. 누가 오면 중간에 작업을 그만두어야 하니까요. 그리고 내일 아침 7시에 엄마를 기다리고 있을게요. 아! 스테판 선생님은…… 제가 생각해 봤는데요, 가끔 소리도 들려오고…… 스테판 선생님은 제가 있는 방 아래에 갇혀 있는 게 확실해요. 하지만 이 방은 빛이 들어오는 입구가 너무 작아서 거의 아무것도 보이질 않아요. 엄마가 있는 곳에는 커다란 창문이 있나요?」

「아니, 하지만 돌을 좀 들어내면 창문을 넓힐 수 있을 것 같아」

「좋아요. 마그녹이 쓰던 작업장에 가면 대나무 사다리가 하나 있을 거예요. 끝에는 쇠로 된 갈고리가 붙어 있고요. 내일 아침까지 가지고 오세요. 그리고 먹을 것 조금하고 담요도 가져와서 지하 동굴 입구에 있는 덤불에 놓아두세요」

「뭘 하려고 그러니, 얘야?」

「이제 곧 아시게 될 거예요. 제가 계획하고 있는 게 있어요. 그럼 이제 가세요. 엄마, 가서 좀 쉬시고, 기력도 회복하세요. 오늘 꽤 힘드셨을 거예요」

베로니크는 아이의 말을 따랐다. 다음날, 그녀는 커다란 희망을 안고 다시 지하 동굴을 내려갔다. 워낙 혼자서 돌아다니기를 좋아하는 강아지라서 그런지, 이번에는 해피의 안내를 받을 수가 없었다.

「다 잘되고 있어요, 엄마」

프랑수아가 말했다.

아이가 너무 낮은 소리로 말하는 바람에 그녀는 아이의 말을 겨우 알아들을 수 있었다.

「아주 가까운 곳에 감시하는 사람이 있어요. 하지만 이제 조금만 있으면 그쪽으로 나갈 수 있을 것 같아요. 이제 거의 다 끝나가요. 돌을 금방 뺄 수 있을 것 같아요. 두 시간쯤 후면 디될 거예요. 사다리는 가져오셨어요?」

「그래」

「창문 옆에 있는 돌을 걷어내세요. 그렇게 하는 게 시간 절약이 될 거예요. 사실 스테판 선생님 걱정이 많이 돼요. 소리가 나지 않게 조심하세요」

베로니크는 창문을 향해 다가갔다. 창문은 바닥에서 1미터 정도 높이에 있어 그다지 높지 않았다. 창을 막고 있는 조약돌도 접합제로 붙어 있지 않았다. 단지 쌓아놓은 것뿐이었다. 돌을 걷어내자 창문이 금방 넓어졌다. 그녀는 가져온 사다리를 창밖으로 내려 보냈다. 창턱에 사다리의 쇠고리를 끼우는 일은 어렵지 않았다.

약 30, 40미터 떨어진 곳에 바다가 보였다. 사렉 섬 주위를 둘러싼 수많은 암초에 부딪혀 부서지는 파도 때문에 바다는 온통 하얀색으로 보였다. 창문 아래쪽으로 불쑥 튀어나온 화강암이 넓게 펼쳐져 있어, 절벽의 발치밖에 볼 수가 없었다. 하지만 그 덕분에 사다리는 수직으로 떨어지지 않고 비스듬히 기울어져서, 밑으로 내려가는 데 더 편리했다.

〈생각보다 일이 쉽겠는걸.〉

그러나 막상 사다리를 밟고 내려가려 하니 너무 무서웠다. 그녀는 프랑수아 대신 자기가 이 일을 해낼 수 있을지 확신할 수가 없었다. 게다가 프랑수아의 생각과는 달리 스테판이 갇혀 있는 방이 이 아랫방이 아닐지도 모르며, 그 방이 맞다 하더라도 이런 방법으로 접근하기는 어려울 것 같았다. 만약에 그렇다면 이건 시간 낭비이다. 쓸데없이 위험을 무릅쓰는 것이 아닌가 싶어 그녀는 잠시 망설였다.

그녀는 곧 프랑수아를 위해서 이 일을 해야 한다고 결심했다.

그녀는 이것이 아들에 대한 사랑을 표현하는 한 방법이라 여겼다. 이렇게 생각하자, 조금도 망설일 것이 없었다. 그 어떤 것도 아들을 사랑하는 엄마의 행동을 방해할 수는 없었다.

고리가 충분히 벌어지지 않은 데다 창틀도 넓었지만 베로니크는 사다리 끝이 제대로 걸렸는지 살펴볼 여유도 없었다. 단지 낭떠러지 아래로 시선을 두지 않으려고 노력할 뿐이었다. 그녀는 치마를 둘둘 접어 여민 후, 창을 넘었다. 그러고는 몸을 돌려 창틀에 기댄 채 발을 더듬거리며 디딤대를 찾았다. 온몸이 부르르 떨렸다. 심장은 마치 북을 치듯이 큰 소리로 울렸다. 하지만 그녀는 손으로 사다리를 꼭 잡고 과감하게 한 발씩 내려가기 시작했다.

사다리는 그다지 길지 않았다. 미리 디딤대의 숫자를 세어 놓은 그녀는 스물을 세고 나서 왼쪽을 쳐다보며 형용할 수 없는 기쁨에 넘쳐 중얼거렸다.

「아! 프랑수아. 사랑스런 내 아들……」

그녀가 있는 데서 1미터 정도 옆에 움푹 들어간 부분이 있고, 그곳에는 방 입구로 보이는 커다란 구멍이 나 있었다.

「스테판 씨, 스테판 씨」

하지만 목소리가 너무 작아 그 안에 있던 스테판 마루는 그녀의 목소리를 전혀 들을 수 없었다.

그녀는 잠시 망설였다. 하지만 무릎이 저절로 꺾어졌다. 이제는 다시 올라갈 힘도 없고, 사다리에 매달릴 힘도 남지 않았다. 떨어질 위험이 있기는 했지만 다행히 벽이 울퉁불퉁해서 사다리 옆으로 발을 떼어도 붙잡을 것이 있었다. 그녀는 뾰족하게 튀어나온 화강암을 붙잡고 기적적으로 구멍 안에 발을 들여 놓았다.

베로니크는 마지막 힘을 다해 안으로 뛰어내린 뒤 간신히 몸의 균형을 잡았다.

곧 짚더미 위에 누워 있는 사람이 보였다. 그의 손과 발은 끈으로 꽁꽁 묶여 있었다. 방 입구는 매우 작았으며 폭도 좁았다. 바다를 향해 열려 있다기보다는 하늘을 향해 열려 있는 그 입구는, 멀리서 보면 단순히 절벽에 있는 굴곡 정도로밖에 보이지 않을 것 같았다. 그리고 그 입구에는 가릴 만한 부분이 하나도 없어 빛이 정면으로 들어오고 있었다.

베로니크는 누워 있는 사람을 향해 다가갔다. 남자는 움직임이 없었다. 잠이 든 것 같았다. 그녀는 남자에게 몸을 기울였다. 이 남자가 누군지 단번에 알아볼 수는 없었지만, 그의 얼굴을 보면서 어린 시절의 기억들이 하나씩 되살아나는 듯했다. 하지만 이 남자의 얼굴은 그녀에게 전혀 친근하지가 않았다. 부드러운 얼굴에 또렷한 윤곽선, 뒤로 묶은 금발 머리에 넓고 창백한 이마, 남자의 얼굴에는 약간 여성스러운 면이 있었다. 베로니크는 그의 얼굴에서 전쟁 때 죽은 수녀원 친구의 얼굴을 떠올렸다.

그녀는 떨리는 손으로 남자의 손목을 묶고 있는 끈을 풀기 시작했다. 남자는 조금도 당황하지 않았다. 그는 눈을 뜨지도 않은 채 팔을 쑥 내밀었다. 마치 너무 익숙한 일이라 잠결에도 즉시 필요한 자세를 취하는 것 같았다. 그녀가 그의 몸을 묶고 있던 끈을 거의 다 풀었을 때, 그가 말했다. 아마 누군가가 밤마다 식사를 가져와 항상 끈을 풀어 준 모양이었다.

「아직 배도 고프지 않은데 벌써……. 게다가 아직은 낮이잖소」

그는 그 누군가가 생각보다 이른 시간에 찾아온 것에는 약간 놀란 듯했다. 그래서 그는 이렇게 환한 대낮에 누가 자기를 찾아

왔는지 알아보기 위해 눈을 반쯤 뜨면서 몸을 일으켰다.

스테판은 베로니크를 보고도 별로 놀라지 않았다. 아마 꿈이나 환각쯤으로 생각하는 모양이었다. 그는 들릴락말락 한 목소리로 말했다.

「베로니크……. 베로니크……」

그의 시선에 약간 당황한 베로니크는, 그의 몸을 결박하고 있는 끈을 마저 풀었다. 이 젊은 여자가 직접 자기의 손과 다리를 묶고 있던 끈을 풀어 주는 것을 보며, 스테판은 그녀가 실제로 눈앞에 있다는 사실을 이해하기 시작했다. 그러고는 잠긴 목소리로 말했다.

「당신! 당신은……. 어떻게 이런 일이……. 한마디만 해 보세요. 한마디만……. 정말 당신이란 말입니까?」

거의 혼잣말처럼 그는 다시 중얼거렸다.

「그녀가 정말……. 그녀야. 그녀가 여기 있어」

그러고는 이내 불안한 듯 다시 말했다.

「당신! 여태까지 밤마다 여기에 왔던 건 당신이 아니었어요. 다른 사람이었던 겁니다. 그렇지 않소? 분명 적일 게야. 아! 이런 걸 당신한테 물어서 미안합니다. 하지만 내가 이해할 수 없는 건…… 도대체 어디로 들어온 건가요?」

「저기요」

그녀가 바다를 가리키며 말했다.

「오……. 이런 기적이 있나!」

그는 마치 환영이라도 보는 듯 눈이 휘둥그레졌다. 그녀에게 시선을 고정시키고 있는 스테판 때문에 그녀는 매우 당황했다.

「네, 저기요. 프랑수아가 말해 준 곳으로……」

「난 그 아이에 대해 말한 게 아닙니다. 지금 바로 여기에 있는 당신에 대해 말한 겁니다. 그리고 그 아인 분명히 탈출했을 겁니다」

「아직은 아녜요. 하지만 한 시간쯤 후면 탈출하게 될 거예요」

그녀는 아이가 어떤 어려움에 처해 있는지 말하지 않기 위해 여기서 입을 다물었다. 그리고 긴 침묵이 흘렀다.

「프랑수아는 탈출할 거예요. 당신도 만날 수 있을 테고…….

하지만 아이를 불안하게 만들면 안 돼요. 예기치 못했던 일이 일어날 수도 있으니까요」

그는 그녀가 하는 말을 듣고 있는 게 아니라 그녀의 목소리만을 듣고 있는 것 같았다. 그는 말없이 웃으며 거의 황홀경에 빠져 있었다. 그녀 역시 웃으면서 질문을 했지만 이번에는 대답을 하도록 부추겼다.

「좀 전에 제 이름을 불렀죠. 당신은 날 알고 있어요, 그렇죠? 나도, 예전에……. 그래요, 당신은 죽은 내 친구 한 명과 아주 닮았어요」

「마들렌느 페랑이죠?」

「네, 마들렌느 페랑」

「그 친구의 오빠도 기억이 날 겁니다. 아주 수줍어하던 중학생이었죠. 멀리서 당신을 바라보곤 하던……」

「네, 맞아요. 아, 이제 기억 나요. 우린 여러 번 얘기해 본 적이 있었는데……. 당신은 얼굴이 빨개지곤 했지요. 그래, 맞아요. 그러니까 당신 이름이 스테판……. 그런데 성은 왜 마루죠?」

「마들렌느와 나는 이복 남매였죠」

「아! 그래서 내가 빨리 알아채지 못한 거군요」

그녀는 손을 내밀었다.

「좋아요, 스테판. 우린 오랜 친구고 이제 다시 인사도 나누었으니 추억 얘기는 나중으로 미루도록 해요. 지금은 서둘러 떠나야 하니까요. 기운을 좀 차릴 수 있겠어요?」

「기운이요? 그럼요. 그렇게 심한 고통은 당하지 않았으니까요. 하지만 여기서 어떻게 빠져나가죠?」

「내가 들어온 길로 나가면 돼요. 위층 복도에서 사다리를 타고 내려왔거든요」

그가 일어섰다.

「도대체 어디서 그런 용기가 났어요? 그런 대담한 일을……」

「아! 그건 그렇게 어렵지 않았어요. 그런데, 프랑수아가 당신 걱정을 많이했어요. 프랑수아는 당신과 그 아이가 오래된 고문실, 그러니까 〈죽음의 방〉 두 개에 각각 갇혀 있을 거라고 생각하더군요」

이 말을 듣고 그는 갑자기 꿈에서 빠져나온 듯이 얼굴이 굳었다. 그리고 이런 상황에서 이야기나 나누고 있는 게 바보 같은 일이라고 생각했는지 갑자기 서둘렀다.

「어서 갑시다! 프랑수아 말이 맞아요. 아! 당신이 이렇게 큰 위험을 무릅쓰다니……. 미안합니다. 정말 미안합니다」

그는 죽음을 눈앞에 둔 사람처럼 제정신이 아닌 듯했다. 그녀는 그를 진정시키려고 했지만 그는 더 간곡히 말했다.

「잠깐만……. 이건 정말 당신에게 위험한 일입니다. 여기 있어서는 안 됩니다. 난 사형 언도를 받았어요. 가장 끔찍한 형벌이죠. 우리가 서 있는 곳을 한번 보십시오. 이 위태로운 공간 위에…… 하지만…… 아니오. 다 소용없는 일이야. 아! 미안해요. 어서 떠나십시오」

「당신과 함께 떠나겠어요」

「그래요, 나와 함께……. 하지만 당신이 먼저 탈출하세요」

그녀는 그의 말을 거부하며 단호하게 말했다.

「스테판, 우리가 모두 탈출하려면 무엇보다도 조용히 움직여야 해요. 내가 여기 내려올 때처럼, 행동반경도 최소로 줄이고 감정도 자제해야만 해요. 준비됐죠?」

「그렇습니다」

그녀의 단호한 말투에 눌려 그가 대답했다.

「그럼, 절 따르세요」

그녀는 거의 낭떠러지같이 튀어나온 입구 쪽으로 다가가 몸을 기울였다.

「내 손을 잡아요. 내가 중심을 잃지 않도록 잡아 주세요」

그녀는 몸을 돌려 절벽에 바짝 달라붙었다. 그리고 나머지 한 손으로 벽을 더듬어 보았다. 그러나 사다리는 손에 닿지 않았다. 몸의 균형만 잠깐 잃었을 뿐이었다. 사다리의 위치가 달라져 있었다. 베로니크가 입구로 들어오기 위해 뛰어내릴 때 디딤대를 너무 세게 찬 모양이었다. 위에 있는 오른쪽 쇠고리가 창틀에서 미끄러져, 사다리가 다른 한쪽 고리로만 매달린 채 시계추처럼 흔들리고 있었다.

사다리가 너무 많이 기울어져 아래쪽은 손에 닿지가 않았다.

# 불안

    베로니카가 아무리 용감한 여자라고 해도 혼자 이런 상황을 맞이했다면, 그녀는 다시 한번 운명을 저주하며 절망에 빠졌을 것이다. 비록 오랫동안 묶인 채로 갇혀 지내 약해빠진 스테판이지만, 그래도 누군가가 곁에 있다는 것에 그녀는 스스로 기운을 차렸다. 그러고는 별일 아니라는 듯이 말했다.

「사다리가 흔들려서 옆쪽으로 움직였네요. 잡을 수가 없어요」

스테판은 어안이 벙벙해서 그녀를 바라보았다.

「그럼……. 그렇다면 다 망했군요」

「망하긴 왜 망해요?」

그녀가 웃으며 말했다.

「빠져나갈 방법이 없습니다」

「뭐라고요? 방법이 있어요. 프랑수아가 있잖아요?」

「프랑수아요?」

「그럼요. 한 시간쯤 지나면 프랑수아가 방에서 빠져 나올 테고, 사다리가 삐뚤어지게 놓인 것을 보고는 우릴 부를 거예요. 우린 조금만 참고 기다리면 돼요」

「참고 기다리다니!」

그는 잔뜩 겁먹은 얼굴이었다.

「한 시간을 기다리다니! 그동안 분명히 누군가가 올 거요. 계속해서 감시를 하니까」

「그럼, 입을 다물고 있죠」

그는 문에 있는 작은 구멍을 가리켰다.

「매번 누군가 와서 저 구멍 덮개를 열고 감시창을 통해서 이곳을 들여다본답니다」

「덮개가 있네. 저걸 닫아 놓죠」

「그러면 그들이 안으로 들어올 겁니다」

「그럼 덮개는 그냥 두기로 하고…… 어쨌거나 안심하고 있어요, 스테판」

「내가 두려운 건 당신에 대한 걱정 때문입니다」

「나 때문이든, 당신 때문이든 겁을 먹어서는 안 돼요. 최악의 경우라도 우린 얼마든지 방어할 수 있어요」

그녀는 유리 진열장에서 가져온 아버지의 권총 한 자루를 꺼냈다. 다행히 권총은 아직도 그녀의 주머니에 들어 있었다.

「아! 내가 두려운 건, 우린 스스로 방어할 필요조차 없을지 모른다는 겁니다. 그들은 다른 방법을 이용할 테니까 말입니다」

「어떤 방법이요?」

그는 아무 말 없이 바닥을 향해 시선을 돌렸다. 베로니크는 이제야 바닥 구조가 이상하다는 것을 알았다.

벽을 따라 불규칙적으로 울퉁불퉁 튀어나온 화강암은 커다란 원 모양을 형성하고 있었다. 그리고 바닥에는 원 안에 꼭 들어맞는 크기로 정사각형 모양의 균열이 있었다. 정사각형의 네 모서리는 깊게 파여 있었는데, 그 틈 안쪽으로 들보를 대어 놓은 게 보였다. 돌보는 모두 낡고 군데군데 홈이 파였고 칼 자국도 나 있었지만, 어떤 물건이라도 들어올릴 수 있을 것처럼 위력이 있어 보였다. 정사각형의 바깥쪽 모서리는 낭떠러지와 20센티미터 정도밖에 떨어져 있지 않았다.

「덫인가요?」

그녀가 두려움에 몸을 떨면서 말했다.

「아니, 아닙니다. 그건 너무 심하고……」

「그럼요?」

「나도 모르겠습니다. 예전에 쓰다가 이젠 작동하지 않는 것일지도 모르죠. 하지만……」

「하지만요?」

「어젯밤, 아니 오늘 아침이었을 겁니다. 저 아래에서 뭔가 부딪치는 소리가 들렸어요. 금방 멈춘 것을 보니 그냥 시험해 보았던 모양입니다. 아마 아주 오래전에 쓰던 물건인 것 같군요! 아니, 이젠 더 이상 작동하지 않을 겁니다. 그들도 저건 사용하지 않으니까」

「그들이라니, 누굴 말하는 거죠?」

대답을 기다리지도 않은 채 그녀가 다시 말했다.

「스테판, 어쩌면 우리는 생각하는 것보다도 훨씬 빨리 나갈 수 있을지 몰라요. 프랑수아는 몇 분 안에 방을 빠져나와, 우릴 구하러 올 거예요. 그 사이에 우리 서로에 대해 얘기해 보는 게 어때요? 조용히 말하면 돼요. 당분간은 어떤 위험도 없을 거예요.

시간 낭비도 아닐 테고요」

베로니크는 자신도 두려웠지만, 그를 안심시키기 위해 이렇게
말했다.

〈프랑수아가 방을 빠져나와 창가로 와서 사다리가 한쪽 끝만
매달려 흔들리고 있는 것을 보면 어떻게 할까? 엄마가 없는 걸 보
고는 지하 동굴을 빠져나가 수도원까지 달려가는 건 아닐까?〉

그녀는 곧 마음을 가다듬고 스테판에게 용기를 북돋아 주어야
할 필요가 있다고 생각했다. 곧 그녀는 의자처럼 불쑥 튀어나온
화강암에 걸터앉았다. 그러고는 스테판에게 마그녹의 시체가 있
던 버려진 오두막집을 찾아간 이야기부터 시작해 그동안 겪은 일
들을 모두 말해 주었다.

스테판은 그 끔찍한 이야기를 아무 말 없이 끝까지 들었다. 하
지만 그의 몸짓은 공포에 짓눌렸고, 그의 얼굴에는 이미 절망의
그림자가 드리워 있었다. 특히 데르주몽과 오노린느가 죽은 이야
기를 듣고 나서는 무척 괴로워했다. 스테판은 두 사람과 모두 매
우 가깝게 지냈던 것이다.

「자요, 스테판……」

베로니크는 아르쉬나 수녀들이 형벌에 처해진 것을 보며 불안
해한 이야기와 지하 동굴을 발견한 이야기, 프랑수아와 만난 이
야기를 모두 했다. 그녀는 이런 일들을 스테판도 알고 있어야 한
다고 생각했다.

「프랑수아한테는 다 말하지 않았지만 당신은 알고 있어야 할
것 같아서요. 적들과 싸우기 위해서……」

「어떤 적들이요? 당신 이야기를 듣고 나서도 이런 질문을 하고
싶어지는군요. 난 마치 몇 년 전, 아니 몇 세기 전부터 진행되고

있던 대사건의 중심으로 내던져진 기분입니다. 그것도 그 사건이 마지막으로 치달을 즈음, 수세대를 거쳐 준비해 온 엄청난 재앙이 터지는 시점에 말입니다. 내가 잘못 생각한 거겠지. 이건 분명 서로 관련 없는 재앙들이 잇달아 일어나는 것일 뿐이고, 말도 안 되는 우연의 일치를 가지고 우리가 우왕좌왕하고 있는 것일 게요. 우연이라고밖에는 이 일을 설명할 수가 없군요. 사실, 난 당신보다 아는 게 없습니다. 당신과 똑같은 어둠이 날 감싸고 있고, 똑같은 고통과 슬픔이 날 괴롭히고 있습니다. 이 모두가 광기와 난폭한 몸부림, 혼란스런 격동과 야만적인 범죄, 원시 시대에나 볼 수 있었던 미개인의 분노일 뿐입니다」

베로니크가 동의하며 말했다.

「그래요, 원시 시대. 바로 그 점 때문에 더욱 혼란스러워요. 정말 충격적이고요. 도대체 과거와 현재 사이에 무슨 관련이 있다는 거죠? 현재의 박해자와 과거에 이 동굴에서 살던 사람들 사이에 무슨 관련이 있기에 이처럼 이해할 수 없는 방법으로 우릴 괴롭히고 있는 걸까요? 도대체 그 전설이란 게 다 무엇이란 말인가요? 오노린느가 정신 착란에 빠져 한 이야기와 아르쉬나 수녀들이 겪은 고통은 다 무엇 때문인 거죠?」

이들은 낮은 목소리로 서로 대화를 나누면서도, 둘 다 귀를 쫑긋 세운 채 마음을 놓지 않았다. 스테판은 복도 쪽에서 나는 소리를 유심히 듣고 있었다. 베로니크는 프랑수아가 신호를 보내지 않을까 하는 희망에 절벽 쪽을 바라보고 있었다.

「그 전설은 아주 복잡합니다. 미신인지 사실인지조차도 입 밖에 꺼내서는 안 되는 이야기죠. 그렇게 어둠 속에서 이어져 온 얘기랍니다. 여러 가지 이야기가 뒤죽박죽되었지만 크게 두 가지 전설이 있어요. 하나는 서른 개의 암초에 대한 예언이고, 또 다른 하나는 보물, 다시 말해 기적의 돌에 관한 전설이죠」

「그러니까 그게 예언이었군요. 마그녹의 그림 옆에 씌어 있던 말과 거석 고인돌에 새겨 있던 말들이요」

「그래요. 그 예언이 언제부터 있었는지는 알 수 없습니다. 벌써 몇 세기 전부터 그 예언이 사렉의 역사와 모든 생명을 지배해 왔어요. 사람들은 언젠가 때가 되면 12개월 동안 서른 명의 희생자가 생길 거라고 믿어 왔지요. 사렉 섬 주위에 서른 개의 관이라 불리는 서른 개의 암초 때문에 사람들이 잔인한 죽음을 당하고, 그 서른 명 중 여자 네 명은 십자가에 못 박혀 죽게 될 거라고요. 이런 이야기가 만들어져 아버지에서 아들로 전해 내려왔죠. 사람들은 아무 의심 없이 이 전설을 믿었어요. 이 전설을 시로 지어 거석 고인돌에 새겨 놓기도 했고요.

서른 개의 관에 서른 명의 희생자
그리고
십자가에 매달린 네 명의 여자

라는 글귀가 있지요」

「하지만 어쨌든 이제까지는 아주 평화롭게 살아 왔잖아요. 어째서 올해에 갑자기 사람들의 공포가 폭발한 거죠?」

「그건 마그녹 때문이라고 할 수 있습니다. 마그녹은 정말 이상하고 수수께끼 같은 사람이었어요. 미법사이자 집골사, 치료사이자 약장수이기도 했고 별자리나 유용한 식물도 잘 알고 있었죠. 알고 싶어하는 사람에겐 먼 과거의 일이나 미래의 일을 얘기해 주기도 했어요. 그런데 마그녹이 얼마 전 1917년이 운명의 해가 될 거라고 예언한 거요」

「어째서요?」

「직감이겠죠. 예감이나 점술을 통해서, 아니면 잠재의식 따위…… 그건 편할 대로 생각하세요. 마그녹은 정말 오래된 마법을 사용하기도 했어요. 새가 되기도 하고, 거위 뱃속에 들어가기도 했으니까. 하지만 그의 예언은 무언가에 근거를 두고 좀 더 신중하게 나온 거라 하더군요. 마그녹의 말로는 어릴 때 마을 노인들에게서 들은 이야기가 있었다고 해요. 지난 세기 초만 해도 거석 고인돌에 쓰인 글 마지막 줄이 아직 지워지지 않았다고 했지요. 그 〈십자가에 매달린 네 명의 여자〉라고 쓰인 부분 옆에 이런 말이 있었다는군요.

　　사렉 섬에서, 14, 그리고 3년에는

〈14, 그리고 3년〉이란 결국 17년을 말하는 거였어요. 그 당시에 마그녹과 그의 친구들이 이 얘길 듣고 더 더욱 놀랄 수밖에 없었던 건 숫자를 둘로 나누어 표기한 거였다는군요. 1914년은 정확히 전쟁이 발발한 때였고요. 그때부터 마그녹은 점점 더 이 전설을 중요하게 생각했고, 자기 예언에도 확신을 가지게 되었지요. 그런 만큼 더욱 불안해하기도 했고요. 게다가 자기가 죽으면 그게 바로 재앙의 시작을 알리는 거라고 말했어요. 그 다음으로는 데르주몽 씨가 죽을 거라고 했죠. 그리고 1917년이 되면 사렉 섬은 그야말로 공포의 도가니가 될 거라고 말했어요. 재앙이 다가오고 있는 거라고」

「하지만……. 하지만. 모든 게 다 앞뒤가 안 맞는 말을 억지로
꿰어 맞춘 것 같아요」

「앞뒤가 안 맞는 말이라고요? 사실 그렇죠. 하지만 마그녹이
고인돌에 지워져 있는 예언의 일부를 알아내자 마침내 그 전설은
정말로 특별한 의미를 갖게 되었답니다」

「결국 알아냈다고요?」

「그래요. 옛 수도원 터 아래, 돌이 쌓여 형성된 일종의 피난처
같은 방이 하나 있죠. 그 안에는 오래되어 거의 망가지고 부식될
정도로 매우 낡은 미사 경본이 하나 있었답니다. 몇 쪽만은 상태
가 꽤 좋았어요. 그중 한 장은 당신도 보았을 겁니다. 원본이든
복사본이든 그 버려진 오두막집에서 말입니다」

「아버지가 만드신 복사본이요?」

「그래요, 당신 아버지가 만드셨어요. 다락방 작업 상자에 들어
있는 다른 것들도 모두 아버님이 만드신 거랍니다. 데르주몽 씨
는 그림 그리는 걸 좋아하셨지요. 특히 수채화 그리는 것을 즐기
셨답니다. 그래서 색칠된 쪽은 모두 그대로 베꼈지요. 그러나 거
석 고인돌에 새겨진 시로 된 예언은 그림은 베끼지 않고 글씨만
베꼈답니다」

「그럼, 그림에서 십자가에 달린 여자가 제 얼굴과 닮은 건 무
엇 때문이죠?」

「난 원본은 한번도 본 적이 없습니다. 마그녹은 데르주몽 씨에
게만 그림을 보여 줬고, 그림도 방 안 깊숙이 보관하고 있어
서……. 하지만 데르주몽 씨는 실제로 덩신과 닮은 부분이 있다
고 말하더군요. 어쨌든, 자신의 잘못으로 고통을 겪었을 딸의 모
습을 떠올리며 점점 더 당신과 닮은 얼굴로 고쳐 나갔다고 말했

어요」

「그리고 아버진…… 예전에 볼스키에게 내려졌던 예언을 떠올리며 그림을 그렸을지도 몰라요. 〈너는 친구의 손에 죽을 것이며, 네 아내는 십자가에 못 박혀 죽을 것이다.〉 그렇지 않아요? 아버지는 이상하게 일치하는 두 예언에 강한 인상을 받으셨을 테고, 그래서 그 젊은 여자의 머리 위에 제 이니셜을 새겨 넣은 걸 거예요. 〈V. d'H.〉」

베로니크가 중얼거리듯 말했다.

그녀가 다시 낮은 목소리로 덧붙여 말했다.

「그리고 그 예언대로 사건이 일어났어요」

이들은 입을 다물었다. 베로니크와 스테판은 수세기 전부터 미사 경본과 고인돌에 새겨진 예언에 대해 생각할 수밖에 없었다. 운명의 힘으로 사렉에 있는 서른 개의 관에 스물일곱 명의 희생자를 채운 게 사실이라면, 이 준비된 학살의 숫자를 채우기 위해서는 마지막 세 명이 남았다. 이곳에 갇혀 제사장들에게 포위되어 있는 베로니크, 스테판, 프랑수아, 이 마지막 세 명만이 남은 것이다. 그리고 큰 떡갈나무 숲의 언덕 위에 세 개의 십자가가 아직도 꼿꼿이 서 있다면, 이제 곧 네 번째 십자가가 세워질 것이 분명했다.

「프랑수아가 좀 늦는군요」

잠시 후 베로니크가 말했다.

그녀는 절벽을 향해 다가가 보았다. 사다리는 여전히 그 위치에 있어 있는 힘을 다해 팔을 뻗어도 손에 닿지 않았다.

이번에는 스테판이 말했다.

「다른 사람들이 내 방문을 두드릴 겁니다. 여태 아무도 오지 않은 게 오히려 놀랍군요」

그들은 시시각각 밀려드는 불안감에도 애써 담담한 척했다. 베로니크가 먼저 말을 돌렸다.

「그리고 그 보물은요? 성석 말이에요」

「수수께끼는 아직도 풀리지 않았어요. 그 이야긴 단지 그 예언의 마지막 줄에 근거해서 나온 것일 뿐이지요.

삶과 죽음을 관장하는 성석

성석이란 게 뭐냐고요? 전통적으로 전해 내려온 이야기에 따르면, 그건 〈기적의 돌〉이라고 하지요. 데르주몽 씨는, 성석에 관한 전설은 아주 먼 옛날부터 전해 온 이야기라고 하셨습니다. 그러니까 사렉 주민들은 언제나 기적을 행할 수 있는 돌이 있다고 믿어 왔다는 겁니다. 중세에는 허약하거나 기형인 아이를 데려와 몇 날 며칠 동안 그 돌 위에 올려놓았더니, 아이의 몸이 바로 서고 튼튼하게 되었다는 이야기도 있어요. 마찬가지로 불임인 여자나 노인, 부상자, 여러 가지 기형을 갖고 있는 사람들이 찾아와서 치료를 받았다고도 하더군요. 그러나 세월이 흐르면서 순례지에 많은 변화가 있다 보니, 돌이 다른 곳으로 옮겨졌다거나 아예 사라졌다고 말하는 사람들도 있었습니다. 그리고 18세기에는 축복을 받은 거석 고인돌 위에 가끔 선병을 앓는 아이를 데려와 놓아 두었다는 이야기가 있지요」

「하지만…… 그 돌은 악을 행하기도 하잖아요. 삶과 죽음을 관장한다고 했으니까요」

「그렇습니다. 돌을 관리하거나 숭배하는 사람 모르게 돌을 건

드릴 경우, 그렇게 된다고 하더군요. 여전히 수수께끼 같은 돌이지요. 성석은 광채를 내는 경이로운 보석이지만, 그걸 만지는 자를 불태우고 지옥의 형벌을 당하게 한다니 말입니다」

「그래서 마그녹에게도 그런 일이 일어난 거로군요」

「그렇습니다. 바로 그때부터 현재 벌어지고 있는 사건이 시작된 거예요. 지금까지 우리는 줄곧 운명적인 과거, 두 전설과 성석의 예언에 대해서만 생각했죠. 그런데 마그녹이 그런 모험을 함으로써 현재로 통하는 문을 열어 놓은 거예요. 하지만 과거와 마찬가지로 암흑에 쌓여 아무것도 볼 수가 없었습니다. 마그녹에게 무슨 일이 일어났냐고요? 우린 거의 아는 게 없어요. 그는 거의 일주일 동안 혼자 지냈어요. 어둠 속에서, 일도 하지 않고 말이죠. 그런데 어느 날 아침 불쑥 데르주몽 씨 사무실에 소리를 치며 나타난 거요. 〈내가 그걸 만졌어! 난 죽을 거야! 내가 만졌어! 내 손으로 만졌다고. 성석은 날 불로 태우려고 했지만, 난 그대로 있었어. 아! 내 뼈를 갉아먹으려고 했어. 이건 지옥이야! 지옥!〉 그러고는 자기 손바닥을 보여줬는데, 마치 악성 종양에 걸린 것처럼 모두 타 버렸더군요. 우린 마그녹을 치료해 주려고 했지요. 하지만 그는 완전히 미친 것 같더군요. 그러고는 이렇게 말했어요. 〈첫 번째 희생자는 바로 내가 될 거야. 불이 내 심장까지 올라오려고 했어. 내가 죽고 나면, 또 다음 사람이 희생될 거야.〉 그날 저녁, 그는 도끼로 단번에 손목을 잘라 버렸어요. 그렇게 사렉 섬 전체에 공포의 씨앗을 뿌려 놓고는 일주일 후에 떠나 버렸죠」

「어디로 떠났죠?」

「파우에에 있는 성당으로 순례를 떠난다고 했어요. 당신이 마

174

그녹의 시체를 발견한 장소 부근에 있죠」

「누가 자길 죽일 거라고 하던가요?」

「아마도 길을 따라 당신 서명을 표시해 놓은 사람 중 하나겠
죠. 지하 동굴에 숨어 사는 사람 중 하나……. 내가 모르는 일을
계속 벌이고 있는 그들 중 하나요」

「그러니까 당신과 프랑수아를 공격한 사람들을 말하는 건가
요?」

「그래요. 그런 다음 우리 옷을 훔쳐 입고 프랑수아나 나처럼
행세한 거죠」

「무슨 목적으로 그런 걸까요?」

「수도원에 더 쉽게 들어가려고 했겠죠. 그리고 수도원에 들어가
는 데 실패하더라도 사람들의 의심을 받지 않을 수 있으니까요」

「그런데 여기에 갇혀 있으면서 한번도 그들을 보지 못했나요?」

「보지 못했어요. 단지 한 여자만 어렴풋이 봤을 뿐이에요. 그
여자는 밤에 먹을 것과 마실 것을 가져와서 손에 묶인 결박을 풀
어주고, 다리에 묶인 끈도 느슨하게 해 주죠. 그리곤 두 시간 후
에 다시 온답니다」

「그 여자가 말을 한 적이 있나요?」

「딱 한 번 했어요. 첫날밤에 아주 낮은 목소리로 말하더군요.
도움을 요청하거나, 소리를 지르거나, 달아나려고 하면 프랑수아
가 대신 벌을 받을 거라고요」

「공격을 당하기 전에는 아무것도 느끼지 못했나요?」

「프랑수아도 그렇고 나도 진혀 몰랐습니다」

「이런 일이 일어날 거라고 전혀 예상하지 못했나요?」

「전혀요. 그날 아침 데르주몽 씨는 편지 두 통을 받았어요. 그

는 이 전설에 대해 조사를 계속하고 있었는데, 그에 관련된 편지였어요. 하나는 브르타뉴의 나이 든 귀족이 보낸 편지였죠. 데르주몽 씨는 왕족들과 절친한 관계였거든요. 그 편지에는 이상한 자료가 동봉되어 있었는데, 그 사람의 증조할아버지가 가지고 계시던 거라고 하더군요. 예전에 반혁명파인 올빼미당이 사렉 섬을 점령했던 시절의 지하 동굴 지도였어요. 그 지도는 전설에서 말하는 드루이드의 거주지와 아주 똑같았죠. 동굴 입구는 검은 벌판 위에 있었고, 복층으로 이루어진 데다 맨끝에는 형벌의 방이 있더군요. 프랑수아와 저는 그곳을 탐험해 보기로 했어요. 그런데 돌아오는 길에 공격을 당한 거지요」

「그럼, 아무것도 발견하지 못한 거예요?」

「아무것도」

「하지만 프랑수아는 우릴 구해 줄 누군가가 있다고 말하던데요? 도움을 주기로 약속했던……」

「오! 역시 아이다운 생각이군요. 아마 그날 아침 데르주몽 씨가 받은 두 통의 편지 중 하나 때문에 그렇게 생각했을 거예요」

「그건 무슨 내용이었는데요?」

그러나 스테판은 그녀의 질문에 대답하는 대신 문 쪽으로 가까이 다가갔다. 뭔가 이상한 낌새를 느낀 것 같았다. 그는 구멍에 눈을 대고 바깥을 살펴봤다. 반대편 복도에는 아직 아무것도 보이지 않았다.

「아! 어서 누군가가 우릴 구해 줬으면……. 서둘러야 하는데……. 1분 1초가 급해요. 그들이 곧 올 거예요」

「그러니까 정말로 도움을 줄 수 있는 누군가가 있단 말인가요?」

「오……. 그 이야기에 비중을 둘 필요는 없어요. 정말 이상한 이야기니까 말입니다. 사렉 섬 주위에 잠수함 기지가 숨겨져 있을지도 모른다고 생각한 장교나 담당 위원들이 섬을 살펴보러 여러 번 왔습니다. 지난번에는 파리에서 특별 위원으로 파트리스 벨발 대위가 왔죠. 그 사람은 전쟁 때 부상당해 다리 한쪽을 자른 사람인데, 이내 데르주몽 씨와 친해져서 사렉의 전설을 듣게 된 거랍니다. 그리고 우리가 느끼기 시작한 이상한 징조에 대해서도요. 그날은 마그녹이 떠난 다음날이었지요. 벨발 대위도 관심을 갖고 파리에 있는 자기 친구에게 이 이야기를 전하겠다고 했죠. 그 친구는 스페인 사람인지 포르투갈 사람인지 알 수 없지만 이름이 〈돈 루이스 페레나〉라더군요. 아주 어려운 사건도 척척 풀 수 있는 능력을 가졌다더군요. 어떤 어려운 일도 대담하게 달려들어 잘 해결하고……. 벨발 대위가 섬을 떠나고 며칠 후, 데르주몽 씨는 돈 루이스 페레나로부터 좀 전에 말했던 그 편지를 받았어요. 하지만 불행히도 우리한테는 앞부분밖에 읽어 주지 않으셨지요」

선생님, 저는 마그녹 씨 사건이 매우 중요한 일이라고 생각합니다. 새로운 사건이 터지면 아주 사사로운 일까지 모두 파트리스 벨발에게 전보를 쳐서 알려 주십시오. 제 생각으로는 여러분이 낭떠러지 끝에 서 있는 것 같습니다. 여러분께서 아무 걱정도 하지 않고 방심한 채 계신다면, 깊은 낭떠러지 아래로 굴러 떨어질 것입니다. 제가 제때에 사건을 접한 것이라면 좋겠군요. 이 순간부터 저는 어떤 일이 일어나더라도 여러분을 도울 겁니다. 설사 여러분 모두가 죽음의 위험에 처해 모두가 사라진다 해도 말입니다.

성석과 관련된 이야기를 들었을 때, 처음에는 어린아이들의 생각처럼 느껴졌습니다. 하지만 선생님께서 벨발에게 준 여러 자료를 보고는 정말로 놀라움을 금치 못했습니다. 우선 잠시 동안은 성석 문제는 설명이 불가능한 일이라고 생각하는 게 좋을 것 같습니다. 자, 여기 수세기를 이어오면서 복잡하게 얽힌 성석에 관한 이야기를 몇 마디 적어 봅니다.

「그래서요?」

베로니크가 무척 궁금하다는 듯 말했다.

「아까 말한 대로, 데르주몽 씨는 편지 뒷부분을 읽어 주지 않으셨어요. 다만 우리 앞에서 편지를 읽으시며 놀란 표정으로 중얼거리시더군요. 〈이런 일이! 그래, 맞아. 바로 그거야. 이런 기적이 있나!〉 그리고 우리가 물어보자 이렇게 대답하셨어요. 〈오늘밤 검은 벌판에서 돌아오면 그때 나머지 이야기를 해 주마. 하지만 이자는 정말로 특별한 사람이란 것만 알아라. 이 사람은 다른 말 없이, 그러니까 이 사람이 다른 어떤 방법이나 정보를 직접적으로 가르쳐 준 것은 아니지만, 성석의 비밀과 정확한 장소를 알 수 있게 해 주었어. 조금도 망설여선 안 돼.〉라고요」

「그래서 그날 저녁에 어떻게 됐죠?」

「바로 그날 저녁, 프랑수아와 나는 납치되었고, 데르주몽 씨는 살해당한 거죠」

베로니크는 생각에 잠겼다.

「누군가가 그 중요한 편지를 훔치려고 했을 수도 있겠네요? 전 아무리 생각해도 우리 모두를 해치면서 이렇게 큰일을 저지를 만한 이유는 그 성석밖에 없을 것 같아요. 성석을 훔치려고 했던 거겠죠」

「나도 그렇게 생각합니다. 하지만 데르주몽 씨는 돈 루이스 페레나 씨가 보낸 편지를 우리가 보는 앞에서 찢어 버렸습니다」

「그래서 결국, 돈 루이스 페레나 씨는 사건을 미리 보고받지 못했겠군요」

「그렇소」

「하지만 프랑수아는……」

「프랑수아는 할아버지가 돌아가신 사실을 모르고 있지요. 그래서 데르주몽 씨가 프랑수아랑 내가 없어진 걸 확인하고 돈 루이스 페레나에게 알렸을 거라고 생각하는 겁니다. 그렇게 되었다면 그가 도움을 주러 올 테고, 프랑수아가 그를 기다릴 만한 이유가 충분히 있는 거지요」

「근거가 있는 얘긴가요?」

「아뇨, 프랑수아는 아직 어린아이잖아요. 상상력을 키워 주는 모험 소설을 너무 많이 읽은 탓도 있을 거예요. 벨발 대위는 프랑수아에게 자기 친구 페레나에 대해 지나치게 과장해서 이야기했습니다. 정말 특별한 사람이라도 되는 것처럼 말이에요. 그래서 프랑수아는 돈 루이스 페레나가 아르센 뤼팽이라고 생각하게 된 겁니다. 그 애는 아무런 의심 없이 위험한 상황에 부딪히거나 우리가 그를 필요로 할 땐 언제든지 기적처럼 그가 나타날 거라고 믿었던 거죠」

베로니크는 웃음을 참을 수 없었다.

「사실, 어린아이이긴 하죠. 하지만 때로는 이런아이의 직감도 무시하면 안 된다고요. 어쨌든 프랑수아는 그 이야기 때문에 용기와 희망을 가지고 있잖아요. 그 나이 또래의 아이들이 그런 희망도 갖고 있지 않다면 어떻게 이런 난관을 이겨나가겠어요?」

말은 그렇게 했지만 그녀도 점차 불안해졌다. 그래서 아주 작은 목소리로 중얼거렸다.

「그가 어디서 나타나든 제때에만 오면 좋겠네요. 내 아들 프랑수아가 이 잔인한 놈들에게 희생되지 않도록……」

두 사람 사이에 긴 침묵이 흘렀다. 보이지 않는 적의 존재가 두 사람을 짓누르고 있었다. 적은 도처에 있었다. 그들은 섬과 지하 동굴, 그리고 평야와 숲을 지배했다. 또한 바다와 암초, 그리고 고인돌을 관장했다. 그렇게 해서 그들은 끔찍한 과거를 현재로 이어지게 만들었다. 그들은 예전의 의식에 따라 제사를 지내고, 수천 년 전부터 예고된 살인을 저지르고 있는 것이다.

베로니크가 절망이 가득한 목소리로 말했다.

「하지만, 왜? 무슨 목적으로 그러는 거죠? 이 모든 일들이 도대체 무슨 의미가 있는 거죠? 현재와 과거를 이어서 어떻게 하겠다는 거예요? 이토록 야만적인 방법으로 의식을 행하는 것을 도대체 어떻게 설명해야 한단 말인가요?」

그녀의 머릿속에는 스테판과 주고받은 말들, 아직 해결되지 않은 문제, 집착에 가까운 생각들이 끊임없이 떠올랐다. 다시 침묵이 흐른 후 그녀가 입을 열었다.

「아! 프랑수아가 여기 함께 있다면……. 우리 셋이서 함께 싸운다면……. 도대체 프랑수아에게 무슨 일이 일어난 거지? 방 안에서 왜 이렇게 나오지 못하고 있는 걸까? 갑자기 무슨 일이 생긴 걸까요?」

이번에는 스테판이 그녀를 안심시키려고 노력했다.

「무슨 일이라뇨? 왜 그런 생각을 해요? 아무 일도 없을 거예요. 단지 시간이 좀 걸리는 것뿐이에요」

「그래, 맞아요. 당신이 옳아요. 작업이 오래 걸리는 것뿐이야. 힘든 일이니까. 아! 분명 프랑수아는 용기를 잃지 않았을 거야! 성격도 좋고, 얼마나 믿음직스러운 아이인지…… 〈엄마와 아들이 만났으니 이제 다시는 헤어질 수 없어요. 그들이 우릴 고문할 수 있을진 몰라도 우릴 떨어뜨려 놓을 순 없어요. 결국엔 우리가 승리자가 될 거예요.〉라고 말하던 아이. 정말 그렇지 않아요? 스테판, 난 내 아들을 잃기 위해서 다시 찾은 게 아니란 말이에요. 아냐, 아냐, 그건 너무 부당해. 절대로 용납할 수 없……」

베로니크는 갑자기 말을 멈추고 귀를 기울였다. 스테판은 놀라서 그녀를 바라보았다.

「뭐가 있어요?」

「소리가……」

그녀처럼 스테판도 귀를 기울였다.

「그래, 그래, 결국……」

「프랑수아가 우리 소리를 들었는지도 몰라요. 아마 저 위에서……」

그녀는 일어서려고 했다. 그런데 스테판이 그녀를 붙잡았다.

「아니에요. 복도에서 나는 발자국 소리예요」

「그럼? 그럼……」

이들은 어찌할 바를 몰라 서로를 바라보고만 있었다. 소리가 점점 크게 들렸다. 몰래 걸어오지 않고, 발소리를 크게 내는 걸 보니 적은 아직 의심을 품지 않은 것 같았다.

스테판은 천천히 말했다.

「우리가 서 있는 걸 보면 안 돼요. 난 다시 원래 있던 자리로

가 있을게요. 끈을 다시 묶어 줘요, 헐렁하게……」

이들은 그 자리에 그냥 얼어붙어 있었다. 어쩌면 적이 베로니크를 눈치 채지 못하고 그냥 돌아갈 거라는 허황된 믿음이라도 가진 사람들 같았다.

갑자기 마비 상태에서 깨어난 듯 베로니크가 단호하게 말했다.

「서둘러요. 여기 누우세요」

그는 베로니크가 시키는 대로 따랐다. 순식간에 그녀는 끈을 찾아 그의 손과 발에 둘둘 감았다. 하지만 매듭을 매진 않고 헐렁하게 걸쳐 놓을 뿐이었다.

「바위 쪽으로 돌아누워요. 손이 안 보이도록 해요. 안 그러면 다 들통 날 거예요」

「당신은?」

「걱정 말아요」

그녀는 문에 바싹 붙어 옆으로 길게 누웠다. 감시창에는 쇠막대가 가로놓여 있어, 밖에서는 그녀를 볼 수 없었다.

드디어 적이 걸음을 멈췄다. 문은 매우 두꺼웠지만, 베로니크는 치마 끌리는 소리를 가까이에서 들을 수 있었다. 그리고 위의 감시창으로 누군가가 안을 들여다보는 것을 느꼈다. 온몸이 오싹한 순간이었다. 조금이라도 실수를 하면 다 들켜 버릴 것 같았다.

〈아! 어째서 계속 지켜보고 있는 거지? 내가 있다는 걸 알아차린 걸까? 혹시 내 옷이…….〉

그녀는 적의 태도에 두려움을 느꼈다. 아무래도 스테판의 태도가 평소 같지 않고 끈도 예전과는 다른 모양으로 묶여 있어, 적이 뭔가 낌새를 챈 것 같았다.

갑자기 바깥에서 움직이는 소리가 들렸다. 그러더니 밖에 있는 누군가가 가볍게 두 번 휘파람을 불었다. 곧 복도 끝 쪽에서 다른 발자국 소리가 들렸다. 발소리는 적막을 깨고 점점 크게 울려 퍼져, 첫 번째 사람과 마찬가지로 문 뒤에서 멈췄다. 두 사람이 무슨 말을 주고받았다. 뭔가를 의논하는 것 같았다.

베로니크는 조심스럽게 주머니에 손을 넣었다. 그러고는 권총을 꺼내 방아쇠 위에 검지를 올려놓았다. 누구라도 안으로 들어오면 주저 없이 방아쇠를 당길 심산이었다. 조금만 망설여도 프랑수아가 위험에 처할 수도 있기 때문이었다.

# 죽음의 방

베로니크는 앞으로 일어날 일을 머릿속에 그려보았다. 문이 열리고 적들이 그녀를 발견하면, 바로 총으로······. 그녀는 문짝을 주의 깊게 살펴보고 있었다. 그런데 갑자기 아래쪽에 커다랗고 묵직한 빗장이 보이는 것이 아닌가? 순간 그녀는 저 빗장을 걸어야겠다는 생각이 들었다. 그녀는 그것이 과연 옳은 판단인지 따져 볼 만큼 마음이 여유롭지 않았다. 곧이어 열쇠가 짤랑거리는 소리가 들렸다. 연이어 열쇠를 자물쇠 구멍에 밀어 넣는 소리도 들렸다. 곧 닥쳐올 일이 베로니크의 머릿속에 그려졌다.

〈적이 마침내 들이닥치면 나는 이들의 움직임에 당황하여 제대로 조준도 못할 것이다. 그러면 적들은 다시 밖에서 문을 잠그고, 서둘러 프랑수아의 방으로 달려갈지도 모른다.〉

이런 생각이 뇌리를 스치자 그녀는 거의 본능적으로 움직였다. 그녀는 서둘러 문 아래쪽에 있는 빗장을 채우고 몸을 반쯤 일으

184

켜 감시창의 덮개도 닫아 버렸다. 자물쇠가 열리는 소리가 났다. 그러나 적들은 들어올 수도, 안을 들여다 볼 수도 없는 상황이 되었다.

베로니크는 곧 자신의 행동이 무모했다는 사실을 깨달았다. 결국 적을 공격할 수도, 방에서 빠져 나갈 수도 없게 되어 버린 것이다. 스테판은 그녀가 있는 곳으로 와서 말했다.

「세상에, 도대체 무슨 일을 한 건가요? 그들은 내가 움직이지 않고 있는 것을 확인했는데, 이제 내가 혼자 있는 게 아니란 사실을 알았을 거예요」

「그게 말이죠……」

그녀가 변명하려는 듯 말했다.

「그들은 이제 문을 부수려고 할 거예요. 그 사이에 그럼 우린 필요한 시간을 벌 수 있어요」

「뭐에 필요한 시간 말인가요?」

「탈출이요」

「어떻게?」

「프랑수아가 우릴 부를 거예요. 프랑수아!」

그녀는 계속 프랑수아를 불렀다. 적들의 걸음 소리가 복도 끝을 향해 빠르게 멀어져 갔다. 분명했다. 스테판이 도망칠 수 없을 거라고 확신한 적들은 이제 위층으로 올라가고 있었다. 적들은 두 죄수가 서로 짜고 이런 일을 벌였다고 생각할지도 모른다. 어쩌면 스테판의 방에서 문에 빗장을 채운 게 프랑수아라고 생각할지도 모른다. 베로니크는 그저 프랑수아가 나타나 도외줄 기라는 생각만으로 상황을 더욱 더 악화시켜 버린 것이다. 그녀는 망연자실하여 말했다.

「도대체 내가 왜 여기로 내려온 거지? 그냥 계속 기다렸더라면 좋았을 것을. 우리 둘이서 당신을 안전하게 구출해 낼 수 있었을 텐데……」

머릿속이 온통 뒤죽박죽이었다. 스테판이 자기를 사랑하고 있었다는 사실을 알게 되었기 때문에 그렇게 서둘러 이 사람을 구하러 온 것은 아닌지, 아니면 단순한 호기심에 이런 모험에 몸을 던진 것인지, 그녀는 자신의 행동을 이해할 수 없었다. 하지만 지금은 이런 생각에 빠져 있을 때가 아니었다. 그녀는 끔찍한 생각들을 떨쳐 버리고 단호하게 말했다.

「아냐, 왔어야 했어. 우릴 위험에 처하게 만든 건 운명의 힘이니까」

「그렇게 비관적으로 생각하지 말아요. 모든 일이 다 잘 풀릴 거예요」

「너무 늦었어요」

그녀가 고개를 가로저으며 말했다.

「왜요? 프랑수아가 방에서 탈출하지 못했다는 증거도 없잖아요. 조금 전에는 탈출했을 거라고 말해 놓고선……」

베로니크는 아무 대꾸도 않았다. 그녀의 얼굴에서 핏기가 사라졌다. 그동안 많은 시련을 겪으면서, 그녀는 이제 자신을 위협하는 악의 존재를 실감할 수 있게 되었다. 악은 도처에 퍼져 있었다. 고난 길이 다시 시작되었고, 여태까지 겪은 것보다 훨씬 더 끔찍한 고통이 다가온다는 것을 그녀는 느낄 수 있었다.

「죽음이 우릴 둘러싸고 있어요」

그는 웃음을 지으려 애썼다.

「당신은 사렉 주민들처럼 말하는군요. 그들과 같은 두려움을 느끼고 있고……」

「사렉 주민들의 두려움……. 그게 옳았어요. 그리고 당신도 이 모든 일을 당하면서 두려움을 느끼고 있잖아요」

그녀는 문 쪽으로 다가가 빗장을 벗기고 문을 열려고 했다. 그러나 문은 꼼짝도 안 했다. 밖에 있던 이들이 이 육중한 문짝 뒤에 철판을 대 놓은 것 같았다.

스테판이 그녀의 팔을 잡았다.

「잠깐 들어 봐요」

「아, 들려요. 저 위에서 무언가를 치는 소리예요. 우리 위에서……. 프랑수아의 방에서……」

「아니, 아니에요. 들어 봐요」

긴 침묵이 흐른 뒤 절벽을 내려치는 소리가 들려왔다. 아래쪽에서 나는 소리였다.

「내가 오늘 아침에 들었던 것과 똑같은 소리예요. 내가 당신에게 말했던 그 작업을 하고 있는 거예요. 아! 이제 알겠어요」

스테판이 두려워하며 말했다.

「뭘요? 무슨 말을 하는 거예요?」

내려치는 소리는 규칙적으로 계속해서 들려왔다. 어느덧 소리가 멈추고 사방이 고요해졌다. 그런데 갑자기 날카롭게 삐걱거리는 소리와 무언가가 부딪치는 소리가 들렸다. 톱니바퀴가 돌아가는 소리 같았다. 바닷가에서 배를 들어올리기 위해 사용하는 기중기 소리 같기도 했다.

베로니크는 더욱 두려워졌다. 그녀는 스테판의 눈을 보며, 그가 예상하고 있는 것이 무엇인지 알아내려 애썼다. 그리고 계속 그 이상한 소리에 귀를 기울였다. 스테판도 그녀를 보았다. 그는

사랑하는 이 여인을 다시는 볼 수 없다는 듯이 물끄러미 그녀를
바라보았다.

갑자기 진동이 느껴졌다. 스테판은 비틀거렸다. 베로니크도 한
손으로 벽을 잡고 기대섰다. 동굴과 절벽 전체가 흔들리는 것 같
았다.

「아……. 지금 내 몸이 이렇게 흔들리고 있는 건가요? 두려움
때문에 이렇게 머리에서 발끝까지 흔들리고 있는 거예요?」

그녀는 스테판의 두 손을 세게 부여잡고 물었다.

「대답해 봐요. 알고 싶어요」

그는 대답하지 않았다. 촉촉이 젖은 그의 두 눈에서 두려움이
라고는 전혀 찾아볼 수가 없었다. 단지 끓어오르는 사랑과 끝없
는 절망감이 있을 뿐이었다. 그는 베로니크에 대해서만 생각했
다. 게다가 그는 지금 일어나고 있는 일을 그녀에게 설명할 수도
없었다. 시간이 지나면 그녀도 저절로 알게 될 것이었다. 이 기괴
한 현실, 일상적인 사건과는 전혀 상관없는, 상상할 수 있는 가
장 끔찍한 악을 뛰어넘는 현실, 베로니크도 이 기괴한 현실을 감
지하면서 여전히 인정하길 거부하고 있지 않은가.

이건 덫이었다. 하지만 이 덫은 보통 덫과는 달랐다. 반대 방
향으로 작동하는 덫이었다. 중앙에 있는 네모나고 커다란 바닥이
절벽을 축으로 하여 서서히 위로 세워지고 있었다. 움직임은 간
신히 감지할 수 있을 정도였다. 마치 거대한 뚜껑이 열리는 것 같
았다. 바닥의 한쪽 끝이 들려 동굴 안쪽을 향해 올라오고 있었
던 것이다. 아직은 많이 기울어지지 않아 몸의 중심을 잡을 수 있
었다.

얼마 지나지 않아, 베로니크는 점점 더 올라오는 바닥과 날카

로운 화강암 사이에 자신과 스테판을 압사시켜 죽이려는 적의 의도를 알아차렸다. 하지만 곧 그녀는 이 끔찍한 기계가 도개교처럼 올라와 이들을 가두어, 결국 절벽 아래로 뛰어내리게 만들 수도 있겠다는 생각이 들었다. 그녀는 적들이 의도한 대로 무참하게 짓이겨져 죽을 것이다. 이 운명의 죽음은 피할 수가 없을 것같았다. 적들의 속셈이 무엇이든 간에, 그들이 이토록 집착하는 이유가 무엇이든 간에, 이제 곧 도개교처럼 똑바로 올라오는 저 바닥과 가파른 절벽 사이에 끼어 이들은 돌의 일부가 될 것이다.

「끔찍해요. 너무 끔찍해요」

그녀가 중얼거렸다.

이들은 서로의 손을 꼭 쥐었다. 스테판은 조용히 눈물을 흘렸다.

그녀는 몸을 떨었다.

「아무것도 할 수 없는 거죠?」

「아무것도……」

「하지만 이 네모난 바닥에 있지 말고 벽 가까이에 붙으면……」

「공간이 너무 좁아요. 그리고 다른 쪽으로 도망치려고 하면 우리 몸은 으깨져서 죽을 겁니다. 모든 경우가 다 계산되어 있답니다. 나도 많이 생각해 봤어요」

「그래서요?」

「기다려야 해요」

「누굴요? 누굴 말이죠?」

「프랑수아」

「오! 프랑수아. 프랑수아도 이런 형벌을 당하고 있을 기예요. 아니면 우릴 찾으려다가 다른 함정에 빠졌는지도 몰라요. 어쨌든, 이제 다시는 프랑수아를 볼 수 없을 거예요. 아무것도 모른

채……. 죽기 전에 엄마 얼굴도 보지 못하고……」

그녀는 거의 흐느끼다시피 하며 말했다.

그녀는 스테판의 손을 꼭 잡고 말했다.

「스테판, 만약 우리 중 한 명이 살아남으면…… 그게 당신이 되길 바라지만요」

스테판이 확신에 차서 말했다.

「당신이 살아남을 겁니다. 적들이 나에게 가할 형벌을 당신에게도 적용했다는 게 정말 의아합니다. 아마도 저들은 당신이 여기 있다는 걸 모르고 있는 모양이에요」

「저도 놀라워요. 저한테는 다른 형벌이 예정되어 있었는데……. 하지만 저한테 중요한 건……. 내 아들을 다신 볼 수 없게 되면……. 스테판, 당신이 아이를 맡아 주세요, 그렇게 해 주실 거죠? 전 당신이 프랑수아에게 얼마나 잘해 주었는지 이미 알고 있어요」

돌바닥은 불규칙적인 진동을 퍼뜨리며 계속해서 천천히 올라오고 있었다. 바닥의 기울기가 점점 심해졌다. 이제 몇 분밖에 남지 않은 것 같았다. 이들은 더 이상 자유롭게 대화를 나눌 기분이 아니었다. 잠시 침묵이 흘렀다.

「만일 내가 살아남으면, 죽는 날까지 프랑수아를 돌보겠다고 맹세하겠습니다. 추억을 두고 맹세하겠습니다」

「저에 대한 추억이죠. 당신이 알고 있는 베로니크에 대한 추억, 당신이 사랑했던……」

그녀가 결연하게 말했다.

그는 그녀에 대한 사랑이 가득 담긴 눈으로 그녀를 바라보았다.

「당신도 알고 있었습니까?」

「네. 사실대로 말하죠. 당신 일기를 읽었어요. 그래서 당신의 사랑을 알게 되었죠. 그 사랑을 받아들일게요」

그녀는 슬프게 미소 지었다.

「곁에 없는 사람에게 주었던 당신의 가여운 사랑…… . 이젠 죽음을 앞둔 사람에게 그 사랑을 주셔야겠네요」

「아니오, 아니오. 그렇게 생각하지 말아요. 이제 곧 구원의 손길이 나타날 겁니다. 내겐 느껴져요. 내 사랑은 과거의 일부로만 그치지 않고 미래를 향해 나아갈 겁니다」

그는 그녀의 손에 입을 맞추려 했다.

「키스해 줘요」

그녀가 얼굴을 가까이 대며 말했다.

이들은 화강암 절벽에 발 한쪽을 올려놓은 채, 열정적으로 키스를 나누었다.

「날 잘 잡아 줘요」

베로니크는 올라온 바닥의 가장 윗부분으로 기어 올라갔다. 그러고는 고개를 위로 쳐들면서 몸을 뒤로 최대한 젖히고 거의 질식할 듯한 목소리로 외쳤다.

「프랑수아. 프랑수아」

하지만 위쪽 창문에는 아무도 보이지 않았다. 사다리는 여전히 한쪽 고리로만 걸린 채 흔들리고 있어, 손이 닿지 않았다. 베로니크는 절벽 아래를 보았다. 바다 쪽은 바위가 덜 튀어나와 보였다. 거품과 함께 섞여 화환 모양을 하고 있는 암초와 잠자는 수면 위로 평화로워 보이는, 하지만 너무 깊어 끝을 알 수 없는 바다가 보였다. 날카로운 암초 위보다는 저 바다에 떨어져 죽는 것이 훨씬 더 편안할 것 같았다. 그녀는 문득 마지막 순간이 너무 천천히 다가오고 있다는 생각이 들어 스테판에게 말했다.

「어째서 죽음을 기다리고만 있는 거죠? 이런 고문을 당하는 것보다는 차라리 그냥 죽어 버리는 게 낫겠어요」

「아니, 아닙니다」

스테판은 그냥 죽어 버리자는 베로니크의 생각에 놀라 소리쳤다.

「당신은 살고 싶나요?」

「마지막 1초까지도 살아남고 싶습니다. 당신 때문에……」

「전 더 이상 살고 싶지 않아요」

스테판은 실낱 같은 희망도 갖고 있지 않았지만, 그래도 베로니크의 마음을 안정시켜 최후의 순간까지 고통을 견뎌 낼 수 있는 기운을 북돋워 주고 싶었다.

바닥이 점점 더 높이 올라왔다. 이때 갑자기 진동이 멈췄다. 경사는 이미 심하게 기울어져 있었으며, 바닥은 거의 문 높이의 반만큼 올라와 있었다. 그리고 다시 심한 충격이 느껴지더니, 벽의 작은 창문 덮개가 모두 닫혔다. 이제는 서 있기조차 힘들었다. 이들은 경사진 방향으로 몸을 기대고 화강암에 발을 뻗어 중심을 잡아야 했다.

진동이 두 번 더 일었다. 그때마다 이들의 등에는 바닥에서 올라오는 화강암의 강한 힘이 느껴졌다. 바닥은 이제 거의 벽에 맞닿을 것 같았다. 도개교가 완전히 수직이 되면 동굴 벽면과 바닥 사이에는 조금의 빈틈도 남지 않는다. 그럼 이제 그들의 몸은 이 도개교 사이에 끼어 완전히 찌부러지게 된다. 돌에는 작은 홈도 패여 있지 않았다. 바닥과 벽 사이에서 살아남을 기대는 버려야 했다.

한마디도 입 밖에 낼 수가 없었다. 이들은 체념하여 손을 꼭 부여잡고 그대로 있었다. 이들의 죽음은 운명에 의해 예견된 것이었다. 이 기계는 이미 수세기 전에 만들어졌다. 수백 년 동안, 많은 이들이 이 보이지 않는 형리에게 죽음을 당했다. 범죄자, 또는 무고한 사람들, 그리고 켈트 족, 골 족, 프랑스 인, 그 밖의 외국인들도 마찬가지였다. 전쟁 포로, 신성을 모독한 수도승, 핍박받던 농부, 급진 개혁파, 프랑스 대혁명 당시 병사들, 혁명군, ……. 이들의 목숨도 모두 이 괴물의 손에 의해 하나씩 낭떠러지 위로 던져졌다.

지금 누군가에 의해 다시 다듬어진 이 기계는 새로운 피를 요구하고 있었다. 그리고 이제 이들 차례가 되었다. 이들은 증오나 분노를 퍼부으며, 쓰디쓴 위안을 받을 수도 없었다. 이들은 도대체 누굴 증오해야 할지 몰랐다. 그저 이 잔인한 적의 얼굴조차 모른 채, 짙은 어둠 속으로 사라져 죽는 것이다. 이들이 알지도 못하는 어떤 작업을 수행하는 데, 그저 머릿수를 채워야 한다는 이유로 희생되는 것이다. 말도 안 되는 예언과 어리석은 의지, 야만적인 신의 명령, 비정상적인 사제에 의해 감행된 작업의 희생자가 되는 것이다. 살아 있는 사람을 죽이고 대량 학살을 감행하는 피의 지배자에게 제물로 바쳐진다는 것은 참을 수 없는 일이었다.

스테판과 베로니크는 벽에 바싹 기대섰다. 끝이 다가오기 전까지 아직 몇 분은 남았다. 그동안 스테판은 몇 번씩이나 베로니크를 다시 붙잡았다. 그녀는 공포에 짓눌려 몸을 심하게 떨고 있었다. 그녀는 그냥 떠나버리고 싶어했다.

「제발……. 날 그냥 놔 줘요. 너무 힘들어요」

그녀는 아들을 되찾는 희망을 이제 포기하고 죽음을 택하려 했다. 하지만 프랑수아의 얼굴이 떠오를 때마다 그녀의 마음은 흔들렸다.

「프랑수아는 분명히 붙잡힌 거야. 그 아이를 고문하고 엄마와 마찬가지로 끔찍한 신의 제단에 묶어 놓았겠지」

「아닙니다, 안 돼요. 아이가 올 겁니다. 당신은 탈출할 거예요. 그래야만 합니다. 반드시 탈출하게 될 겁니다」

그녀는 정신 나간 사람처럼 대답했다.

「프랑수아는 우리처럼 갇힌 게 분명해요. 그 아일 횃불로 불태우고, 아이의 몸에 화살을 박을 거예요. 살을 찢고……. 아! 불쌍한 내 아들……」

「곧 올 겁니다. 프랑수아가 당신한테 말했다면서요. 다시 만난 엄마와 아들을 갈라놓을 수 있는 건 그 어떤 것도 없다고요」

「우리가 다시 만나는 건 죽은 다음이겠죠. 죽어야 다시 만날 수 있어. 이제 곧 그렇게 될 거야! 난 그 아이가 고통 받는 걸 원하지 않아요」

더 이상 참을 수가 없었다. 베로니크는 스테판과 잡은 손을 놓고, 옆으로 빠져나가려고 애를 썼다. 하지만 기운 바닥 때문에 그녀는 곧 비명을 지르며 몸의 중심을 잃었다. 이때 그녀의 왼편 시야에 무언가가 어른거렸다가 다시 사라졌다.

「사다리…… 사다리요. 안 그렇소?」

스테판이 말했다.

「맞아요. 프랑수아예요」

베로니크는 기쁨과 희망이 솟아올라 숨 가쁘게 말했다.

「프랑수아가 탈출했어요. 우리를 구하러 온 거예요」

그 순간 바닥은 거의 수직으로 세워져 이들의 어깨를 짓눌렀

다. 이제 동굴의 모습은 거의 남아 있지 않았다. 이들은 절벽 위에 좁게 튀어나온 부분에 매달렸다.

베로니크는 다시 몸을 기울였다. 사다리가 보였다. 사다리의 두 고리는 창틀에 고정되어 더 이상 흔들리지 않았다. 위에 있는 구멍으로 아이의 얼굴이 보였다. 아이는 웃으며 손을 흔들었다.

「엄마, 엄마, 빨리요」

아이는 큰 소리로 다급하게 엄마를 불렀다. 프랑수아는 양손으로 사다리를 붙잡고 있었다. 베로니크는 반가움에 온몸이 떨렸다.

「아! 너로구나, 너. 내 아들……」

「엄마, 서둘러요. 내가 사다리를 붙잡고 있을게요. 어서요. 전혀 위험하지 않아요」

「그래 갈게, 내 아들……. 엄마가 갈게」

그녀는 팔을 뻗어 사다리를 붙잡았다. 그리고 스테판의 도움으로 쉽게 발을 올렸다.

「당신은요? 스테판, 바로 내 뒤를 따라올 거죠?」

「물론이오. 당신 먼저 어서 올라가요」

「그럼, 먼저 약속해요」

「맹세하겠소. 그러니 서둘러요, 어서」

그녀는 네 단을 올라선 다음 다시 멈춰 서서 말했다.

「스테판, 어서 와요!」

그는 왼손을 도개교와 바위 사이의 좁은 틈에 넣은 채, 절벽에서 떨어지지 않기 위해 버티고 있었다. 그는 곧 몸을 돌려 절벽을 등지고 오른손을 뻗었다. 사다리를 붙잡은 후, 그는 디딤대에 한쪽 발을 올렸다. 스테판도 탈출에 성공한 것이다.

베로니크는 기뻐하며 사다리를 타고 올라갔다. 그녀의 발아래는 온통 낭떠러지뿐이었지만 이제는 그런 사실이 별로 중요하지 않았다. 아들이 저 위에서 자신을 기다리고 있고, 이제 곧 그 아이를 껴안을 수 있다는 생각에 그녀는 오로지 위만 보며 열심히 올라갔다.

「엄마가 금방 갈게. 금방 갈게. 이제 거의 다 왔어. 내 아가……」

그녀는 창가에 다다랐다. 그러고는 두 팔로 창턱을 의지해서 상체를 끌어올렸다. 아이도 그녀를 붙잡고 창문 안으로 끌어당겼다. 그녀는 간신히 창문을 넘어 마침내 아들 곁에 왔다.

「아! 엄마! 엄마!」

이들은 서로를 얼싸안았다. 그러나 그녀는 곧 아이를 안은 팔을 풀고 뒤로 물러섰다. 뭔가 찜찜한 생각이 들어, 그녀는 마음 놓고 기뻐할 수가 없었다.

「이리 와 보렴. 이리 와 봐」

베로니크는 빛이 비추는 곳으로 아이를 끌어당겼다.

「이리 와 보렴. 엄마한테 네 얼굴 좀 보여 줘」

아이는 엄마가 하는 대로 가만히 따랐다. 그녀는 딱 2, 3초 정도 아이 얼굴을 살펴보고는 소스라치게 놀라며 말했다.

「너였구나? 네가 살인자였어」

이럴 수가! 눈앞에 있는 건 데르주몽과 오노린느를 살해한 바로 그 아이의 얼굴이었다.

「내 얼굴을 기억하는군요?」

아이가 쓴웃음을 지으며 말했다.

아이의 말투를 듣고, 베로니크는 곧 자신의 실수를 깨달았다. 이 아이는 프랑수아가 아니었다. 프랑수아가 평소에 입던 옷을 훔쳐 입고 프랑수아 행세를 했던 바로 그 아이였다.

아이는 다시 비웃으며 말했다.

「아! 이제야 이해가 가는 모양이군요. 부인, 그렇죠? 날 알아보겠어요?」

아이의 얼굴이 끔찍하게 일그러졌다. 사악하고, 잔인하며 세상에서 가장 야비한 얼굴이었다.

「볼스키……. 볼스키……. 너의 얼굴엔 볼스키…… 볼스키의 모습이 있어」

베로니크가 더듬거리며 말했다.

아이는 웃음을 터뜨렸다.

「왜, 안 그렇겠어요? 당신이 아빠를 부인한 것처럼 니도 아빠를 부인할 거라고 생각해요?」

「볼스키의 아들? 그 사람의 아들이라고?」

「그래요, 그의 아들이죠. 뭘 알고 싶은 거예요? 그분도 두 아들을 가질 권리가 있다고요! 훌륭한 내 아버지! 나와 온순한 프랑수아!」

「볼스키의 아들!」

「게다가 거친 아이죠. 부인이 보기에도 내가 아버지에게 아주 꼭 어울리는 아들이 아닌가요? 아버지를 그대로 닮은 아들이죠. 이미 보셨죠? 하지만 그게 다가 아니에요. 이제 시작일 뿐이죠. 자, 그럼 또 다른 증거를 보여 줄까요? 자, 이 멍청한 가정교사를 한번 보라고요. 아니, 내가 나서면 일이 어떻게 풀리는지 한번 잘 보라고요」

아이는 창가로 다가섰다. 스테판이 사다리를 타고 올라와 창가에 고개를 들이미는 순간이었다. 아이는 돌을 집어 들고 있는 힘을 다해 스테판의 머리를 내려치고는 뒤로 밀어 버렸다. 베로니크는 아이가 지금 무슨 말을 하는 건지 이해하지 못해 잠시 망설였다. 그러다가 그녀는 아이가 돌로 스테판을 내리치는 것을 보고 얼른 다가가 아이의 팔을 잡았다. 하지만 이미 때는 늦었다. 창 밖에 있던 스테판의 얼굴이 보이지 않았다. 창턱에는 사다리 고리도 걸려 있지 않았다. 그 대신 물 위로 무언가가 떨어지는 둔탁한 소리가 들렸다.

베로니크는 서둘러 창밖을 내려다보았다. 사다리 조각들이 물위에 뜬 채로 암초에 걸려서 움직이지 않고 있었다. 스테판은 어디로 떨어졌는지 알 수도 없었다. 소용돌이도, 잔물결도 보이지 않았다.

「스테판! 스테판!」

아무리 불러도 대답이 없었다. 바람마저 잠들어 있는 물결 위에는 침묵만 흐르고 있었다.

「아! 끔찍하기도 하지! 너 도대체 무슨 짓을 한 거야?」

「울지 말아요, 부인. 스테판 선생은 당신 아들에게 도움이 되지 않았어요. 그는 당신 아들을 아무것도 할 줄 모르는 아이로 교육시켜 놓았지. 자, 이제 웃어야죠. 우리, 포옹이라도 할까요? 그렇게 하고 싶어요? 아빠의 여자, 왜 그래요? 머리가 돌 것 같아요? 이제 내가 미워지나요?」

그는 팔을 벌리고 베로니크에게 다가갔다. 그녀는 치를 떨며 권총을 꺼내 아이를 겨냥했다.

「꺼져. 가 버려. 아니면 내 손으로 죽여 버릴 거야. 어서 꺼져!」

아이의 얼굴이 험악하게 일그러졌다. 아이는 한걸음씩 뒤로 물러서며 말했다.

「그래? 당신은 그 대가를 치르게 될 거야. 정말 귀엽군. 그래, 날 쏘겠다고? 난 당신을 끌어안으려고 했는데……. 아주 기분이 좋았거든. 그런데 나에게 총알을 날리겠다고? 피로서 그 값을 치르게 해 주지. 빨간 피가 철철 흐를 거야. 피, 피가……」

아이는 웃으면서 이런 끔찍한 말을 아무렇지도 않은 듯 내뱉었다. 그러고는 몇 번이나 반복해서 말하고 다시 한번 사악하게 웃음을 터뜨렸다. 그는 수도원으로 향하는 터널을 통해 달아나면서 다시 소리쳤다.

「당신 아들의 피로……. 베로니크 아줌마, 당신이 사랑하는 프랑수아의 피로 말이야……」

# 탈출


베로니크는 온몸에 소름이 돋았다. 그녀는 아이의 발소리가 사라질 때까지 어찌할 바를 모르고 가만히 서 있었다.

〈이제 어떻게 해야 하는 걸까?〉

스테판의 죽음을 생각하자, 프랑수아에 대한 걱정이 다시 밀려왔다. 그녀는 프랑수아가 과연 잘 탈출했을지 궁금했다. 프랑수아가 탈출했다면 수도원으로 향했을 것 같았다. 그렇다면 저 아이가 프랑수아에게 해를 끼치지 못하도록 그녀도 얼른 수도원으로 따라가야 하는 것은 아닐까 하는 생각이 들었다.

〈아, 어떻게 하지? 머리가 돌 것 같아. 자, 생각을 좀 해 보자. 겨우 몇 시간 전에 프랑수아는 저 벽을 사이에 두고 나한테 말했어. 그때는 분명히 내 아들이었어. 어제 내 손을 잡고, 내 손에 키스를 하던 그 아이는 분명 프랑수아였어. 프랑수아는 오늘 아침에 저 방을 탈출했을까? 그래…… 그렇게 된 거로군. 저 아래에서 스테판과 내가 당황하는 사이에, 그 살인자, 볼스키의 아들이 프랑수아를 감시하러 올라온 거야. 그리고 그 아이는 빈 방과 구멍을 발견한 게지. 그래서 구멍을 통해 이쪽으로 나온 걸 거야. 그래, 바로 그거야! 그렇지 않고서 어떻게 여기까지 올 수 있었겠어? 그러고는…… 그 아이는 막혀 있던 창문이 뚫린 것을 보고 창가로 와 봤겠지. 프랑수아가 그 창문으로 탈출한 줄 알고 말이야. 그런데 사다리가 걸려 있는 것을 보고, 그리고 고개를 내민 것을 보고 나를 알아봤겠지. 그래서 날 부른 거고……. 이제 저 아이가 수도원 쪽으로 갔으니, 거기서 프랑수아를 만나게 될 텐데……」

하지만 베로니크는 바로 움직이지 않았다. 그녀는 문득 위험은 수도원이 아니라 바로 이쪽 방에 있을 거란 예감이 들었다. 프랑수아가 정말로 탈출했는지 확신할 수가 없었다. 생각하기도 끔찍하지만, 작업이 끝나기도 전에 누군가에게 들켜서 구타를 당했을 가능성도 있었다.

그녀는 벽의 구멍이 커진 것을 보고, 그곳으로 들어가려 허리를 구부렸다. 그러나 아이가 빠져나오기에는 충분한 크기였지만, 그녀가 빠져나가기에는 너무 좁았다. 구멍 윗부분에 어깨가 부딪혀서 더 이상 앞으로 나갈 수가 없었다. 그러나 그녀는 몸을 밀어 넣기 위해 계속 노력했다. 블라우스는 찢어지고, 튀어나온 바위에 살점이 떨어져 나갔다. 인내심을 갖고 끈질기게 노력하자 결국 구멍을 빠져나올 수 있었다.

방 안은 비어 있고, 방문이 안쪽으로 열려 있있다. 열린 문으로 반대편 복도가 살짝 드러났다. 작은 창으로 들어온 빛 덕분에 방 안의 모습이 어렴풋이 드러났다. 그녀는 문득 누군가가 금방 저 문으로 빠져나갔다는 느낌이 들었다. 순전히 느낌뿐이었다. 정확하지는 않았지만 사람의 형체를 본 것도 같았다. 그녀의 느낌대로 복도에는 한 여자가 숨어 있었다. 이 여자는 갑자기 나타난 베로니크를 보고 놀라 숨은 것이었다.

〈공범이군. 스테판을 죽인 아이와 함께 이곳으로 올라온 거야. 분명해. 프랑수아를 데리고 있을까? 프랑수아는 아직 이곳에 있을 거야. 저 여자가 날 감시하는 걸 보니, 프랑수아도 나와 아주 가까운 곳에 있는 게 분명해…….〉

베로니크의 눈은 어둠에 익숙해졌다. 이제 그녀는 문 뒤에 있는 여자의 손이 움직이고 있는 것을 똑똑히 볼 수 있었다.

〈왜 문을 빨리 닫지 않는 걸까? 문을 닫으면 내가 복도로 나가지 못하게 할 수 있을 텐데……. 어째서…….〉

베로니크는 문 아래에서 삐걱거리는 소리를 듣고서야 상황을 짐작할 수 있었다. 돌에 걸려 문이 닫히지 않는 것이었다. 베로니크는 망설임 없이 문 앞으로 다가가 쇠로 된 문고리를 잡고 당겼다. 여자의 손은 보이지 않았지만 계속해서 문을 닫으려고 애쓰는 것 같았다. 반대편에도 문고리가 있는 모양이었다.

곧 휘파람 소리가 들렸다. 여자가 도움을 요청한 것이다. 그리고 거의 동시에 여자와 조금 떨어진 복도에서 외침이 들렸다.

「엄마! 엄마!」

베로니크는 격한 감정에 사로잡혔다. 아들, 진짜 아들이 그녀를 부르고 있었다. 아직 갇혀 있지만 여전히 살아 있었다.

「엄마 여기 있다. 아가……」

「서둘러요, 엄마. 저들이 절 묶어 놨어요. 그리고 저 휘파람 소리는 저들의 신호예요. 이제 곧 누가 올 거예요」

「엄마 곧 갈게. 엄마가 널 구해 줄게!」

그녀는 무한한 힘이 솟아오르는 것을 느꼈다. 이제 그 어느 것도 아들을 만나려는 그녀의 의지를 막을 수가 없었다. 문 바깥에 있는 자는 조금씩 힘이 빠져 포기하려는 하는 것 같았다.

문이 거의 다 젖혀졌을 때, 베로니그가 갑자기 문밖으로 나가면서 이들의 싸움은 끝이 났다. 여자는 복도 쪽으로 도망치면서 끈으로 묶여 있는 프랑수아를 붙잡고 있었다. 아이에게 빨리 걸으라고 재촉하는 것 같았다. 하지만 아이는 꿈쩍도 안 했다. 여자는 곧 포기하고 멈춰 섰다. 베로니크는 총을 겨누며 여자를 향해 다가갔다.

여자는 프랑수아를 묶은 끈을 놓았다. 열린 문으로 들어온 빛이 여자를 또렷하게 비추었다. 흰색 양모 천으로 만든 반팔 원피스를 입은 여자는 허리 부분을 끈으로 묶고 있었다. 얼굴을 보니 아직 젊은 사람 같았지만, 피부는 윤기 없고 깡마른 데다 주름투성이였고, 금발 머리 위로는 흰색 머리 타래가 늘어졌다. 그녀의 두 눈은 증오와 분노로 이글거리고 있었다.

두 여자는 아무 말 없이 서로를 바라보고 있었다. 마치 두 적군이 다시 싸움을 시작하기 전에 서로를 염탐하고 있는 것 같았다. 승리자인 베로니크가 먼저 웃음을 지었다. 위협적인 웃음이었다.

「내 아이에게 손끝 하나라도 대면 널 죽여 버릴 거야. 자, 어서 가 버려」

여자는 전혀 겁먹지 않는 것 같았다. 그녀는 베로니그의 말에는 아랑곳없이 귀를 쫑긋 세운 채 누군가를 기다리는 듯했다. 하지만 아무도 소리도 들리지 않았다. 결국 여자는 눈을 내리깐 채로 다시 포로를 잡으려고 팔을 뻗었다.

「손대지 마! 아이에게 손대지 마. 안 그러면 널 쏠 테다」

베로니크가 매섭게 말했다.

여자는 어깨를 으쓱하더니 말했다.

「걱정하지 마. 아이한테 해를 끼치지는 않을 거야. 내가 이 아이 죽이려고 했으면 벌써 죽였지. 하지만 아직은 저 아이를 죽일 때가 되지 않았거든. 저 아이를 죽일 사람은 내가 아니란 말이지」

베로니크는 그 목소리에 몸을 떨며 말했다.

「그럼, 누가 죽이게 되어 있지?」

「내 아들. 너도 알 거야. 조금 전에 본……」

「그게 네 아들이란 말이야? 살인자, 괴물 같은 놈!」

「그게 누구 아들이냐 하면 말이지……」

「입 닥쳐! 아무 말도 하지 마!

베로니크는 이 여자가 볼스키의 첫 번째 부인이라는 사실을 깨달았다. 베로니크는 이 여자가 프랑수아 앞에서 볼스키에 대한 이야기를 꺼내지 않기를 바랐다.

「입 다물어. 그 이름은 입 밖에 꺼내지도 마」

「때가 되면 말하게 되겠지. 아……. 내가 너 때문에 얼마나 큰 고통을 당했는지……. 베로니크, 이번에는 네 차례야. 이건 시작일 뿐이라고」

「꺼져 버려!」

베로니크가 여전히 총을 겨눈 채 소리쳤다.

「아무 짓도 안 한대도 그래」

「꺼져, 그렇지 않으면 쏠 테다. 내 아들의 생명을 걸고 맹세하지」

여자는 불안한 표정으로 뒤로 물러섰다. 하지만 다시 한번 분

노가 끓어오른 듯, 여자는 주먹을 앞으로 내밀며 거친 목소리로
말했다.

「복수할 거야. 똑똑히 봐, 베로니크. 십자가야. 알겠어? 십자
가가 세워졌다고. 넌 네 번째로 십자가에 매달리게 될 거야. 정말
멋진 복수지. 안 그래?」

여자는 뼈마디가 굵게 불거져 나온 주먹을 거칠게 흔들어 댔다.

「아…… 난 정말 널 증오해! 15년 동안이나 이 증오를 품어 왔
어! 하지만 이제 십자가가 대신 복수를 해 줄 거야. 내가, 바로
네 손으로 널 십자가에 매달아 주지. 십사가는 이미 세워셨어. 너
도 보게 될 거다. 십자가가 세워졌다고……」

여자는 권총의 위협을 받으며 천천히 오른쪽으로 뒷걸음질쳤다.

「엄마, 저분을 죽이지 않을 거죠, 그렇죠?」

이 싸움을 지켜보던 프랑수아가 엄마를 보며 물었다.

「아니, 아니야, 걱정 마라. 하지만 어쩌면 그렇게 해야 할지도……」

「오! 제발, 엄마, 그분을 놔줘요. 그리고 우리도 얼른 나가요」

그녀는 여자가 완전히 사라지기도 전에 아이를 일으켜 세우고 양팔로 안았다. 그러고는 마치 갓난아기를 안듯 아이를 사뿐히 들어 가슴에 안고는 방으로 들어갔다.

「엄마, 엄마……」

「그래, 내 아가. 엄마가 왔어. 이제 어느 누구도 너한테서 엄마를 빼앗아 갈 수 없어. 엄마가 맹세할게」

베로니크는 좀 전에 돌에 찢긴 상처에도 아랑곳하지 않고 다시 구멍으로 머리를 집어넣었다. 이번에는 프랑수아가 만들어 놓은 벽의 경사 때문에 한 번에 빠져나갈 수 있었다. 그리고 아이를 구멍 밖으로 잡아당긴 후 몸에 묶인 끈을 풀어 주었다.

「이제 안전해. 적어도 당분간은 말이다. 저들은 이 통로로밖엔 우릴 따라올 수 없을 테니, 이 구멍만 막으면 돼」

이들은 몸이 부서지도록 서로를 꼭 끌어안았다. 그 어떤 장애물도 이들을 떼어놓을 수는 없었다. 이들은 서로의 모습을 바라보았다. 눈빛 하나까지 꼼꼼히 살펴보았다.

「세상에! 이렇게 잘생긴 아이라니……. 내 아들, 프랑수아!」

프랑수아는 살인을 저지른 아이와는 전혀 닮은 점이 없었다. 그 아이를 보고 오노린느가 프랑수아로 착각했다는 것이 이상할 정도였다. 아이의 기품 있고, 진실하며, 온화한 표정을 바라보며 베로니크는 기뻐서 어쩔 줄을 몰랐다.

「엄마, 엄마……. 엄마가 이렇게 아름다울 거라고는 전혀 상상하지도 못했어요. 전혀요. 꿈에서조차 생각 못했어요. 엄마를 본 순간, 하늘에서 요정이 내려온 것 같았어요. 물론 스테판도 평소에 항상 얘기하긴 했지만……」

「서두르자, 아가야. 저들이 따라올지 모르니까 우선 안전한 곳으로 가야 해. 어서 가자」

「그래요. 그리고 어서 사렉 섬을 떠나야 해요. 저한테 탈출 계획이 있어요. 분명히 성공할 거예요. 하지만 그전에……. 스테판, 스테판 선생님은 어떻게 됐죠? 저 아래 방에서 내가 어제 말했던 것과 같은 소리가 들렸어요. 무서워요……」

베로니크는 아이의 손을 꼭 잡았다.

「너에게 해 줄 말이 아주 많단다, 아가야. 정말 끔찍한 이야기이지만 이제 너도 알아야 해. 하지만 이야기는 잠시 후에 하자꾸나. 우선은 수도원으로 피해야 해. 그 여자가 도움을 요청하러 갔으니 사람들이 곧 우릴 따라올 거야」

「하지만 좀 전에도 그 여자는 혼자가 아니었어요. 엄마, 그 여자가 갑자기 방으로 들어와서 벽에 구멍이 난 걸 보고 놀랐는데…… 그때 누군가와 함께 있었어요」

「아이였지? 그렇지? 너와 키가 비슷한 아이 아니었니?」

「전 전혀 보지 못했어요. 그들이 절 덮친 다음, 끈으로 묶었어요. 그런 다음 복도로 끌고 갔는데…… 그 여자는 잠시 동안 어디로 사라졌어요. 그리곤 그가 다시 방으로 들어왔어요. 그러니까 그는 이 터널을 알고 있는 게 분명해요. 수도원으로 통하는 입구도요」

「그래, 엄마도 알아. 하지만 그 아이는 우리가 쉽게 이길 수 있어. 우린 이쪽으로 나가야 해」

「그래도 다리가 있잖아요. 두 섬을 이어 주는 다리요」

「아냐. 엄마가 다리에 불을 질러 버렸단다. 이제 수도원은 완전히 고립됐어」

이들은 빠른 걸음으로 터널을 빠져나갔다. 프랑수아는 엄마가 했던 말을 되씹으며 걱정스런 얼굴을 하고 있었다.

「그래요. 맞아, 이제 이해할 수 있을 것 같아요. 정말 제가 모르는 많은 일들이 일어난 거군요. 엄마는 내가 불안해할까 봐 숨겼던 거고요. 그래서 엄마가 다리에 불을 지른 거고…… 준비해 놓았던 휘발유로 그랬죠? 그렇죠? 마그녹 아저씨가 말한 대로 위험이 닥쳐서 그렇게 한 거죠? 엄마도 위협을 받았던 거군요. 그러니까 엄마에 대한 공격이 시작된 거죠, 그렇죠? 그 여자가 엄마한테 했던 그 증오심 가득한 말들도 그렇고. 그리고…… 그리고…… 스테판 선생님한테는 무슨 일이 일어난 거죠? 좀 전에 저 방에서 그들이 스테판 선생님에 대해 말하는 걸 들었어요. 아주 작은 소리로 말이죠. 모든 게 너무나 혼란스러워요. 엄마가 가져왔다는 사다리도 보이지 않고……」

「제발……. 아가야, 잠시도 지체해선 안돼. 그 여자는 곧 다른 사람을 데리고 올 테고 우리가 가는 길을 다 알고 있잖니」

아이가 걸음을 멈췄다.

「엄마……」

「왜? 무슨 소리를 들었니?」

「누가 걸어오고 있어요」

「확실하니?」

「우리 쪽으로 걸어오고 있어요」

「아! 그 살인자가 수도원에서 되돌아오고 있는 거야」

그녀가 당황하며 말했다.

그녀는 권총을 다시 손에 쥐었다. 그러고는 프랑수아를 피신시키기 위해 좀 더 어두운 곳을 찾아보았다. 오른쪽에 또 다른 터널의 입구가 보였다. 조금 더 들어가서 보니 끝이 막혀 있는 동굴 같았다.

「저기로, 저기로……. 자, 이제 됐어. 우릴 보지 못할 거야」

발소리가 가까워졌다.

「몸을 숨여. 움직이면 안 된단다」

아이가 중얼거렸다.

「손에 뭘 들고 있는 거예요? 권총? 아…… 엄마, 그걸로 쏠 건 아니죠?」

「그래야 할지도 몰라. 정말 그렇게 해야 할지도……. 정말 잔인한 놈이야! 걔네 엄마한테 그런 것처럼 그렇게 해야 할지도 몰라. 후회하겠지만……」

그러고는 그녀 자신도 모르게 불쑥 말이 튀어나왔다.

「네 할아버지를 살해한 놈이야」

「아! 엄마, 엄마……」

그녀는 아이가 쓰러지지 않도록 붙잡아야 했다. 침묵 속에서 흐느끼는 소리가 들려왔다. 아이가 울면서 더듬더듬 말했다.

「그래도 상관없어요. 총은 쏘지 말아요. 엄마……」

「그 아이가 오고 있어. 아가야, 이제 조용히 해야 해. 저기, 그를 보렴」

아이가 지나갔다. 아이는 반쯤 몸을 구부리고 귀를 쫑긋 세운 채, 주위를 살피며 천천히 걷고 있었다. 키는 프랑수아와 거의 비슷했다. 아이의 얼굴을 자세히 보니 프랑수아와 닮은 데가 있는 것 같기도 했다. 프랑수아한테서 훔친 빨간 베레모를 쓰면 오노린느나 아버지가 착각할 만 했다.

아이가 멀어져 갔다.

「저 아이를 아니?」

「아뇨, 엄마」

「정말 한번도 본 적이 없니?」

「네」

「좀 전에 그 여자와 함께 널 덮친 아이가 아니니?」

「그건 아닌 것 같아요, 엄마. 그 사람은 내 얼굴을 후려쳤어요. 아무 이유 없이, 정말 증오에 가득 찬 사람처럼요」

「아! 모든 게 정말 이해할 수가 없구나. 도대체 언제쯤 이 악몽에서 벗어나게 될지……」

「서둘러요. 엄마, 이제 저 길로 나가도 돼요. 어서요」

빛이 있는 곳으로 가서 보니 아이의 얼굴이 온통 하얗게 질려 있었다. 손도 얼음장같이 차가웠다. 그렇지만 아이는 행복한 듯 웃음을 띠고 있었다.

이들은 다시 걸음을 재촉했다. 섬의 두 부분을 잇는 절벽을 넘고 계단을 올라가자, 곧 따뜻한 햇빛과 함께 마그녹의 꽃밭이 나타났다. 해가 질 무렵이었다.

「드디어 탈출했구나」

「네. 하지만 저들이 이 길을 따라 쫓아올지도 몰라요. 이 입구를 막아 놓아야 해요」

「어떻게?」

「여기서 기다리세요. 제가 수도원에 가서 연장을 찾아올게요」

「어머! 안 돼. 우린 떨어져 있으면 안 돼. 프랑수아……」

「그럼 같이 가요, 엄마」

「그 사이에 저들이 나오면 어떡하니? 그건 안 돼. 이 출구를 지켜야 해」

「그럼, 절 좀 도와주세요, 엄마」

주위를 돌아본 프랑수아는 그리 깊게 박혀 있지 않은 작은 바위를 발견했다. 둘이 힘을 합해 밀자 곧 바위가 움직였다. 바위가 계단 아래로 굴러 떨어지면서 흙더미도 함께 무너져 쓸려 들어갔다. 이들은 입구를 완전히 막기 위해 작은 돌을 주워 와 틈을 메웠다. 조금도 힘들지 않았다.

「이제 탈출했으니, 제 계획을 실행에 옮기기만 하면 되겠네요. 걱정 마세요, 엄마. 아주 좋은 계획이 있어요. 이제 고지가 멀지 않았어요」

하지만 지금은 무엇보다도 휴식을 취해야 할 것 같았다. 베로니크나 프랑수아 모두 녹초가 된 상태였다.

「누우세요, 엄마. 자, 여기 이 바위 아래에는 이끼가 껴서 카펫처럼 편안할 거예요. 엄마가 여기 누우시면 여왕 마마 같을 거예요. 냉기도 올라오지 않을 거고요……」

「아! 내 아가, 내 아가……」

베로니크는 행복에 겨워 중얼거렸다.

이제는 설명해야 할 때가 온 것 같았다. 베로니크는 조금도 망설이지 않고, 아이에게 그간 있었던 일을 설명했다. 자신이 알고 사랑하던 모든 이들이 죽었다는 소식을 듣고 아이는 슬픔에 잠겼다. 엄마를 되찾은 기쁨마저 잊을 만한 슬픔이었다. 그녀는 아이의 얼굴을 어루만지며 눈물을 닦아 주었다. 그것으로 그녀는 아이가 잃어버린 우정과 사랑을 조금이라도 대신할 수 있기를 바랐다. 특히 스테판이 죽었다는 소식에 아이는 매우 충격을 받았다.

「하지만…… 정말 확실한가요? 스테판 선생님이 물에 빠졌다는 증거는 하나도 없잖아요. 게다가 스테판 선생님은 정말 완벽할 정도로 수영을 잘한다고요. 그리고…… 그래요, 맞아요. 엄마, 절망해서는 안 되겠죠. 그러기보다는……. 자, 여기를 보세요. 우리가 슬퍼하는 걸 알고 우리의 친구가 벌써 이렇게 왔잖아요. 그래도 모든 걸 잃은 건 아니라고, 위로하는 거예요」

해피가 총총거리며 다가왔다. 강아지는 주인의 슬픈 얼굴을 보고도 별로 놀라지 않는 듯했다. 해피가 정말 놀라워할 만한 일은 아무것도 없을 것 같았다. 연속해서 일어나는 이 사건들도, 해피는 자연스러운 일이라 생각하는 모양이었다. 그래서 이 강아지는 이 끔찍한 며칠 동안에도 자신의 습관이나 활동을 전혀 방해받지 않았다. 단지 좀 더 주의를 기울여 주인을 바라볼 뿐이었다. 이제 베로니크와 프랑수아는 눈물을 그쳤다.

「봐요, 엄마. 해피도 저와 같은 생각을 하고 있어요. 우리에게는 아직 많은 것이 남았다고요. 해피, 넌 역시 눈치가 빠르구나. 안 그러니? 우리가 너 없이 섬을 떠났다면 어떡할 뻔했니?」

베로니크는 아들을 바라보았다.

「섬을 떠난다고?」

「물론이죠. 가능한 한 빨리 떠나야 해요. 그게 바로 제 계획이에요. 엄마는 어떻게 생각하세요?」

「하지만 어떻게 떠난단 말이니?」

「배로요」

「여기에 배가 있니?」

「제 배가 있어요」

「어디에?」

「여기서 아주 가까워요. 사렉 섬 맨 꼭대기에요」

「그럼 배를 들고 내려가야겠구나? 절벽이 많이 가파를 텐데……」

「배는 가장 가파른 절벽 위에 있어요. 포테른이라고 불리는 곳에요. 그 이름은 스테판 선생님과 제가 지었어요. 포테른은 입구나 출구를 가리키는 말이에요. 어느 날, 스테판 선생님과 저는 중세 시대, 그러니까 수도승들이 있던 시대에 수도원 건물이 있는 섬 주변이 성벽으로 둘러싸여 있었다는 사실을 알게 되었어요. 그래서 정말 성벽이 있었다면 어딘가에 바다로 나가는 출구도 있을 거라고 생각했죠. 그래서 마그녹 아저씨와 함께 찾아본 끝에 절벽 고원에서 작은 구멍을 발견했어요. 그 구멍 입구는 모래로 채워져 있었죠. 모래를 파내 그곳으로 내려가니까 동굴이 나타났어요. 큰 뼈로 만든 벽도 그대로 남아 있더라고요. 동굴은 섬 중심을 향해 있었어요. 계단도 있고, 바다 쪽으로 난 창도 있었어요. 그게 바로 포테른이에요. 우린 다시 입구를 가려 놓고, 제 배를 절벽 아래에 매달아 놓았어요」

베로니크의 얼굴이 환하게 빛났다.

「그럼, 우린 정말 탈출할 수 있겠구나. 이번에는 정말로 말이다!」

「한 치의 오차도 없을 거예요」

「저들이 거기까지 띠리오지는 않을까?」

「어떻게요?」

「저들은 모터보트를 가지고 있어」

「바다까지 가는 동안 아무도 따라오지 않는다면, 적들은 저 만이나 이 통로를 모르고 있단 얘기일 거예요. 언뜻 봐서는 잘 보이지 않거든요. 가려져 있는 데다 주위에 암초도 많으니까요」

「그럼 어서 가자꾸나」

「이제 곧 밤이잖아요. 엄마, 제가 배를 잘 몰거나 뱃길에도 익숙하면 모를까 지금은 힘들어요. 게다가 암초에 걸리기도 쉽고요. 해가 뜰 때까지 기다려야 해요」

「그렇게 오랫동안 기다려야 한단 말이니?」

「몇 시간만 참으면 되요. 엄마, 그리고 우린 함께 있잖아요. 새벽이 되자마자 배를 타고 좀 전에 그 방이 있던 곳, 절벽 아래 쪽으로 가요. 분명히 스테판 선생님이 해변에서 우릴 기다리고 있을 거예요. 그럼 스테판 선생님을 태우고, 우리 넷이 섬을 빠져나가는 거예요. 안 그러니, 해피? 그럼 정오 무렵에는 퐁라베에 다다를 거예요. 이게 제 계획이에요」

베로니크는 기쁨과 감탄에 겨워 어쩔 줄을 몰랐다. 어린아이가 어쩌면 이렇게 침착할 수 있단 말인가.

「아가야, 정말 완벽하구나. 네 말이 다 옳아. 행운의 여신만 우리 편에 서 준다면……」


저녁나절에는 아무 일도 일어나지 않았다. 단지 막아 놓은 지하 동굴 아래서 무슨 소리가 들렸을 뿐이었다. 그러나 동굴 아래에서 누군가가 등불을 비추었는지 갈라진 바위틈 사이로 한줄기 빛이 보였다. 이들은 섬을 빠져나가기 전까지 감시를 강화해야 했다. 하지만 이런 일도 이들의 행복을 방해할 순 없었다.

「그래요, 전 아무 걱정도 안 해요. 엄마를 다시 찾은 순간부터 계속 안심이 됐어요. 게다가 최후의 보루로 우리의 희망이 남아 있잖아요. 스테판 선생님이 얘기했죠. 그렇죠? 엄마는 이 얘길 듣고 웃으셨을 거예요. 한번도 보지 못한 사람이 우릴 구출하러 올 거라고 믿고 있다는 게 얼마나 우스운 일이겠어요. 하지만…….  좋아요, 이젠 말할게요. 엄마, 그때 내가 봤다고 말한 손, 그 사람이 확실해요. 그 사람이 우릴 구해 줄 거예요」

「이런……. 하지만 너에게 물을 주고 갔다는 그 사람은 지금까지 내가 말한 재앙들을 하나도 막지 못했잖니……」

「그분이 엄마도 위협으로부터 보호해 줄 거예요」

아이가 확신에 찬 목소리로 말했다.

「어떻게? 네가 본 적이 없다는 그 친구는 이런 일이 벌어진 사실조차 모를 텐데……」

「그래도 올 거예요. 그는 소식을 듣지 않아도 위험이 커졌다는 걸 알 수 있어요. 그가 올 거예요. 그리고 엄마, 약속해요. 어떤 일이 일어나더라도 자신감을 잃지 않는다고요」

「그래, 그렇게. 약속할게」

「좋아요」

아이가 웃으며 말했다.

「이젠 내가 대장이에요. 무슨 대장이냐고요? 만약 오늘 오후에 탈출하게 된다면 어떻게 해야 하나, 어제 저녁부터 생각해 봤어요. 엄마가 춥거나 배고파선 안 되니까 그래서 식량과 담요를 가져와 달라고 말한 거죠. 그럼 오늘 밤은 견딜 수 있으니까요. 신중을 기하려면 수도원에서 잠을 자지 밀아아 하죠. 이곳을 지켜야 하니까요. 엄마, 제가 말한 짐은 어디에 두었어요?」

두 사람 모두 잠시 걱정을 잊고 즐겁게 식사를 했다. 프랑수아는 엄마가 자리를 잡고 앉을 수 있도록 준비한 뒤, 담요를 둘러주었다. 이들은 서로 꼭 끌어안고 행복하게 잠들었다.

상쾌한 아침 공기에 눈을 뜬 베로니크는 하늘 위에 연분홍색의 띠가 드리워진 것을 바라보았다. 프랑수아는 아직 잠들어 있었다. 엄마로부터 보호받고 있는 아이의 평화로운 잠이었다. 나쁜 꿈은 조금도 꾸지 않는 것 같았다. 그녀는 오랫동안 아이를 지켜보았다. 아무리 바라보아도 싫증나지 않았다. 그녀가 아이를 바라보는 사이에 태양은 벌써 수평선 위로 솟아올랐다.

「엄마, 이제 시작해야죠」

아이가 눈을 뜨자마자 키스하며 말했다.

「동굴 쪽에서는 아무도 나타나지 않았나요? 아무도요? 그럼 배를 탈 때까지 시간이 좀 있겠네요」

그들은 담요와 식료품을 챙겨, 가벼운 발걸음으로 섬 맨 꼭대기에 있는 포테른으로 향했다. 섬 꼭대기에는 여기저기 바위가 박혀 있었다. 바다가 출렁이는 소리가 들려왔다. 하지만 대체로 바다는 고요한 편이었다.

「네 배가 그대로 있어야 할 텐데……」

「고개를 조금만 옆으로 기울여 보세요. 엄마, 저기 보이세요? 저기요, 저기 울퉁불퉁하게 나온 곳이요, 그 안에 걸어 놨어요. 이제 돛을 펼치고 바다에 띄우기만 하면 돼요. 아…… 모든 일이 너무 잘 돌아가고 있어요. 엄마 걱정할 게 하나도 없어요. 그런데, 그런데……」

아이는 말을 멈추고 생각에 잠겼다.

「왜? 무슨 일이야?……」

베로니크가 물었다.

「이런……. 괜찮아요, 조금 늦게 출발하는 것뿐이니까」

「그렇지만, 다 왔는데……」

아이가 웃기 시작했다.

「사실은 대장으로서 약간 부끄럽네요. 한 가지를 빠뜨리고 왔어요. 노를 안 가져왔거든요. 수도원에 있어요」

「세상에!」

베로니크가 소리쳤다.

「왜요? 내가 수도원에 달려갔다 올게요. 10분 후면 돌아올 텐데요, 뭘」

베로니크는 다시 불안해졌다.

「그동안에 저들이 터널을 뚫고 나오면?」

「에이, 엄마」

아이가 웃으며 말했다.

「약속했잖아요. 자신감을 잃지 않기로 했죠? 돌을 치우고 터널을 빠져나오려면 한 시간은 걸릴 거예요. 돌을 치우는 소리도 들릴 테고……. 이제 더 설명 안 해도 되죠? 엄마, 그럼 좀 있다 봐요」

아이가 달리기 시작했다.

「프랑수아! 프랑수아!」

아이는 대답이 없었다.

그녀는 다시 불길한 예감에 사로잡혔다.

「아이를 단 한순간도 떠나지 않겠다고 맹세해 놓고선……」

그녀는 아이를 쫓아 달리디기 기석 고인돌과 수난의 꽃밭 사이에 있는 언덕에 멈춰 섰다. 거기에서는 터널 입구를 볼 수 있었다. 잔디밭을 따라 뛰어 내려가는 아이의 모습도 보였다. 아이는 수도원 지하실로 내려갔다. 하지만 거기에는 노가 없는 모양이었다. 아이는 지하에서 올라와 곧 정문으로 들어가 사라져 버렸다.

〈1분이면 충분하겠지. 노는 현관에 놓아두었을 거야. 적어도…… 1층에는 있겠지. 2분만 기다려 봐야지.〉

그녀는 계속 터널 입구를 감시하며 시간을 쟀다. 하지만 3분이 지나고 4분이 지나도, 문은 다시 열리지 않았다. 자신감 따위는 모두 사라졌다. 그녀는 아이를 따라가지 않은 게 바보 같은 짓이었다고 자책했다. 아이가 하자는 대로 내버려 둔 게 잘못이었다. 터널 쪽에서 나타날 위험에는 아랑곳없이 그녀는 수도원을 향해 서둘러 걸음을 옮겼다. 하지만 적이 다가오는 것을 보면서도 다리가 마비되어 도망갈 수 없는 악몽을 꿀 때처럼 끔찍한 기분에 사로잡혔다.

고인돌 앞에 다다르자 뭔가 이상한 모습이 눈에 들어왔다. 하지만 그녀는 그 장면의 의미를 금방 알아차리지 못했다. 반원 모양으로 죽 늘어서 있는 떡갈나무 아래에는 잘린 나뭇가지가 심어져 있었다. 싱싱한 나뭇잎이 아직도 붙어 있는 것으로 보아 그 가지는 최근에 잘린 듯했다. 그녀는 곧 고개를 들어 나무 위를 보고는, 입을 벌린 채 얼어붙었다.

떡갈나무 한 그루만 유독 이상한 모습을 하고 있었다. 족히 4, 5미터는 되어 보이는 커다란 기둥은 전부 가지치기가 되어 있었다. 나무 기둥에는 화살로 꽂아 둔 가죽 띠가 보였고, 그 위에는 서명이 새겨 있었다. 〈V. d'H.〉

「네 번째 십자가……. 내 이름이 새겨진 십자가……」

그녀가 더듬거리며 말했다.

자신의 서명을 새겨 놓은 사람은 그 적들 중 한 명이 분명했다. 그녀는 아버지의 죽음을 떠올렸다. 그리고 조금 전에 일어났던 사건들, 자신을 증오하던 그 여자와 아이를 떠올렸다. 베로니크는 자기도 모르게 얼굴이 굳어졌다.

순간 온갖 생각이 다 들었다. 이런 저런 말도 안 되는 상상들이 머릿속에서 맴돌아 오히려 아무런 의식도 없는 사람 같았다. 그리고 더욱 끔찍한 생각이 그녀를 뒤흔들었다. 십자가가 세워진 지 얼마 되지 않은 것으로 봐서, 저 괴물 같은 인간들, 벌판과 지하 감옥에서 보았던 여자와 아이가 금세 나타날 게 분명했다. 저들은 불타 버린 다리가 있던 자리에 다시 다리를 세울지도 모른다. 저들이 이미 수도원을 점령하고 있을지도 모른다. 그렇다면 프랑수아는 다시 적들의 손에 잡혔을지도 모른다.

그녀는 있는 힘을 다해 수도원으로 뛰어갔다. 프랑수아가 달리던 잔디밭을, 이번에는 그녀가 달려가고 있었다. 수도원 건물 쪽으로 비탈진 잔디밭 곳곳에는 옛 수도원 건물의 잔재가 남아 있었다.

「프랑수아! 프랑수아! 프랑수아……」

그녀는 찢어질 듯한 목소리로 아들을 불렀다. 그녀는 있는 힘껏 소리를 질러 자신이 다가가고 있다는 사실을 알렸다. 드디어 수도원 앞에 다다랐다.

문 하나가 넌지시 열려 있었다. 그녀는 문을 밀고 현관 안으로 뛰어 들어가며 다시 소리를 질렀다.

「프랑수아! 프랑수아!」

그녀의 목소리가 건물 전체에 울려 퍼졌다. 하지만 아무런 내답이 없었다.

「프랑수아! 프랑수아!」

그녀는 계단을 뛰어 올라가 아무 문이나 열어 보았다. 아들의 방으로 뛰었다가 스테판의 방으로, 오노린느의 방으로 뛰어갔다. 하지만 아무도 보이지 않았다.

「프랑수아! 프랑수아, 엄마가 부르는 소리가 안 들리니? 그들이 널 괴롭히고 있는 거지? 오…… 프랑수아 제발……」

그녀는 다시 층계 쪽으로 나왔다. 그 앞에 아버지가 사무실로 쓰던 방이 보였다. 그녀는 서둘러 방 안으로 들어갔다가, 지옥에서나 일어날 법한 광경을 본 듯 곧바로 뒷걸음질치며 물러나왔다.

방 안에는 한 남자가 팔짱을 낀 채 서 있었다. 그녀를 기다리고 있던 모양이었다. 조금 전에 그 여자와 아이를 생각할 때 떠올렸던 얼굴이었다. 세 번째 살인자!

그녀의 입에서 형용할 수 없는 공포가 배어 있는 단어가 새어나왔다.

「볼스키……. 볼스키……」

2부

# 신의 재앙

〈볼스키! 볼스키! 내게 공포와 수치로 가득한 기억만을 남겨
준 사람……. 그 흉악한 인간 볼스키가 아직 죽지 않았단 말인가.
친구에게 살해당하고, 퐁텐블로 묘지에 매장되었다는 이야기는
모두가 장난이고, 거짓이었단 말인가!〉

볼스키가 살아 있다는 사실, 그것만이 베로니크가 지금 알 수
있는 단 하나의 진실이었다.

볼스키의 모습이 베로니크의 눈에 들어왔다. 그녀는 그의 모습
을 보고 있자니 거북하고 역겨워졌다. 볼스키는 팔짱을 낀 채 꼿
꼿이 서 있었다. 양 어깨를 쫙 편 채, 턱을 똑바로 쳐들고 있는, 분
명 살아 있는…… 살아 있는 볼스키의 모습이었다.

베로니크는 용기를 내서 볼스키기 살아 있다는 사실을 담담히
받아들였다. 하지만 그게 전부였다. 그녀는 그 어떤 적을 맞이하
더라도 용감히 맞서 싸울 각오가 되어 있었다. 하지만 눈앞에 서

있는 저 적만은 예외였다.

〈볼스키……. 아무리 채워도 결코 채워지지 않을 악으로 가득
찬 사람! 한없이 비열하고 야만적이며, 재미로 범죄를 저지르는
사람! 그리고 나를 사랑했던 남자…….〉

갑자기 베로니크의 얼굴이 붉어졌다. 그녀의 찢어진 블라우스
사이로 군데군데 드러난 어깨와 팔을 볼스키가 음흉한 시선으로
바라보고 있었다. 마치 먹이를 노리는 맹수의 눈빛과도 같았다.
그러나 주변에 살을 가릴 만한 숄 따위는 보이지 않았다. 베로니
크는 미동도 하지 않고, 볼스키의 욕망 가득한 시선 앞에서 완강
하게 버텨 냈다. 대신, 그녀는 볼스키를 한 번 쏘아본 후 얼른 다
른 곳으로 시선을 돌렸다.

「내 아들 프랑수아는 어디에 있죠? 아이를 보고 싶어요」

「아, 우리 아들! 정말 대단하더군, 부인. 그 애는 자기 아버지
를 전혀 두려워하지 않던걸」

「아이를 보고 싶어요」

그는 손을 들어 선서하는 듯한 동작을 하며 말했다.

「아이를 보게 될 거요. 내가 맹세하지」

「죽은 모습이겠죠!」

베로니크는 중얼거리듯 말했다.

「당신과 나처럼, 살아 있는 모습을 보게 될 거요, 부인」

다시 침묵이 흘렀다. 그는 베로니크와 신경전을 벌이기 위해
적당한 말을 찾고 있는 것 같았다.

볼스키는 운동 선수처럼 건장한 체격을 가진 남자였다. 가슴은
떡 벌어지고 다리는 약간 휘었으며, 두꺼운 목에는 힘줄이 툭 불
거져 나와 있었다. 금발은 가르마를 타서 단정하게 넘긴 채였다.

그의 건장한 체격과 대비되어, 머리는 턱없이 작아 보였다. 예전에는 이런 그의 모습에서 약간의 기품과 야성적인 힘이 함께 느껴졌다. 그러나 이제 나이가 든 그에게선 범죄자 특유의 투박하고 저속한 태도는 사라진 듯했다. 아마 갖은 풍랑을 겪으며 방랑하는 동안, 그는 자신의 본 모습을 감추는 기술까지 익힌 듯했다. 그의 얼굴에는 예전에 그녀가 느꼈던 매력 따위는 전부 사라졌고, 이제 사납고 잔인한 모습만이 남았다.

볼스키는 본래의 차갑고 딱딱한 얼굴을 감추려는 듯이 미소를 지었다. 그리고 베로니크에게 다가가 옆에 있던 의자를 내밀며 말했다.

「부인, 대화가 좀 길어질 것 같소만……. 힘겨운 대화가 될지도 모르니 여기 좀 앉는 게 어떻겠소?」

그는 잠시 기다렸다. 하지만 대답이 없자 다시 말을 이어갔다.

「보아하니 기운을 좀 차려야 할 것 같은데……. 이 탁자에 앉아 비스킷과 포도주 약간, 그리고 샴페인도 한잔하는 게 어떻겠소?」

볼스키 지나친 친절을 보였다. 하지만 그 친절은 반야만적인 게르만 족 특유의 태도에서 나오는 것이었다. 본래 그는, 남자에겐 여자를 정복할 권리가 있다고 생각하기라도 하는 듯이 여자에게 몹시 무례하게 굴던 사람이었다. 그런데 지금은, 이제 막 기본 예절을 익히기 시작한 사람이 시범을 보이는 것처럼 베로니크에게 어설픈 친절을 베풀고 있었다. 이때, 과거의 기억들 중 사건 하나가 베로니크의 머릿속을 빠르게 스쳐 갔다. 바로 이런 남자와 결혼을 하도록 만들었던 바로 그 사건이었다.

그녀는 어깨를 한 번 으쓱 하고 나서 다시 침묵을 지켰다.

「그래, 그렇다면 나도 서 있어야겠군. 예의 바르고 친절한 남자라면 그렇게 해야겠지. 아, 그리고 이런 초라한 몰골로 당신 앞에 나타나 정말 미안하오. 포로수용소나 사렉의 동굴에서는 새 옷을 갈아입을 만한 형편이 안 되더군」

그는 여기저기 기운 낡은 바지와 군데군데 찢어진 빨간색 양모 조끼를 입고 있었다. 그리고 그 위에는 마로 만든 기다란 코트를 입고 허리에 끈을 둘러 반쯤 여민 상태였다. 이 기이한 옷차림은 그의 어색하고 거만한 태도를 더욱 독특하게 부각시켰다.

자신의 말에 만족한 듯, 그는 뒷짐 진 상태로 방 안을 여기저기 걸어 다녔다. 심각한 순간에 아주 느긋한 사색을 즐기는 모양이었다. 그는 천천히 걸음을 멈추며 말했다.

「부인, 몇 분 동안이라도 우리가 함께했던 날들에 대해 돌아볼 필요가 있을 것 같은데, 당신 생각은 어떠시오?」

베로니크는 대답이 없었다. 그가 다시 말했다.

「당신이 날 사랑했을 때……」

그녀는 격분한 듯 몸을 심하게 떨었다.

「하지만, 베로니크……」

「아! 싫어……. 그 이름이 당신 입으로 불리는 건……. 정말 싫어요」

그녀가 혐오스럽다는 듯 말했다.

그가 웃으며 거만하게 말했다.

「날 원망하지 마시오, 부인. 표현이야 어찌됐든 난 당신을 존경하오. 다시 말하지. 당신이 날 사랑했을 때, 지금에서야 고백하지만 난 양심도 없는 방탕한 인간이었소. 겉으로 보기에도 그야말로 난봉꾼이었지. 난 항상 모든 일을 지나칠 정도로 밀어붙

였소. 물론 결혼 생활에 필요한 자질은 전혀 갖추지 못한 상태였고 말이요. 하지만 당신만 내 곁에 있었다면 그런 자질은 단시간 안에 습득할 수 있을 거라 생각했소. 난 당신을 미치도록 사랑했으니까. 당신한테는 다른 어느 여자에게서도 볼 수 없는 순수하고 순진한 매력이 있었소. 그래서 난 당신에게 푹 빠져들었던 거요. 날 변화시키기 위해서 당신은 조금만 인내심을 갖고, 날 부드럽게 대하기만 하면 되었던 거요.

하지만 불행히도 처음부터…… 약혼 시절부터……. 그래, 당신은 아버지에 대한 원한에 사로잡혀 있었고, 항상 슬픔에 젖어 있었지. 그래서 그 문제로 신혼 시절의 우리 사이에 골이 깊어지고, 그 골은 다시 메울 수 없게 되어 버렸소. 당신은 원치도 않으면서 억지로 결혼을 승낙했던 거요. 그래서 남편에게 증오와 반감만 가지고 있었소. 나, 볼스키는 절대로 이런 사실을 용서할 수가 없소. 당신이 떠난 이후, 난 지체 높은 귀족 출신의 여자들의 도움을 받아 섬세한 젠틀맨으로 완벽하게 변했지. 전혀 나무랄 데가 없을 정도로 말이야. 아, 이 말이 하층 부르주아 출신인 당신 기분을 상하게 했나? 그래도 뭐, 할 수 없는 일이군. 볼스키는 본능과 열정에 따라서만 행동하는 사람이오. 이 본능과 열정이 당신 기분을 거스르나? 부인 마음대로 생각하시오. 난 자유로워졌고, 내 삶을 되찾았소. 단지……」

그는 잠시 말을 멈추었다가 다시 시작했다.

「단지, 난 당신을 사랑하고 있었던 거요. 그 후로 1년 동안 수많은 사건들이 계속해서 일어났소. 아들을 잃은 후 당신은 수녀원으로 들어가 버렸지. 내 불타오르던 사랑은 충족되지 못하고, 가슴에 사무쳤소. 내가 어떻게 살았는지 당신도 알 수 있었을 거요. 당신을 잊기 위해 방탕하고 난폭한 모험만을 일삼았지만 결국 쓸데없는 짓이라는 걸 깨달았지. 또 어느 날은 갑자기, 당신을 찾을 수 있을 거란 희망과 누군가를 통해 당신의 발자취를 알 수 있을지 모른다는 생각에 젖어 온몸을 던지기도 했소. 하지만 항상 돌아오는 건 실망과 고독뿐이었지. 그러다가 당신 아버지와 내 아들을 찾게 되었소. 그들이 이 섬에서 살고 있다는 사실을 알고, 사람을 시키거나 또는 내가 직접 나서서 그들을 감시하고 염탐했소. 내가 그런 노력을 기울이며 추구했던 단 하나의 목표, 내가 그런 행동을 했던 단 하나의 이유는 바로 당신을 찾을 수 있다는 희망 때문이었소. 그런데 전쟁이 터졌지. 그리고 일주일후, 난 국경을 넘다가 포로수용소에 갇히게 되었소」

그는 말을 멈췄다. 그의 굳은 얼굴이 갑자기 험악해졌다.

「아! 내가 그곳에서 경험했던 지옥 생활이라니……. 볼스키!

왕의 아들인 볼스키가 커피나 나르는 놈들과 게르만 족 깡패 놈들과 함께 섞여 생활하다니……. 볼스키가 포로로 붙잡혀 놈들의 혐오와 멸시의 대상이 되다니……. 볼스키가 그 더럽고 이가 끓는 곳에서 지내다니……. 내가 그런 고통을 당하다니……. 세상에……. 하지만 이 얘긴 그만하도록 하지.

어쨌든 죽음에서 탈출하기 위해 난 그렇게 해야만 했소. 누군가가 내 대신 주먹 세례를 받고, 프랑스 땅 어느 한구석에 내 이름으로 묻히게 되었지. 난 조금도 미안하게 생각하지 않소. 그 사람이든 나든 선택을 해야 했으니까. 그리고 나는 선택을 했소. 내가 그렇게 행동했던 건, 내 생애를 걸쳐 끈질기게 따라다닌 사랑 때문만은 아니었소. 그와는 또 다르게 어둠 속에서 솟구쳐 오르는 서광 같은…… 이미 활짝 피어 버린……. 아, 이건 비밀로 해 두겠소. 당신이 굳이 알고 싶다면 나중에 얘기해 주지. 우선은……」

자신의 행동을 과장해 유창한 말솜씨로 자랑을 늘어놓는 볼스키를 보며 베로니크는 계속 냉랭한 태도를 유지했다. 어떤 거짓말도 그녀의 마음을 움직일 수는 없었다. 그녀는 마치 자신이 이 방 안에 없는 사람처럼 느꼈다.

자기 말에 주의를 기울이도록 하기 위해 그가 그녀를 향해 다가왔다. 그는 더욱 더 강렬한 투로 말했다.

「부인, 내 말에는 한 치의 거짓도 없소. 사실 그대로일 뿐만 아니라, 실제로는 이보다 더한 일도 많았다오. 하지만 가장 끔찍한 이야기를 꺼내기에 앞서……. 그런 일이 일어날 것을 막을 수 있을지 모르니, 우선 당신에게 물어뵈야겠고. 딩신에게 화해할 의도가 있는지 물으려는 게 아니오. 우리 사이에 화해라니, 가당치도 않지. 그보다는 당신이 지금 상황에 대해 어떤 생각을 갖고 있는지 알고 싶소. 당신도 지금 상황을 잘 파악하고 있을 테니까. 당신 아들에 대해서 말이오」

그녀는 볼스키의 말을 전혀 듣지 않았다. 아들에 대한 생각에 사로잡힌 베로니크에게는, 볼스키의 말 따위는 한쪽 귀로 들어왔다가 다른 귀로 흘러 나가는 소리에 지나지 않았다. 그러자 볼스키는 화가 난 것을 더 이상 숨기지 못하고 거친 목소리로 말했다.

「내 제안은 아주 간단하오. 당신도 거절하지 않으리라 생각하오만……. 프랑수아의 이름을 걸고, 또 나의 인정과 동정심을 총동원하여 대략 계획을 세워 보았소. 그건 바로 우리의 과거와 현재를 잇는 일이오. 우리 관계는 아직 깨진 적이 없소. 당신 이름도 그렇고, 법적으로도 우린 아직……」

그는 입을 다물었다. 그리고 베로니크를 잠시 바라보더니 난폭하게 그녀의 어깨에 손을 얹고 소리쳤다.

「말을 들어, 이 년아! 볼스키가 말하고 있잖아!」

베로니크는 넘어질 뻔하다가 의자 등받이를 붙잡고 가까스로 중심을 잡았다. 그녀는 다시 팔짱을 끼고, 경멸이 가득 담긴 시선으로 그를 노려보았다.

볼스키는 다시 감정을 자제하려 했다. 하지만 의도하지 않은 충동적인 행동을 보인 탓인지 그의 목소리는 쉽게 안정을 찾지 못해, 여전히 강압적이고 거칠었다.

「다시 한번 말하지만, 과거는 여전히 존재하고 있소. 당신이 원하든, 원치 않든 당신은 볼스키의 부인이란 말이오. 그렇기 때문에 나는 지금, 당신이 우리 관계를 있는 그대로 받아들여야 한다고 말하고 있는 거요. 그러니까 내 말 잘 들으시오. 나는 당신의 사랑도, 우정도 구하고 싶지 않지만, 다시 적대적인 관계로 돌아가는 것도 싫소. 난 예전과는 달리 날 경멸하는 부인은 원치 않소. 단지 난…… 난 여자를 원할 뿐이오. 나에게 복종하는, 헌신적이고 세심하며 충실한 동반자……」

「노예겠지」

베로니크가 중얼거렸다.

「아! 그래. 당신 입으로 직접 말하는군. 나도 부인하지 않겠소. 아주 딱 들어맞는군, 그래. 노예라! 안 될 게 뭐가 있겠어? 의무를 이행하고, 무조건 복종하는 게 노예니까 말이지. 손과 발을 묶인 채 몸을 바치는……. 이런 역할이 맘에 드시나? 나한테 몸과 마음을 바치길 원하나? 당신의 마음 따윈 관심 없어. 내가 원하는 건……. 내가 원하는 건……. 당신도 잘 알고 있지, 안 그래? 내가 원하는 건, 여태까지 한번도 가져 보지 못한……. 당신의 남편 자리야. 하! 하! 내가 단 한 번이라도 당신의 남편이었던 적이 있었나? 내 인생을 속속들이 뒤져 보아도, 수많은 감정과 기쁨의 소용돌이 속을 샅샅이 살펴보아도, 우리 관계에서 찾을 수 있는 기억이라고는 두 원수 사이에 있었던 인정머리 없고 치열한 싸움뿐이었어. 당신을 바라보고 있어도, 예전이나 지금이나 내게 보이는 건 나와는 동떨어진 이방인의 모습뿐이야. 하지만 이제 행운의 여신은 내 편으로 돌아섰고, 나도 네게 발톱을 세우고 있으니 앞으로는 절대로 그런 일은 일어나지 않을 거야. 앞으로는 절대…… 밤에도……. 베로니크. 지금은 내가 주인이고 넌 어쩔 수 없이 모든 걸 받아들여야 하는 상황이야. 어때 이제 내 제안을 받아들이겠나?」

그는 대답을 기다리지도 않고 목소리를 높여 다시 소리쳤다.

「어때, 받아들이겠나? 어떤 구실도, 거짓 약속도 용납 못해.

받아들이겠나? 그렇게 한다면 무릎을 꿇고 성호를 그어. 그리고 말해. 〈당신의 제안을 받아들입니다. 저는 당신의 아내가 될 것입니다. 저는 당신의 어떠한 명령이나 변덕스런 행동에도 복종하겠습니다. 이제 저의 삶은 없습니다. 당신만이 나의 주인이십니다.〉라고 말이야」

그녀는 어깨를 움츠리고는 아무런 대답도 하지 않았다. 볼스키는 화가 나서 펄펄 뛰었다. 그의 이마에는 혈관이 모두 불거져 나와 있었다. 하지만 그는 다시 한번 진정하고 말을 꺼냈다.

「자. 나도 예상은 하고 있었소. 하지만 내 제안을 거절하면 큰 대가를 치러야 할 거야. 그러니 마지막으로 기회를 한 번 더 주지. 내가 이렇게 불쑥 나타나는 바람에 당신이 너무 놀라서 순간적으로 거부하고 싶은 마음이 들 수도 있지. 이해하오. 하지만 진실을 알게 되면 당신도 생각을 바꾸리라 믿소. 그 진실은 정말로 놀랍고 귀가 번쩍 뜨일 만한 일이지. 내가 좀 전에 말했던 것처럼 갑작스럽게 어둠 속에서 서광이 비쳐 왔어. 그리고 그 빛은 왕의 아들, 볼스키를 환하게 비추었지」

그는 자신의 이야기를 하면서도, 마치 베로니크도 잘 알고 있는 다른 누군가에 대해 이야기하는 것처럼 말했다. 이런 말투는 참기 힘들 정도로 교만한 그의 태도를 더욱더 부각시켰다. 술에 취하거나 극도의 흥분 상태가 되면 그의 눈에 특이한 빛이 나타나곤 했는데, 지금도 그의 눈은 그런 빛을 발했다. 그녀는 그 눈빛이 그저 잠시 스쳐가는 증세일 거라 생각했다. 하지만 곧이어, 어쩌면 몇 년 동안 드러나지 않았던 그의 정신 착란 증세가 이제 발병하는 것일지도 모른다는 생각도 들었다.

볼스키는 다시 말을 시작했다. 이번에는 베로니크도 귀를 기울였다.

「그래서 전쟁 동안에는 내 수하를 이리로 보내서, 당신 아버지를 감시하라고 시켰소. 그러다가 우연히 벌판 아래에 동굴이 있다는 사실을 알게 되었고, 동굴 입구 하나를 발견했지. 그래서 수용소를 탈출한 뒤 안전한 동굴로 피신했던 거요. 난 여기서 편지 몇 장을 가로채, 당신 아버지가 사렉의 비밀을 밝히기 위해 해 온 연구와 그동안 발견한 사실에 대해서도 알게 되었소. 난 당신 아버지에 대한 감시를 두 배로 강화했지.

모든 사실이 더욱 명확하게 드러날수록, 난 섬의 역사와 이상한 우연, 몇몇 세세한 사실과 나의 삶의 상관관계에 대해 생각하게 되었소. 이제 곧 모든 수수께끼가 벗겨질 거요. 운명은 그 작업을 수행하도록 날 이리로 보냈고, 또 나만이 끝까지 비밀을 파헤칠 능력이 있지. 그리고 나만이 그 작업을 수행하기 위해 운명의 신과 협력할 수 있는 사람이야.

내 얘기를 이해할 수 있겠소? 수세기 전부터 이미 볼스키로 정해져 있던 거요. 운명이 볼스키를 지명했던 거지. 볼스키의 이름은 운명의 이름으로 이미 역사책에 기록되어 있던 거요. 볼스키는 작업 수행을 위해 반드시 필요한 자질과 방법, 신분을 고루 갖추고 있었소. 난 완벽하게 준비된 사람이었지. 그래서 난 운명의 명령을 곧 실행에 옮겼소. 내 앞길에 망설임이란 말은 없소. 내가 가는 길 끝까지 빛이 환하게 비추고 있거든. 그러니까 난 미리 닦아 놓은 길을 걸어가기만 하면 되는 거였소. 이제 볼스키에게 남은 건 그동안 쏟아 부은 노력의 대가를 받는 것뿐이오. 이제 볼스키는 손을 내밀 필요조차 없소. 바로 옆에 부와 명예 권력이 무한하게 쌓여 있으니 말이오. 이제 몇 시간 후면 왕의 아들, 볼스키는 세상의 지배자가 될 거요. 그럼 당신도 그 왕권을 누릴 수 있소」

그는 점점 더 이야기를 과장하고, 거창하게 부풀려 쏟아 내고 있었다.

그가 베로니크를 향해 몸을 기울였다.

「왕비, 황후가 되고 싶소? 볼스키가 지배하는 수많은 남자들만큼 수많은 여자들을 지배하고 싶소? 아름다움으로 왕비가 되었듯이 돈과 권력으로 다시 왕비가 되어 보고 싶소? 볼스키의 노예, 하지만 볼스키의 명령을 받는, 세상 모든 이들의 주인이 되는 거지. 어때 구미가 당기지 않소? 내 의견을 먼저 말해 주지. 이 제안을 반드시 받아들일 필요는 없다오. 두 가지 중 한 가지를 선택하면 되는 거야. 우선 제안을 거절했을 경우, 그러니까 내가 당신에게 제공하겠다고 한 왕권을 누리기 싫다면 말이지……」

그는 잠시 말을 멈췄다가 날카로운 목소리로 다시 말을 이어 갔다.

「십자가에 매달리는 거야」

베로니크의 몸이 부르르 떨렸다. 또다시 그 끔찍한 단어가 그의 입에서 흘러나왔다. 드디어 그녀는 사형 집행인의 이름을 알게 된 것이다!

「십자가」

그가 만족스럽다는 듯 잔인한 미소를 지으며 반복해서 말했다.

「선택은 당신에게 맡기도록 하지. 한 가지는 온갖 영화와 영예를 누리는 것이고, 또 다른 한 가지는 세상에서 가장 야만적인 형벌로 죽음을 당하는 거야. 선택해 봐. 죽느냐 사느냐……. 두 가지 딜레마 외에 다른 선택은 없어. 내가 볼 땐 쓸데없이 잔인한 면도, 내 권위를 뽐내려는 점도 전혀 찾아볼 수 없는 제안 같은데 말이야……. 그렇지. 그래, 난 단지 도구에 지나지 않아. 이 명령은 나보다 더 높은 곳에서 내려온 거니까. 운명의 신으로부터 말이야. 〈신의 뜻대로 일이 이루어지기 위해서는 베로니크 데르주몽이 죽어야 한다. 그녀는 십자가에 매달려 죽게 될 것이다.〉아주 단호한 명령이지.

인간은 운명을 거스를 수 없어. 볼스키가 아니라면, 볼스키처럼 과감하게 술수를 쓸 수 있는 사람이 아니라면 말이야. 퐁텐블로에 매장당할 운명에 처했을 때, 다른 사람을 죽여 볼스키로 둔갑시키고, 사형 선고를 받고도 감옥을 빠져나오고, 친구의 손에 죽게 되는 운명을 피해 갈 수 있는 볼스키만이, 신의 의도대로 일을 진행시키면서도 사랑하는 여인을 살려 낼 수 있는 거라고! 하지만 그러기 위해서는 당신이 먼저 복종해야 해. 볼스키는 아내에게 평안을, 적에게는 죽음을 선사할 거야. 당신은 어느 쪽에 서겠나? 나의 아내? 아니면 나의 적? 선택을 해. 나와 함께 인생의 모든 기쁨을 누리고 영예를 맛볼 것인지, 아니면 죽음을 택하든지……」

「죽음」

그녀가 단호하게 대답했다.

그는 위협하는 몸짓을 취했다.

「그건 죽음 이상의 것이야. 가혹한 고문이지. 어느 쪽을 선택하겠나?」

「가혹한 고문」

볼스키는 사납게 말했다.

「하지만 당신은 혼자가 아냐! 생각해 봐. 당신에겐 아들이 있다고. 당신이 사라지면 아들이 혼자 남게 돼. 고아가 된다고. 이보다 더 끔찍한 일은 없어! 당신이 죽으면 그 아인 내 꺼야. 난 그 아이의 아버지라고. 난 권리가 있어. 어느 쪽을 선택하겠나?」

「죽음」

그녀가 다시 한번 말했다.

그는 흥분해서 말했다.

「당신의 죽음은 그렇다고 쳐. 하지만 당신 아들이 죽게 된다면 어떻게 하겠나? 아이를 당신 앞에 데려와서……. 당신 아들 프랑수아, 내가 그 아이 목에 칼을 들이대고 묻는다면 뭐라고 대답할 텐가?」

베로니크는 눈을 감았다. 이런 고통은 태어나서 처음이었다. 볼스키는 그녀의 약점을 들쑤시고 있었다.

「죽음을 택하겠어」

볼스키의 분노가 폭발했다. 그는 친절이나 예절 따위는 모두 벗어던지고 욕을 퍼부어 대다가 다시 침착하게 말했다.

「아! 정말 이상한 여자군. 날 그렇게까지 증오하나? 나에게 양보하는 것보다는 아들의 죽음을 받아들이시겠다? 엄마가 아들을 죽인다고? 넌 나에게 복종하지 않기 위해서 네 아들을 죽이는 거야. 내게 네 인생을 바치지 않기 위해 네 아들을 잡아먹는 꼴이라고! 아! 날 이렇게까지 증오할 수가! 아냐, 아냐, 그건 불가능해. 믿을 수 없어. 이렇게까지 날 증오하다니! 증오에도 한계가 있는 법인데……. 더구나 당신 같은 아이 엄마라면, 아냐, 아냐, 다른 뭔가가 있어……. 다른 누굴 사랑하고 있나? 아냐, 베로니크는 사랑 따윈 하지 않아. 그러면? 그럼 뭐지? 내 동정을 기대하는 건가? 내 맘이 약해지길 바라는 거야? 아! 당신은 날 정말 모르는군.

볼스키의 마음이 약해지다니! 하! 볼스키가 동정심을 가지다니!

당신은 내가 하는 일을 똑똑히 봤잖아. 끔찍한 임무를 수행하면서 내가 조금이라도 머뭇거리던가? 사렉 섬이 예언대로 황폐해지지 않았어? 배가 전복되고, 사람들이 모두 죽었잖아! 아르쉬나 수녀들이 늙은 떡갈나무 기둥에 십자로 못 박혀 죽지 않았느냔 말이야! 난, 난 말이지…… . 내 마음이 약해진다고? 잘 들어. 난 어린아이 때부터 이 두 손으로 새들과 개의 목을 비틀었어. 이 두 손으로 살아 있는 새끼 염소들의 가죽을 벗기고, 살아 있는 닭의 깃털을 모조리 뽑아 버렸다고. 하, 동정? 내 엄마가 날 뭐라고 불렀는지 아나? 〈아틸라!〉 그녀는 신기가 들어 점쟁이가 된 다음, 내 손금이나 카드 점을 통해 나의 미래를 예견했어.

〈아틸라 볼스키. 신의 재앙을! 넌 신의 도구로 쓰이게 될 거다. 네가 칼자루를 쥐게 될 거야. 네 손안에 총알이 있고, 문제의 열쇠를 쥐고 있어. 신이여 재앙을 내리소서! 신의 재앙을! 너의 이름은 역사에 길이 남을 거야. 모든 별자리 중에 너의 탄생을 지배하는 별자리가 가장 밝은 빛을 발하게 될 거야. 신이여, 재앙을 내리소서! 신의 재앙을!〉

그런데 이런 내 눈에 눈물이 맺히길 기대하나? 눈물을 흘리는 건 약한 자들이나 하는 짓이야. 징벌을 두려워하고, 자신이 범죄의 대상이 될까 두려워하는 놈들이나 하는 짓이라고…… . 하지만 난! 난 말이지……! 당신 같은 족속의 조상들은 하늘이 무너지진 않을까 하는 걱정만 하고 살았어. 내가 무얼 두려워할 것 같나? 신의 공모자인 내가 말이야! 신은 모든 인간들 중에 날 선택했어. 내게 영감을 준 게 바로 신이라고. 게르만의 신, 독일 고대의 신이 말이야! 신의 아들에게는 선과 악의 개념 따위가 필요치 않아.

악은 바로 내 안에 있어. 난 악을 사랑하고, 악을 행하길 원해. 그러므로 넌 죽게 될 거다, 베로니크. 형장에 매달린 널 보면서 웃음을 지을 테다」

볼스키는 벌써 그 장면을 상상하는지 얼굴 가득 웃음을 띠고 있었다. 그는 발소리를 크게 내어 방 안을 서성거렸다. 그러더니 멈춰 서서 천장을 향해 손을 뻗는 것이었다. 베로니크는 실핏줄이 선 그의 눈에서 광기를 느끼고는 밀려오는 불안감에 몸을 떨었다.

그는 다시 몇 걸음을 걷고 나서, 그녀에게 다가갔다. 그러고는 감정을 억누르고 여전히 위협적인 말투로 말했다.

「무릎을 꿇어, 베로니크. 내 사랑을 구걸해. 당신은 그렇게 해야만 살 수 있어. 볼스키는 동정이나 걱정 따윈 몰라. 하지만 당신을 사랑하고 있어. 그의 사랑은 그 어떤 장애를 만나도 절대 후퇴하지 않아. 그를 이용해, 베로니크. 과거에 매달려. 다시 어린 시절로 돌아가. 언젠가는 네 앞에 무릎을 꿇게 될 테니. 베로니크, 날 밀어내지마. 나 같은 남자를 밀어내선 안돼. 사랑하는 남자에겐 도전하는 게 아냐. 내가 널 사랑하는 것처럼, 베로니크, 내가 널 사랑하는 것처럼……」

그녀는 소리 지르고 싶은 걸 억지로 참았다. 찢어진 블라우스 사이로 드러난 자신의 팔에 닿은 그의 손이 혐오스럽게 느껴졌다. 그녀는 도망치고 싶었다. 하지만 그의 억센 손에 팔을 붙잡혀 옴짝달싹할 수 없었다.

볼스키는 숨을 헐떡이며 말했다.

「날 밀어내지 마. 말도 안 되는 일이야. 이건 미친 짓이야. 난 전지전능한 힘을 가졌다는 걸 당신도 알고 있잖아. 그런데…….

십자가, 그건 너무 끔찍해……. 당신 아들의 죽음을 내 눈으로 지켜봐야 한다니……. 당신이 원하는 게 그거요? 불가피한 상황이니 받아들여요. 볼스키가 당신을 살려 낼 거요. 볼스키가 당신의 삶을 더욱 아름답게 만들어 줄 거요. 아! 당신, 왜 이렇게 날 증오하는 거요? 그래…… 날 증오할 만도 하지. 하지만 난 당신을 사랑해, 당신의 증오를…… 날 경멸하는 너의 입술을 사랑해. 난 네가 너 자신을 사랑하는 것보다 훨씬 더 널 사랑해」

그는 입을 다물었다. 이들에겐 피해 갈 수 없는 싸움이었다. 그는 베로니크의 팔을 점점 더 세게 붙잡았다. 그녀는 무기력하게 패배를 예견할 수밖에 없었다. 그녀의 무릎이 흔들렸다. 그녀 바로 앞에는 충혈된 볼스키의 눈이 보였고, 그는 괴물처럼 숨을 헐떡이고 있었다. 순간, 베로니크는 겁에 질려 볼스키의 팔을 있는 힘껏 물어뜯었다. 그리고 당황한 그를 밀어젖히며 한걸음 뒤로 물러서더니, 권총을 꺼내 연이어 발사했다.

총탄 두 발이 볼스키의 귀를 스치며 날아가 뒤쪽 벽에 박혔다. 그녀는 너무 급하게 쏘느라 제대로 조준하지 못한 듯했다.

「아! 빌어먹을 년! 예전의 나보다도 더하군, 그래」

그가 소리쳤다.

그는 이미 양손으로 베로니크의 어깨를 다시 움켜잡고 있었다. 그녀는 아무리 몸부림쳐도 빠져나갈 수가 없었다. 볼스키는 그녀의 무릎을 발로 차서 중심을 잃게 한 뒤에, 기다란 의자 위로 쓰러뜨렸다. 그러고는 주머니에서 끈을 꺼내어 그녀의 몸을 단단하게 묶었다.

잠시 침묵이 흘렀다. 볼스키는 이마에 송골송골 맺힌 땀을 닦아 내고, 커다란 포도주 잔을 채우더니 한 번에 들이켰다.

「이제 좀 낫군」

그가 베로니크의 발치에 앉으며 말했다.

「아주 좋은데, 그래? 각자 자기 위치에 이렇게 있으니 말이야. 아름다운 너는 먹이처럼 줄에 묶여 있고, 난 내 마음대로 너를 짓밟으며 이렇게 서 있고 말이야. 안 그래? 이젠 더 이상 날 우습게 생각하지 않겠지. 상황이 얼마나 심각한지 깨달았을 테니 말이야. 아! 걱정하지 마. 나쁜 년, 볼스키는 여자를 함부로 범하는 사람은 아니니까 말이야. 아니, 아니지. 이번엔 불장난을 한번 해 볼까? 내 안에서 솟아오르는 욕망을 어디 한번 채워 볼까? 그래, 그렇게 나쁜 생각도 아닌 것 같군. 그러고 나면 널 어떻게 잊을 수 있겠어? 단 한 가지, 널 잊고 평화를 되찾을 수 있는 방법이 있지. 바로 네 죽음이야. 이렇게 누워 있으니 자세도 됐고……. 어때 딱 좋을 것 같지 않나? 이래도 죽길 원해?」

「그래」

그녀가 단호하게 말했다.

「네 아들이 죽는대도 그러고 싶나?」

「그래」

그가 손바닥을 비볐다.

「아주 좋아. 그럼, 동의한 것으로 알겠어. 이제 쓸데없는 말 따위는 하지 말자고. 진짜 중요한 말만 하는 거야. 내가 지금까지 한 말은 모두 객설일 뿐이라는 걸 너도 알 테니까. 안 그런가? 지금까지 사렉 섬에서 일어났던 사건의 1막은 어린아이의 장난에 지나지 않았어. 진짜 비극은 이제 시작하는 거지. 네 몸과 마음이 이제 이 사건 속으로 빨려 들어왔으니까. 이제 가장 끔찍한 일이 벌어질 거야. 너의 그 아름다운 눈에서는 눈물이 흘러넘칠 거다.

하지만 그건 단순한 눈물이 아닌 피눈물이야. 운명의 명령으로 흘러내리는 피눈물…… 어떻게 하고 싶나? 다시 한번 말하지만 볼스키는 잔인한 사람이 아냐. 그는 복종할 뿐이고, 운명이 그의 뒤에서 명령을 내리고 있다고. 너의 눈물? 부질없는 소리! 넌 다른 어떤 누구보다도 천 배나 많은 눈물을 흘려야 해. 너의 죽음? 시시한 소리! 넌 정말로 죽기 전에 천 번의 죽음을 겪어 봐야 해. 넌 세상에서 가장 불쌍한 여자나 어머니들보다 더 큰 고통을 당하고 마음에 상처를 입어야 해. 준비됐나, 베로니크? 넌 세상의 어떤 잔인한 말보다도 더욱 더 잔인한 말들을 듣게 될 거야. 아! 운명은 네 편이 아닌 모양이군, 베로니크……」

그는 다시 포도주 잔을 채우더니 단숨에 들이마셨다. 그러고는 그녀 앞에 앉아 속삭였다.

「잘 들어, 마누라. 당신한테 고백할 게 한 가지 있어. 당신을 만나기 전에 난 이미 결혼한 적이 있었지. 오! 화내지 마시오! 부인에겐 그보다 훨씬 더 큰 재앙이 기다리고 있고, 남편에겐 중혼보다 더 큰 범죄를 저지를 일이 남아 있으니까. 첫 번째 부인과 사이에 아들이 하나 있지. 당신도 알고 있을 거야. 지하 감옥에서 애정 어린 대화를 조금 나누었을 테니…… 레이놀드는 최악의 종자를 타고난 진짜 불량배이자 깡패라고 할 수 있지. 그 아인 나의 가장 뛰어난 본능, 그리고 세상의 주인이 될 자질을 쏙 빼닮았어. 난 그 모습을 보고 정말 자랑스러웠지. 나의 분신이지만 나를 능가하는 아이야. 가끔은 날 겁나게 할 정도니까…… 제기랄, 진정한 악마라고 할 수 있지! 그 이인 이제 막 열나섯 살을 넘었어. 그 아이에 비하면 내가 그 나이였을 땐 천사나 다름없었지. 그런데 이제 그 아이와 나의 또 다른 아들, 우리의 귀여운 프랑수아가 대결을 벌이게 되었어. 그래, 이게 바로 운명의 힘이야. 다시 한번 말하지만 운명의 명령이라고. 난 단지 치밀하게 사건을 예견할 뿐이야.

물론 그 대결은 오래오래 지속되는 대결은 아니야. 매우 짧은 시간에, 단 한번으로 끝나는 잔인한 결투가 될 거야. 그래 맞아, 결투……. 이제 이해가 가나? 정말 진지한 결투……. 작은 상처 따위로 끝나는 결투가 아냐. 그럼, 아니고말고. 죽음의 결투……. 둘 중 하나는 살아남아, 승자와 패자, 산 자와 죽은 자가 갈릴 때까지 하는 결투……」

베로니크는 고개를 조금 돌렸다. 그의 웃는 얼굴이 보였다. 자신의 두 아들이 죽음의 결투를 벌일 거라면서 웃고 있는 이 남자……. 예전에는 단 한번도 이 남자가 이렇게까지 미쳤다고 느낀 적은 없었다. 그야말로 모든 상황이 너무나 희한하고 기가 막혀서 베로니크는 고통조차 느끼지 못하고 있었다. 이것은 고통의 한계를 넘어서는 일이었다.

「그래도 다행인 건 말이야, 베로니크……」

그는 각 음절을 하나하나 경쾌하게 발음하며 말했다.

「그래도 다행인 건 말이지……. 그래, 운명은 아주 세세한 것까지 신경을 써 놓았더군. 난 원치 않는 일이지만 어쩌겠나, 운명의 명령을 충실히 따라야지. 운명의 예고대로 넌 그 결투에 참석하게 되어 있어. 완벽하지 않나? 너, 프랑수아의 엄마인 네가 아들의 결투를 봐야 한다니 말이야.

물론, 난 이 잔인한 운명에 처한 너에게 조금이라도 자비를 베풀어 줄 수 있는 방법이 없을까 하고 생각해 보았지. 그래서 말인데 그 결투를 내가 중재하면 어떨까 해. 어때, 맘에 들어? 너한테 내가 직접 이런 호의를 베풀겠다고. 정당하지 못한 방법이지만 말이야. 하지만 레이놀드가 프랑수아보다는 몸도 더 단단하고, 능숙한 게 사실이거든. 그래서 정상적으로라면 프랑수아가 죽는 게 당연하겠지만, 자기 엄마가 직접 이 결투를 지켜본다고 생각하면 얼마나 더 대담해지고 힘이 솟겠느냐 말이야! 뒤를 봐주는 자들이 있어 자기의 승리를 자신하는 기사처럼 든든하겠지. 게다가 프랑수아는 자기가 결투에서 승리하면 엄마를 살릴 수 있다고 생각할 테니까. 사실이든 아니든 말이야! 사실, 프랑수아에게 이점이 너무 많아. 당신은 나한테 감사해야 할 거야, 베로니크. 내가 장담하건대, 이제 더 이상 초조해하지 마. 적어도…… 적어도 내가 운명의 계획을 끝까지 밀어붙이지 않는 한은 말이야. 아! 불쌍한 내 여자……」

그는 자기와 마주보도록 베로니크를 다시 일으켜 세웠다. 그의 얼굴이 갑자기 분노로 이글거렸다.

「자, 이래도 양보하지 않겠나?」

「아니, 전혀」

그녀가 소리쳤다.

「전혀 양보하지 않겠다고?」

「전혀! 전혀! 전혀!」

그녀가 점점 더 큰 목소리로 반복해서 외쳤다.

「이 모든 일을 감당할 만큼 날 증오하나?」

「프랑수아를 사랑하는 것보다도 더 널 증오해」

「거짓말! 기짓말!」

그는 이를 악물고 말했다.

「거짓말이야! 아들에 대한 사랑보다 더 큰 감정은 없어……」

「아니, 있어. 너에 대한 나의 증오!」

지금까지 참아 왔던 베로니크의 모든 분노와 증오가 폭발했다. 앞으로 일어날 일은 생각하지도 않은 채 그녀는 그의 얼굴을 정면으로 보고 쏘아붙였다.

「널 증오해! 널 증오해! 내 아들이 내 눈앞에서 죽는다 해도……. 아들의 최후를 지켜봐야 한다 해도……. 널 지켜보고, 네 존재를 확인하는 것보다는 훨씬 나아. 널 증오해! 넌 내 아버지를 죽였어! 넌 야비한 살인자야……. 어리석은 미치광이, 야만인, 광적인 범죄자……. 널 증오해……」

그는 그녀를 질질 끌고 창문 쪽으로 데려갔다. 그러고는 바닥에 던지며 소리쳤다.

「무릎 꿇어! 무릎 꿇어! 징벌이 시작될 거다. 감히 날 모욕해? 빌어먹을 년! 그래, 이제 너도 보게 될 거다!」

그는 그녀의 무릎을 꿇리고는 벽 쪽으로 밀어붙였다. 그리고 다시 창문을 열고 발코니로 그녀의 몸을 질질 끌고 가서는, 그녀의 목과 팔을 난간에 묶었다. 그는 마지막으로 스카프를 묶어 베로니크의 입에 재갈을 물리고는 소리쳤다.

「자, 이제, 잘 봐! 이제 커튼이 열릴 테니! 프랑수아는 이제 결투를 하게 될 거다! 아! 날 증오하신다고! 아! 이 볼스키의 키스보다는 지옥을 더 좋아한다고? 어디 한번 즐겨 보시지. 내 손으로 직접 빚어낸 지옥의 맛을 느껴 봐. 아주 색다른 맛일 거야. 그리고 이젠 너도 알겠지. 넌 아무것도 할 수 있는 게 없어. 이젠 되돌릴 수 없다고. 나한테 간청하고 자비를 구해 봤자 아무 소용 없다고……. 너무 늦었어! 결투……. 그 다음엔 십자가……. 자, 예고편을 잘 들었나? 기도나 해, 베로니크. 하나님께 가호를 빌라

고. 원한다면 도움을 요청해 봐. 자, 난 그 어린애가 갑자기 나타
날 구원자를 기다리고 있다는 사실도 알고 있어. 전문적인 모험
의 대가, 돈키호테 같은 사람을 말이야. 제발 나타나라! 볼스키
가 적합한 대우를 해 줄 테니 제발 나타나! 제발! 비웃음이나 사
게 될 테니……. 신들도 그 대열에 참여하겠지. 널 구하기 위해!
우습군. 이제 이 일은 신의 소관이 아냐, 내 소관이지. 이젠 사렉
섬이나 보물, 거대한 비밀, 성석 따위에 관한 일이 아니라고! 바
로 나와 관련된 일이야! 넌 볼스키를 경멸했어. 볼스키가 복수할
테다. 그가 복수를 할 거야! 멋진 시간이 될 거다. 정말 흥분되는
걸! 다른 이들이 선을 행하는 것처럼 이 두 손으로 악을 행하리
라! 악을 행하라! 죽이고, 고문하고, 깨부수고, 모조리 없애고, 싹
쓸어 버릴 테다. 아! 강렬한 기쁨이 솟구쳐 오르는군, 볼스키로
태어난 것에 대해……」

그는 방으로 들어가 바닥을 구르며 쾅쾅 소리를 내고, 가구들
을 때려 부쉈다. 그러고는 매서운 눈으로 주위를 살피기 시작했
다. 그는 어서 빨리 운명의 처형 작업에 착수하여, 희생자들의
목을 조르고 자신의 손으로 직접 악을 행하며 광란의 상상력으로
빚어낸 말도 안 되는 명령을 직접 실행에 옮기고 싶어 안달하는
것 같았다.

볼스키는 갑자기 권총을 꺼내 들었다. 그리고 정신 나간 사람
처럼 거울에 대고 몇 발을 쏜 다음, 액자를 던지고 창문을 깨부
쉈다. 계속해서 그는 험상궂은 표정으로 알 수 없는 몸짓을 하며
미쳐 날뛰었다. 마지막으로 그기 문을 열고 나와 어디돈가 사라
지며 말했다.

「볼스키가 복수할 테다! 볼스키가 복수할 테다!」

# 골고다 언덕

20분, 30분 정도 시간이 지나갔다. 베로니크는 발코니에 혼자 앉아 있었다.

그녀의 몸을 묶고 있는 끈이 살을 파고들었다. 발코니 난간에 대고 있는 이마에도 상처가 생겼다. 재갈 때문에 숨이 턱턱 막혔다. 무릎을 꿇고 있다 보니 체중이 무릎으로 모두 쏠려 앉아 있기도 힘들었다. 그칠 줄 모르는 고통이 계속되었다. 하지만 그녀는 자신이 겪고 있는 고통을 제대로 느끼지 못했다. 육체적인 고통은 이미 그녀의 의식 밖으로 벗어나 있었고, 정신적인 고통만이 그녀를 괴롭힐 뿐이었다.

그녀는 아무 생각도 하지 않았다. 가끔씩, 〈죽어 싶어…….〉라고 중얼거리는 게 전부였다. 폭풍우가 몰아치던 항구에 잠시 고요가 찾아드는 것처럼, 그녀는 이미 죽음의 휴식을 맛보고 있는 건지도 몰랐다. 지금부터 그녀를 자유롭게 만들 죽음의 순간까지, 아직 끔찍한 일들이 많이 남아 있을 것이다. 하지만 그녀는 자신이 겪게 될 고통보다는 아들의 운명에 대한 생각에 몰두했다. 그러나 그것도 잠시뿐, 그녀 머릿속에서는 프랑수아에 대한 생각마저도 뿌연 먼지처럼 곧 흩어져 버렸다.

그녀는 이처럼 몽롱한 의식 속에서 기적을 바라고 있었다.

〈볼스키가 이 기적을 연출할 것인가? 관용 따윈 전혀 기대할 수 없는 걸까? 그 괴물은 조금도 망설이지 않고 쓸데없는 살인을 저지를 것인가? 아버지가 아들을 죽이는 일은 없다. 설령 그런 일이 있다 해도 불가피한 이유가 있을 것이다. 불가피한 이유가…….. 볼스키는 알지도 못하는 아들에게 적대감을 가질 이유가 없을 것이다. 증오를 가장한 것일 뿐…….〉

기적에 대한 희망이 베로니크의 마비된 몸을 살며시 어루만져 주었다. 그제야 집안에서 나는 소리가 하나씩 하나씩 그녀의 귓가로 다가왔다. 사람들의 말소리, 빠른 걸음소리 모두 그녀에게는, 예고된 사건을 준비하는 소리가 아니라 볼스키의 계획을 무마시킬 다른 누군가의 개입을 알리는 신호라고 느껴졌다. 사랑스런 프랑수아도 말하지 않았던가. 더 이상 그 무엇도 이들을 갈라놓을 수 없다고, 순간적으로는 모든 걸 잃은 듯 보여도 믿음을 잃어서는 안 된다고 말하지 않았던가.

「프랑수아, 프랑수아…… 넌 죽지 않을 거야. 우린 다시 만나게 될 거야. 네가 약속한대로……」

큰 떡갈나무 위에는 파란 하늘이 펼쳐져 있고, 군데군데 뭉게구름도 피어오르고 있었다. 처음 이 섬에 도착한 날 아버지의 모습이 불쑥 나타났던 그 창문과, 오노린느와 함께 뛰었던 잔디밭이 그녀의 시야에 들어왔다. 누군가가 최근에 잔디밭을 뒤엎은 흔적이 보였다. 결투장처럼 모래를 깔아 놓은 모양이었다.

〈그러니까…… 저곳에서 프랑수아가 결투를 하는 것일까?〉

그녀는 갑자기 가슴이 조여 왔다.

「아! 미안하다, 프랑수아」

그녀가 중얼거렸다.

「미안……. 모두 다 미안해. 이게 다 내가 저지른 실수 때문이야. 예전에 저질렀던……. 이건 속죄의 의식이야. 아들이 엄마를 대신해서 속죄를 하는 거야. 미안하다. 미안해……」


그때 현관문이 열리는 소리가 들렸다. 그리고 계단에서 몇 사람이 모여 떠드는 말들이 베로니크에게까지 똑똑히 들렸다. 이 목소리 가운데는 볼스키도 있었다.

「자……. 이제 됐나? 자, 우린 각각 양쪽 편에 서는 거야. 당신들 둘은 왼쪽에, 난 오른쪽에……. 당신들은 저 아이를 맡아. 난 이 아일 맡을 테니. 그리고 잠시 후에 결투장에서 만나는 거야. 규칙에 어긋나는 게 없는지 잘 확인하라고. 당신들은 그 아이, 그리고 난 이 아이를 확실히 살펴보는 거야」

볼스키가 말했다.

베로니크는 눈을 감았다. 그녀는 자신의 아들이 학대당하면서 노예처럼 결투장에 끌려나오는 모습을 보고 싶지 않았다. 양쪽에서 발자국 소리가 들렸다. 야비한 볼스키는 웃음 섞인 목소리로 거드름을 피우면서 말하고 있었다. 사람들은 원을 돌아 반대편으로 걸어가는 듯했다.

「더 이상 걸어 나오지 마. 두 상대를 각자 위치에 세워. 서둘러. 양쪽 모두……. 좋아. 그리고 이제부터는 아무 말도 해선 안 돼. 알겠어? 입을 여는 자는 내 손에 잔인하게 죽게 될 거다. 준비됐나? 그럼, 걸어가」

볼스키가 명령했다.

이렇게 끔찍한 결투가 시작되었다. 아이 엄마가 결투를 지켜보도록 하겠다는 볼스키의 의도대로, 그녀 앞에서 아들이 싸울 준비를 하고 있었다. 그녀는 차마 눈뜨고는 보지 못할 장면을 보기 위해 눈을 떴다.

아이들이 서로를 움켜잡았다가 밀어젖히는 모습이 보였다. 하지만 그녀는 자신이 본 장면을 제대로 파악할 수가 없었다. 적어도 그 장면이 정확히 무슨 의미인지 이해할 수가 없었다. 두 아이가 있었지만……. 하지만 어느 쪽이 프랑수아인지, 어느 쪽이 레이놀드인지 분간이 가지 않았다.

「아! 이런 잔인한……. 아냐, 내가 착각하고 있는 걸 거야. 그럴 리가 없어」

그녀가 중얼거렸다.

그녀가 착각한 게 아니었다. 두 아이는 똑같은 벨벳 반바지에, 똑같은 흰색 플란넬 셔츠를 입고, 똑같은 가죽 벨트를 매고 있었다. 게다가 두 아이 모두 눈 주위에 구멍을 뚫은 빨간 실크 스카프를 두르고 있었다.

「어느 쪽이 프랑수아고, 어느 쪽이 레이놀드지?」

그 순간 볼스키가 했던 말이 떠올랐다. 이해하기 힘든 위협의 말이었다. 자기가 짜낸 계획대로 진행될 형벌……. 자기 손으로 직접 빚어낸 지옥의 맛을 느껴 보리고 한 말이 바로 이것이었단 말인가. 아들이 엄마의 눈앞에서 결투를 벌일 뿐만 아니라 엄마는 누가 아들인지조차 모르고 있는 것이다.

운명의 장난……. 볼스키는 그렇게 말했다. 지금 베로니크가 겪고 있는 고통보다 더 큰 고통은 이 세상에 존재하지 않을 것 같았다.

어두운 의식 저편에서 그녀가 기대하던 기적은 바로 그녀 안에 있었다. 바로 아들에 대한 그녀의 사랑이었다. 베로니크는 자기 눈앞에서 결투를 하고 있는 아들이 절대로 죽지 않으리라는 확신을 가졌다. 그녀가 적의 공격과 잔인한 술수로부터 아들을 보호할 것이다. 사랑하는 아들의 몸에서 단도가 비껴가게 하고, 아들의 머리 위에 드리워진 죽음의 그림자를 걷어 낼 것이다. 아들에게 불굴의 힘과 공격에 대한 의지, 지칠 줄 모르는 힘, 미리 예측하고 호기를 노릴 줄 아는 정신력을 불어넣어 줄 것이다.

〈그런데 두 아이 중 대체 누구에게 기운을 북돋아 주어야 한단 말인가? 누구를 위해 기도를 해야 한단 말인가? 누구를 저주해야 한단 말인가?〉

그녀는 전혀 알 수가 없었다. 복면으로 얼굴을 가린 두 아이는 매우 닮아서, 누가 프랑수아인지 알아낼 재간이 없었다. 둘 중 한 아이가 조금 더 크고 말랐으며, 좀 더 행동이 유연했다.

〈저 아이가 프랑수아인가?〉

다른 아이는 키가 좀 더 작았지만 몸이 다부지고 느릿느릿 움직이고 있었다.

〈저 아이가 레이놀드일까?〉

확실치가 않았다. 복면으로 가려져 있지 않은 부분과 순간적으로 나타나는 표정을 보고 겨우 추측할 수 있을 뿐이었다. 어떻게 해야 저 두꺼운 복면 뒤에 있는 프랑수아를 찾아낼 수 있을지, 그녀는 감을 잡을 수가 없었다.

250

결투가 계속됐다. 그녀는 누가 프랑수아인지 알아낼 수 없어 마음이 다급했다. 하지만 만약 결투하는 아들의 얼굴을 직접 보게 된다면, 그것 역시 끔찍하기는 마찬가지일 거라는 생각이 들었다.

「브라보!」

볼스키가 한 아이의 공격에 대해 박수를 보내며 소리쳤다. 그는 격투 애호가처럼, 실력이 뛰어난 선수가 승리하길 바라는 마음으로 누구보다도 공정하게 싸움을 지켜보고 있었다. 하지만 그 아이들을 죽음으로 몰아넣고 있는 사람도 바로 그였다.

두 공범자는 모두 거친 피부에 턱이 뾰족했고, 커다란 코 위로는 안경을 썼다. 한 사람은 심하게 말랐으며, 다른 사람도 약간 마른 편이었다. 하지만 둘 다 마른 몸과는 어울리지 않게 지나칠 정도로 배가 나와 있었다. 이들은 박수도 치지 않고 결투에는 무관심한 듯 가만히 서 있었다. 볼스키의 강요 때문이기는 했지만, 그들 또한 불쾌한 감정을 갖고 결투를 지켜보고 있는 것 같았다.

「완벽해! 반격 좋고! 아! 넌 정말 거친 놈이구나. 누가 승리의 월계관을 쓰게 될지 정말 궁금한걸」

볼스키가 말했다.

그는 두 아이의 주위를 돌며 거칠게 소리쳤다. 베로니크는 술에 얼큰하게 취한 남자의 목소리를 들으며 과거의 기억들을 떠올렸다.

불쌍한 베로니크는 이제 끈에 묶여 있는 손을 볼스키 쪽으로 내밀려고 애쓰면서 재갈 사이로 희미하게 소리를 냈다.

「볼스키! 자비를 베풀어요! 자비를! 더는 못 보겠어. 제발 아이를 불쌍하게 생각해서……」

베로니크는 이 형벌을 더 이상 견뎌 내지 못할 것 같았다. 그녀의 심장은 격렬하게 뛰고 있었고, 온몸은 덜덜 떨렸다. 여기에서 풀려나면 곧바로 기절할 것만 같았다. 격렬한 몸싸움이 일고 나서, 아이 중 한 명이 뒤로 물러섰다. 그 아이가 오른쪽 손목에 묶고 있던 붕대를 풀자 피가 뚝뚝 떨어졌다. 그 순간 아이의 손에서 프랑수아가 쓰던 파란 줄무늬 손수건이 언뜻 보였다.

그녀는 즉시 이 아이가 프랑수아라고 확신했다. 좀 더 마르고 유연한 아이, 다른 아이보다 좀 더 고상해 보이는 아이, 좀 더 기품 있고 균형 잡힌 자세를 갖고 있는 아이가 프랑수아였다.

「저 아이가 프랑수아야. 그래, 그래, 맞아. 저 아이야. 네가…… 내 아들이 맞지? 이제 널 알아볼 수 있을 것 같아. 다른 아이는 더 비열하고, 행동도 굼뜬 것 같아. 네가 맞구나, 내 아가……. 아! 나의 프랑수아……. 나의 사랑하는 프랑수아!」

그녀가 중얼거렸다.

두 아이는 모두 적극적으로 싸우고 있었다. 하지만 이 아이에게서는 야만적인 분노나 무모한 격정 따위는 느껴지지 않았다. 이 아이는 상대를 죽이지는 않고, 상처만 입히려고 노력하는 것 같았다. 단지 자신에게 혀를 널름거리고 있는 죽음의 위협으로부터 스스로를 방어하기 위해 어쩔 수 없이 상대를 공격하고 있었다. 베로니크는 마치 아이가 자신의 목소리를 들을 수 있기라도 한 것처럼 조언을 해 주었다.

「아가, 저 아이와 붙어 있지 마. 저 아인 괴물이야, 저 남자도……. 아! 세상에, 너무 많이 봐주다간 결투에서 지게 될 거야. 프랑수아, 프랑수아, 조심해!」

252

그녀가 부르던 아이의 머리 위로 단도의 섬광이 빛났다. 그녀는 아이에게 위험을 알려 주기 위해 재갈 사이로 계속 소리를 질렀다. 다행히 프랑수아는 칼을 피했다. 그녀는 자기도 모르게 프랑수아에게 조심하도록 당부하고, 계속해서 조언을 했다.

「잠깐 쉬어. 숨을 고르고……. 하지만 적에게 시선을 떼선 안 돼. 상대가 뭔가를 준비하고 있어. 너한테 달려들 거야. 달려온다! 아! 내 아가, 저놈이 목에 상처를 냈어. 조심해, 아가, 저놈은 악당이야. 갖은 술수를 다 쓸 거야」

이 가엾은 엄마는 자신이 아들이라고 생각했던 아이가 점점 힘이 떨어져 가는 것을 느낄 수 있었다. 이 아이는 점점 더 대응하는 힘이 약해지는 데 반해, 다른 아이는 오히려 힘과 열의가 살아나는 모양이었다. 프랑수아는 뒤로 물러섰다. 이제 거의 결투장의 가장자리까지 후퇴하고 말았다.

「헤이! 거기, 네 놈 말이야. 그렇게 도망칠 셈이냐? 힘내라고, 제기랄! 자세를 취하란 말이야. 네가 지면 어떻게 될지, 잘 생각해 봐!」

볼스키가 비웃음 섞인 소리로 말했다.

아이가 다시 힘을 내 상대에게 달려들자, 다른 한 아이는 뒤로 물러섰다. 볼스키는 손을 내밀어 박수를 치고 있었다. 베로니크가 중얼거렸다.

「저 아이가 목숨을 내걸고 싸우는 건 바로 나 때문이야. 저 괴물이 말했을 거야. 〈네 엄마의 운명이 너에게 달려 있어. 네가 이기면 엄마가 풀려날 거다.〉 그래서 프랑수아도 반드시 이기겠다고 맹세했겠지. 내가 이 결투를 보고 있다는 사실도 알고 있을 거야. 아이는 내가 있는 걸 알고 있어. 내 소릴 들을 거야. 내 사랑하는 아들에게 부디 축복을!」

이제 결투가 거의 막바지에 다다랐다. 베로니크는 긴장된 상태에서 아이가 이길 거란 희망을 가졌다가 다시 불안해하기를 수차례 반복했다. 그러다 보니 그녀의 몸은 녹초가 되고, 계속해서 부들부들 떨렸다.

다시 한번 그녀의 아들이 뒤로 물러섰다. 그러다가 다시 앞으로 나갔다. 하지만 너무 긴장한 탓인지 아이는 몸의 균형을 잃고, 자신의 몸 아래에 오른손을 깐 채로 쓰러졌다. 이때 다른 아이가 잽싸게 다가오더니 쓰러진 아이의 가슴을 무릎으로 찍어 눌렀다. 그러고는 팔을 높이 들었다. 단도의 날이 반짝거렸다.

「살려 줘! 살려 줘!」

베로니크는 재갈 때문에 질식할 지경인데도 계속 소리를 질렀다.

그녀는 자신의 몸을 결박하고 있는 끈 따위는 신경도 쓰지 않고, 계속해서 몸부림을 치며 소리를 내질렀다. 그녀의 이마가 베란다 창살 모퉁이에 찔려 피가 흘렀다. 그녀는 아들이 죽으면, 자신도 금방 따라 죽을 것 같았다. 볼스키는 이들 곁에서 냉담한 표정을 지은 채, 꼼짝도 않고 지켜보고 있었다.

20초…… 30초가 흘렀다. 프랑수아는 왼손을 내밀어 적의 공격을 저지하고 있었다. 하지만 곧 승리자가 될 아이의 팔이 프랑수아를 점점 더 짓누르고, 칼날이 조금씩 내려오고 있었다. 칼끝은 프랑수아의 목에서 겨우 몇 센티미터밖에 떨어져 있지 않았다.

볼스키는 프랑수아를 짓누르고 있는 레이놀드의 등에 가려, 결투 장면을 제대로 볼 수 없었다. 그는 정확한 타이밍에 맞춰 싸움에 끼어들려고 하는 사람처럼 자세를 바꿔 가며 주의 깊게 아이

들을 바라보았다.

〈그렇다면 누굴 위해 끼어들려고 한단 말인가? 프랑수아를 구출하려는 생각일까?〉

베로니크는 더 이상 숨을 쉴 수가 없었다. 그녀는 눈을 최대한 크게 뜨고 결투를 지켜보고 있었다. 그녀는 마치 삶과 죽음 사이를 오가는 시계추처럼 계속 눈동자를 이리저리 굴렸다.

레이놀드의 칼끝이 프랑수아의 목에 닿아 살을 파고들려는 순간, 프랑수아가 레이놀드의 팔목을 힘껏 뒤로 밀어냈다. 볼스키는 몸을 더욱 굽혔다. 그는 몸싸움하는 아이들 옆에 바짝 붙은 채 칼끝에서 눈을 떼지 않았다. 그러더니 주머니에 손을 넣고 잠시 기다리던 그가 갑자기 칼을 꺼내들었다.

다시 몇 초가 흘렀다. 아이의 칼날은 계속해서 프랑수아의 목을 향해 내려오고 있었다. 그때, 갑자기 볼스키가 레이놀드의 어깨를 잡고는 칼끝을 들이댔다. 아이는 고통스러워하며 비명을 질렀다. 그와 동시에 프랑수아는 레이놀드의 공격에서 벗어났다. 하지만 프랑수아는 볼스키가 레이놀드 뒤에 있다는 사실과 레이놀드에게 무슨 일이 일어났는지 알아차리지 못했다. 프랑수아는 얼른 자신의 몸 아래에 깔려 있던 오른손을 빼냈다. 그리고 그저 본능적으로, 죽음에서 빠져나오기 위해 상대의 얼굴 정면에 주먹을 날렸다. 이번에는 레이놀드가 바닥으로 쓰러졌다.

프랑수아가 레이놀드의 공격에서 벗어난 지 겨우 10초도 안 되어 결투가 끝났다. 베로니크는 어떻게 된 상황인지 영문을 알 수가 없었다. 가엾은 그녀는 자신이 기뻐해야 하는지 슬퍼해야 하는지조차 알 수 없었다. 여태까지 아이를 잘못 보고 있었던 것은 아닌지, 진짜 프랑수아가 볼스키의 칼에 찔려 죽은 것은 아닌지도 분간할 수가 없었다. 몸에 힘이 쭉 빠지는 것을 느끼며 그녀는 의식을 잃고 말았다.

베로니크의 감각이 조금씩 되살아나고 있었다. 시계 종이 연달아 네 번 울렸다.

〈2시에 프랑수아가 죽은 거로군. 죽은 아이는 분명 프랑수아였을 테니…….〉

그녀는 결투가 정해진 각본에 따라 끝났다는 사실을 조금도 의심하지 않았다.

〈볼스키가 프랑수아를 승리자로 만들고, 자기를 빼닮은 아들을 죽였을 리는 없다. 그렇다면 여태까지 그 잔인한 놈을 위해 기도를 하고 승리를 기원했단 말인가. 프랑수아는 죽었어. 볼스키가 프랑수아를 죽였어…….〉

그 순간 문이 열리고, 볼스키의 목소리가 들렸다. 그가 휘청거리는 걸음으로 들어오며 말을 건넸다.

「정말 미안하오, 부인. 이 볼스키가 잠깐 잠들었던 모양이오. 당신 아버지의 실수지, 베로니크! 그가 지하실에 소뮈르 포도주를 숨겨 놓았더군. 콘래드와 오토가 찾아냈지. 그걸 좀 마셨더니 얼큰하게 취하더라고! 그렇다고 울진 말아. 우리가 서둘러서 아까운 시간을 보충할 테니 말이야! 어라! 대답을 해야지. 설마 죽은 건 아니겠지? 지금 내가 농담하는 줄 아나?」

그는 베로니크의 손을 잡았다가 난폭하게 다시 내팽개쳤다.

「잘됐어! 볼스키의 아들은 항상 혐오의 대상이었지. 그래서 말인데, 모두 다 잘 풀릴 거야. 좋은 방책이 있거든. 당신은 끝까지 가는 거야, 베로니크」

그는 갑자기 문 밖을 흘끗 쳐다보았다.

「뭐야? 누가 날 불렀나? 너야, 오토? 그럼, 올라와. 그래, 오토, 무슨 일이라도 있나? 난 잠을 좀 잤지. 너도 알잖아. 그 소뮈르 산 포도주를 마시고……」

두 공범자 중 한 명인 오토가 방으로 들어왔다. 이상할 정도로 배가 나온 사람이었다.

「무슨 일이라도 있나?」

그가 소리쳤다.

「그러니까……. 누군가 섬에 있는 걸 봤습니다」

볼스키는 웃기 시작했다.

「자네도 취했군, 오토……. 그 소뮈르 포도주에 말이야……」

「전 취하지 않았어요. 제가 봤다고요……. 그리고 콘래드도 함께 봤고요」

「오! 오! 콘래드도 함께 있었다? 그래, 자네들이 본 게 뭐였지?」

볼스키가 좀 더 진지하게 말했다.

「흰색 물체가 숨어서 우리한테 접근해 오고 있었어요」

「어디에서?」

「마을하고 벌판 사이에 있는 작은 밤나무 숲에서요」

「그러니까 다른 쪽 섬을 말하는 건가?」

「그렇습니다」

「좋아. 그럼 좀 더 신중을 기하자고」

「어떻게 말입니까? 아무래도 여러 명인 것 같았는데……」

「열 명이라 해도 달라질 건 없어. 콘래드는 어디 있나?」

「불탄 다리 대신 새로 세워 놓은 다리 옆에 있습니다. 거기에서 감시하고 있습니다」

「콘래드는 약삭빠른 놈이야. 다리가 불타는 바람에 우린 반대편 섬에 발이 묶이게 되었지. 새 다리에 불 지르면 똑같은 효과를 낼 수 있다고. 베로니크, 당신을 구하러 누군가가 온 모양이군그래. 학수고대하던 기적……. 당신이 기대하던 도움을 주러 온 거야. 하지만 너무 늦었어, 베로니크」

그는 발코니에 묶어 두었던 끈을 풀고 베로니크를 긴 의자에 눕혔다. 그러고는 재갈을 약간 느슨하게 해 주었다.

「잠을 좀 자라고, 마누라. 가능한 한 편안하게 휴식을 취해. 당신은 아직 골고다 언덕을 반밖에 올라오지 않았어. 나머지 길은 더욱 험난하지」

그는 농담을 하며 걸어 나갔다. 볼스키가 2층으로 올라온 오토, 콘래드와 나누는 대화 내용이 중간중간 베로니크의 귀에 들어왔다.

「당신이 죽이려는 저 불쌍한 여자는 누굽니까?」

오토가 물었다.

「상관하지 마」

「하지만 콘래드와 저한테도 약간의 정보는 주셔야 하지 않겠습니까?」

「어째서, 이런 젠장」

「그냥 알고 있으려고요」

「콘래드나 자네, 둘 다 어리석긴 마찬가지군. 내가 처음 자네들을 데리고 달출했을 때, 난 내 계획 중에 설명할 수 있는 부문은 모두 말해 주었어. 자네들은 내 조건을 받아들였고……. 이젠 어쩔 수 없어. 자네들은 나와 함께 끝까지 가야 하는 거야」

「그렇게 하지 않으면요?」

「그렇지 않으면, 그에 합당한 대가를 치르게 될 거다. 난 배신자는 좋아하지 않아」

다시 몇 시간이 흘렀다. 이제 베로니크는 자신의 바람과는 상관없는 종말이 다가오고 있음을 느꼈고, 더 이상은 빠져나갈 수 없다고 생각했다. 그녀는 오토가 보았다던 사람이 자신을 도우러 올 거라는 기대조차 하지 않았다.

그녀는 아무 생각도 하지 않고 있었다. 그녀의 바람은 죽은 아들을 서둘러 따라가는 것뿐이었다. 세상에서 가장 끔찍한 형벌을 치뤄야 한다는 말도, 그녀에게는 아무 의미가 없었다. 어차피 고문에도 한계가 있는 법이고, 그녀는 이미 죽음 가까이에 다가섰으니 그 한계도 머지 않을 터였다.

그녀는 기도를 하기 시작했다. 다시 한번 과거의 기억이 그녀의 머릿속을 스쳐 갔다. 특히 이 모든 불행의 원인이 된 자신의 실수에 대한 기억이 끊임없이 그녀를 괴롭혔다. 기도를 하다가 지치고 기진맥진한 그녀는 모든 일에 무관심해지고 우울해져, 결국 잠들고 말았다.

볼스키가 돌아왔지만 그녀는 잠에서 깨어나지 않았다. 그는 베로니크를 흔들어 깨워야 했다.

「시간이 다가왔다, 베로니크……. 기도나 하고 있어」

그는 다른 공범자들이 듣지 못하도록 아주 낮은 소리로 말했다. 그러고는 베로니크의 귀에 대고 과거의 일들을 심각한 듯이 이야기했다. 그러나 그의 모든 이야기는 그녀에겐 아무 의미 없는 일들이었다. 잠시 후 그가 소리쳤다.

「아직은 너무 밝아. 오토, 창고에 가서 먹을 게 있나 좀 찾아

봐. 배가 고프군」

공범자들이 식탁을 차리기 시작했다. 볼스키도 곧 일어섰다.

「날 쳐다보지 마, 베로니크. 네 눈빛이 신경 쓰이거든. 뭘 원
하나? 남잔 말이야, 혼자 있을 땐 별로 민감하지 않다가도 당신
같이 아름다운 여인의 시선을 받으면 흥분되거든. 그러니 눈을
내리깔아」

그는 손수건으로 베로니크의 눈을 가리고 뒤통수에 묶어 버렸
다. 하지만 그것만으로도 만족스럽지 않은 모양이었다. 그는 창
에서 얇은 망사 커튼을 떼어 내 베로니크의 머리를 감싸고 목에
도 둘러놓았다. 그런 다음 다시 식사를 하기 위해 식탁에 앉았다.

이들 세 명은 말없이 식사에만 열중했다. 특히 섬에 대해서나
오후에 있던 결투에 대해서는 전혀 언급하지 않았다. 누군가
말을 꺼내더라도, 베로니크는 아무 관심도 없는 자잘한 이야기뿐
이었다. 설령 저들이 중요한 얘기를 나누었다 하더라도 그녀는
어떤 마음의 동요도 느끼지 않았을 것이다. 그녀에게는 이 상황
이 현실 같지 않았다. 말소리가 들리긴 했지만, 소리만 전달될
뿐 아무런 의미도 알아차릴 수가 없었다. 그녀는 몽롱한 상태에
서 오로지 죽음에 대해서만 생각했다.

밤이 되자, 볼스키가 출발을 명령했다.

「그러니까 당신 결심은 전혀 변하지 않은 겁니까?」

오토가 약간 적대적인 감정을 담아 물었다.

「전혀 변하지 않았지. 왜 그런 질문을 하는 건가?」

「아무것도……. 하지만 어쨌든……」

「어쨌든?」

「그래요, 사실대로 말하자면 우리한텐 별로 내키지 않는 일입

니다」

「그럴 리가! 낄낄대며 아르쉬나 수녀들을 나무에 매달 땐 언제
고, 이제 와서……. 나한테 그 말을 믿으라는 건가?」

「그날은 취해 있었잖습니까? 당신이 술을 권해서……」

「그럼, 술을 마시게. 자, 여기 코냑. 통째로 들이부어 보라고.
그리곤 얌전하게 있어. 콘래드, 들것은 준비됐나?」

그는 베로니크를 향해 고개를 돌렸다.

「널 위해 배려를 좀 했지, 지독한 년……. 네 아들이 가지고
놀던 대나무 막대기에 가죽 천을 대어 만든 거야. 아주 실용적이
고 편안한 들것이라고」

8시 반경이 되자 죽음의 행렬이 시작되었다. 볼스키가 등잔을
손에 들고 앞장서서 걸었다. 두 공범자는 들것을 들고 뒤따라
갔다.

오후에 짙게 껴 있던 구름이 점점 세력을 확장해 사렉 섬 위를
지나고 있었다. 짙은 먹구름이었다. 어둠이 빠른 속도로 깔렸다.
거센 바람에 등잔불이 흔들렸다.

「음……. 음산한데……. 진짜 골고다의 밤에 어울리는 날씨로군」
볼스키가 중얼거렸다.

그는 잠시 대열에서 떨어져 나오더니 앞쪽에서 빠르게 내려오
는 작고 검은 물체를 보고 말했다.

「저게 뭐지? 잘 봐. 강아지인가?」

「그 아이의 강아지 같습니다」

오토가 말했다.

「아! 그래, 그 유명한 해피란 말이지?」

그는 강아지를 위로 들었다가 바닥에 내팽개쳤다.

「모든 일이 다 잘 돌아가고 있어. 네 이름처럼 행복한 일들만 생기고 있지. 잠깐 기다려, 어리석은 놈……」

볼스키가 발길질을 했지만 해피는 교묘히 그의 발을 피해 도망 갔다. 그리고는 멀찌감치 뒤에서 다시 행렬을 따라오며 이따금 낮게 짖었다.

그들은 수도원 잔디밭 옆에 있는 오솔길을 따라 거석 고인돌이 있는 곳까지 올라갔다. 길은 매우 가팔랐다. 세 남자 중 한 명이 가시덤불과 덩굴이 어지럽게 널려 있는 것을 불평했다.

「멈춰!」

볼스키가 말했다.

「잠시 호흡을 가다듬으라고, 자네들. 오토, 술병을 이리 줘

봐. 심장이 조여 오는 것 같아」

그는 길게 한 모금 마셨다.

「자, 이제 자네 차례야, 오토……. 뭐야, 싫다는 겐가? 무슨 일 있어?」

「이 섬에 우릴 찾고 있는 사람들이 있는 것 같아요」

「어떻게 우릴 찾으러 올 수 있단 말인가?」

「배로 이곳까지 와서, 저 여자와 아이가 오늘 아침 도망치려고 했던 그 절벽 아랫길로 올라왔을 수도 있지 않겠습니까?」

「바다를 통해 온 사람들은 겁내지 않아도 돼. 이쪽 섬에 숨어 있던 게 아니라면……. 새 다리도 불 질러 버렸지 않은가? 절대로 두 섬을 넘나들 수 없어. 검은 벌판 아래에 있는 동굴 입구를 찾아내서 이곳까지 오지 않는 한은 말이야……」

「그 입구를 발견하지 않았을까요?」

「그건 아닐 거야. 그래, 그들이 동굴을 발견했다 치자고. 하지만 우리가 그쪽 출구를 막고 계단도 망가뜨려 놓았으니 사방이 막혀 있는 셈이라고. 입구를 다시 뚫으려면 적어도 반나절은 필요해. 자정이 되면 일이 다 끝날 테고, 새벽이면 우린 사렉에서 멀리 떨어져 있을 테니 걱정할 것 없어」

「곧 끝나겠죠. 끝날 거예요. 그러니까 양심에 가책을 느끼게 하는 일은 이제 이것으로 끝이겠죠. 하지만……」

「하지만 뭐?」

「보물은?」

「아! 보물, 이제야 진짜 하고 싶었던 말을 내뱉는군. 그래, 보물이라……. 네가 그렇게 삐딱하게 나왔던 게 바로 그 보물 때문이었군. 안 그런가? 좋아, 안심하라고. 넌 주머니 두둑이 네 몫을

264

챙겨 가게 될 테니까」

「장담할 수 있습니까?」

「그럼 장담하고말고! 그럼 자넨 내가 단지 재미로 이곳에 머물면서 온갖 더러운 짓을 하는 줄 알았나?」

이들은 다시 길을 걸었다. 15분쯤 지나자 빗방울이 떨어지기 시작했다. 갑자기 천둥 소리가 들렸다. 이제 곧 폭풍우가 몰아칠 모양이었다. 볼스키는 힘겹게 언덕을 오르고 있는 두 남자를 지켜보다가 거들기 시작했다.

「자…… 드디어 도착했군. 오토, 술병을 이리 줘. 좋아, 고맙네」

이들은 가지를 모두 잘라 놓은 떡갈나무 밑동에 베로니크를 내려놓았다. 번갯불이 순간적으로 나무 위에 새긴 서명을 비추었다. 〈V. d'H.〉 볼스키는 미리 가져다 놓은 끈을 주워 들고, 나무 기둥에 사다리를 걸쳐 놓았다.

「아르쉬나 수녀들과 마찬가지로 하는 거야. 자. 내가 위에 남겨 놓은 큰 가지에 끈을 두르겠어. 이게 도르래 역할을 할 거야」

그는 갑자기 말을 멈추더니 나무 뒤편으로 걸어갔다. 뭔가 이상한 게 느껴진 듯했다.

「뭐지? 무슨 일이야? 혹시 휘파람 소리 같은 거 들었나?」

「네. 뭔가 귀를 스쳐 간 것 같은데요. 뭐가 날아간 것 같습니다」

콘래드가 말했다.

「미쳤군」

「제 생각도 그래요. 소리가 들렸어요. 뭔가가 나무를 친 것 같은데요」

오토가 말했다.

「무슨 나무?」

「떡갈나무요. 세상에! 우릴 향해 총 쏜 거 아냐?」

「총소리도 들리지 않았잖아」

「그런데 돌…… 돌 같은 게 떡갈나무에 부딪친 것 같아요」

「확인해 보면 알겠지」

볼스키는 등잔을 내밀어 주위를 살펴보았다. 곧이어 그가 욕설을 내뱉었다.

「제기랄! 저길 봐……. 서명 아래……」

두 남자는 시선을 돌렸다.

그가 가리킨 곳에는 화살이 꽂혀 있었고, 화살의 꼬리 깃털은 아직도 흔들리고 있었다.

「화살이야! 어떻게 이런 일이……. 화살이 어떻게?」

콘래드가 더듬거리며 말했다.

오토 역시 겁먹은 표정으로 말했다.

「우린 다 끝났어. 우릴 겨냥하고 날린 거야」

「우릴 노리고 있는 놈은 가까이에 있다. 눈을 크게 뜨고 함께 찾아보자고」

볼스키가 주위를 둘러보며 말했다.

그는 등잔을 들고 여기저기 어둠 속을 살펴보았다.

「가만. 약간 오른쪽으로…… 보입니까?」

콘래드가 격앙된 목소리로 말했다.

「그래……. 그래…… 보여」

이들로부터 마흔 걸음 정도 떨어진 곳에 흰색 물체가 보였다. 벼락을 맞아 쓰러진 떡갈나무 위쪽, 〈수난의 꽃밭〉 방향이었다.

「아무 말도 하지 마. 움직이지도 말고」

볼스키가 명령했다.

「저놈은 우리가 자기를 본 사실을 아직 모르고 있을 거야. 콘래드, 넌 날 따라와. 오토, 넌 여기서 기다려. 권총을 꺼내 들고 우릴 엄호해. 만약에 저놈이 다가와서 여자를 데려가려고 하면 총을 두 방 쏴. 그럼 우리가 당장 달려올 테니까. 알겠나?」

「네」

그는 무릎을 굽히고 앉아 상체를 숙이고, 베로니크의 얼굴을 덮은 천을 살짝 들췄다. 그녀의 눈과 입은 여전히 천으로 가려 놓은 채였다. 그녀의 숨소리는 불규칙적으로 들렸고, 맥박은 이미 가늘어져 간신히 뛰고 있었다.

「아직 시간은 있어. 하지만 이 여자가 정해진 운명에 따라 죽길 바란다면 서둘러야 해. 어쨌든 많이 고통스러워하는 것 같진 않군. 의식이 없는 것 같아」

그가 중얼거렸다.

볼스키는 등잔을 내려놓고 천천히 공범자를 따라갔다. 두 명 모두 가장 짙은 어둠 속을 향해 걸으며 흰색 물체를 향해 조금씩 다가갔다. 이들은 곧 그 물체가 가만히 있는 것처럼 보이지만 이들이 이동할 때마다 조금씩 따라 움직이고 있다는 사실을 알았다. 그래서 그 물체는 이들과 계속 같은 거리를 유지했다. 또, 흰 물체는 주위를 깡충깡충 뛰어다니는 작고 검은 물체의 엄호를 받고 있었다.

「저건 그 몹쓸 개새끼야!」

볼스키가 화를 내며 말했다.

그는 보폭을 크게 해서 걸었지만 흰 물체와의 거리는 좁혀질 줄 몰랐다. 그가 달리자 흰 물체도 따라서 뛰었다. 이상하게도 저 괴상한 생물체가 움직일 때는 나뭇잎 스치는 소리나, 발소리가 전혀 들리지 않았다.

「젠장! 우릴 놀리고 있어. 콘래드, 총을 쏴 버려」

볼스키가 말했다.

「너무 멀어요. 거기까지는 총알이 닿지 않을 겁니다」

「하지만 어떻게 하란 말이야! 가까이 갈 수가 없는걸……」

이들은 흰 물체를 따라 섬 꼭대기까지 올라갔다가 다시 지하 동굴 입구가 있는 부분까지 내려왔다. 그리고 다시 수도원 근처를 지나 서쪽 절벽까지 갔다가, 아직도 연기가 솟아오르고 있는 불탄 다리 부근까지 오게 되었다. 그런 다음 흰 물체는 갈림길에서 다시 집 반대편으로 사라졌다가 잔디밭을 따라 올라갔다. 그러는 동안 강아지는 즐겁다는 듯 계속해서 짖어 댔다.

볼스키는 화가 솟구쳐 올랐다. 아무리 노력해도 흰 물체와 간격이 좁혀지지 않았다. 그렇게 15분이 흘러갔다. 그는 적을 향해 욕설을 퍼부었다.

「장난은 그만둬. 비겁한 놈! 도대체 원하는 게 뭐냐? 우릴 덫에 가두고 싶나? 뭣 때문에? 저 여자를 구출하고 싶나? 저 여자가 어떤 상태이든 간에 절대로 네 놈 손에 들어가게 하진 않을 테다. 아! 망나니 같은 놈! 내 손에 잡히기만 해 봐라!」

갑자기 콘래드가 볼스키의 옷자락을 잡았다.

「왜 그래, 콘래드?」

「봐요. 이제 움직이지 않고 있어요」

그들은 처음으로 움직이지 않고 있는 흰 물체를 자세히 볼 수 있었다. 흰 물체는 우거진 잡목 사이에서 팔을 약간 벌리고, 등은 굽힌 채로 땅바닥에 다리를 꼬고 앉아 있었다.

「넘어졌나?」

콘래드가 말했다.

볼스키가 앞으로 다가가며 소리쳤다.

「총을 쏴 주랴? 이 얍삽한 놈! 내 대포 끝에 매달아 주지. 손들어, 안 그러면 쏘겠다」

움직임이 없었다.

「할 수 없군! 머리가 나쁜 모양이니 한번 봐주지. 셋을 세겠다. 그때까지 손을 안 들면 총알을 날려 주마」

그는 흰 물체 앞으로 한 걸음 다가가서 손을 내밀고 숫자를 셌다.

「하나……. 두울……. 콘래드, 준비됐나? 발사해, 어서」

총알 두 발이 동시에 발사됐다.

저쪽에서 고통스런 비명소리가 들리고 흰 물체가 쓰러지는 것처럼 보였다. 두 남자는 앞으로 뛰어갔다.

「아! 여기 있군. 쥐새끼 같은 놈! 볼스키는 술을 몇 모금 마셔서 몸이 후끈 달아올랐거든! 아! 나쁜 놈 같으니! 날 달리게 만들었겠다. 대가를 치르게 해 주지」

볼스키는 몇 걸음 걷다가 깜짝 놀라 걸음을 늦추었다. 흰 물체는 아무런 움직임이 없었다. 볼스키는 좀 더 가까이 다가가 보았다. 남자의 얼굴은 총에 맞아 엉망이 된 것 같았다. 분명 죽어 있는 시체로 보였다.

「명중이야, 콘래드. 사냥감을 주워 오게」

하지만 콘래드가 사냥감을 주우려는 순간, 그의 손에 닿는 느낌은 긴 코트뿐이었고 그 속에는 아무것도 없었다. 코트 주인은 진작 도망치고, 옷만 가시덤불에 걸쳐 놓은 모양이었다. 강아지도 사라지고 없었다.

「제기랄! 제기랄! 사기꾼 같은 놈! 우릴 따돌리다니! 제기랄!

도대체 뭣 때문에 그런 거지?」

볼스키가 말했다.

볼스키는 어안이 벙벙해서 분노를 삭이지 못하고 숨을 쌕쌕 몰아쉬며 옷을 짓밟았다. 그 순간 어떤 생각이 스쳐 지나갔다.

「왜 그랬을까? 제기랄! 좀 전에 내 입으로 말해 놓고선……. 덫……. 우릴 저 여자로부터 멀리 떨어뜨려 놓고서 다른 누군가를 시켜 오토를 공격하려고 했던 거야. 아! 이런 바보같이!」

그는 어둠 속에서 다시 길을 나섰다. 그리고 고인돌이 멀리서 보이자 소리쳤다.

「오토! 오토!」

「서둘러요! 무슨 일이 있었던 겁니까?」

오토가 깜짝 놀라 대답했다.

「나야…… 쏘지 마!」

「거기서 무슨 일이 있었던 건가요? 당신은?」

「아! 그래, 나야. 바보같이……」

「하지만 총알 두 발이 발사되는 소릴 들었는데요?」

「아무것도 아니었어……. 실수였어……. 나중에 얘기해 주지……」

그는 떡갈나무 옆으로 와서 등잔을 들고 누워 있는 여자를 향해 비춰 보았다. 천으로 머리를 감싼 여자는 아무런 움직임 없이 여전히 나무 밑동에 누워 있었다.

「아! 이제 좀 숨을 제대로 쉴 수 있겠군. 제길! 얼마나 겁을 먹었던지!」

「겁을 먹다니, 뭣 때문에요?」

「누가 저 여잘 훔쳐 갈까 봐. 제기랄!」

「하지만 내가 여기 있었잖습니까」

「너! 너! 너 같은 겁쟁이를……. 누가 널 공격했다면……」

「난 총을 쐈을 겁니다……. 그럼 당신들이 신호를 들었을 테고……」

「알게 뭡니까! 결국, 아무 일도 일어나지 않았잖습니까?」

콘래드가 말했다.

「그래. 아무 일도 일어나지 않았지」

「여자가 너무 고통스러워하지 않던가?」

「처음엔 조금 그랬죠. 저 덮개 아래서 경련을 일으키며 신음소릴 냅디다. 처음엔 좀 참다가……」

「그 다음엔?」

「아! 그 다음엔……. 얼마 가지 않았어요. 주먹 한 방에 기절해 버리던걸요」

「아! 이 짐승 같은 놈! 여자가 죽었으면 네 목숨도 내놔야 할 거다」

볼스키는 서둘러 여자에게 다가가 허리를 굽히고 가슴에 귀를 대 보았다.

「아냐. 아직은 심장이 뛰고 있어. 하지만 그렇게 오래 살진 못하겠는걸. 행동 개시. 친구들, 10분 후면 모두 다 끝날 거야」

# 엘리, 엘리, 라마 사박다니!

준비 작업은 그다지 오래 걸리지 않았다. 볼스키도 직접 작업에 참여했는데, 그는 우선 나무 기둥에 사다리를 걸쳐 놓고 끈으로 희생자의 몸을 묶었다. 그리고 끈의 다른 쪽 끝은 나무 위쪽에 두른 다음, 맨 윗가지에 단단하게 묶었다.

「자. 이제 더 이상 남은 끈은 없겠지? 우선 여자를 일으켜 세우고, 자네들 중 한 명이 여자를 붙들고 있어」

그는 명령을 내리고 잠시 기다렸다. 하지만 오토와 콘래드는 가만히 서서 속삭이고 있었다. 볼스키는 그 모습을 보고 소리쳤다.

「이봐, 서둘러야 할 거야. 좀 전에 우릴 농간했던 적이 총이나 화살을 갖고 있다면 우리를 쉽게 조준할 수 있을 테니 말이야. 알아듣겠나?」

두 공범자는 대답이 없었다.

「그래, 몸이 아주 굼뜨군그래. 도대체 뭐하고 있는 거야? 오

272

토…….  콘래드……」

볼스키는 땅바닥으로 뛰어내린 다음 거친 목소리로 말했다.

「당신들 둘 다 지금 장난하자는 겐가? 그렇게 하다가는 내일 아침까지도 끝내지 못할 거야. 그럼 계획에 차질이 생긴다고. 대답해, 오토」

그는 오토의 얼굴에 등잔불을 들이댔다.

「어라, 뭐 하는 짓들이야? 지금 내 명령을 거부하는 건가? 대답해! 콘래드, 너도냐? 파업이라도 하겠다는 거야?」

오토가 고개를 끄덕였다.

「파업이라……. 그건 너무 지나친 생각이고……. 하지만 콘래드와 나는 설명을 들어야만 화가 풀릴 것 같습니다」

「설명이라고? 무슨 설명을 말이냐, 이 멍청아! 우리가 처형하는 저 여자에 대한 설명? 아니면 두 아이에 대한 설명? 친구들, 그런 설명은 들어서 뭣하겠나. 난 이미 이 일을 제안하면서 다 설명했다고. 〈나만 믿고 따라올 수 있겠나? 수행해야 할 일이 있어. 아주 힘든 일일 거야. 수많은 피를 봐야 하는……. 하지만 그 뒤엔 엄청난 보수가 따를 거야.〉라고 말했잖아」

「그걸로 설명이 다된단 말입니까?」

오토가 말했다.

「아주 정확한 설명이지」

「우리의 계약 조건에 대해서 다시 한번 정확한 설명을 듣고 싶습니다. 계약 조건이 뭐였죠?」

「나보다 자네가 더 잘 알 텐데그래」

「물론이죠. 그런데도 계약 조건에 대해서 말해 보라고 한 건, 당신의 기억을 상기시키기 위한 겁니다」

「내 기억력엔 아무 이상 없어. 보물은 내 소유이며, 보물 채취를 돕는 대가로 당신들에겐 20만 프랑을 주기로 했지」

「그래 맞습니다. 하지만 맞지 않는 것도 있지요. 거기에 대해 다시 얘길 해 보려는 겁니다. 우선 그 유명한 보물에 대해서 먼저 말하죠. 벌써 몇 주 동안 갖은 범죄를 저지르며 수많은 피를 보고, 악몽을 겪으면서 보물을 찾아보았지만 실오라기만 한 단서 하나 보이질 않았습니다!」

볼스키는 어깨를 으쓱했다.

「왜 이렇게 점점 어리석은 말만 하는 겐가, 가엾은 오토. 보물을 찾기 전에 우선 수행해야 할 임무가 있다는 걸 자네도 알고 있지 않은가. 이제 거의 다 끝났어. 하나만 빼고……. 몇 분 후면 그 일마저 끝나게 된다고. 그럼 보물은 우리 차지야」

「그걸 어떻게 장담할 수 있죠?」

「내가 결과에 대한 확신도 없이 이 모든 일을 감행했을 거라고 생각하나? 살아남을 거란 확신도 없이? 이 모든 사건은 돌이킬 수 없는 명령에 의해 진행되고 있고, 또 이미 오래전부터 정해진 일이야. 이제 정해진 시간 안에 마지막 작업만 끝내고 나면, 나를 향해 문이 활짝 열릴걸세」

「지옥의 문이 말입니까? 하긴, 마그녹이 그렇게 말하는 걸 들은 적이 있어요」

오토가 비웃으며 말했다.

「마그녹이든 다른 어떤 누구든 간에, 어쨌든 문은 보물이 있는 곳을 향해 열릴 테고, 난 그 보물을 차지하게 될 거야」

「당신의 확신이 들어맞는다고 해 보죠. 그리고 나도 당신 말이 맞는다고 믿고 싶습니다. 하지만 우리는……. 우리 몫을 받게 된다고 어떻게 확신할 수 있죠?」

오토가 말했다.

「자네들은 약속한 대로 자네들 몫을 받을 거야. 그 보물을 소유하고 있는 것만으로도 난 엄청난 부를 얻게 될 테니……. 그런 내가 단 20만 프랑에 당신들을 적으로 만들 것 같나?」

「그럼 약속한 겁니까?」

「그럼」

「우리의 계약 사항을 모두 지키겠다고 약속하는 거지요?」

「그렇고말고. 더 알고 싶은 게 있나?」

「하지만 당신은 계약 조항 중 하나를 어기고, 비열하게 우릴 속였어」

「뭐라고? 지금 뭐라고 지껄이고 있는 거야? 지금 누구한테 말하는지 알고나 있나?」

「너한테 하는 말이야. 볼스키」

볼스키는 이 공범자의 멱살을 잡고 말했다.

「지금 뭐라고 했어? 감히 날 모욕하다니! 나한테 반말을 해? 너…… 네가!」

「못할 게 뭐 있나? 넌 날 배신했는데……. 네가 먼저 말이야!」

볼스키는 마음을 가다듬고, 다시 떨리는 목소리로 말했다.

「그럼 말해 보라고, 이 사람아. 반칙을 하고 있는 건 바로 네 녀석이니까. 어서 말해 봐」

「자. 넌 손을 들고 맹세했어. 보물이나 약속한 20만 프랑을 떠나서, 일을 수행하는 중에 발견된 현금은 즉시 반으로 나누겠다고……. 반은 네가, 그리고 나머지 반은 콘래드와 내가……. 기억 나나?」

오토가 말했다.

「그랬지」

「그럼. 내놔」

오토가 손을 내밀며 말했다.

「뭘 내놓으란 말이야? 난 아무것도 발견한 게 없는데……」

「거짓말……. 우리가 아르쉬나 수녀들을 쫓는 사이에 넌 한 수녀의 블라우스 안에서 돈을 찾았어. 그녀들이 보관하고 있던 상당한 액수의 돈을 말이야」

「아! 그건 자네가 지어낸 이야기가 아니야?」

볼스키는 당황한 목소리로 말했다.

「순전히 진실만을 말한 거야」

「그럼, 증명해 봐」

「네 셔츠 안에 끈으로 매달고 다니는 꾸러미를 내놔 봐」

오토는 볼스키의 가슴을 손가락으로 건드리며 다시 말했다.

「어서 내놔 봐. 작은 꾸러미를 꺼내서 5만 프랑을 펼쳐 봐」

볼스키는 대답하지 않았다. 그는 자신에게 어떤 일이 일어나고 있는 건지 이해하지 못하겠다는 듯 어안이 벙벙한 표정이었다. 그리고 상대가 이 사실을 어떻게 알았을지 생각하며 사태를 수습하기 위해 잔머리를 굴리는 것 같기도 했다.

「이제 고백하겠나?」

오토가 그에게 물었다.

「설명하고말고. 난 좀 더 있다가 일괄적으로 지불할 생각이었다고」

그가 서둘러 말했다.

「당장 지불해. 그게 더 좋거든」

276

「거절하면?」

「그렇다면 혼 구멍을 내 줘야지」

「내가 뭣 때문에 겁을 먹겠나, 자네들은 둘뿐인데……」

「우린 적어도 셋이야」

「나머지 놈은 어디 있는데?」

「그 사람을 우습게 보지 말라고, 콘래드도 좀 전에 말했지만……. 그래, 좀 전에 널 따돌렸던 사람……. 화살을 날리고, 흰색 코트를 입고 있던 그 사람 말이야」

「그자를 부를 생각인가?」

「물론이지!」

볼스키는 이들과 싸워 봐야 아무 소용없는 일이라고 생각했다. 두 공범자는 볼스키가 움직이지 못하도록 양쪽에서 꼭 붙들고 있었다. 볼스키는 한발 물러서야만 했다.

「자, 도둑놈들! 여기 있다, 불한당들 같으니!」

볼스키가 셔츠에서 작은 꾸러미를 꺼내 지폐를 펼쳐 놓으며 말했다.

「셀 필요도 없겠군」

오토가 재빨리 꾸러미를 낚아채며 말했다.

「하지만……」

「계산은 다시 한다. 반은 콘래드, 반은 나」

「아! 짐승 같은 놈! 도둑 중의 상 도둑놈! 넌 대가를 치르게 될 거다. 난 돈 따위에는 관심 없어. 하지만 감히 날 강탈하다니! 아! 네 녀석은 정말……. 못 참아 주겠군!」

그는 계속해서 욕을 퍼붓다가 갑자기 웃음을 터뜨렸다. 악의를 품은 억지웃음이었다.

「어쨌든 아주 좋았어. 오토, 하지만 언제, 어떻게 그 사실을 알게 되었나? 나한테 말해 주겠어? 자…… 이젠 1분도 지체해선 안 돼. 그럼 이제 다 해결된 거지? 안 그런가? 그럼 일을 해야지?」

「기꺼이 하지. 당신이 우리 요구를 잘 따라 주었으니」

오토가 말했다.

그리고 공범자는 아첨하듯 덧붙여 말했다.

「볼스키, 당신은 정말 귀족의 피를 타고난 것 같군」

「그리고 자네는 돈을 받고 일하는 하수인이지. 이제 몫을 챙겼으니, 서두르라고. 시간이 없어」

이 사악한 인물의 말대로 일은 매우 빠르게 진행되었다. 사다리를 타고 올라간 볼스키는 콘래드와 오토에게 명령을 내렸다. 두 공범자는 그의 말을 고분고분 따랐다. 오토와 콘래드는 여자를 일으켜 세웠다. 하지만 그녀가 의식이 없어 휘청거렸기 때문에 끈을 묶기 위해서는 그녀를 꼭 붙잡고 있어야 했다. 볼스키는 두 공범자 대신 가엾은 여자를 붙들고 발로 무릎을 차서 선 자세를 유지하게 하려고 했다. 이렇게 그녀를 나무 밑동에 세우고 나서, 치마를 여며 다리에 바짝 붙이고, 팔은 양쪽으로 벌려 놓았다. 그러고는 허리와 팔에도 끈을 묶기 시작했다. 그녀는 아직 의식이 돌아오지 않아 고통을 느끼지 못하는 듯했다. 볼스키는 그녀에게 무슨 말을 하고 싶어하는 사람처럼 우물거렸지만, 그 말을 입 밖에 내지는 않았다. 그는 여자의 목숨이 끊어졌는지 확인해 볼 용기조차 내지 못하고 있었다. 마침내 그는 여자의 머리채를 붙잡고 위로 쳐들었다. 하지만 고개는 번번이 떨어지고 말았다. 머리가 가슴 부위까지 낮게 툭 떨어졌다.

곧 그가 사다리에서 내려와 말했다.

「생명수……. 오토……. 술병 가진 거 있나? 아! 역시 있었군!」

「아직 늦지 않았습니다」

콘래드가 말했다.

볼스키는 몇 모금을 들이키고 나서 소리쳤다.

「아직 늦지 않았다니……. 그게 무슨 소리야? 저 여잘 풀어 줄 시간이 있다는 건가? 잘 들어, 콘래드. 저 여잘 풀어 주느니, 차라리……. 그래, 차라리 내가 저 자리에 대신 서겠어. 내 작품을 포기하라고? 아! 넌 이 작품의 의미가 뭔지, 내 목표가 뭔지 몰라. 저렇게 하지 않으면……」

그는 다시 한 모금 마셨다.

「아주 훌륭한 생명수로군. 하지만 다시 마음의 안정을 찾으려면, 럼주를 마시는 게 낫겠어. 럼주 가진 거 있나, 콘래드?」

「작은 병에 남은 게 있습니다」

「이리 줘」

이들은 누가 볼지도 모른다는 생각에 두려워져 멀리서 등잔불을 보지 못하도록 가려 놓고, 나무에 바짝 기대어 조용히 앉아 있었다. 그렇게 있으니 다시 술기운이 머리 꼭대기까지 올라오는 것 같았다. 볼스키는 매우 흥분하여 거들먹거리며 말했다.

「설명 따윈 필요치 않아. 저기에서 죽을 여자가 누군지, 너희들은 이름도 알 필요 없어. 특별히 정해진 운명에 따라 십자가에 매달려 죽는 네 번째 여자란 사실만 알아 두면 돼. 하지만 한 가지만 밀해 주지. 이세 볼스키의 승리가 너희늘 눈농자를 환하게 비출 것이다. 자네들에게 이런 사실을 예고하게 되어 무척 기쁘군그래. 지금까진 모든 사건들이 나나 나의 의지와는 반대로 일어났지만, 이제부터는 세상에서 가장 강력한 나의 의지에 따라 결정될 테니 말이야. 볼스키의 의지대로……」

그는 마치 그 이름을 발음하는 것이 즐거운 듯 여러 번이나 반복하여 자신의 이름을 불러 댔다.

「볼스키를 위하여! 볼스키를 위하여!」

볼스키는 솟아나는 힘을 주체하지 못하는 듯 다시 일어나더니, 여기저기 걸어 다니면서 알 수 없는 몸짓을 해 댔다.

「볼스키, 왕의 아들. 운명이 선택한 인물, 볼스키……. 준비하라. 너의 때가 왔도다. 너는 최후까지 살아남는 해적이며, 피범벅이 되어 죽어 간 대범죄자들 중에서도 가장 잔인한 범죄자이니……. 또한 신의 월계관을 받아 마땅한 총명한 예언자이니라. 초인이자 대도……. 자, 운명의 시간은 멈춰 섰도다. 신에게 바칠 산 제물의 심장 고동이 종국을 알리는구나. 들어라, 심장 고동 소리를……. 거기 있는 너희들 두 놈」

그는 사다리를 타고 올라가 가엾은 여인의 심장이 죽어 가는 소리를 들으려고 애썼다. 하지만 여자의 머리가 자꾸 왼쪽 아래로 기울어져 가슴에 귀를 바짝 가져다 댈 수가 없었다. 그는 손도 대지 못한 채 그대로 서 있었다. 그의 불규칙적이고 거친 숨소리만이 정적을 깨고 있었다.

그가 아주 낮은 소리로 말했다.

「베로니크, 들리나? 베로니크……. 베로니크……」

그러고는 잠시 망설이더니 다시 말을 이어 갔다.

「너도 알아야 해. 그래, 내가 하는 일이지만, 나도 끔찍하긴 마찬가지야. 하지만 이건 운명이 인도하는 일이라고. 그 예언을 기억하나? 〈네 아내는 십자가에 못 박혀 죽을 것이다.〉 운명은 네 이름까지도 미리 언급해 두었어. 예수의 얼굴을 손수건으로 닦아 주었던 성 베로니크에 대해 알고 있나? 그 손수건에는 거룩한 구세주의 모습이 남았지. 베로니크, 내 말 들리나, 베로니크……?」

볼스키는 서둘러 사다리를 내려가 콘래드의 손에 있던 럼주 병을 낚아챈 뒤 한 모금에 비워 버렸다. 그 순간, 그는 일종의 정신 착란 증세가 발작한 듯 잠시 동안 횡설수설했다. 그의 공범자들은 그의 말을 전혀 이해할 수가 없었다. 그런 뒤, 그는 보이지 않는 적과 신에게 욕과 저주를 퍼붓고, 신성 모독을 하기 시작했다.

「세상에서 가장 강한 존재는 볼스키다. 볼스키가 운명을 지배한다. 모든 신비의 힘과 요소들은 볼스키에게 복종해야 해. 모든 일이 볼스키의 결정에 따라 이루어지고, 볼스키는 마술을 통해 모든 비밀들도 쉽게 알 수 있게 된다. 볼스키는 기쁨과 흥분의 탄성을 지르며, 그가 알지 못하는 존재, 베일에 싸여 있는 위대한 존재로부터 승리의 훈장과 축복을 받게 될 거야. 준비하소서! 어둠을 벗어나, 지옥에서 올라오소서! 여기 볼스키가 있나이다. 종아, 울려라! 할렐루야의 찬양을 불러라! 땅이 열리고 불길이 솟아오르는 동안 하늘에서 운명의 신호를 내려 주소서!」

그는 자신이 말한 운명의 신호를 기다리는 듯이 침묵을 지킨 채 잠시 서 있었다. 위에서는 죽어 가는 여자의 거친 숨소리가 절망적으로 들려왔다. 저 멀리서는 폭풍우가 몰아칠 기세였다. 검은 구름이 번개에 가리가리 찢어졌다. 모든 자연이 이 사악한 남자의 부름에 응답하는 것 같았다. 두 공범자는 볼스키가 내뱉은 기이한 말과 묘한 몸짓에 강렬한 느낌을 받은 모양이었다. 오토가 중얼거렸다.

「정말 무섭군」

「럼주 때문이야」

콘래드가 말했다.

「하지만 아무리 그래도 그렇지. 너무 끔찍한 말만 골라서 하고 있잖아」

「우리 주위를 맴돌고 있어」

작은 소리에도 민감한 반응을 보이며 볼스키가 말했다.

「수세기 동안의 흔적을 간직한 채 현재에도 남아 있는…… 분만같이 경이적인……. 자네 둘에게 말하겠다. 자네들이 증인이 되어야 해. 오토 그리고 콘래드, 자네들도 준비하게. 볼스키가 성석을 차지할 땅, 땅이 흔들리고 그곳에서 나온 불기둥이 하늘까지 치솟을 것이다」

「저자는 자기가 무슨 말을 하는지도 모르고 있어」

콘래드가 속삭였다.

「사다리 위에서 저러고 있다니……. 화살을 맞으면 어쩌려고 저러나」

오토가 작은 소리로 말했다.

볼스키의 광기는 점점 더 심해졌다. 희생자는 이제 고통을 견디지 못해 죽어 가고 있었다. 볼스키는 그녀만 들릴 정도로 나지막하게 말을 시작했다. 하지만 곧 그의 목소리는 점차 더 강하고 크게 울려 퍼졌다.

「베로니크, 베로니크……. 넌 네 임무를 마치게 된다. 이제 곧 고다 언덕 맨 꼭대기에 다다른 거야. 영광받으라, 베로니크! 너도 내 승리에 일부분 기여하였도다! 영광받으라. 잘 들어! 내 소리는 들릴 거야, 안 그래? 천둥 소리가 점점 더 가까이 다가오고 있어. 나의 적들은 패배했고, 이제 넌 도움을 기대할 수도 없게 되었어. 자, 들어봐. 너의 마지막 심장 고동 소리를……. 이것이 너의 마지막 고통이 될 거야. 엘리, 엘리, 라마 사박다니! 신이시여, 신이시여, 어찌하여 나를 버리시나이까?」

그는 마치 세상에서 가장 즐거운 모험을 하고 있는 사람처럼 미친 듯이 웃음을 터뜨렸다. 그리고 잠시 침묵이 흘렀다. 천둥의 포효도 그쳤다. 볼스키는 갑자기 사다리 위에서 몸을 기울이고 여자의 가슴에 귀를 댔다. 그러고는 울부짖듯이 외쳤다.

「엘리, 엘리, 라마 사박다니! 신이 널 버렸어. 죽음의 신이 임무를 끝마쳤다. 네 여자 중 마지막 한 명이 숨을 거두었다. 베로니크가 죽었다!」

그는 다시 입을 다물었다가, 두 번 더 소리쳤다.

「베로니크가 죽었다! 베로니크가 죽었다!」

다시 한번 긴 침묵이 흘렀다.

그 순간 갑자기 땅이 흔들렸다. 이것은 천둥 때문에 생긴 진동이 아니라, 땅의 갈라진 틈 사이로 깊은 곳에서부터 솟아오르는 떨림이었다. 이 진동은 마치 숲과 언덕 사이로 메아리가 퍼지듯, 수차례에 걸쳐 주위로 퍼져 나갔다.

그리고 거의 동시에 이들로부터 멀지 않은 곳, 떡갈나무가 반원을 형성하는 곳 반대편에서 불기둥이 하늘 높이 솟아올랐다. 불은 빨간색과 노란색, 보라색 빛을 내며 타오르고, 주위에는 연기가 소용돌이처럼 몰아쳤다.

볼스키는 한마디도 입 밖에 내지 않았다. 그의 동료들은 어안이 벙벙해서 이 광경을 지켜보고 있었다. 마침내 그들 중 한 명이 중얼거렸다.

「저건 오래되어 썩은 떡갈나무야. 이미 번개를 맞고 불타 버린……」

활활 타오르던 불은 거의 꺼진 뒤였지만, 이 세 사람은 여전히 작열하며 형형색색의 불꽃과 연기를 발산하고 있는 늙은 떡갈나무에 시선을 고정시키고 있었다.

「저기가 바로 성석이 있는 곳의 입구야」

볼스키가 심각하게 말했다.

「내가 이미 말한 대로, 운명의 신은 주인을 잘 따르는 수행인인 나를 저 길로 안내하고 있는 거야」

그는 손에 등잔을 들고 떡갈나무를 향해 다가갔다. 가까이서 보니 나무에는 불에 탄 작은 흔적조차 남아 있지 않았다. 떨어져 나온 나뭇잎들도 불에 그슬린 흔적 없이 나뭇잎들도 마치 상자 안에 그대로 보존되어 있던 것처럼 불에 그슬린 흔적 없이 가지런히 쌓여 있었다.

「또 한 번 기적을 보이시는군. 모두가 이해할 수 없는 기적이로다」

볼스키가 말했다.

「우린 어떻게 해야 합니까?」

콘래드가 물었다.

「저기 보이는 입구로 들어가 봐라. 사다리를 가져 와, 콘래드. 그리고 저 쌓여 있는 나뭇잎을 손으로 헤쳐 봐. 분명 나무 밑에 구멍이 있어. 이제 곧 보일 거야」

「나무 밑에 구멍이 있다니……. 나무가 있으면 그 아래에는 뿌리가 있는 법인데……. 뿌리가 뻗어 있는 곳에 통로가 있을 리 없소」

오토가 말했다.

「다시 한번 말하지만 이게 곧 보게 될 것이다. 나뭇잎을 치워 봐, 콘래드, 전부 치워 봐」

「싫소」

콘래드가 단호하게 거절했다.

「싫다니? 왜?」

「마그녹을 생각해 보시오. 그는 성석을 만지려다가 손을 잘라야 했잖소」

「하지만 성석이 바로 나뭇잎 밑에 있을 리가 없어」

볼스키가 비웃으며 말했다.

「그걸 어떻게 압니까? 마그녹은 항상 지옥의 문에 대해 말하곤 했소. 그가 말한 지옥의 문이 이것일지 어떻게 알겠소?」

볼스키는 어깨를 으쓱했다.

「그럼 자넨? 자네도 겁이 나나, 오토?」

오토는 대답이 없었다.

「물론, 강요하진 않겠다. 새벽이 되길 기다려 보자고. 도끼로 나무를 잘라 보면 알 수 있겠지. 이 밑에 있는 게 뭔지, 어떻게 해야 하는지⋯⋯」

그들은 우선은 볼스키의 말을 따르기로 결정했다. 하지만 운명의 계시를 받고 여기까지 온 만큼, 새벽이 될 때까지는 나무 옆에 있는 거석 고인돌 아래 앉아 이곳을 지키기로 했다.

「오토. 수도원에 가서 마실 것 좀 가져와. 도끼와 끈, 그 밖에 필요한 연장도 다 가져오고⋯⋯」

볼스키가 명령을 내렸다.

비가 거세게 내리기 시작했다. 이들은 고인돌 아래에서 비를 피하며, 한 사람씩 돌아가며 보초를 섰다.

밤사이에는 아무 일도 일어나지 않았다. 폭풍우는 점점 더 거세졌다. 파도 소리가 동물의 포효처럼 들려왔다. 그러다가 조금씩 잠잠해지기 시작했다. 이들은 새벽이 되자 떡갈나무를 끈으로 묶은 뒤 잡아당겨 쓰러뜨렸다.

쓰러진 나무 밑에는 부서지고 썩은 나무 조각들 사이로 통로처럼 긴 구멍이 나 있었다. 모래를 흩뜨리고 보니 뿌리 주위에 구멍을 메워 놓은 돌이 보였다.

곡괭이를 이용해 돌을 파 내자 그 아래 작은 계단이 나타났다. 그리고 계단 아래쪽에 있는 흙더미가 무너져 내리더니 더 긴 계단이 나타났다. 계단은 저 아래 어둠 속으로 향하고 있었다. 그들은 등잔불을 비춰 보았다. 계단 아래쪽은 동굴 입구가 분명했다. 볼스키가 앞장을 서고, 두 남자는 조심스럽게 뒤를 따랐다.

지하 계단은 흙과 작은 돌로 이루어져 있었고, 아래쪽에는 바위에 홈을 파서 만든 계단도 있었다. 계단 아래에서부터 동굴이 시작되고 있었다. 동굴 입구는 보통 현관과 다를 바 없어 보였다. 더 깊숙이 들어가자 지하 제실 같은 방 하나가 나타났다. 제실 내벽은 반듯한 대리석으로 만들어져 있었다.

언뜻 보아하니 특별한 형태가 없는 작은 돌 조각이 빙 둘러 가며 매달려 있는 것 같았다. 자세히 보니 전부 말의 대가리 뼈였다. 볼스키는 그중 한 개에 손을 갖다 댔다. 그러자 먼지가 스르륵 떨어졌다.

「이 지하 동굴에는 약 2,000년간 아무도 들어오지 않은 모양이야. 우린 이곳에 처음으로 발을 디딘 사람들이고, 처음으로 이 안에 진열된 과거의 자취를 보고 있는 거야」

볼스키는 점점 더 과장을 섞어 가며 말했다.

「이곳은 최고 우두머리 장군이었던 자들만이 잠들어 있는 곳이야. 저들이 가장 아끼던 말과 무기도 함께 묻은 거지……. 저기 봐. 도끼와 돌칼……. 그리고 예전에 행해지던 장례의 흔적들도 발견할 수가 있어. 저 석탄 더미와 저쪽에 불에 탄 해골을 봐……」

너무 감정에 북받친 나머지 그의 목에서는 쉰 소리가 나왔다. 그가 중얼거렸다.

「난 처음으로 이곳에 발을 들여놓는 사람이야. 이건 예고되었던 일이야. 내가 다가가면 잠들어 있는 세상이 깨어날 거야」

콘래드가 말을 끊었다.

「다른 입구, 다른 통로가 있어요. 멀리서도 확실히 보여요」

다른 방으로 들어가니 좁은 복도가 이어져 있었다. 이들은 복도를 통해 세 번째 방으로 들어갔다.

세 번째 제실도 다른 방과 똑같은 형태로 이루어져 있었다. 대리석, 선돌, 말의 뼈…….

「세 번째 대장군의 무덤이로군. 장군들의 무덤을 지나면 왕의 무덤이 나타날 거야. 이들은 살아 있을 때와 마찬가지로 왕을 보호하고 있는 거야. 다음 방엔 분명 왕이 묻혀 있어」

볼스키가 말했다.

그는 바로 다음 방으로 이동하지 못했다. 두려움 때문이 아니라 지나친 자만심과 격앙된 감정 때문이었다. 그는 극도의 기쁨을 맛보고 있었다.

「난 알게 될 것이다. 이제 볼스키의 목표가 눈앞에 있다. 볼스키는 그동안의 전투와 고통에 대한 보상을 받을 것이다. 그러기 위해 손을 내밀 필요조차 없을 것이다. 성석이 바로 이곳에 있다. 수세기가 흐르고 또 흐르는 동안, 사람들은 성석의 비밀을 밝혀내려고 애써 왔다. 하지만 어느 누구도 성공하지 못했지. 이제 볼스키가 왔도다. 성석은 바로 볼스키의 것이다. 이제 성석은 내 앞에 모습을 드러내고, 나에게 약속한 힘을 줄 것이다. 성석과 볼스키 사이에 남은 건 이제 볼스키의 의지뿐이다. 볼스키가 원하노라! 예언이여, 어둠 깊은 곳에서 밖으로 나오라. 여기! 이 죽음의 왕국에서 나를 성석으로 안내할 임무를 맡고 있는 유령들이여, 내 머리 위에 금 면류관을 씌워 줄 유령들이여, 일어나라! 볼스키가 왔도다!」

그가 말했다.

그가 방으로 들어섰다. 네 번째 방은 다른 방들보다 훨씬 더 컸다. 천장은 돔형으로 약간 움푹 파여 있었고, 천장 중앙에 동그란 구멍이 뚫려 있었다. 그리 큰 구멍은 아니었고, 얇은 관이 하나 들어갈 정도였다. 그 구멍에서 나온 흐릿한 빛이 바닥을 비추어 원형을 그렸다.

그리고 빛이 비추는 곳에는 거석을 쌓아 만든 묘석이 있었다. 그리고 그 묘석 위에는 전시용으로 보이는 금속 막대기가 하나 놓여 있었다. 선돌이나 말 대가리 장식, 제물로 보이는 유물들이 놓여 있는 점 등은 지금까지 보았던 방들과 다를 바 없었다.

볼스키는 금속 막대기로부터 시선을 떼지 않고 있었다. 이상한 점은 그 금속 막대기에는 티끌 하나 앉아 있지 않다는 사실이었다. 오히려 반짝반짝 빛나고 있었다. 볼스키는 손을 내밀었다.

「안 돼. 안 됩니다」

콘래드가 다급하게 말했다.

「어째서?」

「그건 아무래도 마그녹이 손댔다가 화상을 입은 그 물건인 것 같습니다」

「미쳤군」

「하지만……」

「하! 난 아무것도 두렵지 않아」

볼스키가 물건을 집으며 말했다.

그 물건은 납으로 대충 만든 왕의 홀 같았다. 하지만 군데군데 예술적인 노력을 기울인 흔적을 볼 수 있었다. 무늬를 입혔거나 요철을 새겨 만든 뱀 한 마리가 손잡이를 감싸고 있었다. 몸통에 비해 지나치게 큰 뱀의 머리가 홀의 머리 부분을 형성하고 있었으며, 뱀의 머리에는 은 장식과 에메랄드처럼 투명한 초록빛을 내는 작은 돌들이 박혀 있었다.

「이게 성석일까?」

볼스키가 중얼거렸다.

그는 걱정스러운 듯 조심스럽게 물건을 만져 보고, 이리저리 돌려 보았다. 그리고 잠시 후에 홀 머리 부분이 약간씩 움직인다는 사실을 알아차렸다. 그는 홀을 흔들더니, 손잡이를 오른쪽, 왼쪽으로 돌려 보았다. 잠시 후, 손잡이가 움직이면서 뱀의 머리가 떨어져 나갔다.

홀 안에는 작은 공간이 있었다. 그리고 그곳에는 돌이 하나 있었다. 불그스름한 작은 돌에는 금빛 줄무늬가 들어가 있었다.

「이거야! 오! 바로 이거야!」

볼스키가 흥분해서 외쳤다.

「만지지 말아요!」

콘래드는 공포에 질려 반복해서 말했다.

「마그녹을 불태운 돌이라도 볼스키는 불태우지 않으리라」

볼스키는 심각한 표정으로 말했다.

그는 자만심과 기쁨에 넘쳐 호언장담을 하며 신비의 돌을 손바닥 위에 올려놓고, 있는 힘을 다해 꼭 쥐었다.

「이 돌이 날 태운다 해도 좋아! 내 살 속으로 들어온다면 기꺼이 받아들이지」

콘래드는 그를 향해 손짓을 하다가 검지를 들어 조용히하라는 신호를 했다.

「무슨 일이야? 무슨 소리가 들리나?」

그가 물었다.

「그래요」

콘래드가 대답했다.

「저도 들려요……」

오토가 말했다.

실제로, 어디선가 소리가 들려오고 있었다. 규칙적으로 리듬에 맞춰 내는 소리 같기도 하고, 높고 낮은 소리가 불협화음처럼 들려오기도 했다.

「하지만, 아주 가까운 곳에서 나는 소리야! 마치…… 이 방 안에서 나는 소리 같아」

볼스키가 중얼거렸다.

정말 방 안에서 나는 소리 같았다. 게다가 분명히 코 고는 소리였다.

「코 고는 소리 같은데……」

콘래드가 말하며 웃음을 터뜨렸다.

볼스키가 그에게 말했다.

「물론, 자네 말이 틀렸으리라고 생각하지만……. 정말 코 고는 소리라면……. 누군가 이 안에 있다는 말인가?」

「저쪽에서 나는 소리 같아요. 저 어두운 구석에서요」

오토가 말했다.

선돌이 있는 방향이었다. 각각의 선돌 뒤에는 어두운 제실이 하나씩 있었다. 볼스키는 그중 한 제실로 들어서며 등잔불을 비추었다. 그러고는 곧 어이가 없다는 듯 말했다.

「누군가…… 그래…… 누군가 있어. 자, 보라고……」

두 공범자가 제실로 다가갔다. 내벽 한쪽에 커다란 묘석이 놓여 있었고, 그 위에서 한 남자가 잠을 자고 있었다. 흰 수염에, 긴 백발의 노인이었다. 얼굴과 손에는 수많은 주름이 나 있었고 양쪽 눈 둘레에는 파란색 원이 그려져 있었다. 적어도 백 살은 먹은 노인 같았다.

노인은 발치까지 내려오는 긴 아마 코트를 입고 있었다. 옷에는 군데군데 찢어지고 기운 자국이 가득했다. 그리고 목 주위에는 가슴까지 길게 내려오는 염주를 걸고 있었다. 염주는 골 족이 뱀의 알이라고 부르던 성게로 엮어져 있었다. 노인의 손이 닿는 곳에는 비취로 만든 도끼가 형용할 수 없는 아름다운 빛깔을 연출해 내고 있었다. 바닥에는 뾰족한 돌과 커다란 반지 몇 개, 녹색의 벽옥 귀걸이 한 쌍, 그리고 푸른색 세로줄 무늬가 들어간 목걸이 두 줄이 놓여 있었다.

노인은 여전히 코를 골고 있었다.

볼스키가 속삭였다.

「기적은 계속되고 있어. 이분은 사제야. 과거의 사제…… 드루이드……」

「그런데요?」

오토가 물었다.

「여기서 날 기다리고 있었던 거야」

갑자기 콘래드가 자기 의견을 말했다.

「내 생각엔……. 저 도끼로 저 노인 머리를 박살 내는 게 어떨까요?」

하지만 볼스키는 화를 내며 말했다.

「저분 머리카락 한 올이라도 건드렸다간 넌 죽은 목숨이야」

「하지만……」

「하지만, 뭐?」

「우리 적이잖아요……. 어제 저녁 우릴 계속 따라다닌 그놈 같은데……. 생각해 보세요. 저 흰색 코트……」

「어리석은 놈! 저 나이에 우릴 따돌리면서 계속 뛰게 만들 수 있을 거라고 생각하나?」

그는 몸을 기울여 부드럽게 노인의 팔을 잡으며 말했다.

「깨어나소서. 제가 왔나이다」

그러나 노인은 아무런 반응이 없었다. 볼스키는 다시 한번 시도해 보았다. 이번에는 노인이 돌 침대 위에서 돌아누우며 몇 마디를 중얼거렸지만 다시 잠들고 말았다. 볼스키는 더 이상 참지 못하고, 계속해서 노인을 깨웠다. 결국 그는 있는 힘을 다해 큰 목소리로 말했다.

「자, 어서 일어나시오! 우린 이곳에서 지체할 시간이 없소. 어서!」

볼스키는 노인을 좀 더 세차게 흔들어 깨웠다. 노인은 매우 화가 난 듯 자기를 귀찮게 하는 자를 밀어젖히고 다시 잠에 빠져 들었다. 그리고 잠시 후, 노인은 짜증 섞인 표정으로 돌아누우며 화난 목소리로 말했다.

「아! 내 수염!」

# 늙은 드루이드

세 남자는 물론 수염이란 단어를 잘 알고 있었지만, 갑작스럽게 노인의 입에서 나온 이 단어가 무슨 은어로 쓰인 말인지, 다른 속뜻이 있는 건지 몰라 멍하니 서 있었다.

볼스키가 콘래드와 오토에게 물었다.

「뭐? 도대체 뭐라고 하는 거지?」

「맞습니다, 맞아요. 당신이 바로 들은 겁니다. 그 말이 맞긴 한데⋯⋯」

오토가 대답했다.

잠시 후 볼스키는 다시 노인의 어깨를 흔들었다. 노인은 다시 돌아눕더니 기지개를 펴고, 하품을 했다. 그러고는 다시 눈을 감는가 싶더니, 갑자기 자기가 졌다는 듯이 몸을 빈뜸 일으키며 말했다.

「뭐야! 도대체 여기서는 잠도 편히 잘 수가 없다는 건가?」

노인은 등잔 불빛에 눈이 부셔 잘 보이지 않자 당황해서 중얼거렸다.

「이게 뭐야? 도대체 나한테 뭘 원하는 게냐?」

볼스키는 등잔을 들어 벽 쪽으로 비추었다. 이제 그의 얼굴이 또렷하게 보였다. 노인은 급작스런 방문에 기분이 상했다는 듯 찡그린 얼굴로 볼스키를 바라보았다. 그러더니 노인은 점차 안정을 되찾고, 얼굴에 웃음까지 띤 채 손을 내밀며 부드럽게 말했다.

「아! 거기……. 볼스키 군? 여보게, 잘 있었는가?」

볼스키는 깜짝 놀라 몸을 움찔했다.

〈이 노인이 나를 알고 있고, 게다가 이름까지 부르다니…….〉

하지만 볼스키는 항상 자신이 예언에 의해 예정된 인물이라고 믿고 있었기 때문에, 이런 일에 그다지 크게 당황하지는 않았다. 그러나 저 늙은 드루이드가 사제 신분인 데다가 자기보다 나이가 두 배나 많은 건 사실이지만, 운명의 신에게 선택받은 선지자이자 예언자인 자신을 〈여보게〉라고 부르는 것은 참을 수가 없었다.

볼스키는 잠시 망설이다가 물었다.

「누구시오? 왜 이곳에 있는 거요? 당신은 이곳에 어떻게 들어온 거요?」

볼스키는 놀란 표정으로 자신을 응시하고 있는 상대방을 보고는 더욱 더 강한 어조로 반복해서 물었다.

「대답하시오, 도대체 당신은 누구시오?」

「내가 누구냐고?」

노인은 떨리는 쉰 목소리로 되물었다.

「내가 누구냐 하면…… 넌 지금 골 족의 신 테타테스의 이름을 걸고 나에게 그런 질문을 하는 게냐? 그럼, 넌 날 알아보지 못하겠단 말이냐? 자, 기억을 더듬어 봐. 그 맘 좋은 세쥬낙스…….
자! 기억 나냐? 벨레다의 아버지……. 레동에서 추앙받던 대재판
관……. 샤토브리앙의 『순교자』 1권에서도 내 이야기가 나오는데
모른단 말이냐? 아! 이제 기억이 뚜렷해지는 모양이군」

「지금 뭐라고 지껄여 대는 거요?」

「지껄여 대다니? 난 지금 내가 여기에 있는 이유, 과거에서 날
이리로 끌고 온 비극적인 사건에 대해 말하고 있는 거라고. 벨레
다가 위도르 재앙과 관련해서 저지른 일이 문제가 되어 난 요즘
사람들이 트라피스트 수녀회라고 부르는 곳으로 들어가야 했다
네. 난 드루이드 전문 자격증 시험을 뛰어난 성적으로 통과했거
든. 그 이후에도 짓궂은 장난을 좀 치긴 했지만, 오……. 그래도
그렇게 심한 건 아니었어. 그리고 선원들 서너 명과 함께 다시 그
곳을 떠났고…… 마비유가 날 맞아 주었다네. 그 다음엔 물랭루
주로…… 그 이후엔 지금 이 좁은 장소로 파견되어 자네가 본대
로 잠만 자며 지내고 있었지. 성석 관리인으로 말이야. 이건 매복
근무를 해야 하는 일이지」

노인의 한마디, 한마디에 볼스키의 걱정과 불안은 더 커졌다.
그는 두 공범자에게 의견을 물었다.

「머리를 박살 내 버리자고요. 이게 내 의견이고, 난 절대 물러
서지 않을 겁니다」

「당신 생각은 어떤가, 오토?」

「저도 저 노인 말을 믿어서는 안 될 것 같은데요」

「그럼, 믿어서는 안 되고말고」

이들의 말에, 늙은 드루이드는 손에 쥐고 있던 봉을 내밀며 소

리쳤다.

「뭐라고? 날 믿지 말라니! 정말 고집 센 놈들이로군! 날 거짓
말쟁이 취급하다니! 이 도끼가 보이지 않느냐? 이 도끼 자루에는
만(卍)자형 십자가 그림이 새겨져 있어. 자, 봐. 이 십자가 그림
을…… 이건 신비로운 태양의 흔적이라고. 그리고 이거! 이게 뭔
줄 아나?」

그는 성게로 엮은 염주를 보여 주며 말했다.

「자! 이게 뭔 줄 아냐고! 토끼 똥인 줄 아나? 정말 우습지도 않
군 그래. 토끼 똥을 뱀의 알이라고 부르다니…… 〈몸에서 점액과
거품을 내는 알…… 휘파람을 부는 동안 밖으로 빠져나오는
알……〉플리니우스가 직접 한 말이라고. 설마 플리니우스까지
거짓말쟁이로 취급하려는 건 아닐 테지? 녀석도 참! 난 드루이드
와 관련된 모든 학위와 면허증, 특허, 증명서를 소지하고 있으
며, 전부 플리니우스와 샤토브리앙의 서명을 받은 거야. 의심 많
은 녀석 같으니! 전부 사실이라고. 넌 나처럼 생긴 당시의 드루이
드들을 많이 봐 왔을 거야. 수백 년 기른 수염에, 옛날 모습을 그
대로 간직한 이 모습을 말이야. 날더러 거짓말쟁이라고? 모든 과
거의 전통과 관습이 몸에 배어 있는 날보고 거짓말을 한다니! 내
가 줄리어스 카이사르 앞에서 보여 줬던 드루이드 전통춤이라도
춰야 믿겠나? 정말 그러길 바라나?」

노인은 대답도 기다리지 않고, 들고 있던 봉을 던지고는 유연
한 몸놀림으로 환상적인 공중 발 돌리기와 빠른 템포의 춤을 선
보였다. 춤은 매우 훌륭했다. 가장 괴상했던 것은 공중으로 뛰어
올라 회전하면서 등은 굽히고, 팔은 계속 흔들며, 긴 코트 아래
로 나온 다리는 왼쪽, 오른쪽으로 끊임없이 움직이는 동작이었

다. 몸이 흔들림에 따라 수염도 따라서 움직이고, 그 사이에도 떨리는 목소리로 계속해서 춤 설명을 하는 것이었다.

「이게 바로 〈옛 드루이드의 스텝〉, 또는 〈줄리어스 카이사르의 희열〉이라고 부르는 동작이야. 어이…… 이건 〈성초의 춤〉, 흔히들 〈겨우살이 성초의 춤〉이라고들 부르지. 이건…… 플리니우스 음악에 맞춰 추는 〈뱀 알의 왈츠〉, 어이! 이봐! 이건 좀 더 우울한 분위기의 춤이야. 〈볼스키의 탱고〉, 또는 〈서른 개의 관 탱고〉라고 부르지! 이건 붉은 예언가의 찬가! 할렐루야! 할렐루야! 예언가의 영광!」

그렇게 한동안 귀신들린 듯 춤을 추던 노인은 갑자기 볼스키 앞에 멈춰 서서 심각한 표정으로 말했다.

「너무 말을 많이 했군! 좀 더 진지한 얘길 해 보지. 난 너에게 성석을 전달할 임무를 띠고 이곳에 왔다. 이젠 너도 내 말을 믿는 모양이니, 물건을 전달받을 준비가 되었겠지?」

세 남자는 완전히 얼이 빠져 노인을 멀뚱멀뚱 쳐다보고만 있었다. 볼스키는 저 빌어먹을 노인의 말을 이해할 수가 이해할 수가 없어 어떻게 행동해야 할지 난감해했다.

「이봐요! 날 좀 귀찮게 하지 마시오! 도대체 뭘 원하는 겁니까? 당신 목적이 뭐요?」

볼스키는 화를 내며 소리쳤다.

「뭐라고, 내 목적? 방금 말하지 않았나? 너에게 성석을 전달하는 게 나의 목적이라고……」

「하지만 무슨 권리로 니헌데 성석을 진딜한단 말이오? 무슨 자격으로?」

늙은 드루이드는 어깨를 으쓱했다.

「그래, 난 물건을 갖고 있어. 하지만 네가 생각하는 것처럼 그런 일은 일어나지 않았다고. 아무 일도, 자 봐! 넌 모든 임무를 다 수행했다는 데 대한 기쁨과 자신감에 차서 서둘러 이곳으로 달려왔겠지. 잠시 온 길을 살펴보자고. 서른 개의 관, 네 명의 여자, 풍랑을 만난 배, 네 손에 가득 묻은 피, 네 주머니를 가득 채울 만한 범죄……. 이 모든 일을 수행한 네게 맥주 한 잔은 너무 빈약하지. 넌 위엄 있는 환대와 공식 기념식, 장중한 의식과 고대의 성가대, 켈트 족과 갑옷 입은 기사들의 행렬, 성대한 축하 예식과 인간 제물, 그리고 골 족이 쓰던 곱슬머리 가발 따위를 생각했겠지. 그런데 이런 성대한 환영식 대신에 구석에 쭈그리고 잠이나 자고 있는 드루이드 악마가 나와 네게 물건을 전해 준다고 하고 있는 거라고. 세상에 이런 실망스러운 일이 어디 있겠나!

원하는 게 뭔가, 볼스키? 우리가 할 수 있는 한도 내에서 능력껏 실력을 발휘하겠네. 난 별로 가진 게 없어서 말이지. 난 이미 자네 때문에 돈을 다 써 버렸거든. 이 흰 코트를 세탁하는 데 든 비용은 빼더라도, 섬광 신호와, 불기둥, 밤에 보여 준 지진을 만드는 데만도 13프랑 40상팀을 써 버렸어」

볼스키는 이제야 뭔가를 이해했다는 듯 자기도 모르게 소스라치게 놀라며 말했다.

「지금 뭐라고 했소? 그럼! 그게 모두……」

「그게 모두 내가 한 일이었지. 그럼 그게 누구라고 생각했나? 성 아우구스티누스 신이 손수 어제 저녁 섬에 일어났던 일을 했다고 생각한 겐가? 신들은 널 썩은 떡갈나무로 인도하기 위해 흰 코트 입은 천사를 보냈던 거야. 너무 지나치게 생각한 모양이군」

볼스키는 주먹을 불끈 쥐었다. 어젯밤 자기를 쫓아왔던 흰 옷 입은 남자는 다름 아닌 바로 이 사기꾼이었던 것이다!

「아! 난 누가 날 조롱하는 걸 별로 좋아하지 않소!」

그가 말했다.

「널 조롱하다니!」

노인이 소리쳤다.

「농담하는 겐가, 친구? 날 사나운 맹수인 양 추격한 게 누군데 그러나? 날 숨이 턱까지 차오르게 만든 게 바로 누구였냔 말이야? 내 재산 목록 1호인 이 흰 코트에 총 두 발을 날려 버린 게 누구 였지? 정말 웃긴 녀석일세! 그러고는 날 이상한 사람 취급해?」

「그만, 그만!」

볼스키가 흥분해서 말했다.

「그만하시오! 마지막으로 묻겠는데, 도대체 나한테서 원하는 게 뭐요?」

「이젠 말하기도 지겹군그래. 난 너에게 성석을 전달하는 임무 를 띠고 있다」

「그 임무를 부여한 자가 누구요?」

「아 그거! 난 전혀 모르네! 난 아주 오래전부터 이 임무를 띠 고 있었고, 그 생각만 하며 살았어. 어느 날 사렉 섬에 게르만 왕 자인 볼스키란 자가 나타나 서른 명을 죽이게 될 테니, 마지막 희생자가 마지막 숨을 거두는 순간 그에게 적합한 신호를 보내야 한다고 말이야. 그래서 난 그 지시에 따라 모든 준비를 해 왔어. 브레스트 철물점에 가서 3프랑 75상팀을 주고 신호할 때 쓸 불꽃 과 폭죽을 샀지. 그리고 숨어서 지루하게 널 지켜보고 있었다고. 그런데 네가 〈그녀가 죽었다! 그녀가 죽었어!〉 하고 말하기에 난 바로 이때다 생각하고는 섬광 신호를 보내고, 폭죽을 터뜨린 뒤에 땅 속에서 지진을 일으켰던 거야. 자, 이제 확실히 알았지?」

볼스키는 노인에게 다가가 주먹을 쳐들었다. 청산유수로 쏟아져 나오는 말들, 자신의 위협에도 전혀 동요하지 않는 침착함, 빈정대는 듯 낮은 목소리, 이 모두가 거짓으로 느껴졌다.

「한마디만 더 하면 당신을 죽여 버리겠소. 그걸로 충분해!」

그가 소리쳤다.

「네 이름이 볼스키냐?」

「그렇소. 그리고?」

「네가 게르만 출신 왕자냐?」

「그래, 그렇다고. 그 다음엔?」

「네가 서른 명의 희생자를 죽였나?」

「그래! 그래! 그렇다니까!」

「그럼, 넌 내 사람이다. 너에게 전달할 성석을 내가 가지고 있다. 어떤 희생이 따른다 해도 난 너에게 성석을 전달해야만 한다. 그게 바로 내가 존재하는 이유니까. 넌 그걸 손에 넣어야 해. 너의 기적의 돌……」

「난 성석 따위엔 관심 없어!」

볼스키가 험악하게 소리쳤다.

「그리고 당신한테도 관심 없어. 난 아무도 필요치 않아! 성석! 하지만 난 이미 성석을 가지고 있는걸. 성석은 내 거고, 내가 소유하고 있어」

「어디 한번 보자」

「자, 여기. 이게 바로 성석이 아니고 뭐겠나?」

볼스키는 홀의 머리 부위에서 찾은 작은 돌을 주머니에서 꺼내며 말했다.

「이거라고? 이걸 어디서 찾았나?」

노인이 깜짝 놀라며 물었다.

「왕이 쓰던 홀의 머리를 돌려서 떼어내니 그 속에 있었소」

「그게 뭔데?」

「이건 성석의 조각이요」

「미쳤군」

「그럼, 당신은 이게 뭐라고 생각하는데?」

「그건, 바지 단추다」

「뭐라고?」

「바지 단추」

「증거를 대 보시오」

「장식이 떨어진 바지 단추라고. 사하라의 흑인들이 주로 달고 다니는 바지 단추. 난 그걸 한 세트나 갖고 있지」

「증거를 대!」

「그 단추를 그 홀 안에 넣은 건 바로 나라고」

「뭐 하러?」

「성석과 바꿔치기 해 놓으려고 그랬지. 마그녹은 그 성석을 만져서 손이 불에 타는 바람에 할 수 없이 손목을 잘라 내야 했거든」

볼스키는 입을 다물었다. 그는 어찌해야 할지를 모르고 있었다. 이 괴상한 노인 앞에서 어떤 태도를 취해야 할지, 어떤 입장에 서야 할지 도무지 알 수가 없었다.

늙은 드루이드가 그를 향해 다가왔다. 그러고는 부드럽게 말을 건넸다.

「이보게, 자네도 알고 있겠지만 나 없이는 성석을 빼낼 수 없어. 나만이 자물쇠의 열쇠를 갖고 있고, 보물 상자의 암호를 알고 있어. 왜 망설이는 겐가?」

「난 당신 같은 사람은 모르오」

「어리석은 것 같으니! 내가 네 고귀한 출신에 어울리지 않게 품위 없는 모습을 보였으니 네가 그리 생각할 만도 하지. 하지만 내가 네게 보여 준 것들은 너의 민감한 의식을 깨어나게 함이었느니라. 어때? 이제 됐나? 아니라고? 아직도? 테타테스에게 네가 원하는 것이 무엇이냐, 이 의심 많은 볼스키! 기적을 원하나? 그렇담 진작 말씀을 하시지? 기적이라면 한 다스에 덤으로 하나 더 보태 줄 수도 있지. 매일 아침 내 밀크커피를 만들면서도 난 항상 기적을 만들어 내니까. 생각해 봐, 난 드루이드라고! 기적? 기적은 이미 이 방 가득히 차 있지 않나. 어디 앉아야 할지 모르겠군. 자네가 원하는 걸 말해 보게. 솟아오르는 빛줄기를 만들어 볼까? 아니면 머리카락이 자라나게 해 볼까? 미래를 보여 줄까? 자넨 그냥 선택만 하라고. 그런데, 자네의 서른 번째 희생자가 마지막 숨을 거둔 게 몇 시였지?」

「내가 알게 뭐요?」

「11시 52분. 네가 너무 흥분하는 바람에 네 시계도 멈추었구나. 자 봐」

「말도 안 되는 얘기. 흥분한다고 시계가 멈추다니……. 둘 사이에 무슨 관련이 있단 말이오!」

하지만 볼스키는 자기도 모르게 시계를 들여다보았다. 시계는 정확히 11시 52분을 가리키고 있었다. 그는 다시 시계가 작동하도록 이리저리 매만졌으나, 시계는 이미 망가져 있었다.

늙은 드루이드는 볼스키에게 호흡을 가다듬을 여유도 주지 않고 다시 말을 이어갔다.

「깜짝 놀란 모양이군, 안 그런가? 그 정도야 아주 간단한 마법이지. 드루이드에게 그와 같은 일은 아주 식은 죽 먹기라고. 드루이드는 보이지 않는 것도 볼 수가 있어. 게다가 대화를 나누고 있는 상대의 뼛속까지도 파악하고 있지. 볼스키, 존재하지 않는 것을 보고 싶나? 네 이름이 뭐냐? 난 볼스키란 이름이 아닌 너의 진짜 이름을 묻는 게다. 네 아버지의 이름은······」

「그건 말하고 싶지 않소. 그건 여태까지 아무에게도 밝히지 않은 비밀이오」

볼스키가 말했다.

「그럼, 써 보는 건 어떻겠나?」

「난 맹세코 그 이름을 써 본 적도 없소」

「볼스키, 네 아버지의 이름은 네가 항상 품고 다니는 작은 수첩 14쪽에 빨간펜으로 적혀 있다. 보거라」

볼스키는 다른 사람이 행동을 조종하는 로봇처럼, 기계적으로 조끼 안쪽 주머니에서 수첩 하나를 꺼냈다. 그는 수첩의 흰 종이를 넘겨 14쪽을 찾고 나서, 공포에 질려 중얼거렸다.

「어떻게 이런 일이! 누가 이걸 써 놓은 거야? 당신은 여기 뭐라고 써 있는지 아시오?」

「그 이름을 말해 줄까?」

「안돼. 그 이름은 입 밖에 내지 마시오. 그건 안 돼!」

「자네 마음대로 하시게. 이건 단지 자네에게 확신을 주기 위한 것일 뿐이니까. 네가 손해 볼 건 없지! 난 한 번 기적을 행하기 시작하면 멈출 수가 없다네. 한 가지 기적을 더 보여 주지. 네 셔츠 깃에 가려진 은 목걸이 끝에 메달이 하나 있지?」

「그렇소」

볼스키의 눈이 반짝거렸다.

「그 메달은 액자 형태로 되어 있지. 지금은 비어 있지만 예전엔 사진이 들어 있었지?」

「그래, 그렇소. 어떤 사람의 사진이었소」

「네 엄마의 사진이지. 나도 알고 있어. 네가 잃어버린……」

「작년에 잃어버렸소」

「잃어버렸다고 말하기보단 잃어버린 것 같다고 하는 게 더 맞는 말일 게다」

「하지만 정말로 메달은 비어 있소」

「비어 있다고 믿고 있는 거지. 하지만 비어 있지 않아. 잘 보라고」

볼스키의 눈은 계속해서 반짝반짝 빛나고 있었다. 그는 거의 기계적인 몸짓으로 셔츠 단추를 풀르고 목걸이를 꺼냈다. 메달이 보였다. 금으로 된 테두리 안에 여자의 얼굴이 보였다.

「이 여자는……. 이 여자는……」

그는 매우 놀라며 중얼거렸다.

「내 말이 틀렸나?」

「아니오」

「자, 그럼 이 모든 일을 어떻게 설명하겠나? 이건 속임수가 아닐세. 과장한 것도 아니지. 드루이드 교는 호전적인 집단이네. 이제 날 따르겠나?」

「네」

볼스키는 결국 설득당하고 말았다. 노인은 볼스키를 완전히 굴복시켰다. 볼스키가 원래 가지고 있던 미신을 따르는 본능, 그리고 노인이 보여 준 신비한 힘, 이 어딘가 불안하고 조화롭지 않은 두 가지가 만나 볼스키를 완전히 압도해 버린 것이다. 그는 저 괴상한 노인을 완전히 믿을 수는 없지만 그의 말을 따랐다.

「여기서 먼 곳에 있습니까?」

「바로 옆이네. 커다란 방에 있지」

오토와 콘래드는 이들의 대화를 들으며 넋이 나간 표정이었다. 콘래드는 계속해서 노인에게 저항하려 했지만 볼스키가 입을 다물게 만들었다.

「겁나면 가 버려. 그렇지 않다면 권총을 잘 쥐고 걸으라고. 조금만 이상한 점이 있어도 발사하는 거야」

「나한테 발사하란 말이냐?」

늙은 드루이드가 껄껄대고 웃으며 말했다.

「아무 적이라도 나타나면 발사하라고 말한 거요」

「좋아. 그럼 어디 첫 발을 발사해 보라고. 볼스키 발사!」

상대가 반발하는 표정을 보이자, 그는 웃음을 터뜨렸다.

「볼스키 발사가 재미없는 모양이지? 오! 나도 재미없군. 게다가…… 난 단지 재밌게 해 주려고 그랬던 것뿐인데……. 뭐 하나? 어서 가지 않고!」

그는 이들을 데리고 지하 제실 끝 쪽으로 들어갔다. 이곳은 칠흑같이 어두웠다. 등잔불을 비추자 벽 아래쪽에 균열이 보였다. 균열은 매우 깊이 파여 있었다.

잠시 망설이다가, 볼스키가 걷기 시작했다. 복도는 매우 좁고 울퉁불퉁해서 무릎을 굽히고 손으로 바닥을 너듬으며 기어가야 했다. 1분쯤 지나자 커다란 방의 문지방이 나타났다. 다른 사람들은 뒤를 따르고 있었다. 늙은 드루이드가 엄숙하게 말했다.

「성석이 있는 방이야」

넓고 깊숙한 방이었다. 하지만 크기나 형태 면에서 좀 전에 보았던 방과 다른 점이 없는 것 같았다. 거대한 신전 기둥으로 보이는 돌들이 다른 방에서와 같은 수만큼, 같은 장소에 서 있었다. 선돌의 배치 형태도 똑같았다. 돌은 예술적인 미나 대칭 구조 따위는 신경 쓰지 않고 도끼로 아무렇게나 찍어 자른 듯한 모양이었다. 바닥에는 불규칙한 크기의 커다란 포석이 깔려 있고, 포석 사이에 물이 내려가도록 하기 위한 것처럼 고랑을 파 놓았다. 위쪽에서는 빛이 내려와 바닥에 원 모양을 만들고 있었다.

마그녹의 정원 아래쪽인 동굴 중앙에는 돌이 계단식으로 쌓여 있었다. 높이는 거의 4, 5미터나 되어 보였다. 그 위에는 고인돌 하나가 두 기둥 위에 탁자처럼 얹혀 있었다. 탁자는 화강암으로 기다란 타원형 모양이었다.

「이 돌이란 말이오?」

볼스키가 나올 듯 말 듯한 목소리로 물었다.

늙은 드루이드는 바로 대답하지 않고 있다가 천천히 말했다.

「자넨 어떻게 생각하나? 이런 식으로 건축물을 짓다니 우리 조상들은 정말 대단하지 않은가? 정말 천재적이야! 음흉한 시선들과 불경한 자들의 수색에 대비해 얼마나 신중하게 지었느냔 말일세. 저 빛이 어디에서 들어오는 건지 아나? 우린 이 섬에서 가장 깊숙한 곳에 들어와 있어. 따라서 창문 따윈 있을 리 만무하지. 빛은 저 위에 있는 고인돌에서 나오는 것일세. 저 위에서부터 나팔 모양으로 벌어진 관이 고인돌까지 연결되어 있다네. 빛이 관을 타고 내려와 고인돌에 반사되는 거라네. 정오에 해가 솟아오르면 환상적인 세계가 펼쳐지는 거야. 너도 예술가이니 탄성을 질러 댈 게 분명해」

「이게 정말 성석이란 말입니까?」

볼스키가 다시 물었다.

「그래. 이게 바로 성석이야」

늙은 드루이드는 아무 표정 없이 대답했다.

「이 돌이 지하 제단을 지배하고 있기 때문이야. 모두에게 가장 중요한 장소니까. 하지만 이 아래에 하나가 더 있지. 저 고인돌을 보호하는 돌…… . 여기에선 보이지 않아. 신에게 바쳐질 인간들은 그 돌 위에서 죽음을 맞이하게 되어 있어. 묘석 위에서 흘러내린 피는 포석 사이사이에 난 도랑을 통해 절벽과 바다까지 이르게 되어 있지」

볼스키가 점점 더 흥분하며 물었다.

「그럼, 저쪽이겠군요. 가 봅시다」

「움직일 필요 없네. 그게 다가 아닐세. 세 번째 성석도 있지. 세 번째 성석을 보려면 머리만 좀 위로 들면 된다네」

노인은 짜증 섞인 목소리로 말했다.

「어디요? 정말이요?」

「물론! 잘 보게나. 저 탁자 위쪽에…… . 그래, 둥근 돔처럼 생긴 천장에 커다란 포석을 붙여 만든 모자이크가 보일걸세. 어떤가? 여기서도 보이지? 아래 있는 고인돌의 상석과 같은 모양으로 기다랗게 붙어 있는 포석 말일세. 사람들은 〈자매 돌〉이라고 부르지. 하지만 운명의 표시가 새겨져 있는 건 하나 뿐이야」

볼스키는 실망한 표정이었디. 그는 좀 더 복잡한 형태들 가지고, 신비롭게 감춰져 있는 돌을 기대하고 있었다.

「성석이 바로 저거라고요? 하지만 전혀 색다른 점이 없는걸요」

그가 말했다.

「멀리서는 그렇지. 하지만 가까이 가 보면 알게 될걸세. 갖가지 색상의 줄무늬와 빛을 내는 광맥, 특이한 입자…… 이게 바로 성석이 아니고 뭐겠나. 그리고 성석은 돌의 재질 때문이 아니라 그 돌이 가진 기적 같은 힘 때문에 붙여진 이름이라고」

「어떤 기적 말이죠?」

볼스키가 물었다.

「자네도 알다시피 성석은 삶과 죽음을 관장한다네. 그 밖에도 여러 가지 기적을 나타내지」

「어떤 기적을요?」

「이런, 이런! 질문이 많구나! 난 아무것도 몰라」

「뭐라고요? 아무것도 모르다니……」

늙은 드루이드는 몸을 기울여 조심스럽게 말했다.

「자, 볼스키. 이제 고백하겠는데, 내가 너무 과장을 섞어서 얘기한 모양이네. 내 역할을 너무 중요한 듯이 부풀려 말한 것 같군. 성석을 지키는 일이 가장 중요한 임무이긴 하지만, 내 역할은 내 위에 계신 분에 의해 제한을 받고 있다네」

「위에 계신 분이라니?」

「벨라다」

볼스키는 다시 불안한 듯 그를 바라보았다.

「벨라다?」

「적어도 내가 벨라다라고 부르는 분이지. 드루이드 교의 마지막 여사제이며 진짜 이름은 나도 모른다네」

「그분은 어디 계시죠?」

「여기」

「여기요?」

「그래, 제단에 누워 주무시고 계신다네」

「뭐라고요? 주무시다니……」

「이미 몇 세기 전부터 계속해서 주무시고 계시지. 난 그분이 잠들어 있는 모습밖에 본 적이 없다네. 아주 순결하고 평화로운 모습으로 잠들어 계신다네. 잠자는 숲 속의 공주처럼, 벨라다도 신의 명령으로 자신을 깨우는 임무를 띤 자를 기다리고 있다네. 그자는……」

「그자는?」

「바로 자넬세, 볼스키」

볼스키는 눈썹을 찌푸렸다.

〈이 이야기가 정말로 사실이란 말인가? 그 수수께끼 같은 인물은 도대체 어디서 나왔단 말인가?〉

늙은 드루이드가 계속해서 말했다.

「기분이 언짢은가? 사실, 자네 손엔 온통 피가 묻어 있고, 등에는 서른 개의 관을 지고 있으니 멋있는 왕자님이 되기는 좀 무리가 있지. 자넨 너무 초라해. 하지만 한 가지 더 알려 주지. 벨레다는 정말 환상적인 아름다움을 가졌다네. 인간의 것이 아닌 아름다움이지. 아! 이보게, 이래도 보고 싶지 않나? 아니라고? 아직도?」

볼스키는 망설이고 있었다. 그는 자기를 향해 위험이 다가오고 있다는 느낌이 들었다. 거대한 파도가 몰아쳐 자신을 뒤엎어 버릴 것만 같았다. 하지만 노인은 계속해서 재촉했다.

「마지막으로 말하겠네, 볼스키. 저 두 친구들이 듣지 못하게 조용히 말하지. 자네는 어머니에게 수의를 입히면서 어머니의 유언대로 그분이 항상 끼고 다니시던 반지 하나를 어머니의 검지에 끼워 같이 묻었지. 마법의 반지…… 커다란 터키 산 옥 반지였는데, 알맹이는 역시 터키 옥에 금을 박아 넣은 모양이었어. 내가 잘못 말했나?」

「아뇨」

볼스키가 당황해서 말했다.

「아뇨. 하지만 그땐 나 혼자 있었는데…… 그리고 이건 아무에게도 말하지 않은 비밀이었소」

「볼스키, 그 반지가 벨레다의 검지에 끼워져 있다면 믿을 수 있겠나? 자네 어머니는 무덤 깊숙한 곳에서 자네가 나타나면 성석을 전해 주라는 임무를 벨레다에게 일임했던 걸세」

볼스키는 그 방을 향해 걸어갔다. 그는 재빨리 계단을 올라가 문지방 위로 얼굴을 내밀었다.

「아! 반지…… 저 손에 반지가 있어」

그가 비틀거리며 말했다.

제단 위에 있는 고인돌의 두 기둥 사이에는 발치까지 덮는 순백의 치마를 입은 드루이드 여사제가 누워 있었다. 여사제는 반대쪽을 향해 상반신을 돌리고 있어 얼굴은 볼 수가 없었으며, 긴 베일이 머리를 덮고 있었다. 맨살을 드러낸 그녀의 아름다운 팔은 탁자 위에 길게 뻗어 있었다. 그리고 그녀는 집게손가락에 터키 옥 반지를 끼고 있었다.

「저게 네 어미의 반지가 맞지?」

늙은 드루이드가 물었다.

「네. 한 치도 의심의 여지가 없습니다」

볼스키는 서둘러 고인돌이 놓여 있는 곳까지 다가가, 무릎을 굽히고 몸을 기울여 터키 옥 반지를 살펴보았다.

「금이 간 부분이 몇 군데 있었는데, 한 군데는 그대로 있고, 다른 곳은 금을 얇게 입혀 반쯤 땜질을 했는데…… 모두 다 맞소」

「그렇게 조용히 말할 필요 없네. 저분한테는 자네 목소리가 들리지 않을걸세. 목소리로는 잠을 깨울 수가 없어. 일어나게. 그리고 손을 내밀어 부드럽게 이마 위에 올려놓게. 그게 바로 그녀를 혼수 상태에서 깨어나게 할 마법이라네」

볼스키는 몸을 일으켰다. 하지만 그는 여자를 만지는 것은 잠시 망설였다. 그녀를 보고 있자니 경외감이 밀려와 불안해지기 시작했다.

「자네 둘은 가까이 가지 말게」

늙은 드루이드가 오토와 콘래드에게 말했다.

「벨레다가 눈을 뜰 때 볼스키만 봐야지, 다른 사람을 보게 해서는 안 돼. 왜 그러나, 볼스키. 자네 겁나는 겐가?」

「난 겁나지 않소」

「단지 네게 익숙하지 않은 일일 뿐이겠지. 사람을 소생하게 만드는 것보다 죽이는 게 훨씬 쉽지 않은가? 안 그래? 자, 어서 기운 내라고! 베일을 벗기고, 이마에 손을 올려놔. 성석이 이제 네 손 안에 들어가게 된다. 어서. 이제 넌 세상의 주인이 되는 거야」

볼스키는 행동을 개시했다. 제단 앞에 서서 드루이드 여사제의 운명을 결정하는 순간이었다. 그는 여자를 향해 몸을 숙였다. 여사제가 숨을 들이쉬고, 내쉬는 리듬에 맞춰 순백색 옷이 따라 움직였다.

볼스키는 한 손으로 조심스럽게 베일을 벗겼다. 그리고 다른 한 손으로는 그녀의 이마를 만지기 위해 몸을 약간 더 숙였다. 그리고 순간, 그는 하던 행동을 멈추고 그대로 굳어 버렸다. 마치 지금 일어나고 있는 상황을 이해하지 못해 해답을 찾으려고 애쓰고 있는 사람 같았다.

「여보게, 왜 그러나?」

드루이드가 소리쳤다.

「깜짝 놀란 사람처럼 왜 그러는 겐가? 도대체 또 무슨 일이야? 뭐가 잘못 됐나? 내가 도와줘?」

볼스키는 대답이 없었다. 그는 공포에 질려 정신 나간 사람처럼 여자를 바라보고 있었다. 그 공포는 조금씩 광기로 변해 갔다. 볼스키의 이마를 타고 식은땀이 주르륵 흘러내렸다. 얼빠진 그의 눈은 지옥의 광경이라도 바라보고 있는 것 같았다.

노인이 웃음을 터뜨렸다.

「저런, 추한 놈 같으니라고! 마지막 드루이드 여사제가 신성한 눈꺼풀을 들어 저 끔찍스런 얼굴을 보지 않게 하소서! 잠드소서. 벨레다, 꿈도 꾸지 않는 깊은 잠에 빠져 드소서」

볼스키는 분노가 끓어오르는 듯 무언가를 계속해서 중얼거리고 있었다. 그는 갑작스럽게 진실의 단면을 보게 되었다. 그의 입술은 어떤 단어 하나를 계속해서 내뱉으려 했지만, 그는 두려운 듯 그 단어를 발음하지 않으려고 애썼다. 그 단어를 입 밖에 내면 이제 더 이상 남아 있지 않은 사람에게 생명을 불어넣어 줄지도 모른다고 생각해 계속해서 말하지 않으려고 안간힘을 썼다. 죽은 여자, 그래, 여자는 숨을 쉬고 있지만 분명 죽은 여자였다. 그러나 여자는 죽을 수가 없었던 모양이었다. 왜냐하면 바로 그가 그녀를 죽였으니까. 하지만 결국, 그는 자기도 모르게 그 이름을 내뱉으며 참을 수 없는 고통을 느꼈다.

「베로니크……. 베로니크……」

「그분이 베로니크를 닮았다고 생각하나?」

드루이드가 비웃으며 물었다.

「물론, 네 생각이 옳겠지. 가족이었으니까. 안 그래? 네가 그 여자를 직접 네 손으로 십자가에 매달은 게 아니라면, 네가 직접 마지막 숨을 거두는 것을 확인하지 않았다면, 두 여자가 같은 인물이며 베로니크 데르주몽은 살아 있고 다치지도 않았으며, 상처 하나 입지 않았고 손목에 묶여 있던 끈 자국도 남아 있지 않다는 사실을 믿을 수 있었겠지. 하지만 잘 봐, 볼스키. 이 얼마나 평화로운 얼굴인가! 얼마나 편안해 보이는가! 네가 실수했어. 넌 다른 여자를 십자가에 매달았던 거야! 날 도와주게. 오, 테타테스! 예언자가 날 죽일 거야」

볼스키는 다시 일어서서 늙은 드루이드 앞에 섰다. 그의 얼굴이 이처럼 증오와 분노로 이글거리기는 처음이었다. 이 노인은 더 이상 한 시간 전처럼 어린아이같이 춤을 추고, 가장 특별한 임무를 수행하기 위해 기다리던 자가 아니었다. 이제는 가장 냉혹하고 위험한 적일 뿐이었다. 이런 자는 현장에서 기회가 있을 때 즉시 없애 버려야 하는 것이다.

노인이 말했다.

「이미 난 구워진 요리나 마찬가지야. 자, 어떤 소스를 뿌려 먹겠나? 오호! 정말 군침 돌지 않나? 사람 살려! 살인자야! 오! 무쇠 손으로 내 목을 조르고 있어! 단도만 아니라면 좋겠는데……. 아니면 끈으로 죽이려나? 아니, 권총이군. 아주 좋아. 한 방에 죽을 수 있으니까. 어서 쏴 봐, 알렉시스. 내 재산 목록 1호인 코트에다 구멍 두 개를 뚫어 놓았으니 일곱 발 중에 이제 다섯 발이 남았겠군. 어서 쏘라고, 알렉시스」

노인의 말 한마디한마디가 볼스키의 화를 돋웠다. 그는 어서 끝내고 싶어 공범자들에게 물었다.

「오토, 콘래드, 준비됐나?」

그는 팔을 내밀었다. 두 공범자도 총을 겨냥했다. 노인이 이들을 향해 네 발짝 앞으로 다가서더니 웃으면서 자비를 구했다.

「제발…… 인심 좋은 아저씨들, 이 가엾은 악마를 불쌍히 여기시게나. 이제는 장난치지 않으리니. 얌전히 있겠네. 그림 속에 있는 사람처럼 얌전히……. 착한 아저씨들……」

볼스키가 다시 말했다.

「오토, 콘래드, 준비! 셋을 세겠다. 하나…… 두울…… 셋……. 발사!」

동시에 총성이 세 발 울렸다. 늙은 드루이드는 총에 맞은 것처럼 제자리에서 한 바퀴 빙 돌더니 다시 균형을 찾고, 똑바로 서는 것이었다. 그러고는 적들을 향해 서글픈 목소리로 소리쳤다.

「맞았어! 한 발……. 한 발……. 내 몸을 관통했어! 난 분명 죽을 거야! 늙은 드루이드의 죽음! 죽음으로 결말을 맺다니! 아! 수다 떨기를 좋아하던 가엾은 늙은 드루이드가 죽는구나!」

「발사!」

볼스키가 외쳤다.

「발사하란 말야, 바보같이! 발사!」

「발사! 발사!」

늙은 드루이드가 따라서 외쳤다.

「빵! 빵! 빵! 빵! 심장을 겨냥해! 다시 조준! 또다시 조준! 너도 받아라, 콘래드, 빵! 빵! 오토 너도!」

총소리가 방 전체에 울려 퍼졌다. 공범자들은 자신들의 과녁을 바라보며 어이없고 화가 났지만, 계속해서 분투하고 있었다. 그들이 총을 쏘는 동안 노인은 놀랍게도 매우 민첩하게 다리도 떨고, 때로는 몸을 굽히며, 때로는 뛰어오르면서 춤을 추고 있었다.

「빌어먹을! 이 동굴 깊숙한 곳에서 놀림이나 당하고 있다니……. 바보같이! 볼스키 같은 신성한 예언자가……. 꺼져 버려라! 어서 죽어 버려! 세상에! 볼스키, 너 같은 자가 어떻게 그 모든 걸 곧이 믿었단 말이냐! 섬광 신호와 폭죽, 그리고 바지 단추! 게다가 돌아가신 엄마의 반지까지! 바보! 멍청이 같으니라고!」

볼스키는 총 쏘는 것을 멈추었다. 그는 권총 세 개 모두 총알이 남아 있지 않다는 사실을 깨달았다.

〈그럼 어떻게 해야 한단 말인가? 이렇게 믿기 힘든 기적이 어디 있단 말인가? 이 수수께끼 같은 일들의 배후에는 과연 누가 있는 거란 말인가? 지금 그의 앞에 서 있는 저 악마는 과연 누구란 말인가?〉

볼스키는 총을 들고 있어 봐야 아무런 소용이 없다는 것을 깨닫고 총을 바닥에 집어던졌다. 그러고는 노인을 노려보았다.

〈저 노인을 잡아다가 두 손으로 목을 졸라야 하는 걸까?〉

그는 여자를 바라보며 그녀를 덮치고 싶은 충동을 느꼈다. 하지만 언뜻 보기에도 이 세상과 현실을 초월하고 있는 듯한 저 괴상한 두 존재와는 싸워 봐야 아무 소용이 없을 것 같다는 생각이 들었디. 그래서 그는 얼른 몸을 돌려 두 공범자를 부르고는 들이온 입구 쪽으로 달아나 버렸다.

뒤에서 늙은 드루이드의 비웃음 소리가 들려왔다.

「여보게! 왜 그렇게 빨리 도망치는 겐가? 성석은 어떻게 하라고? 그렇게 도망치면 안 돼! 뒤에서 누가 총이라도 쏘고 있나? 워이! 워이! 그럼 예언자님, 어서……」

# 지하 제실

볼스키는 이제껏 이렇게 큰 두려움을 느껴 본 적이 없었다. 그는 황급히 도망치면서도 자신이 두려움을 느끼고 있다는 사실을 인정하고 싶지 않았다. 하지만 그는 앞으로 어떻게 해야 할지 도무지 알 수 없었다. 머릿속에는 온통 일관성 없고 상반되는 생각들만 가득 차 있었다. 그는 그저 초자연적인 힘에 눌려 자신의 계획이 실패했고, 그것은 돌이킬 수 없는 사실이라고 인정할 뿐이었다.

볼스키는 늙은 드루이드가 보여 준 모든 마법과 기적을 믿었다. 자신이 선택된 자임을 열렬하게 믿었던 만큼, 볼스키는 이제 자신의 역할을 대신할 새로운 인물이 나타났음을 확신했다. 선택된 두 명이 인물이 발휘하는 기적의 힘, 볼스키와 늙은 드루이드의 대결에서 자신이 밀린 것이라 생각했다. 베로니크의 부활과 늙은 드루이드의 이야기, 농담, 춤, 행동, 불사신 같은 그의 마력……. 이 모두가 마술처럼 믿기 어려운 일이었다. 더구나 이 원시 시대의 동굴 안은 특별한 분위기를 자아내고 있어 그의 정신을 더욱 혼미하게 만들었다.

볼스키는 질식할 것만 같았다. 그는 서둘러 지상으로 올려가 맑은 공기를 들이마시고 싶었다. 그리고 무엇보다도 가지를 잘라낸 떡갈나무에 숨이 끈긴 채 매달려 있는 베로니크의 모습을 확인하고 싶었다.

「그녀는 분명히 죽었어」

세 번째 방과 가장 큰 지하 제실이 있는 방으로 통하는 좁은 길을 올라가면서 그가 말했다.

「그녀는 분명히 죽었어. 난 그녀가 죽었다는 걸 잘 알아. 내 두 손으로 죽인 사람이 벌써 몇 명인데……. 내가 그런 실수를 저지를 리가 없어. 그리고 그 악마가 어떻게 죽은 사람을 살려 낼 수 있겠어?」

볼스키는 왕의 홀이 놓여 있던 묘석 근처에서 갑자기 멈춰 섰다.

「그렇지 않다면……」

그의 뒤를 따르던 콘래드가 소리쳤다.

「수다는 그만 좀 떨고, 서두르시오」

볼스키는 콘래드에게 선두를 양보하고는 계속 걸으면서 말했다.

「콘래드, 내 생각을 말해 줄까? 그래, 우리가 보았던 잠자고 있던 여자는 그녀가 아니었던 거야. 게다가 그 여자도 살아 있는 사람이 아니었어. 아! 그 늙은 마법사는 못하는 게 없으니, 얼굴을 바꿨을지도 몰라. 밀랍으로 비슷한 얼굴을 만들어 놓은 것일지도……」

「미쳤군. 어서 걷기나 하시오!」

「난 미치지 않았어. 그 여자는 살아 있는 사람이 아니었다고. 나무에 매달린 여자도 분명히 죽었고. 밖에 나가면 자네 두 눈으로 똑똑히 보라고. 기적? 물론 있을 수도 있지. 하지만 죽은 사람을 살리는 기적은 없어!」

세 남자는 등잔 없이 동굴 속을 걷다가 벽과 돌에 부딪쳤다. 이들의 발걸음 소리가 천장까지 울려 퍼졌다. 콘래드는 계속해서 불만을 토로했다.

「내가 미리 경고하지 않았소! 그 노인 머리를 박살 내 버려야 한다고」

오토는 숨이 차는지 아무 말도 하지 않았다.

그들은 손바닥으로 벽을 더듬으며, 처음 지하 제실 입구를 발견했던 현관에 이르렀다. 처음 떡갈나무 뿌리 아래를 통해 이곳에 내려왔을 때는 여기저기에서 빛이 비추고 있었는데, 지금은 매우 캄캄했다.

「이상한데……」

콘래드가 말했다.

「이상하긴!」

오토가 말했다.

「벽 쪽에 나 있는 계단만 찾으면 된다고. 자, 여기…… 여기 계단이 있네. 그리고……」

그는 계단을 올라갔다. 하지만 곧 멈춰 서서 말했다.

「더 올라갈 수가 없어. 흙이 무너져 내렸어」

「그럴 리가?」

볼스키가 화를 내며 말했다.

「어디……. 기다려. 라이터를 갖고 있었는데……. 잊고 있었군」

그는 라이터를 켰다. 곧이어 세 남자의 입에서 분노 가득한 고함소리가 터져 나왔다. 계단의 위쪽, 즉 썩은 떡갈나무 기둥이 있던 자리 아래에는 돌과 모래가 가득했다. 그들이 지상으로 빠져나갈 구멍이라고는 조금도 남아 있지 않았다.

볼스키는 절망에 사로잡혀 계단 위에 털썩 주저앉았다.

「이제 우린 끝이야. 그 늙은 악마가 한 짓이 틀림없어. 그는 혼자가 아니었던 거라고」

그는 횡설수설하며 탄식했다. 이제 그는 이 불공평한 싸움을 계속할 힘조차 남아 있지 않은 듯했다. 이에 콘래드가 화를 내며 말했다.

「볼스키, 정말 이런 모습은 당신답지가 않군」

「그 악마에 대항해선 아무것도 할 수 없어」

「아무것도 할 수 없다고? 그러니 내가 그의 목을 비틀어 버리라고 스무 번도 더 말하지 않았소. 아! 계속 밀고 나갔어야 하는 건데……」

「자네는 그 인간에게 손도 못 대지 않았나? 우리 총알이 명중한 게 확실한가?」

「총알이라…… 총알……」

콘래드가 중얼거렸다.

「모든 게 너무 수상하단 말이야. 그 라이터를 이리 줘 보시오. 내게 수녀원에서 가져온 권총 한 자루가 더 있소. 어제 아침에 장전된 걸 확인했지. 내가 살펴보리다」

그는 권총을 살펴보았다. 탄창 안에 있던 탄약통 일곱 개 모두가 비어 있었다. 누군가 꺼내지 않았다면, 자연적으로 탄약통이 빈다는 것을 있을 수 없는 일이었다.

「아, 이제야 알 것 같군. 그 늙은 드루이드는 마법사도 뭣도 아무것도 아니었던 거요. 정말로 우리 총이 장전되어 있었다면 그는 개죽음을 당했을 거란 말이오」

하지만 콘래드의 말을 듣고 나자 볼스키의 두려움은 더욱 더 커졌다.

「하지만…… 장전된 총을 어떻게 빈 총으로 만들 수 있었단 말인가? 도대체 언제 우리 주머니에서 권총을 꺼내, 총알을 모두 빼낸 후 다시 넣어 두었단 말인가? 우린 잠시라도 권총을 멀리 둔 적이 없지 않나?」

「그건 사실이오」

콘래드가 말했다.

「누군가가 나도 모르게 내 총에 손을 댔다고는 생각할 수 없어. 그렇다면…… 그렇다면 그 악마가 특별한 힘을 발휘하고 있다는 사실이 입증된 게 아닌가? 자, 사실을 사실 그대로 보란 말이야. 그 악마는 정말 신비한 인물이고, 또 실제로 그런 능력을 발휘하고 있어. 신비한 능력을……」

콘래드는 어깨를 으쓱했다.

「볼스키, 이 일 때문에 당신이 이상해진 모양이오. 고지가 바로 눈앞에 있는데 첫 번째 장애물을 만나고 벌써 목표를 상실하다니……. 당신은 한낱 허수아비에 지나지 않을 뿐이오. 하지만 난 당신처럼 고개를 숙이진 않겠어. 끝이라고? 천만에. 어째서 끝이라는 거야? 그가 우릴 따라온다고 해도, 우린 세 명이나 된단 말이오」

「그는 오지 않을 거야. 이곳에 우릴 남겨 두고……. 출구 없는 지하 동굴에 우릴 가두어 놓으려는 거라고」

「그래? 그가 오지 않는다면, 내가 가겠소. 내가! 난 칼이 있어. 이것으로 충분하다고」

「그렇지 않아」

「뭐가 그렇지 않다는 거요? 난 그 늙은이와는 달라. 그 늙은이가 가진 거라고는 잠자고 있는 여자뿐이라고」

「콘래드, 그는 인간이 아냐. 그녀도 그냥 여자가 아니라고. 조심해야 해」

「조심하겠소. 하지만 가겠소」

「간다고? 그리로 가다니……. 하지만 무슨 계획이라도 있나?」

「계획 따윈 없소. 단지 그 늙은이를 없애는 것이 내 유일한 목표일뿐이오」

「그래도 조심해야……. 정면에서 공격하지 말고, 몰래 덮치라고」

「물론이지! 무모하게 위험을 무릅쓸 만큼 난 어리석진 않소. 내가 그놈을 잡아올 테니 조용히 기다리고 있으시오. 나쁜 놈 같으니……」

콘래드의 대담한 모습을 보고 볼스키도 용기를 되찾았다.

「어쨌든……. 콘래드 말이 맞아. 그 늙은 드루이드가 우릴 따라오지 않은 걸 보면 분명히 다른 꿍꿍이가 있는 거라고. 콘래드는 정면 공격을 하지 않고 그를 몰래 덮칠 거야. 어떻게 생각하나, 오토?」

오토의 의견도 같았다.

「기다려 볼 수밖에……」

15분가량이 흘렀다. 볼스키는 시간이 흐를수록 냉정한 이성을 되찾았다. 그는 희망에 부풀어 있다가 너무 크게 낙담을 하는 바

람에 잠시 기가 꺾인 것뿐이었다. 게다가 술기운에 몸에 나른해
져 의기소침해 있었던 것이다. 하지만 이제 다시 그의 안에서 투
지가 솟아올랐고, 그는 적과 끝장을 보겠다는 생각까지 하게 되
었다.

「콘래드가 그 늙은이를 한 방에 없애 버렸는지도 모르겠군」

오토는 지나칠 정도로 자신감이 넘쳐 나는 볼스키의 모습에서
왠지 불안한 마음을 엿볼 수 있었다.

「자, 오토, 이제 긴 여정의 끝이 얼마 남지 않았어. 늙은이만
해치우면 된다고. 단도 아직 가지고 있나? 아냐, 필요 없지. 두
손만 있으면 돼」

「그 늙은이, 혼자가 아니면 어떡하지요?」

「보면 알겠지」

그들은 다시 지하 제실로 통하는 길에 들어섰다. 이번에는 모
든 통로를 살피며 더 조심스럽게 걸었다. 아직까지는 아무 소리
도 들리지 않았다. 세 번째 제실에서 희미한 빛이 흘러나와 이들
의 발길을 인도했다.

「콘래드가 성공한 게 분명해. 만약 실패했다면 우리 쪽으로 달
려왔을 테니까」

볼스키가 말했다.

오토도 그의 의견에 동의했다.

「그렇습니다. 콘래드가 보이지 않은 게 오히려 좋은 징조일 겁
니다. 그 늙은 드루이드는 15분 동안 이미 충분한 고통을 받았을
거예요. 콘래드는 역시 사나이답다니까」

이들은 세 번째 제실로 들어섰다. 묘석 위에는 왕의 홀이 놓여
있고, 바닥에는 볼스키가 벗겨 놓은 홀의 뚜껑이 뒹굴고 있었다.

볼스키와 오토는 처음 이 방에 들어왔을 때 늙은 드루이드가 자고 있던 어두운 구석 쪽으로 시선을 돌렸다. 그리고 깜짝 놀라 얼굴이 하얗게 질렸다. 노인은 처음 자고 있던 묘석 위가 아니라 제실과 복도로 난 출구 중간쯤에 있는 묘석에 누워 있었다.

「제기랄! 도대체 저기서 뭘 하고 있는 거지?」

「아무래도 죽은 것 같아요」

늙은 드루이드는 잠자고 있는 것처럼 보였다. 그런데 악마처럼 온갖 신비한 요술을 부리던 자가 팔은 십자로 뻗고, 코는 돌바닥에 댄 자세로 엎어져 있었다.

〈조금 전만 해도, 그 모든 위험을 쉽게 피하고 오히려 적을 조롱하던 자가…… 이렇게 쉽게 무너져 버렸단 말인가?〉

볼스키의 눈이 어둠에 익숙해지자, 노인이 입고 있는 흰 코트 여기저기에 붉은 얼룩이 묻어 있는 것이 보였다.

오토가 낮은 목소리로 말했다.

「저런 자세로 있다는 게 이상한데요」

볼스키도 같은 생각이었다. 그가 말했다.

「그래. 꼭 시체 같은 포즈를 하고 있잖아」

「시체 같은 포즈라……. 그 말이 딱 맞네요」

잠시 후, 볼스키가 한발 뒤로 물러서며 말했다.

「오! 믿을 수가 없어」

「뭐가요?」

「양쪽 어깨 사이에……. 잘 봐」

「뭔데요?」

「칼이……」

「무슨 칼이요?」

「콘래드의 칼이야. 콘래드의 단도……. 그래 맞아. 양 어깨 사이에 똑바로 꽂혀 있어」

볼스키가 말했다.

그리고 그는 몸을 덜덜 떨며 말했다.

「저것 때문에 붉은 얼룩이 생긴 거로군. 피였어. 상처에서 흐르는 피……」

「그렇다면…… 죽었나요?」

「죽었어. 그래, 저 늙은 드루이드는 죽었어. 콘래드가 몰래 덮쳐서 죽인 거야. 늙은 드루이드는 죽었어!」

볼스키는 이제 어떻게 행동해야 할지 몰라 멍하니 서 있었다. 그는 시체 위로 달려들어 다시 한번 공격을 하고 싶었지만, 차마 시체의 몸에 손을 대지 못했다. 그가 용기를 내어 할 수 있는 일이라고는 시체의 등에 꽂힌 칼을 뽑아내는 것뿐이었다.

「아! 대단한 놈! 콘래드, 넌 정말 대단해. 넌 정말 거침없는 놈이야. 콘래드, 내 너의 이름은 영원히 기억하마」

「콘래드는 어디에 있는 걸까요?」

「성석이 있는 방에 있겠지. 아! 오토, 이 늙은 드루이드와 마찬가지로 어서 빨리 그 여자를 찾아서 작살 내고 싶어」

「그럼 그 여자가 살아 있다고 생각하는 겁니까?」

오토가 비웃으며 말했다.

「아직도 살아 있을지 몰라! 이 늙은 드루이드도 마찬가지고. 그 마법사는 속임수를 쓰는 사기꾼일 뿐이야. 물론 실제로는 아무 증거도 없지만……. 아, 그래 증거, 그게 바로 승거야!」

「사기꾼이라……. 하지만 어쨌든, 그가 신호를 통해 당신에게 동굴의 위치를 가르쳐 주지 않았습니까. 그럼 무엇 때문에 그렇

게 했을까요? 그리고 여기에서 뭘 하고 있었을까요? 그는 성석의
비밀을 알고 있을 뿐만 아니라 성석을 차지하는 법, 정확한 위치
까지 알고 있었던 게 아니겠습니까?」

「그래, 자네 말대로 온통 수수께끼투성이지. 하지만 너무 세세
한 것까지 들춰내려고 애쓸 필요는 없네. 곧 저절로 해답이 밝
혀질 테니……. 지금 내가 가장 걱정하는 건 그 이상한 노인이 아
닐세」

그들은 좁은 복도를 통과했다. 볼스키는 이제 승리자가 되었다
는 생각에, 고개는 꼿꼿이 치켜들고 커다란 방까지 당당하게 걸
어갔다. 아무런 장애물도, 어떤 적도 없었다.

〈포석과 둥근 천장 사이에 매달린 돌이 성석일까? 아니면 성석
은 이들이 찾지 못한 다른 장소에 숨겨져 있는 걸까? 베로니크를
닮은 그 여자가 아직도 그대로 있을까? 그러나 그 여자는 결코 베
로니크일 리가 없어. 여자도 이제 곧 정체를 드러내겠지.〉

「아무래도 여자는 그곳에 없을 것 같아. 저 여자는 어둠 속에
서 늙은 드루이드의 공범자 역할을 하고 있었던 거야. 그리고 그
늙은 드루이드는 날 따돌렸다고 생각했겠지」

볼스키는 중얼거리며 제단 위로 올라가는 계단에 올라섰다.

조금 전과 마찬가지로, 여자는 베일로 얼굴을 감싼 채 제단 위
에 누워 있었다. 하지만 팔은 더 이상 바닥으로 떨어져 있지 않았
다. 베일 사이로 비치는 손 하나가 보일 뿐이었다. 그녀의 손가락
에는 여전히 터키 산 옥 반지가 끼워져 있었다.

오토가 그에게 말했다.

「여자는 움직이지 않아요. 여전히 자고 있는 것 같군요」

「자고 있을 테지……. 내가 살펴보지. 내가 할게」

326

볼스키가 다가갔다. 그는 여전히 콘래드의 단도를 손에 쥐고 있었다. 그는 여자가 만약 살아 있다면 반드시 죽여야겠다고 생각했다. 시선이 단도 쪽으로 향하자 그는 손에 쥐고 있는 무기를 이용하기로 마음을 굳혔다.

여자와의 거리가 세 걸음 정도밖에 남지 않았을 때, 볼스키는 그녀의 두 손목에 검은 멍 자국이 있는 것을 보았다. 끈에 묶여 있던 자국이었다. 불과 1시간 전에는 볼 수 없었던 자국이었다. 이 여자는 십자가에 매달려 있던 베로니크가 확실했다. 그는 다시 한번 소스라치게 놀랐다.

〈그렇다면 누군가가 이 여자를 나무에서 풀어 준 뒤에 지금 내 눈앞에 데려다 놓았다는 말인가?〉

그는 다시 한번 기적이 일어나고 있다고 생각했다. 그의 눈에는 베로니크의 팔이 두 가지 다른 모습으로 엇갈려 나타났다. 하나는 아무런 상처가 없는 건강한 팔, 그리고 또 하나는 모진 고초로 검게 멍이 든 팔이었다.

볼스키는 마치 이 단도가 자신을 보호하는 유일한 수단인 것마냥, 두 손으로 단도를 꼭 쥔 채 여자에게 다가갔다. 머릿속이 혼란스러웠다. 하지만 다시 한번 베로니크를 공격해야겠다는 생각이 들었다. 이미 죽은 베로니크를 다시 죽이기 위해서가 아니라, 보이지 않는 적을 공격해야 한다는 생각으로, 그리고 모든 마력을 쫓아 버려야겠다는 생각으로 그는 팔을 들었다.

세상에서 가장 사악한 볼스키의 얼굴에는 악을 행하는 기쁨이 넘쳐흐르고 있었다. 갑자기 그는 미친 사람처럼 여자를 찌르기 시작했다. 열 번, 스무 번……. 그는 격렬한 흥분에 휩싸여 본능적으로 칼을 휘둘렀다.

「자, 죽어! 다시 한번 죽어 보라고. 이게 마지막이 될 수 있도록 말이야. 넌 내게 걸림돌이 될 뿐이야. 나쁜 년……. 널 없애 버리겠다. 그러니까 내가 자유로워질 수 있도록 어서 죽어 버려! 나만이 세상이 주인이 될 수 있어. 넌 어서 죽어 버려!」

그는 숨을 고르기 위해 잠시 멈추었다. 온몸의 힘이 쭉 빠진 상태였다. 그의 눈은 난도질된 끔찍한 시체를 향하고 있었지만, 아무것도 보이지 않는 사람처럼 멍해 보였다. 갑자기 그는 천장에서 내려오는 아스라한 빛과 자기 몸 사이에 그늘이 드리우는 것을 느꼈다.

「자네, 지금 모습이 어떤 줄 아나?」

그는 몸이 얼어붙는 것 같았다. 이건 오토의 목소리가 아니었다. 그가 머리를 숙이고 시체의 몸에 꽂혀 있는 단도를 붙잡고 있는 사이에도 목소리는 계속해서 들려왔다.

「자네, 지금 모습이 어떤 줄 아나, 볼스키? 자네를 보고 있자니 내 고향에서 투우 시합을 벌이던 거센 황소가 생각나는군. 참고로 말하면 난 스페인 태생이고 투우에 있어서는 반전문가라고 할 수 있지. 투우를 하는 황소들은 말이야, 다 낡아빠진 작살을 꽂으면 이리저리 미쳐 날뛰다가 투우사를 덮치지. 그리고 투우사를 죽이는 것도 모자라 투우사가 시체가 된 후에도 계속해서 공격한다네. 자네도 꼭 그 황소 같군, 볼스키. 얼굴이 새빨갛게 달아올라 적으로부터 자신을 보호하기 위해 안간힘을 쓰고 있지. 보이지 않는 적을 공격하기 위해 이미 죽은 자를 또다시 죽이려 애쓰다니. 정말 짐승이 따로 없군」

볼스키는 고개를 들었다.

한 남자가 고인돌 기둥에 기대서 있었다. 키는 평균 정도 되어 보이고, 약간 말랐지만 전체적으로 균형 잡힌 몸매를 가진 남자였다. 관자놀이 부근에 희끗희끗한 머리가 보였지만 아직 나이는 젊은 것 같았다. 그는 금 단추가 달린 짙은 청색의 선원용 작업복을 입고 있었고, 머리에는 검은 챙이 달린 선원 모자를 쓰고 있었다.

「내가 누군지 애써 떠올릴 필요 없네. 자네는 날 모를 거야. 돈 루이스 페레나, 대스페인 제국 태생이며 수많은 영토의 주인이자, 사렉의 왕자라고 할 수 있지. 그래, 놀라지 말게. 사렉의 왕자. 내가 붙인 명칭이긴 해도 난 충분히 그럴 만한 자격이 있네」

볼스키는 이해할 수 없다는 표정으로 그를 바라보았다. 남자가 계속해서 말했다.

「자네는 스페인 귀족이 별로 친숙하지 않은 모양일세. 하지만 잘 생각해 보게. 난 데르주몽 가족과 사렉 주민들을 구하러 이곳에 오기로 되어 있던 바로 그 사람일세. 자네의 순진한 아들 프랑수아가 자신을 도와주러 올 거라고 굳게 믿고 있던 바로 그 사람. 아니, 자넨 모르는가? 자, 자네 동료인 저 충실한 오토는 생각이 나는 모양인데……. 하지만 내 또 다른 이름을 말해 주면 생각이 날지도 모르지. 이 이름은 좀 알려져 있으니까. 뤼팽, 아르센 뤼팽」

볼스키는 어안이 벙벙한 듯 그를 멍하니 바라보고 있었다. 남자의 말과 움직임 하나하나에 볼스키의 두려움과 의심은 더욱 커져 갔다. 볼스키는 이 남자의 얼굴과 목소리는 알지 못했지만 그에게서 느껴지는 힘에 점점 더 억눌리는 듯한 기분이었다. 또한 냉혹한 운명에 호되게 얻어맞고 있는 느낌도 들었다.

〈대체 이게 무슨 일이지?〉

「이런 일에 너무 놀라지 말게. 세상에는 당신이 모르는 일이 많이 있지」

돈 루이스 페레나가 말했다.

「다시 한번 말하지만 당신은 정말 짐승과 다를 바가 없군, 그래. 어떻게 그럴 수가 있지? 당신은 자기가 마치 대도나 대탐험가라도 된 듯이 과감하게 행동하고, 범죄를 저지르더니…… 당신의 지금 모습에 대해서는 전혀 개의치 않는 것 같군. 닥치는 대로 살인을 저지르면서도 자넨 올바른 길을 가고 있다고 생각했겠지. 하지만 처음부터 자넨 머리가 돌았던 거야.

볼스키, 자넨 사람을 죽였지. 하지만 누굴 죽인 줄은 아나? 자넨 아무것도 모르고 있어. 베로니크 데르주몽이 죽었을까, 살았을까? 자네가 십자가 처형을 한 그 떡갈나무에 아직도 그녀가 매달려 있을까? 아니면 이 제실 위 탁자에 누워 있는 걸까? 자네는 그녀를 저 위에서 죽인 걸까, 아니면 지금 이 방에서 죽인 걸까? 모든 게 수수께끼지. 자넨 저 여자를 칼로 찌르기 전에 얼굴을 확인해 볼 생각조차 하지 않았어. 자네한테 중요한 건 있는 힘껏 여자를 내리찍어 피를 보고 냄새를 맡는 것뿐이었으니까. 자네의 살아 숨쉬는 피부로 끔찍한 피를 만져 보고 싶었겠지. 하지만 잘 보게나, 이 멍청한 친구. 사람을 죽일 때는 두려워해서는 안 돼. 희생자의 얼굴을 가린 채 살인을 저지르는 게 아니라고. 자, 보게」

돈 루이스 페레나가 직접 시체의 머리를 덮고 있던 베일을 벗겨내자, 볼스키는 눈을 감고 말았다. 볼스키는 시체의 다리 위에 엎드린 채 무릎을 꿇고 꼼짝도 하지 않았다.

돈 루이스가 비웃으며 말했다.

「이제 알겠나? 도무지 바라볼 용기가 나질 않는 모양이군. 누군지 알아보겠나? 아니면 이제 곧 알 수 있겠지. 정말 비극이지, 안 그런가? 이제 자네의 어리석은 머리로 무슨 일을 저질렀는지 알겠나? 사렉 섬에는 두 여자가 남아 있었지. 베로니크와 또 다른 여자, 엘프리드라는 이름의 여자던가? 어때? 내가 알고 있는 이름이 맞나? 엘프리드와 베로니크……. 자네의 두 부인……. 한 명은 레이놀드의 엄마, 또 다른 한 명은 프랑수아의 엄마였지. 자네가 십자가에 매달고, 지금 단도로 난도질을 한 여자가 프랑수아의 엄마가 아니라면 레이놀드의 엄마일 테지. 고문을 당해 손목에 멍 자국이 가득한 여자는 베로니크가 아니라면 엘프리드겠지. 다른 가능성은 전혀 없어. 엘프리드……. 자네의 부인이자 공모자인 여자……. 엘프리드, 지옥에 떨어진 영혼……. 저 여자를 끔찍이 사랑했으니 그쪽으로 시선을 돌리기보다는 내 말을 믿는 편이 나을걸세. 자네의 충실한 공범자이자, 자네 손에 참담하게 죽은 여자의 얼굴을 바라보는 건 무척이나 괴로울 테니 말이야. 겁쟁이 같은 놈!」

볼스키는 머리를 양 팔꿈치 사이에 파묻고 있었다. 그는 여태까지 울어 본 적이 없었다. 볼스키 같은 자가 어떻게 눈물을 흘릴 수가 있단 말인가! 하지만 그의 어깨는 심하게 떨리고 있었다. 그는 깊은 절망의 나락에 빠져 있는 것 같았다. 이런 상태가 꽤 오랫동안 지속되었다. 그리고 어느 순간 떨리던 그의 어깨가 진정되었다. 하지만 볼스키는 여전히 움직이지 않고 있었다.

「사실, 자네가 좀 불쌍해 보이긴 하는군. 죽은 사람이 엘프리드이기 때문에 그러는 건가? 자네한테 살인 따윈 사소한 일 아니던가? 안 그래? 살인은 자네와 떼려야 뗄 수 없는 관계에 있지 않은가? 이제 어떻게 할 텐가? 이런 문제에 있어서도 바보처럼 행동

하진 않을 테지. 자네가 무슨 짓을 했는지 잘 알 거 아닌가? 악마 같은 인간아, 생각해 보라고!

자네는 갓난아이가 물속에서 헤엄치듯 범죄에 푹 빠져 수영을 즐기며 살아 왔어. 자네가 여태까지 몰두해 있던 일, 푹 빠져 있던 일인데 놀랄 게 뭐가 있겠나! 그럼, 그 늙은 드루이드는 죽었을까, 살았을까? 콘래드가 그의 등에 단도를 꽂은 걸까? 아니면 내가 콘래드의 명줄을 끊은 걸까? 실제로 늙은 드루이드와 대스페인 제국 태생인 나, 두 인물이 있었던 걸까? 아니면 두 명이 같은 인물이었을까? 자넨 도무지 뭐가 어떻게 된 일인지 통 알 수가 없겠지. 하지만 진실을 알아야 할 거야. 내가 좀 도와줄까?」

볼스키는 고개를 들었다. 그는 이제야 자신이 얼마나 절망적인 상황에 빠졌는지 알 수 있었다. 물론 그는 돈 루이스가 말한 대로 진실을 알고 싶었지만 그보다 먼저, 새로 나타난 저 적을 없애야 겠다는 욕구가 솟구쳤다. 그는 돈 루이스를 바라보며 천천히 단도를 빼내어 치켜들었다.

「조심하게. 자네 칼은 좀 전의 그 권총과 마찬가지로 속임수를 쓴 걸세. 그건 은색을 입힌 종이에 지나지 않아」

쓸데없는 농담이었다. 그 어떤 말도 볼스키 안에 솟아오르는 살인에 대한 의지를 억누르거나 늦출 수 없었다. 볼스키는 제단 둘레를 빙 돌아, 돈 루이스 앞에 멈춰 섰다.

「그러니까 며칠 전부터 계속 내 계획을 방해한 놈이 너로군」

「더도 말고 정확히 24시간 전부터지. 내가 사렉 섬에 도착한 게 24시간 전이니까」

「그래서 끝까지 가 볼 생각인가?」

「가능하다면 더 멀리까지 갈 생각이야」

「어째서? 뭘 위해서 그러는 거야?」

「그냥 재미 삼아 하는 것뿐이야. 네 행동이 내 기분을 거슬렀거든」

「협상의 여지가 전혀 없다는 뜻인가?」

「전혀」

「내 몫을 나눠준대도 거절하겠나?」

「조건을 말해 보게」

「50 대 50」

「그걸로는 부족하지」

「그럼 성석을?」

「성석은 내 꺼야」

더 이상 어떤 말도 필요치 않았다. 볼스키는 그를 죽이거나, 그에게 죽임을 당하거나 둘 중 하나를 선택해야 했다. 세 번째 선택 사항은 없었다.

돈 루이스는 전혀 동요하지 않고, 여전히 고인돌 받침에 기대서 있었다. 볼스키는 돈 루이스보다 키가 훨씬 컸기 때문에 그를 내려다보고 있었다. 볼스키는 몸집이나 힘, 모든 면에서 자기가 더 우월하다고 생각했다. 볼스키는 공격을 망설일 필요가 없었다.

볼스키는 자신이 움직이지 않고 있으면 적도 경계를 게을리 할거라 생각했다. 그는 움직이지 않고 가만히 서서 기회를 보고 있다가, 갑자기 공격을 시도했다. 그는 돈 루이스를 다 잡아 놓은 먹이라 생각하고 자신 있게 덤볐다. 하지만 약 3, 4초 후, 볼스키는 단도를 빼앗긴 채 바닥에 쓰러졌다. 그리고 팔을 힘없이 앞으로 뻗은 채, 두 다리를 곤봉으로 얻어맞으며 고통에 가득 찬 비명을 질러 댔다. 너무 순식간에 일어난 일이었다.

돈 루이스는 그를 결박할 필요조차 없었다. 그저 무기력해진 볼스키의 몸 위에 발을 한 짝 올려놓은 채 허리를 구부리며 말했다.

「지금은 아무 설명도 하지 않겠다. 내 방식대로 자네에게 알맞은 형벌을 준비해 두었지. 약간은 지루할지도 모르겠군. 하지만 자네도 내가 이 일을 하나부터 열까지 전부 알고 있다는 사실을 깨닫게 될걸세. 자네보다도 훨씬 많은 걸 알고 있지. 단 한 가지, 아직 모르는 게 있지만 자네가 밝혀 줄걸세. 자네 아들, 프랑수아 데르주몽은 어디에 있나?」

대답이 없자 그가 다시 물었다.

「프랑수아 데르주몽은 어디 있나?」

볼스키는 비록 예상치 않은 일이 발생하긴 했지만, 자신이 한 가지 비밀을 간직하고 있는 한 아직 진 게임은 아니라는 생각을 들었다.

「대답을 안 하시겠다? 다시 한번 묻지. 세 번씩이나 대답을 거절하겠다, 이건가? 좋아!」

돈 루이스가 가볍게 휘파람을 불자, 구석에서 남자 네 명이 모습을 드러냈다. 네 명 모두 햇볕에 그을린 구릿빛 피부를 자랑하는 모로코 출신 남자들이었다. 이들도 돈 루이스와 마찬가지로 선원용 작업복에 검은 챙이 달린 선원 모자를 쓰고 있었다.

그중 한 남자가 다가왔다. 그는 프랑스 군의 대위로, 오른쪽에 의족을 달고 있었다. 그를 보며 돈 루이스가 인사를 건넸다.

「아, 자넨가, 파트리스?」

그는 예의를 갖추듯이 서로를 소개했다.

「이쪽은 파트리스 벨발 대위. 내 가장 친한 친구지. 그리고 이쪽은 독일 출신의 볼스키 씨」

그리고 이어서 말했다.

「새로운 소식 없나, 파트리스? 프랑수아는 아직 못 찾았나?」

「아직……」

「지금부터 한 시간 후면 찾게 될걸세. 그런 뒤에 출발하면 돼. 우리 사람들은 모두 승선했나?」

「그렇습니다」

「거긴 아무 문제없나?」

「아주 좋습니다」

그는 모로코 인들에게 명령을 내렸다.

「이자를 데려가게. 위쪽에 고인돌이 있는 곳까지 데려가. 포박할 필요는 없네. 빠져나가지 못할 테니……. 아! 잠깐」

그는 볼스키에게 뭔가 큰 비밀을 알려 주는 듯이 속삭였다.

「떠나기 전에, 성석을 한번 보게나. 천장에 있는 두 포석 사이에 놓여 있는 돌 말이야. 드루이드가 한 말이 맞네. 저게 수세기 전부터 사람들이 찾으려 애를 쓰던, 바로 그 기적의 돌이지. 바로 내가 찾아낸 돌이야. 난 저 멀리서 편지를 보내 성석의 위치를 알려 주었지. 볼스키, 성석하고 마지막 작별 인사나 나누게. 다시는 보지 못할 테니 말이야. 그리고 이 지하 제실도 다시는 볼 수 없을 걸세」

그가 사람들에게 신호를 보내자, 네 명의 모로코 인들이 볼스키를 거칠게 붙잡아 복도 반대편에 있는 방 끝 쪽으로 데리고 갔다.

돈 루이스는 오토를 향해 몸을 돌렸다. 오토는 이 상황을 지켜보며 꼼짝도 하지 않고 우두커니 서 있었다.

「자네는 매우 합리적인 사람인 것 같네만……. 오토, 자네도 이 상황을 이해할 수 있겠지. 이제 이 일에서 손 떼겠나?」

「완전히 손 떼겠습니다」

「그럼 얌전히 있게. 아무 걱정 말고 우리를 따라오라고」

돈 루이스는 대위의 팔을 잡아 부축한 뒤, 대화를 나누며 걸어 갔다. 이들은 성석이 있는 방을 빠져나간 다음, 지하 제실 세 곳 을 연결하는 통로를 지났다. 각 제실은 성석이 있던 방보다는 바 닥이 조금 더 높은 것 같았다. 그리고 마지막 방 옆을 지나자 현 관이 나타났다. 이 현관 구석에는 사다리 하나가 서 있었다. 사다 리 위쪽 벽에는 모래와 석회로 만들어 놓은 입구가 보였는데 이 작업은 최근에 한 것 같았다.

그 입구는 계단으로 이어졌는데 중간 부분이 끊겨 있었다. 계 단 밖은 가파른 오솔길의 중턱이었다. 밖으로 나가니 가파른 오 솔길 한가운데였다. 길 옆쪽 바위를 돌아가니 절벽이 나타났다. 프랑수아와 베로니크가 전날 아침에 섬을 빠져나가려 했던, 바로 그 포테른 언덕이었다. 위쪽에는 쇠고리 두 개에 걸려 있는 배 한 척이 보였다. 베로니크와 그녀의 아들이 함께 타고 떠났어야 할 배였다. 그곳에서 멀지 않은 곳에는 작은 만이 있었는데, 그곳에 잠수함 한 척이 떠 있었다.

돈 루이스와 파트리스 벨발은 바다 쪽으로 등을 돌리고는 반원 형으로 심어진 떡갈나무가 있는 길로 들어섰다. 그들이 거석 고 인돌 앞에 도착하니, 그곳에서는 모로코 인들이 이들을 기다리고 있었다. 그들은 마지막 희생자가 숨진 나무 밑에 볼스키를 꿇 어앉혔다. 〈V. d'H.〉라는 서명이 새겨진 판자를 제외하고는 이 나 무에서 끔찍한 형벌이 행해졌다는 흔적을 어디에서도 찾을 수 없 었다.

「피곤하지 않나, 볼스키? 다리는 좀 괜찮나?」

돈 루이스가 물었다.

볼스키는 경멸하는 듯한 표정을 지으며 어깨를 으쓱했다.

「그래, 알겠네」

돈 루이스가 다시 말했다.

「자넨 자네가 이길 거라고 확신했겠지. 하지만 나 역시 그만한 능력은 가지고 있다네. 그리고 난 게임을 조절할 줄도 알지. 자네 뒤에 있는 나무가 그 사실을 충분히 증명해 줄걸세. 또 다른 증거를 원하나? 자네가 범죄를 저지르는 데 온 힘을 쏟느라 사망자의 숫자를 미처 확인하지 못하는 사이에, 나는 그들을 다시 살려냈다네. 수도원에서 이쪽으로 걸어오고 있는 사람이 누군지 한번 보게. 보이나? 저 사람도 나처럼 금 단추가 달린 선원 옷을 입고 있지. 당신이 만들어 낸 희생자 중 한 명이야. 안 그런가? 자넨 저 사람을 바다로 던져 버리기 위해 고문용 방에 가두어 놓았지. 그리고 자네의 귀여운 아들 레이놀드가 베로니크가 보는 앞에서 저 사람을 절벽 아래로 밀어 버렸어. 기억할 수 있겠나? 그런데 스테판 마루는 안 죽었어. 내가 마술 봉을 휘둘러 저 사람을 살려 냈거든. 자, 여기 왔군, 그래. 난 이 사람과 손도 잡고, 말도 한다네」

그는 실제로 새로 온 남자에게 다가가 악수를 하며 말을 했다.

「자, 스테판. 내가 말했지. 정확히 정오가 되면 모든 일이 끝날 거라고. 그리고 고인돌 앞에서 다시 만나게 될 거라고. 지금이 정오일세」

스테판은 매우 건강해 보였다. 상처라고는 티끌만큼도 찾아볼 수가 없었다. 볼스키는 그를 바라보며 겁에 질려 더듬더듬 말했다.

「프랑수아의 선생……. 스테판 마루……」

돈 루이스가 말했다.

「그래 맞아. 뭘 알고 싶은가? 스테판을 죽일 때도 자넨 아주 멍청하게 행동했어. 레이놀드와 당신……. 사람을 절벽 아래로 밀어뜨리면서 밖으로 몸을 내밀어 어떻게 됐는지 살펴볼 생각도 안 하다니……. 내가 저 사람을 구했지. 그렇게 놀라지 말게. 이건 시작에 지나지 않으니까. 아직 가방 안에서 꺼낼 비밀이 엄청나게 많이 있거든. 생각해 보게. 난 늙은 드루이드의 제자일세! 참, 스테판, 어떻게 됐나? 수색해 봤나?」

「소용없습니다」

「프랑수아는?」

찾을 수가 없어요.

「해피가 주인을 찾을 수 있도록 프랑수아의 물건 냄새를 맡게 했나?」

「네. 하지만 프랑수아의 배가 걸려 있는 포테른까지밖에 가지 않더군요」

「그 부근에는 숨을 만한 장소가 없는데……」

「하나도 없지」

돈 루이스는 침묵을 지키다가 고인돌 근처를 여기저기 거닐었다. 그는 마치 어떤 행동을 하기 전에 마지막으로 결정을 내리려고 망설이는 사람 같았다.

마침내, 그가 볼스키에게 말했다.

「난 낭비할 시간이 없어. 앞으로 두 시간 후면 이 섬을 떠나야 하네. 얼마를 주면 프랑수아가 있는 곳을 가르쳐 줄 텐가?」

볼스키가 말했다.

「프랑수아는 레이놀드와 결투 중에 죽었어. 프랑수아가 실력이 부족했거든」

「거짓말! 결투에서 이긴 건 프랑수아야」

「그걸 어떻게 알지? 결투를 지켜봤나?」

「아니! 그랬다면 내가 나서서 프랑수아를 빼냈겠지. 하지만 누가 이겼는지는 알아」

「그건 나밖에 몰라. 두 아이는 모두 복면을 썼으니까」

「프랑수아가 죽었다면 너도 죽은 목숨이야」

볼스키는 잠시 생각에 잠겼다.

「아이가 있는 곳을 가르쳐 주면 나에게 뭘 줄 텐가?」

「자유를 주지」

「그리고?」

「아무것도」

「성석을 줘」

「그건 절대 안 돼!」

돈 루이스는 격렬한 몸짓을 하며 날카롭게 쏘아붙였다.

「절대로 안 돼! 부득이한 경우에는 자유를 줄 수 있어. 자넨 가진 게 하나도 없고 다른 데로 가 봤자 고생만 할 테니까. 하지만 성석을 주면 평안과 부와 권력, 그리고 악을 행하는 힘을 얻게 돼」

「내가 성석을 가지려고 하는 이유가 바로 그거야. 당신이 성석의 뛰어난 가치에 대해 그렇게 말하니까 프랑수아가 있는 곳을 말해 주는 대가로 더 큰 몫을 챙겨야겠다는 생각이 드는군」

「난 프랑수아를 찾아낼걸세. 인내심이 필요할 뿐이지. 필요하다면 2, 3일쯤은 더 머물 수 있어」

「넌 그 아이를 찾지 못할 거다. 그리고 설령 찾는다 해도 이미 늦은 뒤일 거야」

「어째서?」

「프랑수아는 어제 저녁부터 굶기 시작했거든」

그의 말은 매우 가혹하게 들렸다. 잠시 침묵이 흐른 뒤 돈 루이스가 다시 말했다.

「그게 사실이라면 어서 말해. 그 아이가 죽는 걸 원치 않는다면 말이야」

「그게 나와 무슨 상관이란 말이냐? 그 어떤 것도 내 일을 방해하거나 내가 가는 길을 막지 못해. 난 거의 목표에 다다랐어. 그 목표와 나 사이를 가로막고 있는 장애물이 하나 있긴 하지만……」

「거짓말. 넌 그 아이를 죽게 내버려 두지 않을걸! 네 아이니까」

「난 다른 아들도 죽게 내버려 뒀어」

볼스키의 말에 파트리스와 스테판은 공포에 질린 표정이었지만 돈 루이스는 활짝 웃으며 말했다.

「좋아! 아주 솔직하군. 확실하고 명백한 의사 표현이야. 역시 독일인답게 거침이 없군, 그래. 너의 그 자만심과 잔인성, 파렴치함과 신비로움의 조화는 정말 굉장해! 도둑질을 하고 살인을 저지르면서도 수행해야 할 임무를 잊지 않는 그 독일인다운 정신, 정말 대단하군! 게다가 너는 보통 독일인, 그 이상이야. 그 이상이라고!」

그러고는 여전히 웃음을 띠고 덧붙여 말했다.

「그러니 나도 널 특별한 독일인으로 취급해 주지. 마지막으로 묻겠다. 프랑수아가 어디 있는지 말해 주겠나?」

「아니」

「좋아」

그는 조용히 네 명의 모로코 인을 향해 돌아섰다.

「실시하게」

일은 순식간에 진행되었다. 이들은 마치 각 동작의 순서를 미리 정해 반복해서 연습한 군인들처럼, 불필요한 움직임 없이 볼스키를 붙들어 나무에 걸린 끈에 매달았다. 이들은 볼스키의 고함이나 위협, 절규에도 아랑곳없이 그를 나무위로 올려, 마치 그가 희생자를 매달 때와 마찬가지로 단단하게 끈을 조였다.

「입 닥쳐」

돈 루이스가 조용히 말했다.

「입 닥치게. 자네한테도 그게 좋을걸세. 그렇게 소리쳐 봐야 죽은 아르쉬나 수녀들과 서른 개의 관에 묻힌 영혼을 깨우는 일밖에 되지 않을 테니. 입 닥쳐. 그 귀신들이 나타나도 좋다면 상관없지만 말이야. 정말 추하군! 그 혐오스런 표정하고는……」

그는 광경을 좀 더 잘 지켜보기 위해 뒤로 몇 발자국 물러섰다.

「아주 좋아! 아주 표정 죽이는군, 그래. 위치도 참 좋고. 〈V. d'H.〉라고 된 서명 바로 아래 매달려 있으니 말이야. 볼스키 드 호엔졸레른(Vorski de Hohenzollern)! 당신이 왕이 아들이라니 그 귀족 집안과 관련이 있을 거라고 생각했지. 볼스키, 이제 귀를 쫑긋 세워야 할 거야. 내가 자네에게 들려줄 이야기가 아주 많거든」

볼스키는 나무 위에 매달려 부들부들 떨고 있었다. 그는 자신을 매달고 있는 줄을 끊으려고 버둥거렸지만, 그럴수록 고통민 점점 커질 뿐이었다. 그는 곧 입을 다물고 분노에 찬 숨을 몰아쉬었다. 그리고 돈 루이스를 향해 갖은 욕설과 끔찍한 저주를 퍼

부었다.

「도둑놈! 살인자! 살인자는 바로 너야! 프랑수아를 죽이는 것도 바로 너야! 프랑수아는 자기 형에게 상처를 입었어. 상처가 아주 심하다고. 상처는 더욱 심해질 거야」

스테판과 파트리스가 돈 루이스에게 다가갔다. 스테판은 잔뜩 겁에 질려 있었다.

「어떻게 하죠? 저런 괴물 같은 놈은 무슨 일이든 저지를 수 있다고요. 아이가 정말 아프기라도 하면 어쩌죠?」

돈 루이스가 말했다.

「허튼소리! 모두가 공갈 협박일 뿐이지. 아이는 아주 건강하다네」

「확신할 수 있습니까?」

「그럼. 적어도 한 시간 정도는 기다려 볼 수 있네. 한 시간쯤 지나면, 저 지독한 독일 놈이 입을 열 거야. 더 이상 버틸 수는 없을걸세. 저렇게 매달려 있다 보면 말을 하지 않을 수 없을 테니까」

「그냥 죽어 버릴 수도 있지 않겠습니까?」

「어떻게 말인가?」

「자살해 버릴 수도 있지 않지 않겠습니까? 동맥을 끊는다던가, 피를 토하고 죽게 될지도……」

「그러면?」

「저자가 죽으면 프랑수아가 있는 곳을 알 방법이 없어요. 우리의 마지막 희망이 사라지는 거라 말입니다」

하지만 돈 루이스의 결심은 확고한 듯했다.

「저놈은 죽지 않을걸세. 볼스키 같은 놈이 그렇게 피를 토하며 죽을 리가 없지! 절대로……. 절대로 말이야. 결국 저자는 말을 하게 될걸. 한 시간 안에 말을 할 거야. 분명히 내 얘기를 들으면 입을 열게 될 거야」

파트리스 벨발이 웃음을 터뜨렸다.

「그에게 해 줄 말이라도 있단 말인가?」

「그럼 아주 흥미로운 이야기지! 성석의 모험에 관한 이야기! 선사 시대에서부터 현재에 이르는 성석의 역사에 대해서! 저 지독한 독일 놈이 정확히 서른 건의 범죄를 저지르기까지 모든 역사를 통틀어서 말일세. 그런 이야기는 아무 때나 들을 수 있는 게 아니라고. 절대로 이 기회를 놓치지 않을걸세! 자, 그럼 돈 루이스 교수의 강의를 들으러 가시게!」

그는 볼스키 앞에 자리를 잡고 섰다.

「자넨 운이 좋군! 가장 좋은 자리를 잡았으니! 자넨 한마디도 놓치지 않고 듣게 될 거야. 안 그런가? 어둠 속에 한줄기 빛이 들어오게 되었으니 정말 기쁘지 않은가? 곤경에 처해 있을 때는 강경한 의견을 따라갈 필요가 있다네. 나도 어떻게 해야 할지 잘 모르겠거든. 생각해 보게나. 수세기 전부터 이어온 수수께끼가 있고, 자넨 그 문제를 더욱 복잡하게 만들었을 뿐이야」

「불한당 같은 놈! 도둑놈!」

볼스키가 이를 갈며 말했다.

「욕설을 내뱉다니! 어째서 그러는 겐가? 그 자세가 불편하면 프랑수아가 있는 곳을 말하면 될 게 아닌가?」

「절대로 말하지 않겠다. 그 아인 죽을 거야」

「아니. 넌 말하게 될 거야. 그 말을 하고 싶으면 언제든지 내 말을 중간에 잘라도 좋아. 내 말을 자르고 싶으면 휘파람을 살짝

만 불면 된다고. 〈담배 좀 주시오.〉 하고 말하든가 〈엄마, 작은 배가 물 위에 있어요.〉라고 말하든가……. 아무 말이나 하라고. 우리가 아이를 찾아서 네 말이 거짓이 아니라는 게 밝혀지면 널 이곳에 얌전히 풀어 줄 테니 말이야. 넌 오토와 함께 가면 돼. 프랑수아의 배를 타고 말일세. 알겠나?」

그는 스테판 마루와 파트리스 벨발 쪽으로 몸을 돌렸다.

「앉게, 친구들. 좀 긴 이야기가 될걸. 열변을 토하려면 청중이 필요하거든. 내 얘길 듣고 평가를 내려 줄 청중 말일세」

「우린 둘뿐이네만……」

파트리스가 말했다.

「셋이지 않은가」

「누구 말인가?」

「저기 세 번째 청중이 있네」

해피였다. 해피는 평소처럼 서두르지 않고 종종걸음으로 다가왔다. 그는 스테판을 보고 반갑게 반가운 체를 하더니, 돈 루이스 앞에 와 꼬리를 흔들었다. 마치 〈난 당신이 누군지 알아요. 우린 모두 친구죠.〉라고 말하는 것 같았다. 그러고는 아무도 방해하지 않으려는 듯 그의 뒤에 자리를 잡고 앉았다.

돈 루이스가 소리쳤다.

「아주 좋아, 해피. 너도 성석에 관한 이야기를 듣고 싶어하는구나. 너의 그 호기심이 참 맘에 들어. 내 얘길 들으면 너도 흡족해할 거다」

돈 루이스는 매우 만족하는 것 같았다. 그는 이제 청중 앞에서 연설을 하기 시작했다. 볼스키는 나무에 매달려 몸을 비틀고 있었다. 모든 준비가 완벽하게 갖추어졌다.

그는 공중으로 뛰어오르며 발 구르기 동작을 보여 주었다. 그의 행동을 보고 볼스키는 늙은 드루이드의 춤을 떠올렸다. 돈 루이스는 다시 중심을 잡으며 가볍게 인사를 하고, 물 잔을 입으로 가져가는 시늉을 했다. 그러고는 탁자 위에 양손을 올려놓는 동작을 취했다.

장난스러운 몸짓으로 연설 무대를 준비한 뒤, 드디어 그가 침착한 목소리로 연설을 시작했다.

「신사 숙녀 여러분, 기원전 732년 7월 25일……」

# 보헤미아 왕의 묘석

　돈 루이스는 이렇게 연설을 시작하고 나더니 잠시 말을 멈추었다. 그는 자신이 한 말에 대한 청중의 반응을 음미하고 있는 것 같았다. 자기 친구에 대해 잘 알고 있는 벨발 대위는 그를 보며 웃음을 터뜨렸다. 스테판은 여전히 수심에 잠긴 표정이었으나, 해피는 잠자코 앉아 있었다.

　돈 루이스 페레나가 다시 말을 시작했다.

　「신사 숙녀 여러분, 제가 정확한 날짜를 명시한 것은 여러분을 놀라게 하기 위한 것이었음을 알아 두시기 바랍니다. 사실, 수세기 전에 일어났던 사건에 대해 이렇게 여러분 앞에서 연설을 하게 된 것만도 제게는 무한한 영광입니다. 그러나 그 사건이 발생한 날짜를 정확히 안다는 것은 거의 불가능한 일입니다. 그래서 제가 확실하게 말씀드릴 수 있는 것은, 그 사건이 유럽에서 일어났으며, 좀 더 정확히 말하자면 오늘날 보헤미아라고 불리는 나라에서 일어났다는 사실입니다. 보헤미아 중에서도 오늘날 요하힘스탈 산업 도시가 형성된 곳에서 말입니다. 자, 이제 좀 정확한 정보가 됐죠?

어느 날 아침, 켈트 족이 거주하던 지역에 갑자기 대침략이 있었습니다. 그곳은 고생대에 형성된 숲으로 다뉴브 강과 엘브 강 유역 사이에 위치하고 있었지요. 전사들은 떠날 준비를 하느라 분주히 움직였습니다. 여자들도 이들을 도와 천막을 걷고, 도끼와 활, 화살을 한데 모았습니다. 또 도기와 청동 용기도 챙겼으며 마소도 한데 모았습니다. 부족의 각 우두머리인 부족장들은 떠나기 전에 세세한 점까지 살피느라 온 힘을 기울였습니다. 다행히 부족 내에 혼란이나 폭동은 전혀 일어나지 않았습니다.

드디어 어떤 부족은 엘브 강을 향해, 또 어떤 부족은 에제 강 지류를 향해 떠났습니다. 그곳에서는 미리 파견된 최정예 전사들이 배를 지키며 기다리고 있었습니다. 그런데 그중에서 유독 배 한 척이 눈길을 끌었습니다. 그 배는 다른 배들보다 유난히 클 뿐만 아니라 장식도 매우 화려했습니다. 그 배 위에는 기다란 황갈색 천이 덮여 있었습니다. 배 뒤쪽에 준비된 의자에는 우두머리 중의 우두머리, 여러 부족을 거느리는 왕이 앉아 있었습니다. 왕은 일어나서 부족민들에게 연설을 시작했습니다. 저는 이 이야기를 간략하게 줄이고 싶은 생각이 없으니, 왕이 연설한 내용까지 다 말씀드리도록 하겠습니다.

〈우리 부족은 이웃 부족의 침범으로 다른 곳으로 이주한다. 오래전부터 살아 온 땅을 버리고 떠난다는 것을 매우 슬픈 일이다. 하지만 이런 일도 우리 부족민들에겐 그다지 큰 걱정거리가 될 수 없다. 우리는 선조 대대로 이어받은 가장 값진 재산을 가지고 떠나기 때문이다. 그 보물이 우리 부족민들을 지켜 줄 것이며, 그 어느 부족보다 강하고 용맹스러운 전사를 만들어 줄 것이다. 그리고 차후에 그 돌은 왕의 무덤을 덮을 것이다.〉

그리고 그 우두머리 중의 우두머리, 부족들의 왕은 엄숙한 동작으로 황갈색 천을 벗겼습니다. 그러자 그 안에는 묘석 형태로 된 화강암 하나가 모습을 드러냈습니다. 거의 가로 2미터, 세로 1미터는 되어 보이는 돌이었습니다. 전체적으로 어두운 색을 띠고 있었으며 표면은 오톨도톨한데, 군데군데 보석이 박혀 있어 빛을 내는 돌이었습니다.

부족민들은 너나 할 것 없이 탄성을 질렀습니다. 이들은 돌 위에 앉은 먼지에도 아랑곳하지 않고, 모두 돌 위에 배를 깔고 팔을 뻗으며 코를 갖다 대고 엎드렸습니다. 그러자 부족장은 화강암 위에 놓여 있던, 보석 손잡이가 달린 금속 홀을 흔들며 말했습니다.

〈기적의 돌이 있는 한, 이 강력한 힘을 가진 홀은 내 곁을 떠나지 않으리라. 이 강력한 힘을 가진 홀은 기적의 돌에서 탄생하였으니, 이것 역시 삶과 죽음을 관장하는 하늘의 불을 지니고 있음이라. 기적의 돌은 내 선조들의 무덤을 덮고, 이 홀은 우리가 승리하는 순간이든 패배하는 순간이든 결코 우리 손을 떠나지 않으리라. 하늘의 불이시여, 우리를 인도하소서! 태양의 신이시여, 우리를 밝히소서!〉

왕은 이렇게 말한 후에, 부족 전체를 데리고 그 땅을 떠났습니다」

돈 루이스는 잠시 말을 멈추고 만족스럽다는 듯 흐뭇한 미소를 지으며 다시 한번 말했다.

「그렇게 말하고는, 부족 전체를 데리고 그 땅을 떠났습니다」

파트리스 벨발은 돈 루이스의 장난스러운 모습에 매우 즐거워했다. 그 모습을 보고 스테판도 웃기 시작했다. 그러자 돈 루이스는 이들의 이름을 부르며 말했다.

「파트리스, 스테판, 웃을 일이 아닐세! 모두 진지하게 들어야 할 이야기라네. 이건 어린아이들에게 들려주는 옛날이야기 따위가 아니란 말일세. 이건 실제 있었던 일이야. 세세한 부분까지 자세히, 과학적으로 설명이 가능한 실화란 말일세. 그래, 과학적인 이야기지. 난 과감히 과학적인 이야기라고 말하겠네. 그럼…… 신사 숙녀 여러분, 우린 지금 바로 그 현장에 모여 있습니다. 볼스키가 환희와 절망을 동시에 맛본 곳이기도 하죠. 그는 지금 대단히 아쉬움이 많이 남을 겁니다」

돈 루이스는 다시 물을 마시는 시늉을 하고 연설을 이어 갔다.

「몇 주, 몇 달 동안 이 부족은 엘브 강의 줄기를 따라 내려갔습니다. 어느 날 저녁 9시 반경, 이 부족은 오늘날 프리슬란드라고 부르는 지방의 바닷가에 다다르게 되었습니다. 이들은 그곳에서 여러 달을 지내 보았으나, 그곳이 썩 안전하지 못하다는 판단을 내렸습니다. 그래서 이들은 다시 길을 떠나기로 결정했습니다.

이번에는 바닷길을 택했습니다. 드디어 서른 척의 배가 바다를 가르며 길을 떠났습니다. 이 서른이란 숫자는 부족의 수와 일치하는 것임을 참고하시기 바랍니다. 또 몇 주, 몇 달 동안 이들은 닻을 내리기에 적당한 바닷가를 살피느라 여기저기 돌아다녀야 했습니다. 처음엔 스칸디나비아, 그 다음엔 잉글랜드……. 그러나 이들을 환영하는 곳은 없었습니다.

이들은 적이 침입하기 어렵고 부족의 안전이 보장되는 땅을 찾기 위해 계속 이동해야 했습니다. 삶의 터전을 찾기 위해 왕의 묘석을 싣고 여기저기 이동하는 장면은, 생각만 해도 감동적이고 대단한 장면이 아닐 수 없습니다. 이들은 적의 위협에서 벗어나, 자신들만의 종교를 세우고 자신들만의 힘을 지켜 나가고 싶어했던 것입니다. 마지막으로 이들은 아일랜드의 에린 지방에 다다랐습니다. 다행히 이들은 그곳에 닻을 내릴 수 있어, 반세기, 또는 한 세기를 머물게 되었습니다.

처음 항해를 시작할 때 젊은 부족장이었던 이들은 어느덧 손자나 증손자를 보게 되었습니다. 이곳에 머무는 동안 부족민들은, 이미 문명이 발달해 있던 아일랜드 주민들의 영향을 받았습니다. 여러 가지 면에서 부족민들은 점차 그곳 생활에 적응하고 많은 변화를 맞이했습니다.

그러던 중 어느 날, 내륙에 있는 한 나라에서 이 부족의 왕에게 특사를 보냈습니다. 왕은 그 특사를 통해 자신의 부족들이 지내기에 매우 훌륭한 장소가 있다는 사실을 알게 되었습니다. 그것은 서른 개의 바위와 서른 개의 화강암으로 둘러싸여 외적의 침입이 거의 불가능한 어떤 섬이었습니다.

서른 개! 운명의 숫자! 어떻게 그곳이 신이 내려 준 신비의 땅이라고 생각하지 않을 수가 있겠습니까? 이들은 다시 서른 척의 배를 타고 항해를 시작했습니다. 그리고 결국 성공했습니다. 섬을 정복하게 된 것입니다. 이들은 원주민을 무자비하게 살해하고 그곳에 정착했습니다. 그리고 보헤미아 왕의 묘석도 그 섬에 안진하게 가져다 놓았던 것입니다. 오늘날 그 몰이 있는 바로 그 장소, 볼스키가 보았던 바로 그 장소에 말입니다. 그럼 여기서 잠깐, 역사적인 면을 되짚어 보도록 하겠습니다. 이 이야기는 짧게 넘어가겠습니다」

돈 루이스는 마치 선생님처럼 설명조로 말하기 시작했다.

「사렉 섬은 프랑스의 다른 지역이나 서유럽 지역과 마찬가지로, 수천 년 전부터 리구리아 족들이 거주해 온 곳입니다. 이들은 동굴 생활을 했으며, 아직도 동굴에는 부분적으로 이들의 생활 모습이나 관습을 엿볼 수 있는 흔적이 남아 있습니다. 특히 리구리아 족들은 신석기 시대부터 건축에 뛰어난 조예를 보여, 화강암을 이용하여 건물을 만들고 거대한 제실을 짓기도 했습니다.

사렉 섬에 정착한 보헤미아 부족들은 저 동굴을 찾아내어 제실로 이용했습니다. 자연 동굴에 켈트 족의 신비롭고 미신적인 상상을 가미하여 놀라운 거석 기념물을 만들어 낸 것입니다.

이렇게 성석의 첫 번째 이동 단계를 거쳐 성석의 휴식기가 찾아오고, 드디어 드루이드 시대가 열리게 됩니다. 이 기간은 약 1000~1500년에 걸쳐 지속되었습니다. 그동안 이 종족은 주변 종족들과 섞이게 되었습니다. 그리고 한때는 브르타뉴 왕의 지배를 받기도 했지요.

그리고 점차 왕이 가지고 있던 영향력은 사제에게 넘어가게 됩니다. 여기서 사제란 드루이드를 말합니다. 이 사제들이 다음 몇 세대에 걸쳐 권력을 휘두르게 됩니다.

드루이드의 권력은 바로 그 기적의 돌에서 비롯되었다고 말할 수 있습니다. 물론, 이들은 잘 알려진 종교의 사제이며, 골 족 젊은이들의 스승이기도 했습니다. 저 검은 벌판 아래 지하 동굴도 드루이드들이 머물던 곳이거나, 드루이드 대학의 강의실로 쓰였을 것이라고 추정됩니다. 물론 이들은 당시의 계율에 따라 인간을 제물로 바쳤으며, 겨우살이 성초나 마편초, 그 밖의 모든 마법 식물을 수확하기도 했습니다.

　드루이드들은 사렉 섬에서 삶과 죽음을 관장하는 돌을 관리하는 임무를 띠고 있었습니다. 물론 이들은 그 성석의 주인이기도 했지요. 당시에는 지하 제실의 위쪽, 그러니까 지상에서도 분명 그 돌을 볼 수가 있었습니다. 그때에는 분명히, 우리가 지금 〈수난의 꽃밭〉이라고 부르는 곳에 거석 고인돌이 세워져 있었고, 그곳에 성석이 있었던 게 분명합니다. 바로 그 위에서 병자와 불구자, 허약한 어린아이들이 찾아와 누웠다가 건강을 되찾고 돌아갔습니다. 바로 성스런 묘석 위에서 불임이었던 여성이 임신을 할 수 있게 되고, 노인들은 원기를 회복할 수 있었던 것입니다.

　성석 이야기는 브르타뉴의 모든 전설과 신화에 나타나고 있습니다. 모든 미신이나 신앙, 근심이나 희망의 중심에는 항상 성석이 있었습니다. 바로 그 성석을 통해서나 또는 드루이드들이 휘두르는 마법 봉을 통해서, 그리고 그 사제들의 의지에 따라, 사람들의 살을 불태우기도 하고 상처를 치료하기도 했던 겁니다. 따라서 성석과 관련된 아름다운 전설이 생겨나기도 했고, 원탁의 기사 이야기나 마법사 멀린 이야기도 나오게 된 것입니다. 성석은 모든 수수께끼의 가장 깊은 곳에 숨어 있었고, 모든 상징의 중심에 서 있었습니다. 성석은 곧 신비이자 진리였고, 가장 큰 수수께끼인 동시에 모든 걸 설명해 주는 물건이기도 했습니다」

　돈 루이스는 열정적으로 강의를 하다가 잠시 말을 멈추고 미소 지었다.

　「흥분하지 말게, 볼스키. 자네가 저지른 범죄에 대한 이야기가 아직 남았으니 흥분을 아껴 두어야 하지 않겠나.

　우리는 현재, 드루이드의 전성 시대 이야기를 하고 있습니다.

이 시대는 아주 오랫동안 지속되었습니다. 수세기가 지나고 나서야 드루이드가 사라지게 되죠. 그리고 성석은 마법사와 예언가의 손에 넘어가게 됩니다.

그러면 이제 세 번째 시기로 넘어가 보도록 합시다. 세 번째는 〈종교의 시대〉, 다시 말해, 사렉 섬에서 순례와 기념 축제가 뜸해지면서 주민들의 수입도 줄어들던 시기를 말합니다.

교회는 권력을 갖기 시작하면서부터 성석과 전쟁에 돌입하게 됩니다. 화강암 하나가 수많은 신도를 끌어 모아 자신들의 종교에 해를 끼친다고 생각했으니까요. 더군다나 교회가 물신 숭배를 용납할 수는 없었습니다. 어쨌거나, 이 전쟁은 처음부터 승패가 결정된 것이었지요. 과거의 유산이 교회 앞에 무릎을 꿇을 수밖에 없었습니다. 그래서 고인돌은 지금 우리가 서 있는 이곳으로 옮겨졌고, 보헤미아 왕의 묘석은 지하에 묻혔습니다. 그리고 그 기적의 제단 위에는 예수 수난상이 세워졌죠. 그 뒤로 오랫동안 성석은 잊혀져 있었습니다.

자, 그리하여 성석은 생활에서 잊혀지고, 의식이나 종교로부터 망각된 채 지내 왔습니다. 하지만 성석 자체가 잊혀진 것은 아니었습니다. 사람들은 성석이 어디에 있는지 도무지 알 수가 없었습니다. 하지만 성석에 대한 이야기는 끊임없이 전해 내려왔고, 사람들은 성석이라 불리는 물건이 어딘가에 반드시 존재하고 있다는 사실을 믿었습니다. 성석 이야기는 입에서 입으로, 한 세대에서 다른 세대로 이어져 내려왔습니다. 그러면서 여기에 끔찍하고 무서운 이야기가 가미되었고, 성석에 관한 전설은 실제와는 점점 더 거리가 멀어지게 되었습니다. 그렇게 성석의 전설은 점점 더 모호해지고, 끔찍하게 변했던 것입니다. 하지만 성석의 이름과 그 모습에 대한 이야기만은 그대로 전해 내려왔죠.

호기심 많은 사람들은 진실을 신비롭게 포장하여 새로운 이야기를 만들어 내기 마련입니다. 따라서 한 나라 안에서 일어난 일이라고 해도 세월이 흐르고 시간이 지나감에 따라 이야기가 변질되는 것은 매우 당연한 일입니다.

이 성석에 특히 호기심을 갖고 있던 사람이 두 명 있었습니다. 한 명은 약 15세기 중반, 베네딕트 수도회에 속해 있던 〈토마스〉란 사람이었고, 또 한 명은 우리와 같은 시대에 살았던 〈마그녹〉이었습니다. 이 두 인물이 성석의 전설에 아주 큰 영향을 미쳤다고 할 수 있습니다.

토마스는 시인이자 삽화를 그리는 화가였습니다. 하지만 그에 관한 자료는 남아 있는 게 거의 없습니다. 그다지 신통치 않은 시인이었으니까요. 그가 쓴 시를 읽어 보면, 그는 매우 순진한 사람이긴 했으나 재능은 별로였던 것 같습니다.

어느 날 토마스가 사렉 섬에 있는 수도원을 방문했습니다. 그는 미사 경본을 가지고 다니면서 이 섬에 있는 서른 개의 고인돌 그림을 그렸습니다. 그리고 그 경본을 남겨 두고 떠났습니다. 그런데, 그가 그 미사 경본에 마치 노스트라다무스의 예언처럼 성경 인용문과 예언들을 써 놓았다는 것이 이 사건의 문제가 되었지요. 오랜 시간이 흐른 후에 마그녹이 이 미사 경본을 발견했을 때, 그 안에는 십자가에 매달린 여자들의 그림과 사렉에 관한 예언이 포함되어 있었습니다. 저도 어젯밤 마그녹의 방에서 그 미사 경본을 찾아서 볼 수 있었지요.

마법사의 손자인 마그녹은 정말 괴상한 인물이었습니다. 저는 그가 드루이드 귀신 행세를 한 것이 아닌가 생각합니다. 달이 차기 시작한 여섯 번째 날, 드루이드처럼 흰 코트를 입고 성초를 따던 사람은 바로 마그녹이겠지요. 마그녹도 자기 할아버지처럼 마법을 부릴 줄 알았던 모양입니다. 병을 치료하는 식물이나 꽃이 비정상적으로 크게 키우는 방법도 알고 있었으니까요. 한 가지 확실한 점은 그가 지하 동굴과 제실을 발견한 후, 왕홀 손잡이 안에 있던 마법의 돌을 훔쳤다는 사실입니다.

그는 우리가 조금 전에 지하 제실에서 빠져나온 계단, 다시 말해 포테른 길에서 지하로 통하는 계단을 이용해 제실로 들어갈 수 있었습니다. 그리고 그가 건축용 석제와 조약돌로 입구를 막아 놓은 사람이지요. 미사 경본에서 발견한 그림을 데르주몽 씨에게 보여 준 것도 바로 마그녹이었습니다. 그는 죽기 전에 마지막으로 데르주몽 씨에게 지하 동굴을 탐험하는 일을 부탁했습니다. 그럼, 데르주몽 씨는 어디까지 알고 있었을까요?

그건 그다지 중요한 일이 아닙니다. 이제 그 일을 수행할 또 다른 인물이 나타났으니까요. 계속해서 불거지는 수수께끼 같은 사건을 해결하도록 운명에 의해 점쳐진 인물……. 신비한 힘의 명령을 받아 성석을 가져갈 임무를 띤 사람……. 그 이름은 바로 볼스키!」

돈 루이스는 세 번째로 물 마시는 시늉을 하고는 볼스키의 공범자에게 손짓을 했다.

「오토, 저자에게 물을 좀 주게. 저자가 목말라 한다면 말일세. 볼스키, 자네 목마르지 않은가?」

볼스키는 나무에 매달려 기력을 소진한 상태였다. 스테판과 파트리스는 볼스키가 죽기라도 할까 봐 수심이 가득한 표정으로 지켜보고 있었다.

「아냐, 아닐세. 죽으려면 아직 멀었다네. 적어도 내 연설이 끝날 때까진 저렇게 매달려 있을 수 있다네. 안 그런가, 볼스키? 내 연설이 맘에 드나?」

「도둑놈! 살인자!」

볼스키가 작은 소리로 말했다.

「좋아! 그러니까 아직도 프랑수아가 있는 곳을 말하지 않겠다는 뜻이겠지?」

「살인자……. 도둑놈……」

「그럼, 그대로 있게나. 자네 마음대로 하라고. 그 정도로 죽진 않을 테니까. 게다가 자넨 다른 사람들에게 더 큰 고통을 안겨 줬으니 그 정도는 견뎌야 하지 않겠나? 너절한 놈 같으니……」

수많은 살인 청부업자와 수많은 범죄자를 상대해 온 돈 루이스였지만 이렇게 악랄하고 사악한 범죄자는 처음이었다. 그는 매우 화가 난 목소리로 단호하게 말했다. 이번 사건은 그 어떤 범죄와도 비교할 수 없을 만큼 끔찍한 일이었기 때문이다.

돈 루이스가 다시 연설을 시작했다.

「지금으로부터 35년 전, 헝가리 출신의 보헤미아 여자 한 명이 호수가 많기로 유명한 바비에르에 찾아왔습니다. 그녀는 카드 점쟁이, 손금 점쟁이, 예언가, 심령술사로 널리 알려진 인물이었습니다. 그녀는 바그너의 친구이자 베이루트를 건설한 왕, 루이 2세의 눈에 띠게 됩니다. 그는 정신이 이상한 왕으로, 지나치게 신비주의에 빠진 인물로 알려져 있습니다. 광기가 있는 왕과 이 예언가의 관계는 몇 년간 지속되었습니다.

매우 열정적이고 때로는 폭력적이었던 이들의 관계는, 왕이 갑작스럽게 배를 타고 스타른베르그 호수로 들어가 버리는 바람에 끝나고 말았습니다. 공식 문서에서 말하고 있는 것처럼 이는 왕이 가지고 있던 광기의 결과였을까요? 아니면 자살이었을까요? 어째서 이런 일을 저지른 걸까요? 이 질문들에 대한 답은 전혀 찾을 수가 없었습니다. 하지만 한 가지 사실만은 확실합니다. 이 보헤미아 여인이 루이 2세와 함께 호수로 산책을 나갔다는 사실, 그리고…… 그 다음날 그녀는 모든 보석과 재물을 챙겨서 국경을 넘어 달아났다는 사실입니다.

그녀는 알렉시스 볼스키라는 이름을 가진 네 살배기 어린 괴물을 데리고 있었습니다. 그 어린 괴물은 자기 엄마와 함께 보헤미아의 요하힘스탈 근처 마을에 살고 있었습니다. 그리고 나중에 그는 자기 엄마로부터 재앙을 감지하는 능력, 투시력, 사기 치는 능력까지 전수받게 됩니다.

그 아이는 천성적으로 난폭한 성격을 타고났으나 정신력은 매우 나약했습니다. 그는 환각이나 악몽, 마법, 예언, 꿈, 불가사의한 힘에 푹 빠지게 되었고, 전설이나 미신을 쉽게 믿었습니다. 특히 그는 여러 전설 중에서도 산과 관련된 전설에 깊이 빠져 있었습니다. 그건 바로 신비한 능력을 가진 돌이 있다는 산에 관한 전설이었는데, 현재는 그 신비의 돌이 사악한 자들에 의해 지하에 묻혀 있지만 언젠가 왕의 아들이 나타나 그 돌을 차지하게 될 거라는 이야기였습니다. 그가 살던 마을의 농부들은 그에게 언덕 아래에 그 돌이 묻혀 있던 자리를 보여 주기도 했습니다. 그리고 그의 엄마도 아들에게 이런 말을 했지요.

〈전설에서 예언하고 있는 인물은 바로 너야. 네가 바로 왕의 아들이야. 그 훔쳐간 돌을 찾으면 널 위협하는 모든 존재로부터 안전해질 것이며, 네가 바로 세상의 왕이 되는 거야.〉

이 괴상망측한 예언 외에도 그 보헤미아 여인이 말한 이상한 예언이 한 가지 더 있었으니, 그건 바로 〈그의 부인이 십자가에 못 박혀 죽게 될 것이며, 그는 친구의 손에 죽음을 당할 거라는 예언〉이었습니다.

이 두 가지 예언은 볼스키의 인생에 엄청난 영향을 미쳤습니다. 그는 이 예언들이 거스를 수 없는 자신의 운명이라고 생각하게 되었습니다. 그리고 저는 그 운명의 시간에 이곳에 도착했습니다. 어제 우리 셋이 했던 이야기나 우리가 발견한 사실에 대해서는 말씀드리지 않겠습니다. 스테판이 죽음의 방에서 베로니크 데르주몽에게 했던 이야기도 반복할 필요가 없을 것 같군요. 파트리스나 볼스키, 바로 당신, 그리고 해피……. 모두가 알고 있는 볼스키의 결혼에 관한 이야기도 할 필요가 없다고 생각합니다. 볼스키가 했던 두 번의 결혼, 우선 엘프리드와 그 다음엔 베로니크 데르주몽과 했던 결혼. 그리고 프랑수아가 할아버지에 의해 납치된 일, 베로니크가 사라진 일, 볼스키가 그녀를 찾기 위해 기울인 노력, 전쟁 중에 도망친 일이나 포로수용소에 갇힌 일. 이런 사실은 모두가 알고 있으리라 생각합니다. 그리고 그 이후에 일어나게 될 사건에 비하면 하찮은 일에 지나지 않기 때문입니다.

우리는 지금까지 성석의 역사에 대해 살펴보았습니다. 그러나 성석을 둘러싸고 최근에 일어난 사건들은 모두 볼스키와 얽혀 있는 일입니다. 이제부터는 최근에 있었던 사건에 대해 이야기하겠습니다.

우선 처음엔 이렇게 시작되었습니다. 볼스키는 브르타뉴 지방에 있는 폰티비 마을 근처, 한 포로수용소에 붙잡혀 있었습니다.

그곳에서 그는 볼스키란 이름이 아닌 로테르바흐란 이름을 사용했습니다. 아, 이 이야기를 하기 전에 먼저, 그때로부터 1년 3개월 전으로 돌아가야겠군요.

첫 탈옥에 성공한 후에 다시 붙잡혀 사형을 선고받은 그는 두 번째 탈옥에 성공하여 퐁텐블로 숲에서 살고 있었습니다. 그곳에서 그는 자신처럼 독일 출신이었던 옛 하인, 로테르바흐를 만났지요. 그는 로테르바흐란 자를 죽이고, 자신이 입고 있던 옷을 입힌 다음 자신과 비슷하게 꾸며 놓았습니다. 군사 법정에서는 그 사람을 볼스키로 오인하여 퐁텐블로에 매장했던 것입니다.

그런데 그 후로 진짜 볼스키는 불행히도 다시 한번 붙잡혔습니다. 그 당시에는 볼스키가 아니라 로테르바흐라는 이름으로 붙잡힌 것이지만요. 어쨌든 그는 바로 퐁티비 수용소로 끌려갔습니다.

그자가 바로 지금 이곳에 있는 알렉시스 볼스키입니다. 한편, 그의 첫 부인이자 그가 저지른 모든 범죄의 공범자 역할을 한 엘프리드도 그와 마찬가지로 독일 여자입니다. 저는 그녀의 과거에 대한 세세한 정보를 알고 있지만 지금 그 점에 대해 연설을 할 필요는 없을 것 같군요.

그의 공범자 엘프리드는 아들 레이놀드와 함께 사렉 섬의 동굴에서 숨어 지냈습니다. 볼스키는 그의 아내에게 데르주몽 씨를 감시하고 베로니크 데르주몽을 이곳으로 유인하라고 명령을 내렸습니다. 어떤 이유에서 그자가 불쌍한 여자에게 그런 행동을 하게 할 수 있었는지…… 그 점에 대해서는 말할 필요가 없을 것 같습니다. 볼스키에 대한 두려움, 악에 대한 본능, 자신의 자리를 빼앗겼다고 생각하는 여자가 라이벌에 대해 갖고 있는 증오심, 이 모두가 그녀를 볼스키의 명령에 맹목적으로 복종하도록 만들었을 겁니다. 이유야 어찌되었든 무슨 상관이 있겠습니까? 그녀는 결과적으로 가장 끔찍한 징벌을 받았습니다. 지금은 그녀가 이번 사건에서 수행한 역할에 대해서만 말씀드리겠습니다. 하지만 그 여자가 그 지하 동굴에서 밤에만 잠깐 바깥으로 나와 음식을 훔치고 자기 남편이 탈출하는 그날만을 기다리면서 어떻게 3년 동안 버틸 수 있었는지…….  그 점은 정말 의문입니다.

이들이 어떻게 행동을 개시했는지, 볼스키가 엘프리드와 어떻게 연락을 취했는지에 대해서도 아는 바 없습니다. 하지만 제가 확실하게 말씀드릴 수 있는 것은 볼스키의 탈출은 그의 첫 번째 부인이 아주 오랫동안 세심하게 계획한 일이라는 점입니다. 그녀는 아주 세세한 일까지도 미리 계산하고 있었으며, 일어날 수 있는 모든 가능성에 대해 모두 대비해 놓았습니다. 그 결과 작년 9월 14일, 볼스키는 탈출에 가담한 두 공범자를 데리고 수용소를 빠져나오게 됩니다. 그 공범자의 이름은 오토와 콘래드입니다.

수용소를 빠져나온 후 섬까지 여행은 식은 죽 먹기였습니다. 이들은 여정마다 화살표와 숫자 표시를 하고 볼스키가 만든 이니셜 서명, 〈V. d'H.〉를 새겨 넣었습니다. 이렇게 함으로써 베로니크가 길을 따라 올 수 있도록 만든 겁니다. 엘프리드는 파우에 마을 근처에 있는 버려진 오두막집의 건초 더미 아래 구멍을 파 놓고 식량을 숨긴 다음 돌로 덮어 두었습니다. 수용소를 탈출한 세 명은 그 버려진 오두막집에서 지내다가 게므네와 파우에, 로스포르덴을 거쳐 벡메일 해변까지 다다르게 되었습니다.

엘프리드와 레이놀드는 밤을 틈타 오노린느의 모디보드를 훔쳐 타고 세 남자를 데리러 해변으로 나왔습니다. 그리고 이들을 검은 벌판 아래에 있는 드루이드 동굴로 안내했던 것입니다. 이들은 동굴에 마련된 거처에서 생활했는데, 여러분들도 이미 보셨다시피 그곳은 지내기에 그다지 불편한 장소는 아니었습니다. 그리고 겨울이 지나고, 시간이 흐르면서 볼스키의 계획은 점점 더 구체적인 틀을 갖추게 되었습니다.

이상한 점은, 전쟁이 시작되기 전에 처음 사렉에 머무는 동안에는 이들이 섬의 비밀에 대해 전혀 알지 못했다는 사실입니다. 엘프리드가 볼스키에게 처음 성석 얘기를 꺼낸 것은, 그가 폰티비에 있을 당시 편지를 통해서였습니다. 볼스키가 이 사실을 듣고 어떻게 반응했을지는 여러분 각자의 상상에 맡기겠습니다. 하지만 그는 분명 성석이 자신의 나라에서 훔쳐 온 기적의 돌이며 왕의 아들이 되찾아 권력과 왕권을 누리도록 되어 있는, 그 기적의 돌이라고 생각하지 않았겠습니까? 그 이후에 여러 가지 사실을 알게 되면서 볼스키는 더욱 더 자기의 확신을 굳히게 되었습니다. 하지만 사렉의 지하 동굴에 머무는 동안 그에게 일어났던 가장 중요한 사건은 토마스가 쓴 예언의 시를 발견한 일이었습니다. 이미 그는 여기저기서 이 예언에 관한 이야기를 단편적으로 들은 적이 있었지만 구체적으로 알게 된 건 초가집 창문을 통해, 그리고 지붕 위에서 주민들의 이야기를 엿들으면서부터입니다. 사람들은 사렉 섬에서 끔찍한 사건이 일어나게 될 거라며 두려워하고 있었습니다.

토마스의 예언 시는 기적의 돌이 사라진 사건과 깊은 관련이 있었습니다. 그리고 그 예언은 주민들이 만나게 될 풍랑과 십자가에 매달릴 여자에 대한 이야기도 포함하고 있었습니다. 또 그는 거석 고인돌 받침에 예언 시의 내용이 새겨 있다는 사실도 새롭게 알게 되었습니다. 〈서른 개의 관을 채울 서른 명의 희생자〉, 〈네 여자의 형벌〉, 〈삶과 죽음을 관장하는 성석〉 이야기를 말입니다. 소름이 끼칠 만큼 딱 들어맞는 이 우연의 일치를 볼스키가 어떻게 받아들였을까요?

마그녹이 찾아냈던 예언……. 그림이 그려진 미사 경본에 실린 예언……. 그 예언이 바로 모든 사건의 핵심이라고 할 수 있습니다.

마그녹은 그 유명한 그림이 그려진 쪽을 찢었고, 데르주몽 씨는 그 그림을 여러 장 베껴 놓았습니다. 그림을 베끼는 과정에서 데르주몽 씨는 자신도 모르게 그림의 주인공인 여자의 얼굴을 자신의 딸 베로니크와 닮게 그렸습니다. 볼스키도 그 그림의 원본과 복사본 모두를 볼 수 있었습니다. 마그녹이 등잔불에 두 그림을 비춰 보는 것을 목격했으니까요. 그는 원본에 씌어 있던 15행의 예언 시를 자기 수첩에 베껴 넣었습니다. 이제 그는 이제 성석의 전설이나 예언에 관해 모든 것을 알고, 완벽하게 이해하고 있다고 생각했습니다.

그는 단 한 가지 사실만을 생각했습니다. 흩어져 있던 모든 요소들이 한데 뭉쳐 단단한 하나의 진실을 형성하고 있었던 겁니다. 더 이상은 아무런 의심의 여지가 없었습니다. 그 예언은 바로 자신에 관한 것이었습니다. 그 예언, 그 예언을 실현할 자는 바로 자신이었던 것입니다.

다시 한번 말하지만 모든 진실이 이 시에 담겨 있습니다. 그 순간부터 볼스키가 갈 길에 환한 빛이 비추게 된 것입니다. 그는 어떤 미로도 빠져 나갈 수 있는 아리아드네의 실타래를 손에 쥐게 된 것입니다. 그 예언 시의 내용은 볼스키에겐 전혀 의심의 여지도 없는 것이었습니다. 그는 토마스의 예언 시가 왕의 묘석을 찾기 위해 따라야 하는 경전이라고 생각했습니다. 하지만 단지 운율을 맞추기 위해 연결해 놓은 말들은 믿다니, 이보다 어리석은 일이 어디 있겠습니까? 영감을 받아 쓴 문장이라고는 단 한 곳도 없는데 말입니다. 재능이라고는 눈곱만큼도 찾아볼 수 없는 시인이 쓴 시를 믿다니요? 델포이의 점술가처럼 신기가 들려 쓴 자취도 찾아볼 수 없을 뿐 아니라, 예레미아나 에스겔 같은 대예언자의 혜안을 가지고 쓴 글도 아닌데 말입니다. 그런 자취는 아예 찾아볼 수가 없습니다. 음절과 운율을 맞추기 위해 애쓴 흔적만 조금 남아 있을 뿐, 아무것도…… 아무것도 없단 말입니다. 하지만 이것은 볼스키의 아둔한 머리에 빛을 밝히고, 그의 정열에 불을 붙이기에 충분했습니다.

스테판, 파트리스! 토마스의 예언 시를 들어보게나. 저 지독한 독일 놈은 자기 수첩에 열 번이나 시를 반복해 쓰면서 머릿속 깊숙이 새겨 두었다네. 자, 그 중 한 쪽을 읽어 주지. 스테판, 파트리스, 잘 듣게나. 오토, 자네도……. 그리고 자네, 볼스키도 토마스의 운율을 마지막으로 들어보라고! 읽겠네!」

14, 그리고 3년, 사렉 섬에는
풍랑이 몰아치고, 살인과 범죄가 행해지리니,
화살, 독, 신음소리, 공포,
죽음의 방, 십자가에 매달린 네 명의 여자,
서른 개의 관을 채울 서른 명의 희생자.

어머니의 눈앞에서 아벨이 카인을 죽이리라.
알라마니아 태생의 아버지,

운명을 따르는 잔인한 왕자는
수천 번에 걸쳐, 서서히 부인을 죽이리라.
6월의 어느 저녁, 부인을 죽이리라.

땅에서는 불꽃과 함께 굉음이 솟아오르니,
그곳이 바로 보물이 숨겨진 장소,
그가 결국 보물을 찾아내리라.
북방의 야만족이 훔쳐 갔던,
삶과 죽음을 관장하는 성석.

돈 루이스 페레나는 과장된 말투로 시를 낭독했다. 시어의 선
택이 부적합하며 운율도 극히 평범하다는 사실을 더욱 부각시키
려는 의도였다. 그가 조용히 마지막 구절을 낭독한 후, 불안한
침묵이 한동안 이어졌다. 사건의 전모가 드러나자 공포가 더욱
커지는 느낌이었다.

「이제 일이 어떻게 진행된 것인지 이해가 가겠지? 스테판, 희
생자 중 한 명인 자네는 다른 희생자들을 모두 알고 있겠지? 파트
리스, 자네도 마찬가지일 테고 말이야.

15세기에, 재능 없는 한 시인은 자신의 터무니없는 상상과 지
옥의 귀신이 들려 꾼 악몽을 재료로 끔찍한 예언을 만들어 냈습
니다. 우리는 그 예언을 미친 시인의 장난 정도로밖에 여기지 않
습니다. 그 예언은 어떤 확실한 자료를 기반으로 한 것도 아니
며, 사용된 용어도 모두 운율이나 음보를 맞추기 위한 것으로밖
에 볼 수 없으니까요. 현실적으로 볼 때, 그 시는 단지 우연히 시
인의 머릿속에서 끄집어 낸 엉뚱한 상상에 지나지 않습니다. 성

석의 역사, 전통과 전설……. 어떤 것도 그 예언 시에 영향을 끼치지 않았습니다. 그 시인은 너무나 대담하게도, 자신이 그려 낸 악마의 그림에 어울리는 글귀를 끼워 맞추기 위해 아무 생각 없이 그 같은 악의 시를 써 내려간 것입니다. 게다가 그는 자신이 고통스럽게 펜 끝으로 쥐어짜 낸 이야기에 너무 만족한 나머지, 거석 고인돌의 두 받침대 중 한 곳에 그 시를 새겨 넣기까지 했지요. 그리하여 4세기가 흐른 뒤, 그 예언 시가 적힌 쪽이 사악한 범죄자이자 거만한 미치광이인, 저 지독한 독일인의 손에 들어가게 되었던 거죠.

볼스키, 어떻게 생각하나? 정말 재미있고 유치한 환상이었어. 안 그런가? 쓸데없는 재담일 뿐이지. 그 이상 아무것도 아닐세.

가장 흥미로운 점은, 그 시가 전체적인 내용과는 상반되는 자료를 응용하고 있다는 사실입니다. 그건 바로 저자의 동포들 중에서도 가장 지독한 독일인들이나 공부해야 할 내용입니다. 그는 사렉의 전설에 대해 이야기하면서 성경, 즉 구약과 신약을 인용했습니다. 그리하여 〈성석의 복음서〉가 탄생한 것입니다. 그 복음서에서 저자는, 볼스키, 그 지독한 독일 놈이 바로 운명의 섭리를 구현할 인물인 것처럼 이야기하고 있습니다.

볼스키는 그 사실을 아무 의심 없이 받아들였습니다. 물론 그 임무라는 게 재물과 권력을 훔치는 일이었으니 그의 마음에 쏙 들기도 했을 것입니다. 하지만 이것은 부차적인 문제라고 할 수 있습니다. 어쨌든 그는 자신이 운명에 의해 예정된 인물이라고 믿고, 운명의 명령에 복종하기로 했습니다. 그는 운명이 자신에게 부여한 임무를 자랑스럽게 생각해서 약탈과 방화, 살인의 임무를 착실히 수행해 나갔습니다. 그리고 토마스의 예언 시를 읽고 또 읽으면서 자신의 임무를 되새겼던 겁니다.

토마스는 시를 통해 그가 해야 할 일을 구체적으로 표현하고 있었습니다. 그리고 볼스키, 그를 운명의 인물로 정확히 명시해 놓았습니다. 그러니 왕의 아들, 〈알라마니아의 왕자〉가 바로 자신이라고 생각하지 않겠습니까? 실제로 볼스키 본인은 성석을 훔쳐 갔던 〈북방의 야만족〉 출신이 아니었습니까? 게다가 점술가도 그의 부인이 십자가에 매달려 죽을 운명이라고 예언하지 않았습니까? 실제로 그에게도 아벨처럼 순하고 착한 아들과, 카인처럼 사악하고 길들여지지 않은 거친 아들, 두 명이 있지 않았습니까?

볼스키는, 이 정도면 자신이 운명의 〈알라마니아의 왕자〉라는 증거가 충분하다고 생각했을 겁니다. 이제 그는 행동을 개시하라는 명령을 받고, 그가 가야 할 길의 지도까지 들고 있는 셈이었습니다. 신은 그가 나아가야 할 길의 정확한 방향을 일러 주었던 것입니다.

그는 길을 떠났습니다. 그가 가는 길에는 살아 있는 자들이 몇 명 보였습니다. 다행이었죠! 이 모두가 계획의 일부였으니까요. 살아 있는 사람들이 제거되어야 하는 시기와 그 방법까지도 정확히 토마스의 시에 씌어 있었습니다. 그 일은 매우 쉽게 해결되었고, 이제 볼스키는 성석만 가져가면 되었던 것입니다. 신의 도구인 볼스키가 이제 왕관을 쓸 날이 얼마 남지 않게 되었습니다. 그러니 이제 소맷자락을 걷어붙이고, 칼은 입에 문 채 일을 수행하기만 하면 되었습니다. 볼스키는 토마스의 악몽을 현실로 끌어들이려고 했습니다!」

# 운명을 따르는 잔인한 왕자

돈 루이스는 다시 볼스키에게 말했다.

「어때, 내 말에 동의하나, 친구? 내 연설이 사실을 있는 그대로 보여 줬을 거야. 안 그런가?」

볼스키는 눈을 감고 머리는 그대로 숙이고 있었다. 그의 이마에 힘줄이 툭 불거져 나왔다. 스테판이 다시 무슨 말을 하려고 하는데, 돈 루이스가 먼저 소리쳤다.

「넌 입을 열걸! 안 그래? 이제 정말로 고통스러워지기 시작했거든? 머리가 돌 것 같지 않아? 내가 한 말을 기억하고 있겠지? 휘파람을 한 번 불거나, 〈엄마, 작은 배가…….〉같이 아무 말이나 하라고. 내 말을 도중에 끊어도 좋아. 어때, 이제 말하고 싶은가? 아직도 성에 차지 않은 모양이지? 할 수 없군. 그리고…… 스테판, 프랑수아는 너무 걱정할 것 없네. 난 누가 무슨 부탁을 하건 다 들어주지만, 저런 괴물한테는 동정을 베풀지 않는다네. 미안하이. 아! 그건 절대 안 되지. 천 번을 빌어도 절대 안 되고말고. 저놈은 모든 일을 치밀하게 계획하고 범행을 저지른 놈이라는 사실을 잊지 말게! 잊어서는 안 되고말고. 하지만 난 흥분하지 않을걸세. 그래 봐야 아무 소용없으니까」

돈 루이스는 다시 볼스키의 수첩에서 예언 시가 적힌 쪽을 펼쳤다. 그러고는 수첩을 눈에 가까이 가져갔다.

「지금부터 할 이야기는 그다지 중요한 부분은 아닙니다. 이미 대강의 큰 줄거리는 말씀드렸으니까요. 하지만 몇 가지 세세한 점을 짚고 넘어가야 할 것 같습니다. 그리고 볼스키가 계획하고 실행에 옮긴 일들도 낱낱이 밝혀 내야 합니다. 마지막으로 우리의 드루이드가 했던 역할에 대해서도 이야기를 해야 할 것 같군요.

자, 지금은 바야흐로 6월. 그러니까 예언 시에서 서른 명의 희생자가 생길 거라고 말한 바로 그때라고 할 수 있습니다. 실제로 토마스가 그의 예언 시에서 그 시기를 〈6월(Juin)〉로 정한 것은 그 단어가 〈카인(Cain)〉이나 〈운명(destin)〉이란 단어와 비슷한 발음이 나기 때문이었습니다. 마찬가지로 〈14, 그리고 3(trois)〉이라고 나눠서 표기한 것도, 〈공포(effrois)〉와 〈십자가(croix)〉란 단어와 운율을 맞추려고 했던 것뿐입니다. 또, 토마스가 희생자의 숫자를 서른 명으로 정한 것은 30이란 숫자가 사렉 섬에 있는 암초와 고인돌의 수와 일치하기 때문이었습니다. 하지만 볼스키는 이를 운명의 계시라고 받아들였습니다. 그래서 17년 6월에 서른 명의 희생자가 생길 거라고 믿었던 것입니다.

그런데 예언 시에서 볼스키가 죽여야 할 사람은 서른 명이라고 명시하고 있었지만, 당시 사렉 섬에는 스물아홉 명밖에 살고 있지 않았습니다. 따라서 그는 이들을 학살할 인원수를 맞추기 위해 수시로 섬 주민을 감시해야 했습니다. 그런데 볼스키는 어느 날 갑자기 오노린느와 마그녹이 섬을 떠났다는 사실을 알게 되었습니다. 다행히 오노린느는 제때에 돌아왔습니다. 하지만 마그녹은 어떻게 되었을까요? 볼스키는 조금도 망설이지 않았습니다. 그는 엘프리드와 콘래드를 보내 마그녹을 죽이고 기다리라는 명령을 내렸습니다. 그가 망설이지 않고 바로 실행에 옮긴 것은 마그녹에 관해 들은 이야기 때문이었습니다. 사람들은 마그녹이 만져서는 안 될 기적의 돌을 만졌으며 그곳에서 보물을 가져왔다고 말했으니까요. 비록 마그녹의 표현을 빌자면, 〈폭탄 상자를 만진 꼴〉이 되긴 했지만 말입니다.

엘프리드와 콘래드는 그의 명령에 따라 마그녹을 쫓아갔습니다. 어느 날 아침 여인숙에서 엘프리드는 커피에 독을 탔고, 마그녹이 그 커피를 마셨습니다. 예언 시에도 독에 대한 이야기가 나오지 않습니까? 마그녹은 다시 길을 떠났습니다. 하지만 얼마 가지 못하고, 고통스러워 하다가 비탈길에서 쓰러져 죽고 말았습니다. 엘프리드와 콘래드는 얼른 달려가서 그의 호주머니는 물론이고 온몸을 뒤졌습니다. 하지만 아무것도 발견하지 못했습니다. 보석 따위는 없었습니다. 성석도 당연히 없었습니다. 볼스키의 기대가 무너졌던 것입니다. 하지만 시체가 있으니, 이들이 어떻게 했겠습니까?

우선 반쯤 허물어진 오두막집에 시체를 던져 놓았습니다. 바로 볼스키와 그의 공범자들이 몇 달 전에 거주하던 곳이었습니다. 그곳을 베로니크 데르주몽이 발견한 것이죠. 엘프리드와 콘래드는 주변을 살피고 있다가 베로니크가 마을로 간 사이, 버려진 작은 성의 지하실로 시체를 옮겨 놓았습니다.

여기서 한 가지! 마그녹이 서른 명의 희생자가 죽게 되는 순서에 관해 말했던 예언은 아무런 근거도 없는 것이었습니다. 예언시에서도 그런 이야기는 언급하지 않고 있습니다. 어쨌든, 볼스키는 서둘러 행동을 개시했습니다. 그는 사렉 섬에서 프랑수아와 스테판 마루를 납치했습니다. 사람들의 시선을 끌지 않고, 섬을 가로질러 수도원까지 가기 위한 계획이었습니다. 그는 스테판의 옷을 입고, 레이놀드에게는 프랑수아의 옷을 입혔습니다. 그 다음 일은 매우 쉽게 진행되었습니다. 수도원에는 나이 든 데르주몽 씨와 마리 르고프라는 여자, 이렇게 둘만 남아 있었으니까요. 이들을 죽이고 나서 그는 수도원의 방들을 수색하기 시작했습니다. 특히 마그녹의 방을 뒤졌죠. 〈엘프리드가 보물을 제대로 찾아올지 어떻게 확신해? 마그녹이 기적의 보석을 수도원에 남겨 두었을지 어떻게 알겠느냐 말이야?〉라면서 말이죠.

볼스키는 첫 번째 희생자, 요리사인 마리 르고프의 목을 조르고 칼로 찔러 죽였습니다. 하지만 여자의 피가 살인자의 얼굴까지 튀자, 그는 두려움에 사로잡혔습니다. 원래 비겁한 구석이 있는 볼스키는 데르주몽 씨를 죽인 레이놀드를 데리고 서둘러 도망쳤습니다.

아이와 노인 사이의 싸움은 약간 시간이 걸렸습니다. 이들은 집 안 여기저기를 쫓고 쫓기다가, 우연히도 베로니크 데르주몽의 눈앞에서 그 비극적인 일을 끝내게 됩니다. 데르주몽 씨는 오래 버티지 못하고 사망했습니다. 바로 그 순간에 오노린느가 방에 들어왔고, 그녀 역시 쓰러지고 말았습니다. 네 번째 희생자였죠.

그 이후로도 사건은 순식간에 진행되었습니다. 밤에도 공포는 계속되었습니다. 사렉 주민들은 겁에 질려 마그녹의 예언이 실현

되는 것이라고 생각했고, 예견된 재앙의 순간이 닥쳐 이제 섬을 위협하고 있다고 믿었습니다. 그래서 주민들은 섬을 떠나기로 결정했습니다. 이는 바로 볼스키와 그의 아들이 기다리고 있던 상황이었습니다. 이들은 훔친 모터보트를 타고 달아나는 사람들을 뒤쫓았습니다. 그곳에서 끔찍한 인간 사냥이 이루어졌고, 토마스의 예언은 그대로 실현되었습니다.

풍랑이 몰아치고, 살인과 범죄가 행해지리니,

오노린느는 이미 살인을 목격하고 자신도 공격을 받아 몸과 마음이 엉망인 상태에서, 또다시 학살을 지켜보아야 했습니다. 그러다가 결국 미쳐서 절벽 아래로 몸을 던졌지요.

그로부터 며칠간 사렉 섬은 고요를 되찾았습니다. 베로니크 데르주몽은 사렉 섬과 수도원을 살펴보며 지냈습니다. 이 기간 동안 인간 사냥을 끝낸 아버지와 아들은 엘프리드와 콘래드를 찾으러 배를 타고 잠시 섬을 떠난 상태였습니다. 이들은 마그녹의 시체를 가져와서 사렉 주변의 바다에 던졌습니다. 마그녹의 거주지는 바로 이곳이고, 더 중요한 이유는 서른 개의 관을 채워야 했기 때문이니까요. 그리고 섬에 남겨진 오토는 지하 동굴에서 술을 마시며 시간을 보냈습니다.

그때, 그러니까 볼스키가 사렉 섬으로 다시 돌아왔을 때는 모두 스물네 명을 관으로 보냈던 것입니다. 스테판과 프랑수아는 오토의 감시 아래 포로로 잡혀 있었고요.

이제 볼스키는 네 명의 여자에게 형벌을 가할 일만 남겨 놓은 상태였습니다. 세 명의 아르쉬나 수녀들은 이미 가두어 두었죠.

이제 이들은 처치해야 할 때가 온 겁니다. 그런데 베로니크 데르주몽이 이들을 구출하려고 했습니다. 그러나 활 솜씨가 뛰어났던 레이놀드가 숨어서 이들을 노리고 있다가 화살을 날렸죠. 화살 역시 예언 시에서 언급하고 있는 내용이었습니다. 이들은 화살을 맞고 적의 수중에 들어가게 되었습니다.

그날 저녁, 그 수녀들은 세 그루의 떡갈나무에 매달리게 되었습니다. 볼스키는 그 와중에 한 수녀가 옷 속에 감춰 두었던 5만 프랑을 혼자 슬쩍했지요. 그래서 이제 모두 스물아홉 명의 희생자가 갖춰졌습니다. 그렇다면 서른 번째는 누가 될까요? 누가 네 번째 여자가 될까요?」

돈 루이스는 잠시 말을 멈췄다가 다시 연설을 시작했다.

「그 문제에 있어서도, 예언 시에서는 정확하게 설명해 주고 있습니다. 시에서도 두 번이나 그 희생자에 대해 말하고 있습니다.

어머니의 눈앞에서 아벨이 카인을 죽이리라.

그리고 몇 행 뒤에서 다시 언급하고 있습니다.

6월의 어느 날 저녁, 부인을 죽이리라.

볼스키, 그는 처음 이 예언 시를 알게 된 이후부터, 이 두 구절을 자기 나름대로 해석했습니다. 당시 그는 프랑스 전국을 돌아다니며 수소문해 보았지만 베로니크를 찾지 못한 상태였습니다. 그래서 그는 어쩔 수 없이 운명의 명령을 약간 다르게 해석하기로 했습니다. 십자가에 네 번째로 매달려 죽을 여자는 자신의 부인이지만 베로니크가 아닌 첫 번째 부인, 엘프리드를 죽여도 상관없겠다 생각한 거죠. 하지만 이런 해석도 예언을 완전히 거스르는 것은 아니었습니다. 아이의 엄마는 카인의 엄마도 될 수 있고, 아벨의 엄마도 될 수 있기 때문입니다. 또한 그가 오래전에 개인적으로 들었던 예언에서도 그의 아내를 구체적으로 명시하고 있지는 않았습니다. 단지 〈볼스키의 부인은 십자가에 매달려 죽게 되리라.〉고만 언급하고 있었던 겁니다. 그렇다면 누구를 십자가에 매달아야 했을까요? 바로, 엘프리드였습니다.

따라서 그의 아내이자 충실한 공범자인 여자가 십자가에 매달려 죽을 운명이었습니다. 볼스키는 애끓는 심정이었을 것입니다. 하지만 몰로크 신의 명령에 복종해야만 했지요. 더군다나 볼스키처럼 자신의 임무를 수행하기 위해서 아들 레이놀드도 기꺼이 희생시키는 사람이 아내 엘프리드를 희생시키지 못할 이유도 없지 않습니까? 그의 계획은 그렇게 진행되고 있었습니다.

그런데 예기치 않던 일이 일어났습니다. 그가 아르쉬나 수녀들을 쫓던 중 베로니크 데르주몽을 발견한 것입니다. 그 순간 볼스키 같은 작자가 자신의 힘을 과시하고 싶은 생각이 들지 않을 리가 있겠습니까? 평생 동안 찾아 헤맨 여자를, 대사건을 앞두고 있는 순간에 드디어 만난 겁니다. 그것도 그녀에게 정해진 형벌을 다른 여자에게 집행하려고 하는, 운명의 순간에 말입니다. 그는 그녀가 바로 자신의 먹잇감이자 정복해야 할 여자라고 생각했습니다. 운명의 힘이 그녀를 보내 준 것이라 믿었던 거죠. 정말 기막힌 상상이 아닙니까? 하늘이 열리고, 자기에게 예기치 않던 빛을 비춰 주는 느낌이었겠죠. 볼스키는 그녀를 보고 머리가 완전히 돌아 버렸습니다.

그는 미사 경본에 있던 말들……. 즉, 자신이 선택받은 자이 며, 운명의 명령에 따라 임무를 띠고 이곳에 온 사람이라고 더 더욱 굳게 믿었습니다. 그는 자신이 대사제이며, 성석을 지켜야 한다고도 생각했습니다. 심지어는 자신이 드루이드이며, 그중에 서도 최고 우두머리라고까지 믿었습니다. 그래서 베로니크 데르 주몽이 다리에 불을 지른 그날 밤, 그러니까 달이 차기 시작한 지 엿새째 되던 날, 그는 금 낫을 들고 성초를 자르는 행동까지 했습니다.

베로니크는 수도원에서 고통스런 시간을 보내고 있었습니다. 그 점에 대해서는 더 이상 말씀드리지 않겠습니다. 베로니크 데 르주몽은 우리에게 모든 이야기를 해 주었습니다. 스테판 자네도 베로니크가 겪어야 했던 고통, 그 영리한 해피가 했던 역할이며 지하 동굴을 발견한 이야기, 프랑수아와 자네를 둘러싸고 벌어졌 던 싸움 등에 대해서는 다 알고 있을걸세. 볼스키는 자네를 고문 의 방, 다시 말해, 예언 시에서 〈죽음의 방〉이라고 말한 그 방에 가두어 두었네. 자네는 거기에서 데르주몽 부인을 만나고 무척 놀라게 되네.

하지만 그 어린 악마 레이놀드가 자네를 바다로 밀어뜨려 버렸 지. 프랑수아와 아이 엄마는 동굴을 빠져나갔습니다. 불행히도 볼스키는 그의 하수인들과 수도원으로 몰래 들어갔습니다. 프랑 수아는 붙잡혔고, 프랑수아의 엄마도 아이를 따라 수도원으로 들 어갔습니다. 그리고 나서 그 다음은 가장 끔찍한 사건이 벌어지 게 됩니다. 그 사건에 대해서도 자세히 언급하지 않겠습니다. 볼 스키와 베로니크 데르주몽이 나눴던 이야기, 그리고 베로니크 데 르주몽이 지켜보는 가운데 두 형제…… 아벨과 카인이 벌여야 했던 결투……. 이 모두가 예언 시에서 언급하고 있는 내용이 아니던가요?

어머니의 눈앞에서 아벨이 카인을 죽이리라.

토마스의 예언 시에서도 그녀가 받아야 할 고통에 대해 자세히 언급하고 있었고, 그 악을 행할 자는 바로 볼스키라고 말하고 있습니다. 〈잔인한 왕자〉……. 그는 두 아이에게 복면을 씌웠습니다. 그리고 아벨이 결투에서 승리해야 했으므로, 볼스키 자신이 직접 카인에게 상처를 입혀 카인이 죽도록 만들었습니다.

그 괴물은 미쳤습니다. 그는 미쳤고, 또 술에 취해 있었습니다. 이제 결말이 다가오고 있었습니다. 그는 술을 마시고, 마시고, 또 마셨습니다. 이제 베로니크 데르주몽의 처형만이 남아 있었으니까요.

수천 번에 걸쳐, 서서히 부인을 죽이리라.
6월의 어느 저녁, 부인을 죽이리라.

수천 번에 걸쳐 베로니크는 고통을 받았고, 그녀의 죽음은 서서히 진행되었습니다. 그리고 이제 마지막 순간이 왔습니다. 밤참을 먹고, 장례 행렬을 만들어 준비물을 가지고 형장으로 갔지요. 그들이 도착해서 사다리를 세우고, 끈을 묶고, 그리고…….
그리고 늙은 드루이드!」

돈 루이스는 갑자기 웃음이 터지는 바람에 마지막 단어를 제대로 발음할 수가 없었다.

「아! 그 얘길 하려니까 너무 우습군. 그 순간부터 끔찍했던 사건은 코미디처럼 바뀌고, 죽음의 음산함에 우스꽝스러운 요소가 가미되었습니다. 아! 그 늙은 드루이드! 그 골 때리는 권총도 얼마나 우습던지! 스테판과 파트리스는 그 장면을 보지 못했으니 얼마나 우스웠는지 모를걸세. 하지만 볼스키 자넨…… 정말 흥미로운 장면이었어! 자, 오토, 사다리를 나무 기둥에 걸쳐 놓게. 자네 주인이 디딤대에 발을 올려놓을 수 있게 말이야. 좋아. 이제 좀 편한가, 볼스키? 내가 이렇게 하는 것은 절대로 자네를 동정해서가 아닐세. 절대로 아니고말고. 하지만 자네 눈이 뒤집어져서 드루이드의 연설을 제대로 듣지 못할까 봐 걱정이 되어서 말이야」

그는 다시 한번 폭소를 터뜨렸다. 돈 루이스는 정말로 늙은 드루이드 이야기가 재미있는 모양이었다.

「그 늙은 드루이드가 나타나면서부터 사건이 이치에 맞게 돌아가고, 질서를 갖추게 되었습니다. 두서없이 일어나던 별개의 사건들이 서로 어떤 관계에 있는지 밝혀졌죠. 일관성 없이 진행되던 범죄의 주범이 징벌을 받으면서 사건은 논리적으로 드러나기 시작했습니다. 이제는 더 이상 토마스의 시를 현실로 나타내기 위한 것이 아니라, 상식을 따르고, 치밀한 추론을 통해 상대가 벌이려는 일을 알아내는 사람이 나타났던 겁니다. 정말로 늙은 드루이드는 칭송을 받아 마땅합니다.

늙은 드루이드, 물론 다른 이름으로 부를 수도 있습니다. 자네도 짐작하고 있을걸세, 안 그런가? 돈 루이스 페레나, 또는 아르센 뤼팽이 〈수정마개〉란 이름의 잠수함을 타고 어제 정오 무렵, 사렉 섬 연안에 도착하여 잠망경으로 섬을 관찰할 당시에는 그다지 아는 게 많지 않았다네」

「아는 게 별로 없었다고요?」

스테판 마루가 자신도 모르게 소리쳤다.

「거의 아는 게 없었다고 할 수 있지」

돈 루이스가 말했다.

「뭐라고요? 하지만 볼스키의 과거나, 그가 사렉 섬에서 벌인 일들, 그의 계획, 엘프리드의 역할, 마그녹의 독살까지 세세하게 다 알고 계시지 않습니까?」

「그 사실은 모두 어제 이곳에 와서야 알았다네」

돈 루이스가 말했다.

「하지만 누구한테 들은 거죠? 이곳에 온 뒤로 계속 저희와 함께 계시지 않았습니까?」

「어제 사렉에 도착할 당시, 늙은 드루이드는 아는 사실이 거의 없었다는 점을 믿어 주기 바라네. 하지만 늙은 드루이드는 적어도 신의 선택을 받았다는 자네, 볼스키 정도의 능력은 가지고 있었지. 그리고 그는 운 좋게도 작은 해변에서 스테판을 만났다네. 그는 다행히 깊은 물에 쳐 놓은 어망 위로 떨어졌던 거야. 그래서 자네 아들과 자네가 계획한 운명에서 빠져나올 수 있었던 거라네.

그래서 스테판을 데리고 가서 대화를 나눴지. 늙은 드루이드는 30분 만에 모든 정보를 얻게 되었다네. 그리고는 곧 섬으로 올라 갔지. 방에 들어갔더니 자네, 볼스키가 입고 있던 흰 코트가 있더군. 그리고 찢어진 종이에서 자네가 베껴 놓은 예언 시를 보았 지. 대단하지 않나? 그래서 늙은 드루이드는 적의 계획을 속속들 이 알게 되었던 거야. 그는 우선 프랑수아와 아이 엄마가 빠져나온 동굴로 들어가려고 했어. 하지만 입구가 막혀 있어 들어갈 수가 없더군. 그래서 발길을 돌려 검은 들판에 들어섰지. 그러고는 섬을 샅샅이 살폈어. 거기에서 오토와 콘래드를 만났다네. 그들은 내가 다른 쪽 섬으로 건너가지 못하도록 새로 만든 다리를 다시 불태우고 있더군. 그때가 저녁 6시였다네. 그렇다면 어떻게 해서 수도원으로 갈 수 있었을까?」

「포테른 언덕을 통해서……」

스테판이 대답했다.

「늙은 드루이드는 다시 〈수정마개〉로 돌아갔어. 그러고는 섬 지리를 잘 알고 있는 스테판의 도움을 받아 섬을 한 바퀴 돌아보았지. 게다가 〈수정마개〉는 아주 다루기 쉽고, 어디든지 갈 수 있는 잠수함이거든. 그래서 마침내 프랑수아의 배가 걸려 있는 바닷가에 정박하게 되었어. 그곳에서 우린 배의 아래쪽에서 자고 있는 해피를 만났다네. 해피는 늙은 드루이드를 금방 따르더군. 우린 다시 길을 떠났지. 하지만 언덕을 반쯤 올라왔을 때, 해피는 다른 길로 가 버렸다네. 절벽에는 더덕더덕 기운 옷처럼 여기저기에 네모난 돌이 박혀 있더군. 그 돌 가운데 구멍이 하나 있었어. 마그녹이 성석을 보러 지하 제실로 드나들던 입구였지. 늙은 드루이드는 바로 그 사실을 알아차렸어. 이렇게 해서 드루이드가 그 사건 속으로 들어갈 수 있었고 지상과 지하를 마음대로 누비고 다녔던 거라네. 그때가 저녁 8시였지.

프랑수아에 대해서는 그다지 걱정하지 않았다네. 예언에서도 말하고 있지 않은가? 〈아벨이 카인을 죽일 거〉라고 말일세. 하지만 〈6월의 어느 날 저녁〉 죽게 되어 있는 베로니크 데르주몽은 끔찍한 고문을 받고 있으리라 생각했지. 우리가 그녀를 구하러 너무 늦게 나타난 건 아닌가?」

돈 루이스는 스테판을 향해 고개를 돌렸다.

「기억 나나, 스테판? 〈V. d'H.〉란 서명이 걸려 있는 나무를 찾았을 때, 늙은 드루이드는 걱정에 휩싸였지만 자네는 매우 기뻐했지. 아직은 희생자가 매달려 있지 않다면서 말일세. 베로니크를 구출할 수 있었던 게지. 그리고 그때 수도원 쪽에서 목소리가 들려왔지. 장례 행렬을 준비하고 있더군. 짙게 내린 어둠 사이로 잔디밭을 가로질러 천천히 올라오는 행렬이 보였어. 등잔불이 흔들렸지. 〈멈춰!〉라고 볼스키가 거드름을 피우며 말하더군. 끝이 다가오고 있었던 거야. 이제 적들을 공격하고 베로니크를 빼내기만 하면 되는 거였지.

그런데 그곳에서 볼스키, 당신이 아주 흥미로워할 만한 일이 벌어졌어. 그래, 내 친구들과 나 역시 아주 이상하게 생각했어. 한 여자가 고인돌 주위를 배회하다가 우릴 발견하고는 숨어 있었던 거야. 우린 그 여자를 붙잡았다네. 스테판은 희미한 불빛 사이로 그녀의 얼굴을 보더니 누군지 알겠다고 하더군. 볼스키, 그게 누구였는지 아나? 엘프리드! 그래, 엘프리드였어. 자네의 공범자이자 처음에 자네가 십자가에 매달려고 했던 여자! 이상하지 않나? 그녀는 매우 흥분해서 반쯤 미쳐 있더군.

그녀는 우리에게 두 아이의 결투에 대해 말해 주었어. 자기 아들이 베로니크의 아들을 죽이고 승리자가 되기로 했던 그 결투……. 하지만 자네는 아침부터 그 여잘 가두어 놓았어. 그녀는 저녁이 되어서야 몰래 빠져나왔고, 자기 아들, 레이뇰드의 시체를 발견했던 거야. 그래서 자기가 증오하는 적이 십자가에 매달리는 것을 보기 위해 그곳에 있었던 거지. 그리고 나서 자네를 죽이고, 자네에게도 복수하려고 했다네.

완벽하지 않나! 늙은 드루이드는 자네가 고인돌을 향해 다가오고 스테판이 자넬 감시하는 동안 엘프리드에게서 많은 사실을 알아냈다네. 하지만 놀랍게도 여자는 자네, 볼스키의 목소리를 듣자마자 반항하기 시작했어. 갑작스럽게 사건이 방향을 틀어 버린 거지! 여자는 자기 남편의 목소리를 듣고 갑자기 다시 그에 대한 애정이 솟아오른 것 같았어. 여자는 자넬 만나서, 자네에게 위험이 닥쳤다는 사실을 알리고 싶어하더군.

여자는 자넬 구출하기 위해서 갑자기 단도를 들고 늙은 드루이드에게 덤벼들었어. 그는 방어하기 위해서 여자를 때려눕혀야만 했다네. 그러고는 빈사 상태의 여자를 보며, 이 상황을 해결할 묘안을 떠올렸지. 그는 순식간에 여자를 포박했어. 그리고 그 여자의 처벌은 볼스키에게 맡기기로 했지. 처음부터 자네가 그 여자에게 마련해 두었던 운명대로 말이야. 늙은 드루이드는 코트를 벗어 스테판에게 주고, 지시를 내렸지. 자네가 도착하자마자 자네 쪽으로 화살을 쏘고, 자네가 흰 코트를 쫓아 달리는 동안, 드루이드는 속임수를 써서 엘프리드를 베로니크와 바꿔치기 한 거야. 첫 번째 부인과 두 번째 부인을 바꿔 놓은 거지. 어떻게 했냐고? 그것엔 관심 갖지 말게. 이번에도 마술을 부리지 않았겠나, 그리고 어쨌든 마술은 성공했지!」

돈 루이스는 숨을 가다듬었다. 그는 친숙한 목소리로 볼스키에게 우스운 이야기, 재미있는 콩트 한 편을 들려주는 것 같았다. 마치 볼스키를 웃기기 위해 쇼를 하는 것처럼 보였다

「그게 전부가 아니라네. 참고로 말하자면, 자넬 잡기 위해 지금 바닷가에는 모로코 인 열여덟 명이 대기하고 있다네. 어쨌든

그동안 파트리스 벨발과 모로코 인들 중 한 명은 지하 제실에서 작업을 하고 있었지. 예언 시에서도 자세히 명시하고 있지 않은가? 부인이 마지막 숨을 내쉬고 나면 이런 장소가 나온다고.

땅에서는 불꽃과 함께 굉음이 솟아오르니,
그곳이 바로 보물이 숨겨진 장소,

물론 토마스는 그 보물이 어디에 숨겨져 있는지 알지 못했다네. 그건 이 세상 어느 누구도 알지 못했지. 하지만 늙은 드루이드는 그곳을 금방 알아맞혔어. 그리고 신호를 보내면 볼스키 자네가 〈웬 호박이 넝쿨째 굴러들어 왔나.〉 하고 서둘러 그곳으로 들어오길 바랐던 거라네. 그렇게 하기 위해서는 거석 고인돌 근처에 입구가 필요했지. 벨발 대위는 그곳을 찾아냈어. 마그녹이 이미 작업에 착수했더군. 우린 오래된 계단을 드러내고, 죽은 나무 안쪽을 파 놓았다네. 그리고 잠수함에서 다이너마이트 폭약을 가져와서 쏘아 올렸지. 볼스키, 자넨 사다리 꼭대기에서 소리를 질러 대더군. 〈그녀가 죽었다! 네 번째 여자가 십자가에 매달려 죽었다!〉고 말이야. 빵! 빵! 천둥 소리와 불꽃, 굉음, 그리고 지진이 일었지.

모든 게 잘 진행됐어. 자네는 점점 더 신과 운명의 명령에 잘 복종하더군. 바로 동굴 입구로 뛰어들어 성석을 손에 넣고 싶은 욕구를 잘도 참아내던걸. 자넨 도수 높은 포도주와 럼주를 들이붓고는 그 다음날, 다시 일에 착수했지. 자넨 토마스의 시에 따라 서른 명의 희생자를 죽였던 거야. 자넨 모든 어려움을 뛰어넘었어. 그리고 이제 예언이 이루어지길 기다렸지.

그가 결국 보물을 찾아내리라.
북방의 야만족이 훔쳐 갔던,
삶과 죽음을 관장하는 성석.

　예언대로라면 늙은 드루이드는 자네가 하는 일을 돕고, 자네에게 천국의 열쇠만 전해 주면 되었어. 하지만 그전에 공중 발 돌리기 동작과 마법사의 회전 춤을 보여 주고, 재밌는 이야기를 약간 들려주었지. 성석은 잠자는 숲 속의 미녀가 지키고 있다는 구실을 내세워서 말이야」
　돈 루이스는 갑자기 능숙하게 공중 발 돌리기 동작을 보여 주었다. 그러고 나서 볼스키에게 말했다.
　「이런, 자넨 지금 내 얘기를 들으며 아주 혼란스러워 하고 있는 것 같은데그래. 내 얘기를 계속 듣기보다는 프랑수아가 있는 곳을 알려주고 싶어하는 것 같군. 안 됐군! 하지만 자넨 그 잠자는 숲 속의 미녀에 대해 알아야 할 게 있어. 베로니크 데르주몽이 어떻게 갑자기 나타나게 되었는지 말이야. 2분이면 충분하다고. 미안하이」
　그리고 돈 루이스는 지금까지 늙은 드루이드의 목소리 톤을 버리고 원래 자기 목소리대로 말하기 시작했다.
　「그래, 베로니크 데르주몽이 어째서 그곳으로 옮겨져 있던 걸까? 내 답변은 아주 간단하다네. 내가 그녀를 어디로 데려갔을 거라고 생각하나? 잠수함으로? 그건 별로 좋은 방법이 아니었다네. 어젯밤엔 파도가 매우 거셌거든. 그런데 베로니크는 휴식이 필요한 상태였지. 수도원에서? 거기도 안 될 말이지. 그곳은 우리 계획을 실행하는 장소와 너무 멀었으니까. 내가 너무 힘들어지거든. 폭풍우나 자네의 공격으로부터 안전한 곳이 딱 한 군데 있었지. 바로 제실이었어. 그래서 그녀를 그곳에 데려다 놓은 걸세. 자네가 왔을 때 그녀는 수면제를 복용하고 편안하게 잠들어 있었지. 자네가 그 장면을 보는 즐거움을 갖도록 한 건 바로 내 아이디어였다네. 자네가 기뻐하는 걸 보고 나도 위안을 얻고 싶었거든. 하지만 아니었어. 생각해 보게, 자네가 어떻게 했는지. 그 끔찍한 얼굴! 베로니크가 부활했다니! 죽은 여자가 살아났다니! 자넨 끔찍한 표정을 짓더니 걸음아 날 살려라 도망치더군. 그 얘기도 짧게 넘어가도록 하겠네.

자네는 출구를 찾았지. 하지만 생각을 바꿔서 콘래드를 돌려보냈어. 그자는 내가 베로니크 데르주몽을 잠수함으로 옮기고 있는 동안 숨어 있다가 날 공격하더군. 그러나 콘래드는 모로코 인들 중 한 명이 찌른 칼에 맞고 즉사했다네. 여기서 다시 우스운 장면 하나! 우린 콘래드에게 늙은 드루이드의 코트를 입혀 제단 위에 눕혀 놓았지. 우린 당연히 자네가 시체 위로 달려들어 얼굴이라도 후려칠 줄 알았네만 그렇게 하지 않더군.

그러나 베로니크 데르주몽이 누워 있던 자리에서 엘프리드의 시체를 발견했을 때, 이번에는 서둘러 그 위를 덮치더구먼. 그러고는 자네 손으로 십자가에 매달았던 여자를 또 한 번 난도질해 놓더군. 자넨 계속 실수를 연발한 거야! 그래서 그 결말도 이렇게 우습게 끝을 맺게 된 것 아닌가. 내가 자네 앞에서 이렇게 긴 연설을 하는 동안 자넨 고문용 나무에 이렇게 매달려 있으니 말이야. 그리고 자넨 서른 명의 희생자를 만들어 낸 대가로 성석을 얻을 수 있다고 생각했지만, 난 내 힘으로 성석을 얻었네. 자, 이게 사건의 전모일세, 볼스키.

부차적인 얘기와 자네가 알 필요가 없다고 생각한 일들, 그리고 이미 자네가 나보다 훨씬 더 잘 알고 있는 일들은 제외하고 좀 더 중요하다고 생각한 일들만 얘기했다네. 그렇게 편안한 자세로 내 얘길 들었으니 생각할 시간은 충분히 가졌을 테지. 이제 자네의 답변만 기다리고 있겠네. 프랑수아에 관한 질문 말일세. 자, 그럼 어서 노래를 시작해 보게나. 〈엄마, 바다에 띄울 작은 배에 다리가 달렸어요.〉 이제 됐나? 입을 열 텐가?」

돈 루이스는 사다리를 올라갔다. 스테판과 파트리스도 다가와서 걱정스럽게 귀를 기울이고 있었다. 이제는 볼스키도 말을 꺼내려고 하는 것 같았다.

그는 눈을 뜨고 돈 루이스를 증오와 두려움이 가득한 시선으로 바라보았다. 그는 이 특별한 남자와 싸워 봐야 아무 소용이 없다고 생각했다. 더구나 간청을 하거나, 동정심을 유발하는 방법 따위는 전혀 먹혀들 것 같지 않았다. 돈 루이스는 승리자였고, 그에겐 가장 강력한 힘을 가진 사람으로 보였다. 양보하거나 굴복하는 수밖에 없었다. 게다가 이제는 더 이상 저항할 힘도 남아 있지 않았다. 이런 형벌은 더 이상 참을 수가 없었다.

그는 들릴락 말락 한 목소리로 무슨 말을 내뱉었다.

「좀 더 크게……」

돈 루이스가 말했다.

「하나도 들리질 않는군. 프랑수아 데르주몽은 어디에 숨겨 두었나?」

그는 사다리 디딤대를 한 칸 더 올라갔다. 볼스키가 디듬거리며 말했다.

「난 자유의 몸이 되는 거요?」

「약속하지. 우린 모두 이곳을 떠날 걸세. 자넨 오토와 함께 떠나게」

「즉시?」

「즉시」

「그럼……」

「그럼?」

「……. 프랑수아는 살아 있소」

「고약한 놈! 그건 나도 알아. 아이는 어디 있나?」

「배에 묶여 있소……」

「절벽 아래쪽에 매달아 놓은 배 말인가?」

「그렇소」

돈 루이스는 이마를 쳤다.

「이런 바보 같으니! 좀 더 주의를 기울였더라면……. 그 배 얘기도 내가 꺼내 놓고선……. 그래, 그걸 알아낼 수 있었는데! 해피도 그 배 아래에서 편안하게 잠자고 있었는데 말이야. 마치 주인을 지키는 충실한 강아지처럼 말이야. 프랑수아의 냄새를 맡게 하고 아이를 찾으라고 보냈을 때도 해피는 스테판을 그 배 쪽으로 인도했는데……. 그래, 영리한 자가 바보처럼 행동하는 데는 다 이유가 있는 법이라고! 그런데 볼스키, 자네도 그쪽으로 내려가는 길과 그 밑에 배가 매달려 있다는 사실을 알고 있었나?」

「어제 알았소」

「그럼 자네도 그 배를 타고 빠져 나가려고 했나?」

「그렇소」

「좋아. 그럼 그렇게 하게나. 오토와 함께 가라고. 이제 자넬 풀어 주지. 스테판!」

하지만 스테판 마루는 이미 해피와 함께 절벽 쪽으로 달리고 있었다.

「프랑수아를 구출하게, 스테판」

돈 루이스가 소리쳤다.

그리고 그는 모로코 인들에게도 명령했다.

「자네들은 스테판을 도와 주게. 그리고 자네들은 잠수함을 대기시켜. 10분 후에 출발한다」

그는 볼스키 쪽을 돌아보며 말했다.

「잘 가게, 친구. 아! 한 가지 더. 사건이 모두 수습된 기념으로, 사랑 얘기를 하나 들려주지. 우리 같은 사람이야 순수한 사랑의 감정에 대해서는 아무리 생각해 봐도 이해할 수가 없지만, 어쨌든 난 이 순수하고 고귀한 사랑에 대해 자네에게 알려 줘야겠네. 자네, 스테판이 프랑수아를 구하러 정신없이 뛰어가는 모습을 보면서 뭔가 느껴지지 않나? 분명히 그는 자기의 어린 제자를 사랑하고 있어. 하지만 그보다 몇 배 더 아이 엄마를 사랑하고 있지. 베로니크 데르주몽이 행복한 일이라면 당신도 기뻐할 테니 얘기하겠는데, 이제 그녀에게는 관심 끄게나.

베로니크는 오늘 아침 스테판을 다시 만나고서 정말로 기뻐하더군. 그리고 이들은 결혼할걸. 물론 그녀가 과부가 된 다음에 말이야. 내 말 이해하겠지? 베로니크의 행복에 방해가 되는 단 한 가지 존재는 바로 자네일세. 그래서 말인데……. 자네는 아주 예의 바른 신사니까, 원치 않더라도 말이야. 난 두 번 다시 이 얘기를 꺼내지 않을걸세. 난 자네가 목숨을 단축하고 싶지 않다면 어떻게 처신해야 하는지 잘 알 거라고 생각하네. 잘 가게, 친구. 악수는 청하지 않겠네. 하지만 마음속으로 한다고 생각하게. 오토, 특별한 일이 없다면 10분 후에 저 사람을 풀어 주게. 절벽 아래로 내려가면 배가 있을걸세. 행운을 비네, 친구들」

이제 모든 일이 끝났다. 돈 루이스와 볼스키 사이의 싸움은 완벽하게 마무리되었다. 처음부터 한쪽이 대담하게 범죄를 계획해 왔는데도, 다른 한쪽에게 꼼짝없이 묶여 조종당하고 우스꽝스런 꼴을 당한 셈이었다. 자신의 계획을 성공리에 마치고, 초반의 목표를 넘어 완벽하게 승리했다고 믿었던 자는 자기가 형장으로 쓰려고 손수 만들어 놓은 나무에 매달린 신세가 되었다. 그는 상대에게 붙잡혀 그곳에 매달린 채 가쁜 숨을 몰아쉬고 있었다. 그의 모습은 마치 코르크 마개에 핀으로 고정되어 있는 곤충 같았다.

돈 루이스는 더 이상 볼스키에게 관심을 두지 않고, 파트리스 벨발에게 다가갔다. 벨발 대위가 그에게 말했다.

「저 지독한 놈을 풀어 주다니 그게 무슨 소린가?」

돈 루이스가 웃으며 말했다.

「아! 저놈은 다른 곳에 가더라도 곧 체포될걸세. 저자가 무슨 일이라도 벌일 거라고 생각하나?」

「어쨌든…… 우선 성석을 훔치려고 하겠지」

「그건 불가능해! 성석을 가져가려면 적어도 스무 명은 있어야 하고, 지렛대와 다른 장비도 필요하다네. 나도 지금은 포기하고 그냥 갈 걸세. 전쟁이 끝나면 다시 와 보려고 하네」

「하지만 돈 루이스, 기적의 돌이라는 게 도대체 뭔가?」

「희한한 돌이지」

돈 루이스는 다른 말은 하지 않았다.

이들은 걸음을 옮겼다. 돈 루이스가 손을 비비며 다시 말을 꺼냈다.

「하지만 그 비밀을 밝혀 냈다네. 내가 사렉에 도착한 지 이제

스물네 시간이 되었다네. 그 수수께끼는 2,400년도 넘게 이어져 왔어. 100년 동안 할 일을 1시간 만에 해낸 꼴이니 축하를 받아 마땅하겠지, 뤼팽」

「나도 축하를 보냄세. 돈 루이스. 하지만 자네와 같은 전문가 가 수수께끼를 풀었다고 자축을 하다니 좀 어색하군」

이들이 모래사장에 도착했을 때, 프랑수아의 배는 이미 바닥에 내려져 있고 안은 텅 비어 있었다. 멀리, 오른쪽으로 잔잔한 바 다에 떠 있는 〈수정마개〉가 보였다.

프랑수아가 이들을 보고 달려와 돈 루이스 앞에 멈춰 섰다. 프 랑수아는 휘둥그레진 눈으로 돈 루이스를 바라보았다.

「그럼……」

아이가 작은 소리로 물었다.

「아저씨가 맞나요? 내가 기다리던 분이 아저씨가 맞나요?」

돈 루이스가 웃으며 말했다.

「그렇단다. 난 네가 누굴 기다리고 있었는지는 모르겠지만…… 어쨌든 그게 바로 나인 것 같구나」

「아저씨…… 아저씨가…… 돈 루이스 페레나…… 그러니까……」

「쉿, 또 다른 이름은 말하지 말거라. 페레나, 그 이름으로 충분하니까. 그리고 나에 대해서는 이제 말하지 않는다고 약속하렴. 괜찮지? 그러니까 난 우연히 이곳을 지나가다가 때맞춰 나타난 것뿐이야. 우리 둘만 알고 있는 거야. 저런, 불쌍한 것. 끈으로 세게 묶여 있었던 모양이구나. 밤새도록 저 배 안에 있었던 거니?」

「네. 방수포 아래, 구석 쪽에 묶여 있었어요. 입에는 재갈이 물려 있었고요」

「무섭지 않았니?」

「전혀요. 금방 해피가 나타났거든요. 그리고 이렇게……」

「하지만 그 사람, 그 도둑놈이 널 위협하지 않던?」

「그런 건 전혀 없었어요. 결투가 끝나고 다른 사람들이 제 결투 상대를 데려가는 동안 그 사람은 나한테 와서 엄마한테 데려다 준다고 말했어요. 엄마와 둘이서 배를 타고 떠나게 해 준다고요. 그러고는 여기로 데려와서 아무 말 없이 끈으로 묶어 놓은 거예요」

「그 사람이 누군지 아니? 그 사람 이름은 알아?」

「그 사람에 대해서는 아무것도 몰라요. 하지만 그 사람이 나와 엄마를 괴롭혔다는 사실만은 잘 알고 있어요」

「아저씨가 장담하는데……. 프랑수아, 이제 그 사람에 대해서는 아무것도 걱정할 필요가 없단다」

「어머! 그 사람을 죽이신 건 아닐 테죠?」

「아니. 하지만 꼼짝도 못하게 만들어 놓았단다. 이제 너도 모든 사실을 알게 될걸. 하지만 지금은 우선 서둘러서 엄마를 만나러 가자꾸나」

「스테판 씨는 엄마가 잠수함에서 휴식을 취하고 있다고 말했어요. 아저씨가 엄마를 구해 줬다는 사실도 말했어요. 엄마는 거기서 절 기다리고 계신 거죠?」

「그렇단다. 네 엄마와 아저씨는 어젯밤 많은 이야기를 나눴단다. 그리고 난 널 꼭 찾아오겠다고 약속했어. 엄마도 아저씨 말을 믿었단다. 어쨌든, 스테판. 자네가 먼저 가는 게 나을 것 같네. 가서 미리 말해 두게」


해변 오른쪽에는 자연적으로 방파제를 형성하고 있는 바위가 있었다. 그리고 저 멀리 잔잔한 수면을 가르면서 〈수정마개〉가 다가왔다. 갑판 위에는 모로코 선원 열 명 정도가 분주하게 움직이고 있었다. 이들이 내민 트랩을 통해 돈 루이스와 프랑수아가 건너갔다.

한 선실에 들어서니 베로니크가 긴 의자에 누워 있었다. 그동안 받았던 고통의 흔적이 그대로 남은 듯 그녀의 얼굴은 매우 창백했으며, 전체적으로 매우 쇠약해지고 지쳐 있었다. 하지만 그녀의 눈에는 기쁨의 눈물이 흘러넘치고 있었다.

프랑수아는 그녀의 품으로 뛰어들었다 그녀는 아무 말도 하지 못하고 눈물을 글썽거렸다.

해피는 양팔을 모으고, 고개는 한쪽으로 기울인 채 이들을 바라보고 있었다.

프랑수아가 말했다.

「엄마. 돈 루이스 아저씨가 저기 있어요」

그녀는 돈 루이스의 손을 잡고 오랫동안 포옹을 나눴다. 프랑
수아가 속삭이며 말했다.

「아저씨가 엄마를 구출해 내셨어요. 우리 모두를 구해 주셨어요」

돈 루이스가 아이의 말을 가로막으며 말했다.

「날 기쁘게 해 주고 싶니, 프랑수아? 그렇다면 나한테 고마워
하지 마라. 누군가에게 고마워해야 한다면 그건 바로 네 친구 해
피란다. 이 사건에서 해피가 한 역할이 그다지 커 보이지 않을 수
도 있지만, 반대로 너를 괴롭히는 악당 앞에서 해피는 정말 신중
하고 영리하며 아무 말 없이 조용하게 일을 처리했단다」

「아저씨도 그렇게 하셨잖아요」

「오! 난 전혀 사건을 조용하게 처리하지 않았는걸. 내가 해피
를 칭찬해 주고 싶은 것도 바로 그 점 때문이란다. 해피, 날 따라
오렴. 그렇게 뒷발로 서서 애교를 부려 봤자 아무 소용없어. 아마
밤새도록 그렇게 해야 할걸. 저 엄마와 아들은 몇 시간이고 눈물
을 멈추지 않을 테니 말이야」

# 성석

〈수정마개〉가 항해를 시작했다. 돈 루이스는 스테판과 파트리스, 해피에게 둘러싸여 이야기를 나누고 있었다.

「볼스키란 자는 정말 악랄한 놈이야! 난 수많은 범죄자들을 봐 왔지만 이번처럼 잔인한 놈은 처음 보았네」

「그런데, 어째서……」

파트리스 벨발이 말했다.

「그런데, 뭐가 어떻단 말인가?」

「다시 한번 말할 수밖에 없군. 그런 악랄한 놈을 잡아 놓고, 어째서 다시 풀어 줬는가? 불사신 같은 놈 아닌가. 저놈이 저지른 사악한 범죄들을 생각해 보게. 저자는 또다시 그런 일들을 저지를 걸세. 그렇다면 저놈이 앞으로 저지를 범죄에 지네도 막중한 책임이 있지 않겠나?」

「스테판, 자네 생각도 그런가?」

돈 루이스가 물었다.

「솔직히 어떻게 해야 할지 잘 모르겠습니다. 그때는 프랑수아를 구하기 위해서라면 무엇이든 다 해야겠다고 생각했으니까……. 하지만 그래도……」

「그래도 뭔가 다른 해결책을 찾아야 한다고 생각하나?」

「그래요. 저자가 살아서 마음대로 활보하고 다니는 한, 베로니크와 프랑수아는 두려움 속에서 지내야만 할 테니까요」

「그럼 어떤 해결책을 원하는 건가? 프랑수아가 있는 곳을 가르쳐 주는 대가로 난 저자에게 자유를 약속했는데……. 자유를 주는 대신 법정에라도 끌고 갔어야 했단 말인가?」

「그것도 방법이 될 수 있겠지」

벨발 대위가 말했다.

「그럴 수도 있지. 하지만 그렇게 하면 법정에서 저놈의 신분이 밝혀질 테고, 그럼 베로니크 데르주몽의 남편이자, 프랑수아의 아버지가 되살아나는 셈이 되는 걸세. 이게 자네들이 원하는 건가?」

「아니, 그건 안 됩니다」

스테판이 격렬하게 소리쳤다.

「안 되고말고」

파트리스 벨발이 흥분해서 말했다.

「그건 안 돼. 그 방법은 별로 좋지 않아. 하지만 내가 궁금한 점은, 자네, 돈 루이스가 어째서 모두가 만족할 만한 해결책을 찾으려고 노력조차 하지 않는가 하는 걸세」

「그런 방법은 한 가지밖에 없네」

돈 루이스 페레나가 단호하게 말했다.

「단 한 가지 방법밖에 없어」

「어떤 방법?」

「죽음」

잠시 침묵이 흘렀다.

그러고 나서 돈 루이스가 다시 말을 꺼냈다.

「친구들, 자네들을 한데 모아 놓고 저자를 죽일지 말지 결정하지 않은 것은, 자네들의 의견이 한데 모아졌다고 생각했기 때문도 아니고, 자네들의 판사 역할이 이제 끝났다고 생각해서도 아니라네. 오히려 그 반대일세. 아직 법정을 개정하지 않았거든. 그래서 지금 자네들에게 솔직한 답변을 묻고 있는 걸세. 볼스키가 죽어 마땅하다고 생각하나?」

「그렇다네」

파트리스가 대답했다. 이어 스테판도 동의했다.

「그렇습니다. 조금의 망설임도 없어요」

「친구들⋯⋯. 그건 정식 답변이 아닐세. 공식적인 형태를 갖춰 대답해 주기 바라네. 진짜 죄인이 앞에 서 있는 것처럼 말일세. 다시 묻겠네. 볼스키에게 어떤 형벌이 적당하다고 생각하나?」

이들은 손을 들고 한 명씩 돌아가며 대답했다.

「사형」

「사형」

돈 루이스는 휘파람을 불었다. 모로코 인들 중 한 명이 달려왔다.

「자, 여기 쌍안경 두 개 가져왔습니다」

돈 루이스는 쌍안경을 받아 스테판과 파트리스에게 건네주었다.

「아직 사렉 섬에서 1마일밖에 떨어지지 않았으니 섬 쪽을 살펴보게. 배가 오고 있을걸세」

「맞아」

잠시 후 파트리스가 대답했다.

「자네도 보이나, 스테판?」

「그렇습니다, 그런데……」

「그런데?」

「한 명뿐인걸요」

「맞아. 정말 한 명뿐일세」

파트리스가 말했다.

이들은 쌍안경을 들고 번갈아 가며 말했다.

「한 사람만 도망치고 있어. 분명 볼스키일걸세. 자기 공범자인 오토를 죽였을 거야. 그 공범자 오토가 볼스키를 죽인 게 아니라면……」

돈 루이스가 웃으며 말했다.

「어째서 그런 말을 하는 건가?」

「잘 생각해 보게, 볼스키가 젊었을 때 들었던 예언 말일세. 〈네 부인은 십자가에 매달려 죽을 것이며, 너는 친구의 손에 죽게 될 것이다.〉라는 것」

「그 예언을 어떻게 믿을 수 있단 말인가?」

「또 다른 증거도 있다네」

「어떤 증거?」

「친구들, 한번 다같이 생각해 보세나. 내가 엘프리드 볼스키와 데르주몽 부인을 어떻게 바꿔치기 할 수 있었다고 생각하나?」

스테판이 머리를 설레설레 흔들었다.

「솔직히 이해가 안 됩니다」

「아주 간단해! 자네가 그들과 숨바꼭질 놀이를 벌이던 사이

396

에…… 잘 생각해 보게. 사람을 바꿔치기 하기 위해 책략을 썼던
걸세. 협력자를 찾았던 거지. 그 협력자는 너무 멀리서 찾을 필요
가 없었다네」

「뭐! 협력자가 있었다고?」

「물론이지」

「그게 누군가?」

「오토」

「오토! 하지만 자넨 우리와 계속 함께 있지 않았나! 어떻게 그
자에게 미리 말해 둘 수 있었나?」

「그자가 없었다면 내 계획이 어떻게 성공했겠나? 사실, 이 계
획에는 두 명의 협력자가 있있네. 한 명은 엘프리드고, 다른 한
명은 오토지. 한 명은 복수심 때문에, 또 한 명은 두려움과 욕심

때문에 볼스키를 배신했다네. 스테판, 자네가 볼스키를 거석 고인돌 반대편으로 유인하는 동안 난 오토에게 다가갔지. 계약은 아주 빨리 끝나 버렸어. 수표 몇 장을 건네주고, 일이 끝난 다음에 아무 일없이 풀려나게 해 주겠다는 약속을 했지. 게다가 볼스키가 아르쉬나 수녀들에게서 5만 프랑을 빼냈다는 사실도 알려 줬거든」

「그 사실은 어떻게 알았습니까?」

스테판이 물었다.

「내 첫 번째 협력자인 엘프리드를 통해서 알게 되었다네. 자네가 볼스키를 숨어서 엿보는 동안 난 그 여자에게 계속해서 질문을 던졌다네. 그 여잔 나에게 많은 사실을 알려 주었고, 볼스키의 과거에 대한 이야기도 그때 알게 된 거라네」

「결국, 오토는 단 한 번밖에 만나지 않았다는 얘기군요」

「엘프리드가 죽고 썩은 떡갈나무에서 폭죽을 터뜨리고 나서 두 시간 후, 거석 고인돌 아래서 한 번 더 만날 수 있었다네. 볼스키는 술에 절어 자고 있었고, 오토가 보초를 서기 위해 밖으로 나왔지. 난 기회를 놓치지 않고, 볼스키에 관한 정보를 캐물었네. 어둠 속에서 그와 이야기를 나누면서, 오토란 자가 혐오하는 주인, 볼스키를 2년 동안이나 따라다니며 벌인 일들에 대해서도 상세하게 들었어. 그리고 볼스키와 콘래드의 권총에서 탄창을 비우라고 시키고는 다시 돈을 지불했지. 오토는 나에게 볼스키의 시계와 수첩, 그리고 비어 있는 액자 목걸이를 가져다 주었다네. 거기에다 오토가 몇 달 전에 몰래 훔쳤다던 볼스키 어머니의 사진을 끼워 넣었지. 그래서 그 다음날 볼스키에게 마법을 부릴 수 있었던 것이라네. 자, 이제 오토와 내가 어떻게 협력했는지 다 알았겠지?」

파트리스가 말했다.

「그랬군. 하지만 오토에게 볼스키를 죽이라는 명령은 하지 않았잖은가?」

「물론 하지 않았네」

「그런데 뭘 믿고 그렇게 확신하는 건가?」

「오토의 배신 때문에 자기 계획이 실패로 돌아갔다는 사실을 볼스키가 끝까지 모를 거라고 생각하나? 그리고 오토는 볼스키가 자기의 배신을 눈치 챘다는 사실을 예상하지 못했을 것 같은가? 그 점에 대해서는 전혀 의심의 여지가 없다네. 볼스키가 나무에서 풀려났다면 아르쉬나 수녀의 몸에서 발견한 5만 프랑을 찾기 위해서라도 자기 공범자를 죽였을걸세. 그래서 오토가 선수를 쳤던 거지. 볼스키는 그 나무 위에서 꼼짝없이 기력을 잃어 가고 있으니 발밑에 떨어진 먹이 아닌가? 죽이는 건 식은 죽 먹기였을걸세. 하지만 비겁한 오토는 볼스키를 때려눕힐 필요조차 없어. 나무 위에 그대로 매달려 있게 놔두기만 하면 되거든. 이렇게 해서 징벌은 완벽하게 끝난 걸세. 친구들, 이제 만족하나? 이제 법정에 데려갈 필요도 없을 테지?」

파트리스와 스테판은 돈 루이스가 묘사한 끔찍한 장면에 충격을 받아 잠시 아무 말도 하지 못했다.

돈 루이스가 웃으며 말했다.

「자……. 조금 전 저 떡갈나무에서 살아 있는 죄인을 앞에 두고 재판을 하지 않은 게 참으로 다행이군그래. 두 재판관이 지금도 이렇게 충격받는 걸 보니 그렇게 했다면 분명히 마음이 약해졌을걸세」

「아, 그리고 세 번째 재판관, 해피…… 너도 예민해서 눈물을 잘 흘리지? 안 그러냐? 그리고 나도 자네들과 별다를 게 없다네. 죄를 물어 사람을 죽이는 게 우리가 할 일은 아니니까. 하지만 어쨌든 볼스키가 어떤 사람이었는지 잊지는 말아야 할걸세. 그가 저지른 서른 건의 범죄, 잔인한 사건…… 볼스키의 최종 판결을 운명의 힘과 오토에게 맡긴 건 정말 잘한 일이라고 생각하네!」

사렉 섬은 수평선 위로 멀어져 갔다. 그러고는 하늘과 바다 사이의 희뿌연 안개 속으로 사라져 더 이상 보이지 않았다.

세 남자는 아무 말도 하지 않았다. 이들은 모두 죽은 섬, 한 남자의 광기 때문에 황폐화된 섬에 대해 생각하고 있었다. 이제 관광객이 섬을 방문하게 되면, 설명할 수 없는 끔찍한 사건의 흔적들을 발견할 수 있으리라. 지하 동굴의 입구, 죽음의 방, 성석이 놓인 방, 지하 제실, 콘래드의 시체, 엘프리드의 시체, 아르쉬나 수녀들의 해골…… 그리고 거석 고인돌 옆에서 서른 개의 관, 그리고 네 개의 십자가와 함께 노래하고 있는 볼스키…… 홀로 버려져 애처롭게 까마귀와 야행성 새에게 여기저기 물어뜯긴 볼스키를…….

아르카숑 근처에 있는 물로 마을은 소나무가 해안 제방까지 빽빽이 자라고 있어 매우 아름다운 경치를 자랑했다. 베로니크는 이곳의 한 별장 정원에 앉아 있었다. 일주일간 즐거운 마음으로 휴식을 취한 뒤에 그녀의 아름다운 얼굴은 생기를 되찾았다. 그녀의 머릿속에 남아 있던 나쁜 기억들도 모두 사라진 것 같았다. 그녀는 의자에서 일어나, 저 멀리 돈 루이스의 이야기를 들으며 질문을 던지고 있는 아들을 바라보고 미소 지었다. 그녀는 고개를 돌려 이번에는 스테판을 바라보았고, 그와 눈이 마주치자 둘 사이에는 부드러운 시선이 오갔다.

둘 사이에는 아이에 대한 애정이 공통적으로 자리 잡고 있었다. 그리고 그뿐 아니라 비밀스럽게 간직하고 있는 생각, 복합적인 감정들이 이들의 관계를 단단히 묶어 주고 있었다. 베로니크는 검은 벌판 아래에 있는 〈죽음의 방〉에서 스테판이 했던 고백을 다시 머릿속에 떠올렸다. 스테판이 그 감정에 대해 다시 고백하지는 않았지만, 베로니크는 그의 고백을 잊지 않고 있었다. 그녀는 자기 아들을 돌봐 준 남자에 대한 고마운 마음과 둘이 함께 겪었던 고통 등을 생각하며 자신도 모르게 그에게 특별한 매력을 느끼고 있었다.

돈 루이스는 이들을 〈수정마개〉에 태워 물로 마을에 데려다 주고는, 그날 기차를 타고 파리로 떠났다. 그런데 조금 전 점심 식사 때에 맞추어 그가 파트리스 벨발과 함께 갑자기 나타났다. 이들은 한 시간 전부터 정원에 있는 흔들의자에 앉아 담소를 나누고 있었다. 프랑수아는 발그레한 얼굴로 자신을 구해 준 사람에게 끊임없이 질문을 던지고 있었다.

「그래서요, 어떻게 하셨어요? 하지만 그걸 어떻게 아셨죠? 어떻게 해서 그곳으로 가신 거예요?」

「프랑수아……」

베로니크가 아이를 보며 말했다.

「돈 루이스 아저씨를 귀찮게 해선 안 돼」

돈 루이스는 자리에서 일어나 그녀에게 다가가며, 프랑수아에게 들리도록 일부러 큰 목소리로 말했다.

「아닙니다. 전혀 귀찮지 않아요. 아이 질문에 대답하는 게 즐거운 정도인걸요」

그는 베로니크가 앉아 있는 옆에 자리를 잡았다. 그리고 이번에는 베로니크에게만 들리도록 목소리를 낮췄다.

「하지만 아이가 너무 자세하게 물으니까 내가 실수나 하는 건 아닐까 염려가 되는군요. 아이가 그 사건에 대해 어느 정도 알고 있죠?」

「제가 알고 있는 사실은 전부요. 물론 볼스키의 이름만 빼고……」

「하지만 볼스키가 한 일에 대해서는 아이도 알고 있을 것 아닙니까?」

「그래요. 하지만 그 부분에 대해서는 대충 얼버무렸어요. 볼스키는 탈옥범인데, 우연히 사렉의 전설을 듣게 되어 성석을 훔치려고 그런 일을 저지른 거라고요. 그리고 성석에 관련된 예언 시에 적힌 내용을 실제로 적용하려고 했던 거라고 말했죠. 예언 시의 내용도 프랑수아에게는 말해 주지 않았어요」

「그럼 엘프리드에 대해서는요? 그 여자가 부인께 갖고 있던 증오심이나, 위협 같은 건 어떻게 설명하셨죠?」

「광기가 발동해서 그런 거라고 말했죠. 일단 그렇게 둘러대긴 했지만 제가 생각해도 너무 어설픈 설명 같아요」

돈 루이스는 미소를 지었다.

「좀 간략한 설명이라고 느낄 수 있겠군요. 프랑수아도 사건의 일부분은 그늘에 가려진 채 그대로 남아 있어야 한다는 사실을 이해할 수 있으리라 믿어요. 중요한 건 볼스키가 자신의 아버지

란 사실을 모르도록 하는 거죠. 안 그렇습니까?」

「프랑수아는 그 사실을 전혀 몰라요. 앞으로도 모를 거고요」

「바로 그것 때문에 오늘 제가 여기에 온 겁니다. 아이의 성을 뭐라고 붙이실 셈입니까?」

「페레나 씨 생각은요?」

「사실, 부인께서도 아시다시피 법적으로 프랑수아 볼스키는 할아버지와 함께 14년 전 풍랑을 만나 사망한 것으로 되어 있습니다. 그리고 볼스키는 1년 전, 친구의 칼에 찔려 죽은 걸로 되어 있고요. 법적으로는 아무도 존재하지 않는 셈입니다. 그래서……」

베로니크는 웃으며 고개를 끄덕였다.

「어떻게 해야 할지 모르겠네요. 이 상황을 어떻게 말해야 할지……. 하지만 모든 일이 다 잘 풀릴 거라고 믿어요」

「왜죠?」

「페레나 씨가 계시니까요」

「제가 더 이상 이 일에 개입해서 조치를 취한다 한들 무슨 소용이 있겠습니까? 모든 일이 다 잘 처리되었으니, 이제 제가 끼어들 필요가 없는 것이죠, 안 그렇습니까?」

「그렇지 않아요」

그가 이번에는 심각하게 말했다.

「그래요. 부인께서는 그런 엄청난 고통을 당하셨으니 이제 작은 근심거리도 생기면 안 되겠죠. 이제 다시는 그런 일이 생기지 않을 테니 염려 놓으십시오. 그래서 말인데, 제 생각에는…… 부인의 먼 친척 중 한 명이 아들을 남겨 두고 세상을 떠난 것으로 꾸미면 어떨까 합니다. 부인의 남편과 사이가 좋지 않았던 부친께서는 그에게 복수를 하기 위해 프랑수아를 납치해서 사렉 섬으로 데려갔다고 말하는 겁니다. 부친께서도 돌아가셨으니 이제 데르주몽이란 성을 쓰는 사람도 없어진 셈이고, 부인의 결혼 사건을 기억하는 사람도 이젠 남아 있지 않습니다」

「하지만 전 여전히 데르주몽이란 성을 쓰고 있는걸요. 호적에도 베로니크 데르주몽으로 기록되어 있고요」

「하지만 결혼하면 남편 성을 따라야 하니까 어릴 때 사용하던 성은 없어지게 되죠」

「그럼 볼스키란 이름을 사용하란 말씀이세요?」

「아뇨. 부인께서는 볼스키란 자와는 결혼한 적도 없으신 겁니다. 부인의 먼 친척의 성을 따면 되는 거죠」

「친척 누구요?」

「장 마루. 자, 이건 장 마루 씨와 부인의 정식 혼인 증명서 사본입니다. 그리고 이건 호적상의 결혼을 입증하는 증명서구요」

베로니크는 깜짝 놀라 돈 루이스를 바라보았다.

「하지만 어째서? 어째서…… 그 이름을?」

「왜냐고요? 부인의 아들이 더 이상 예전의 사건들을 떠올리게 하는 이름인 데르주몽이나, 그 사악한 자의 이름, 볼스키라는 성을 사용하지 않도록 하기 위한 것입니다. 자, 이건 프랑수아 마루의 출생 증명서입니다」

그녀는 발그레한 얼굴로 당황해서 다시 물었다.

「하지만 어째서 그 이름을 선택하신 거죠?」

「프랑수아한테도 그 이름이 편할 거라고 생각했습니다. 스테판은 프랑수아와 오랫동안 함께 지냈던 사람이니까요. 사람들에게 스테판이 아이의 아빠라고 말하기도 좋고, 세 사람의 친밀한 관계도 설명하기 좋을 거라고 생각합니다만…… 이게 제 계획입니다. 안심하셔도 됩니다. 전혀 위험한 일은 일어나지 않을 겁니다. 부인처럼 고통스럽고 해결할 수 없는 어려운 상황에 접하게 되면 특별하고 극단적인 방법을 써야 할 필요가 있습니다. 법을 어기는 일이라고 하더라도 말이죠. 그래서 전 아무런 가책 없이 이 일을 진행했습니다. 다행히 필요한 모든 서류를 손에 넣을 수 있었고요. 제 계획에 찬성하십니까?」

베로니크는 고개를 숙였다.

「네, 그럼요」

그가 자리에서 일어나며 말했다.

「그리고 지금은 좀 불편하더라도, 시간이 가면 모든 일이 편안해질 것입니다. 사실, 말 못할 일도 아닌 것 같은데……. 스테판이 부인께 갖고 있는 감정만으로도 충분하지 않을까요? 언젠가는 부인도 기꺼이 그의 마음을 받아들이게 되지 않겠습니까? 그러면 프랑수아가 마루란 성을 가지고 있어도 아무 문제될 게 없겠지요? 그렇게 되면 프랑수아나 그 밖의 다른 사람들 모두 과거의 일은 깨끗이 잊게 될 것입니다. 더 이상 과거의 비밀을 캐내려 하지 않고, 기억 속에서 지워 버릴 수 있을 겁니다. 그것도 무시할 수 없는 이유라고 생각합니다. 부인께서 저와 생각이 같으시다니 저도 무척 기쁘군요」

돈 루이스는 그만 말을 마치고 베로니크에게 인사를 한 뒤, 프랑수아에게 다가갔다.

「프랑수아, 이제 모든 사실을 말해 주마. 너도 모든 사실을 알고 싶어하니까 성석이나 그 돌을 탐낸 자들에 대해 이야기해 주마. 오! 그래, 성석을 탐낸 도둑……」

돈 루이스는 반복해서 말했다.

「이제 그 볼스키란 자에 대해 솔직하게 말하지 못할 이유가 없으니, 내가 만난 사악한 볼스키란 도둑에 대해 말해 주겠다. 그는 자신이 특별한 임무를 띠고 있다고 믿었어. 실제로는 병자……. 정신병자였던 거야」

「정말로, 제가 이해가 가지 않는 부분은요. 아저씨가 그 사람과 공범자들이 거석 고인돌 밑에서 자고 있는 사이에 붙잡지 않고, 어째서 밤새도록 기다렸나 하는 점이에요」

돈 루이스가 웃으며 말했다.

「좋아. 아주 좋은 질문이야. 네가 말한 대로 했다면 사건이 열두 시간, 또는 열네 시간 일찍 해결되었을 거야. 하지만 그렇게 했으면 널 구출할 수 있었을까? 그 도둑놈이 순순히 네가 있는 곳을 말해 줬을까? 아닐걸. 입을 열게 하기 위해서는 우선 그놈을 구워삶을 필요가 있었어. 얼떨떨하게 만들고, 걱정과 불안으로 미쳐 버리기 직전까지 가게 만들었어야 해. 그래서 여러 가지 증거를 통해 그자가 자신의 실패를 인정하도록 만들려고 했던 거지. 그렇게 하지 않았다면 그자는 입을 다물었을 테고, 우린 널 찾지 못했을 거다. 또 다른 이유는 그 당시에 아직 내 계획을 확실히 정하지 않았기 때문이란다. 사건을 어떻게 마무리해야 할지 망설였거든. 난 한참 고민한 뒤에 결정을 내렸어. 참혹한 형벌을 가하는 대신, 그자가 네 엄마를 매달려고 했던 나무에 그놈을 매달기로 말이야. 내가 직접 그 사람을 고문해야 했다면 그 일은 잘해 내지 못했을 것 같구나.

이제야 하는 말이지만, 어떻게 결말을 낼지 생각하느리 망설이면서 좀 유치한 장난을 했던 거란다. 그래서 그 예언대로 일을 꾸미고, 늙은 드루이드 앞에선 그놈이 어떻게 나오는지도 볼 겸 장

난을 쳤던 거야. 그리고 너무나 끔찍한 사건이었기 때문에 약간
의 유머를 가미할 필요도 있다고 생각했지. 어쨌든 난 그러면서
많이 웃었단다. 어쨌든 내 실수를 인정하지. 미안하게 됐구나. 정
말 미안하다」

아이도 웃었다. 돈 루이스는 발치에 서 있는 아이를 안아 주고
다시 말했다.

「내 사과를 받아 주는 거니?」

「네, 하지만 아직 질문에 더 대답해 주셔야 해요. 아직 두 가
지 질문이 더 있어요. 처음 질문은 별로 중요한 건 아니지만……」

「말해 보렴」

「그 반지 말이에요. 엄마 손에 끼웠다가 나중에 엘프리드란 여
자의 손에 끼운 그 반지는 어디서 난 거예요?」

「그건 그날 밤에 오래된 반지와 색깔 있는 돌로 몇 분 만에 만
든 거란다」

「하지만 그 도둑은 자기 엄마 반지랑 똑같다고 했잖아요」

「똑같다고 생각한 거지. 반지가 비슷했으니 바로 그 반지라고
생각했을 거야」

「하지만 그걸 어떻게 알았죠? 어떻게 그 반지 이야기를 알았어
요?」

「그자의 입을 통해서 알았단다」

「어떻게요?」

「그러게 말이다. 하지만 사실이야. 그자가 거석 고인돌 아래에
서 자는 동안 잠꼬대처럼 말을 하더구나. 술에 취해 악몽을 꿨던
모양이야. 자기 엄마에 대한 이야기를 하더구나. 그리고 엘프리
드한테 부분적으로 들은 얘기도 있었고. 정말 간단하지? 내가 운

이 좋았던 모양이야. 우연히 그런 얘길 듣게 되다니 말이야」

「하지만 성석의 수수께끼는 간단치가 않아요! 아저씬 그걸 밝혀 내셨죠? 사람들이 몇 세기 동안 찾지 못한 걸 아저씬 몇 시간 만에 찾아내셨잖아요」

「아니, 몇 분 만에 찾은 거란다, 프랑수아. 네 할아버지가 벨발 대위에게 보낸 편지를 읽고 바로 알아냈으니까. 난 편지를 보내서 네 할아버지께 성석이 있는 곳의 정확한 위치와 그 돌이 어떤 특징이 있는지도 정확하게 설명해 드렸단다」

「그래서요? 제가 묻고 싶었던 게 바로 그거에요. 이게 제 마지막 질문이에요. 약속할게요. 사람들이 믿고 있는 성석의 힘은 어디에서 나오는 거죠? 그리고 그 힘은 어쩌면 그렇게 오래도록 지속될 수 있는 거죠?」

스테판과 파트리스가 이들 쪽으로 다가왔다. 베로니크도 일어서서 귀를 기울였다. 돈 루이스는 성석의 신비를 벗겨 내기 위해 청중들이 자기 주위에 모여들기를 기다리고 있었던 모양이었다.

돈 루이스가 웃기 시작했다.

「너무 놀라운 이야기는 기대하지 말게나. 신비란 항상 어둠 속에 감춰져 있기 마련이지. 우리가 그 어둠에 빛을 비추었으니, 이제 현실로 드러난 사실을 그대로 바라보기만 하면 된다네. 하지만 그 사실은 약간 이상하고, 어딘가 장엄한 구석이 있거든」

파트리스 벨발이 말했다.

「그건 당연한 일일세. 그 일은 아직도 사렉 섬 전체에 남아 있고, 또 브르타뉴 지방 전체에 걸쳐 기적의 전설로 전해 내려온 이야기니까」

돈 루이스가 말했다.

「그렇지. 그렇게 오랫동안 전해 내려온 이야기이니만큼 우리 중 그 누구도 기적이라는 말에서 빠져나오기 힘들걸세」

대위가 말했다.

「정말 그럴까? 하지만 난 기적 따윈 믿지 않아」

프랑수아가 말했다.

「저도 믿지 않아요」

「그렇지 않아. 믿지 않는다고 생각하고 있는 것뿐이지. 자네들도 기적의 가능성을 인정하고 있어. 그렇지 않았다면 성석의 진실은 이미 오래전에 밝혀졌을걸세」

「어떻게요?」

돈 루이스는 나무에서 커다란 장미꽃을 땄다. 꽃은 그를 향해 기울어져 있었다. 그가 프랑수아에게 물었다.

「이 장미는 보통 장미꽃보다 훨씬 크구나. 그런데 이 꽃을 다른 꽃보다 두 배는 더 크게 만들 수 있다고 생각하니? 그리고 저 장미 나무도 보통 나무보다 두 배나 더 크게 만들 수 있다고 생각하니?」

「아뇨」

프랑수아가 대답했다.

「하지만 어째서, 너와 또 여기 계신 분들은 마그녹의 정원에서 자란 꽃들은 현실로 받아들이고 있는 걸까? 단지 섬에 있는 흙을 가져다가 짧은 시간 안에 그런 꽃밭을 만들 수 있다고 생각하니? 그건 기적이야. 사람들은 모두 그 기적을 무의식적으로 아무 망설임 없이 받아들인 거라고」

스테판이 말했다.

「그건 우리가 직접 눈으로 본 사실이기 때문에 믿는 겁니다」

「하지만 자네들은 그 사실을 기적으로 받아들였어. 다시 말해 마그녹이 특별한……. 그러니까 초자연적인 방법을 써서 그런 꽃밭을 만들었다고 생각했네. 하지만 데르주몽 씨가 보낸 편지를 읽으면서 난…… 뭐라고 표현해야 할까? 눈살을 찌푸렸어. 그리고 난 그 괴상한 꽃들과 〈수난의 꽃밭〉이란 이름의 관계에 대해 생각해 보았지. 그러고는 곧바로 확신할 수 있었다네. 〈그래 맞아. 마그녹은 마법사가 아니야. 그는 단지 예수 수난상 주위에 척박한 흙을 퍼다 붓고, 꽃이 자라기 좋게 부식토만 만들면 되었던 거라고. 꽃이 비정상적으로 크게 자라는 데는 더 이상 아무것도 필요치 않았던 거야. 그러니까 성석은 바로 그 꽃밭 아래에 있어. 중세에 비정상적으로 커다란 꽃을 자라게 만들었던 그 성석, 드루이드 시대에 병자를 치료하고 아이들의 몸을 튼튼하게 해 주었던 바로 그 성석이야.〉라고 말이야」

파트리스가 말했다.

「그렇다면……. 기적이군 그래」

「초자연적인 일로 받아들인다면 기적이지. 겉으로는 기적처럼 보이는 일도 실제로 연구해서 물리적인 증거를 찾아내면 그건 자연 현상이 되는 걸세」

「하지만 물리적인 증거는 없잖나!」

「있네. 자네들이 본 괴상한 꽃들이 바로 그 증거야」

「그럼……」

파트리스가 말했다.

「그럼 자연적으로 돌이 병을 치유하고 사람을 건강하게 만들 수 있단 말인가? 그 돌, 그러니까 성석이 그렇다는 거야?」

「세상에 유일하게 특별한 돌은 없다네. 하지만 돌 여러 개, 돌무더기, 바위, 언덕, 바위산 등이 우라늄, 은, 납, 구리, 니켈, 코발트처럼 여러 형태의 광맥을 포함하고 있을 수는 있지. 그리고 그중에는 특별한 성질을 가지는 광선을 발산하는 금속이 있어. 방사선이라고 부르는 광선이지. 특히 역청 우라늄 광석은 보헤미아 북부, 요하힘스탈이라는 마을 부근에서만 캘 수 있다네. 방사선 물질로는 우라늄, 토리움, 헬륨 등이 있고, 이번 경우, 우리가 본 돌은……」

「라듐」

프랑수아가 말했다.

「그래 맞아, 프랑수아, 라듐이었어. 방사 현상은 도처에서 볼 수 있다네. 방사선은 자연적으로 거의 모든 곳에서 나온다고 할 수 있어. 온천은 방사선이 유익한 효과를 내는 경우라고 볼 수 있다네. 하지만 라듐 같은 방사능 물질은 그와는 비교도 할 수 없을 정도로 엄청난 위력을 발휘해. 예를 들면, 라듐의 방사선을 식물에 쪼이면, 전기를 통과시킨 것과 비슷한 효과를 낼 수 있어. 두 경우 모두, 식물에게 필요한 영양분을 공급하는 효과를 내서 성장을 촉진한다네.

마찬가지로 라듐의 방사선이 생명체의 조직에 물리적인 영향을 미치면 위에서 말한 것보다 훨씬 더 커다란 변화를 초래한다네. 특정 세포를 파괴하기도 하고, 어떤 세포의 성장을 촉진하기도 하지. 또 세포를 변형시킬 수도 있어. 그래서 방사선 치료를 통해 병을 고치고, 병자가 회복되는 경우가 많다네. 대부분 류머티즘성 관절염, 신경 계통 질병, 궤양, 종양, 피부에 난 상처 따위를 치료하는 데 사용하지. 간단히 말해 라듐은 실제 유용하게 쓰이는 치료 물질이라네」

412

스테판이 말했다.

「그러니까……. 성석도……」

「난 성석도 요하힘스탈의 광맥에서 나온 역청 우라늄 덩어리라고 생각하네. 난 오래전부터 기적의 돌에 대한 보헤미아의 전설을 알고 있었어. 그 전설에 따르면 기적의 돌은 언덕 경사면에 놓여 있다고 했네. 하지만 실제 그 지역을 여행하면서 보니, 그 돌이 있던 자리가 비어 있더군. 그 빈 공간은 분명 성석의 크기와 똑같았다네」

스테판이 말했다.

「하지만…… 라듐은 바위 속에 극히 적은 입자 형태로만 존재할 수 있습니다. 생각해 보세요. 1400톤이나 되는 바위에서 라듐을 추출해 세정하고, 가공해 봤자 1그램 정도밖엔 나오지 않는다고요. 그런데 기껏해야 2톤이 갓 넘을까 말까한 성석이 라듐 때문에 기적의 힘을 갖게 되었다는 겁니까?」

「하지만 특별히 많은 양의 라듐을 함유하고 있는 돌도 있다네. 자연은 그렇게 인색하지만은 않거든. 게다가 라듐은 희석되는 게 아니니까. 그래서 성석 안엔 충분한 양의 라듐이 포함되어 있는 것이며, 우리가 보았던 것처럼 특별한 현상을 만들어 냈던 걸세. 사람들이 과장되게 부풀려 놓은 이야기들은 빼고라도 말이야」

스테판은 점점 더 그의 말에 공감이 가는 모양이었다. 하지만 스테판이 다시 물었다.

「마지막으로 한 가지 더 묻죠. 그럼 성석은 빼고 얘기하더라도, 마그녹은 왕홀 안에 들어 있던 돌 부스러기를 만져서 손이 불타 버렸다고 말했는데…… 그렇다면 그것도 라듐 조각이라고 생각하십니까?」

「물론이지. 내가 성석 속에 라듐이 들어 있다는 사실, 그리고 라듐의 영향력을 알게 된 것도 바로 그 돌 때문이었다네. 바로 그 돌이 진실을 밝혀 준 거지. 대물리학자인 헨리 베크렐은 라듐 가루가 든 통을 조끼 호주머니에 넣고 다녔다네. 그런데 그 적은 양의 라듐 때문에 며칠 후 그의 피부에 고름이 생겼어. 퀴리도 같은 실험을 했는데, 똑같은 결과가 나왔다네. 마그녹은 좀 더 심각한 경우였던 걸세. 손으로 라듐 조각을 집어 들었으니 말이야. 그래서 겉으로 보기엔 악성 종양 같은 심한 상처가 생겼던 거지. 마그녹은 자신이 생각하고 있던 사실에 비추어 삶과 죽음을 관장하는 성석이 지옥의 불로 자기 팔을 불태웠다고 생각한거야. 그래서 자기 손을 잘라 버렸던 거지」

스테판이 말했다.

「그럴 수도 있겠군요. 하지만 그 순정 라듐 조각이 어디에서 나온 걸까요? 그게 성석의 파편일 리는 없습니다. 라듐은 그렇게 조각 형태로 돌 속에 포함되어 있는 것이 아니라, 용해되어 존재하니까요. 따라서 라듐을 추출하기 위해서는 우선 라듐을 녹인 다음, 따로 모아서 분류 작업을 거치고, 결정으로 만들어야 농도 짙은 라듐을 얻어 낼 수 있습니다. 그렇게 하기 위해서는 여러 공정을 거쳐야 하며, 대규모 장비와 공장, 실험실, 연구원들이 필요합니다. 다시 말해 당시 켈트 족이 살았던 원시 시대에는 어림도 없던 일이며 문명이 어느 정도 발달한 뒤에나 가능한 일입니다」

돈 루이스는 웃으며 젊은이의 어깨를 두드렸다.

「대단하군, 스테판. 프랑수아의 선생이자 친구인 자네가 이렇게 예리하고, 논리적인 사람인 걸 보니 나도 기쁘군. 자네 반박도 분명히 옳아. 나도 귀가 솔깃해지는 얘기였어. 난 자네 말에 적합한 가설을 내세워 답변을 하겠네. 자연적으로 라듐이 추출될 수 있는 경우를 생각해 보세. 화강암에는 특이하게 홈이 파여 있지. 아무리 돌 안쪽 깊은 곳에 방사능 물질이 포함되어 있다 해도 그곳 역시 홈이 파여 있을 것이고, 강물이 스며들어 천천히 흐를 수도 있네. 그 물은 미세한 분량의 라듐에까지 닿게 될걸. 그렇게 화강암 안을 흐르는 물이 만나, 한데 합쳐지고, 수세기가 흐르는 동안 증발하면서 작은 물방울로 변해, 작지만 짙은 농도의 라듐 종유석을 형성하게 된 거지. 어느 날 켈트족 전사가 돌을 내리쳐 그 종유석이 떨어져 나왔을 수도 있어. 하지만 그렇게 먼 곳에서 가설을 찾을 필요가 있을까? 신이나 자연의 힘이라고 생각하면 안 될까? 버찌 열매를 맺게 하고, 장미를 꽃피우게 하기 위해, 신이 그런 신비로운 능력을 발휘했다고 보면 안 되는 걸까? 아니면 저 영리한 해피에게 활력을 주기 위해서라고 말일세. 어떻게 생각하니 프랑수아? 아저씨 말에 동감이 가니?」

「우린 항상 아저씨 말에 동의하는걸요」

프랑수아가 대답했다.

「성석의 기적에 대한 환상이 다 깨져 버린 건 아니니?」

「하지만 기적은 여전히 존재하는걸요!」

「네 말이 맞다, 프랑수아. 기적은 항상 존재해. 100배나 더 아름답고, 찬란한 기적! 과학도 기적을 사라지게 하진 못해. 오히려 기적을 정제하고 기품 있게 만들어 준단다. 그 기적의 힘이 은밀하고, 변덕스러우며, 사악하고, 이해할 수 없는 야만족 우두머리나 드루이드의 손에 들어가 요술 막대기처럼 아무렇게나 휘둘러진다면 어떻겠니? 또 그 기적의 힘이 선하고 총명하며 정당한

힘에 이용된다면 어떻게 될까? 그 힘이 오늘날 우리 앞에 라듐 조각의 형태로 나타난 것뿐이야. 또……,

돈 루이스는 갑자기 말을 멈추고, 웃기 시작했다.

「자, 좋아! 내가 너무 흥분해서 혼자 노래를 읊어 댄 것 같군. 죄송합니다, 부인」

그는 일어나서 베로니크를 향해 다가가며 말했다.

「제 설명이 너무 지루하지 않으셨습니까? 아니라고요? 정말입니까? 그렇다면, 이제 끝났군요. 아니 적어도 거의 다 끝난 것 같군요. 이제 딱 한 가지 드릴 말씀이 있습니다. 한 가지 결정을 내려야 할 일이 남아 있습니다」

그는 베로니크 곁에 앉았다.

「자, 이제 우리는 성석의 비밀을 알게 되었습니다. 다시 말해 진짜 보물에 대해 알게 된 거죠. 그럼 이제 성석은 어떻게 할까요?」

베로니크가 갑자기 흥분하며 말했다.

「어머! 그 점에 대해서라면 더 이상 말할 필요도 없어요. 전 사렉 섬에서 나온 물건이나, 수도원에 있던 물건 따윈 전혀 갖고 싶지 않아요. 우린 일을 해서 살아 갈 거예요」

「하지만 수도원은 부인 소유입니다」

「아니, 아니요. 베로니크 데르주몽은 더 이상 존재하지 않아요. 그 수도원은 어느 누구의 소유도 아니에요. 다 경매로 처분해 버리세요! 전 아무것도 갖고 싶지 않아요, 그 끔찍한 과거의 잔재는 더 이상 필요치 않아요」

「그럼 어떻게 살아 가실 생각입니까?」

「여태까지 살아 왔던 것처럼……. 제 일이 있으니까요. 그리고 프랑수아도 제 의견에 동의할 거라고 생각해요. 안 그러니, 아

416

가?」

그리고 그녀는 자기도 모르게 스테판 쪽으로 다가가서, 반드시 그의 의견도 들어야 한다고 생각하는 것처럼 덧붙여 물었다.

「당신도요, 당신도 제 의견에 동의하는 거죠, 그렇죠?」

「그렇고말고요」

그가 말했다.

그러고는 그녀가 다시 말했다.

「그리고 아버지가 절 사랑하셨다는 점은 의심하지 않지만, 아버지가 제게 수도원을 남긴다는 유서 같은 것은 전혀 찾을 수 없는걸요」

「그건 제가 가지고 있습니다」

돈 루이스가 말했다.

「어떻게요?」

「파트리스와 제가 다시 사렉 섬으로 가서 여기저기 살펴보았습니다. 그러다가 마그녹의 방에 있는 서랍 깊숙한 곳에서 봉투 하나를 발견했습니다. 그 봉투에는 수신인과 주소도 적혀 있지 않아 불가피하게 제가 먼저 봉투를 열어 보았습니다. 그런데 그 안에는 2만 프랑에 해당하는 유가 증권과 이런 말이 적힌 종이가 들어 있더군요.

　내가 사망한 이후, 마그녹은 이 증서를 스테판 마루에게 전한다. 스테판 마루는 내 손자 프랑수아를 양육하며, 아이가 18세가 되면 이 증서는 프랑수아의 소유가 된다. 또한 프랑수아가 엄마를 찾게 될 것이라고 믿는다. 더불어 아이의 엄마가 날 용서해 주길 바란다. 이 둘에게 축복을 빈다.

자, 이게 그 증서입니다. 여기 편지도……. 이 편지는 올해
4월에 작성한 것으로 되어 있습니다」

베로니크는 어안이 벙벙하여 돈 루이스를 바라보았다. 그녀는
혹시 이 남자가 자신과 자기 아들에게 돈을 마련해 주기 위해 이
런 일을 꾸민 것이 아닐까 하고 생각했다. 하지만 그런 생각은 곧
사라졌다. 그녀는 아버지가 자신이 죽고 난 다음에 손자가 겪게
될 어려움을 본능적으로 감지하고 이런 편지를 남겼다고 믿기로
했다. 그녀가 작은 소리로 말했다.

「저한테는 거절할 권리가 없는 것 같군요」

「그럼요, 부인」

돈 루이스가 큰 소리로 말했다.

「이건 부인과는 상관없이 부인의 아버지가 프랑수아와 스테판
에게 직접 남긴 유서니까요. 그럼 이 점에 대해서도 다들 동의하
시는 거로군요. 그럼 이제 성석에 대해서 질문 한 가지만 하겠습
니다. 이제 성석을 어떻게 할까요? 성석이 누구의 소유가 되어야
한다고 생각하십니까?」

「페레나씨요」

베로니크가 망설임 없이 대답했다.

「저요?」

「그래요. 성석이 있는 곳을 알아내고, 성석의 비밀을 모두 파
헤치신 분이니까요」

돈 루이스가 말했다.

「우선, 그 돌은 엄청난 가치를 지니고 있다는 사실을 말씀드려
야겠군요. 아무리 자연의 힘으로 이루어진 일이라 하더라도, 성
석이 그 작은 부피에 귀중한 재료를 포함하고 있어 기적을 행하

기까지는 정말 특별한 상황이 있었을 겁니다. 그래서 그 돌이 보물이라는 거죠」

베로니크가 말했다.

「다행이군요. 페레나씨는 그 누구보다도 그 보물을 잘 활용하시리라 믿어요」

돈 루이스는 잠시 생각에 잠겨 있다가 다시 웃으며 말했다.

「부인 말씀이 맞습니다. 솔직히 고백하건대, 저도 제가 성석을 갖게 되길 바랐습니다. 우선 제게는 성석의 소유권을 주장할 만한 충분한 근거가 있습니다. 그리고 두 번째로 저는 그 돌이 필요합니다. 그래요, 보헤미아 왕의 묘석이 발휘하는 마법의 힘은 고갈되지 않았습니다. 원시 시대부터 시작해 우리 선조인 골 족이 살던 시대, 그리고 현재에 이르기까지 성석은 변함없는 힘을 보여주었습니다. 그래서 제가 시도하는 일에 성석이 크나큰 도움이 될 것으로 생각합니다. 제 계획은 몇 년 후에 끝날 겁니다. 전 성석을 프랑스 내륙으로 가져와서 국립 연구소에 보관할 생각입니다. 제가 직접 연구소를 세울 계획이고요. 성석이 그랬던 것처럼 과학의 힘으로 악을 정화시킬 생각입니다. 그러면 이제 사렉에서의 나쁜 기억들도 모두 그 속에 녹아 없어질 것입니다. 제 생각에 동의하십니까, 부인?」

그녀는 손을 내밀었다.

「그렇고말고요」

긴 침묵이 흘렀다. 돈 루이스 페레나가 다시 말했다.

「아! 그렇습니다, 사악하고 끔찍했던 사건! 저도 수많은 사건을 직접 겪었고, 공포와 불안으로 가득한 기억들도 가지고 있습니다. 하지만 이번 사건은 그 모든 한계를 뛰어넘었습니다. 현실에서 일어날 수 있는 일의 가능성과 인간이 겪을 수 있는 고통의 한계를 넘는 일이었습니다. 비논리적인 사건……. 한 사람의 광기에 의해 벌어진 일이었으니 당연한 결과일 것입니다. 또한 광기와 혼돈의 시기에 벌어진 일이기에 가능한 사건이었습니다. 그런 괴물이 범죄를 계획하고 준비하며 실행하는 동안 아무런 제약을 받지 않을 수 있었던 것은, 전쟁이 있었기에 가능한 일이었습니다. 평화로운 시기였다면 그런 미치광이가 자신의 어리석은 망상을 끝까지 밀고 나갈 수는 없었을 것입니다. 이런 시기에, 고립된 섬에서 일어난 일이었으니 비정상적이고 특별한 상황이 연출된 것입니다」

「이제 그 얘기는 그만하세요」

베로니크가 떨리는 목소리로 속삭이며 말했다.

돈 루이스는 그녀의 손에 키스하고 나서 해피를 두 손으로 안아 올렸다.

「부인 말씀이 맞습니다. 그 이야기는 하지 않겠습니다. 안 그러면 다시 눈물 바다가 될 테고, 해피도 우울해질 테니까요. 해피, 영리한 해피, 그러니 끔찍한 사건에 대해서는 더 이상 말하지 말기로 하자꾸나. 하지만 그림처럼 아름다웠던 몇 가지 일화를 떠올려 보는 것은 좋을 것 같습니다. 안 그러니, 해피? 엄청나게 큰 꽃들이 자라던 마그녹의 꽃밭……. 너도 기억 나니? 그리고 성석의 전설과 왕의 묘석을 가지고 이동 생활을 해야 했던 켈트족의 모험담, 끊임없이 원자 충돌이 일어나 생명력을 불어넣어 주고, 기적을 이뤄 낸 라듐이 함유된 돌……. 정말 멋진 그림이 그려지지 않니?

영리한 해피! 만일 내가 소설가이고, 서른 개의 관이란 별명을 가진 섬의 이야기를 들려주게 된다면 이 끔찍한 진실을 그대로 드러내는 대신, 너한테 중요한 역할을 부여할 텐데 말이야. 돈 루이스라는 따분하고 말 많은 인물을 빼고 그 대신, 너무나 용감하고, 말없이 희생자들을 구해 내는 너를 주인공으로 넣고 싶단다. 그 잔인한 괴물에 대항해 싸운 것도 바로 너고, 그들의 음모를 실패로 돌아가게 한 것도 바로 네가 되는 거야. 결국 네가 뛰어난 본능으로 악을 벌하고, 선이 승리하도록 만드는 거지. 그런 결말이 훨씬 나을 것 같구나. 너만큼 이 사실을 확실하게 보여 줄 사람은 없을 테니까 말이야. 살면서 겪게 되는 고통은 결국 사라지기 마련이고, 모든 일은 다 잘 해결될 거란 사실을……」

**옮긴이** | 양진성

한국외국어대 통번역 대학원 한불과 재학 중

아르센 뤼팽 전집 10
# 서른 개의 관

1판 1쇄 펴냄  2003년 2월 4일
1판 8쇄 펴냄  2014년 7월 31일

**지은이** | 모리스 르블랑
**옮긴이** | 양진성
**발행인** | 김세희
**펴낸곳** | 황금가지

**출판등록** | 2009. 10. 8 (제2009-000273호)
**주소** | 135-887 서울 강남구 신사동 506 강남출판문화센터 5층
**전화** | **영업부** 515-2000  **편집부** 3446-8774  **팩시밀리** 515-2007
**홈페이지** | www.goldenbough.co.kr

© 황금가지, 2003. Printed in Seoul Korea

ISBN 978-89-8273-427-4 04860 (10권)
ISBN 978-89-8273-417-5 (set)

㈜민음인은 민음사 출판 그룹의 자회사입니다.
황금가지는 ㈜민음인의 픽션 전문 출간 브랜드입니다.